怪物と闘う者は、その途上で自らが怪物と化さぬよう心せよ。
長く深淵を覗きすぎると、深淵もまたこちらを覗き込む。

——フリードリヒ・ニーチェ

ハヤカワ・ミステリ文庫
〈HM500-1〉

すべての罪は沼地に眠る

ステイシー・ウィリンガム
大谷瑠璃子訳

早川書房
8904

A FLICKER IN THE DARK
by
Stacy Willingham

Translated by
Ruriko Otani
First published 2023 in Japan by
HAYAKAWA PUBLISHING, INC.
This book is published in Japan by
arrangement with
WRITERS HOUSE LLC
through JAPAN UNI AGENCY, INC., TOKYO.

私の両親、ケヴィンとスーに。
何から何までありがとう。

すべての罪は沼地に眠る

登場人物

クロエ・デイヴィス……………………臨床心理士
クーパー・デイヴィス…………………クロエの兄
リチャード・デイヴィス………………クロエの父
モーナ・デイヴィス……………………クロエの母
ダニエル・ブリッグス…………………クロエの婚約者
ソフィー・ブリッグス…………………ダニエルの妹
アーロン・ジャンセン…………………記者
リーナ・ローズ…………………………連続殺人事件の最初の被害者
バート・ローズ…………………………リーナの父
タラ・キング……………………………21年前に行方不明になった少女

プロローグ

怪物がどんなものかはわかっているつもりだった。

幼い頃、私はそれらをクローゼットの奥や、ベッドの下や、森の中に潜んでいる得体の知れない影のように思っていた。それらは現実に私のうしろにいて、学校帰りに夕陽を浴びて歩いていると、すぐ背後に忍び寄るように感じられた。その感覚を言葉にすることはできなくても、それがまぎれもなくそこにいることはわかっていた。体が気配を感じ、危険を察知していた――無防備な肩に誰かの手が置かれる寸前、肌がぞわりと粟立つように――やっぱりそうだ、うしろの荒れた茂みの陰に何かがいて、ふたつの眼で私をじっと見ているのだと。

でも振り向くと、その眼はもう消えている。

今でも思い出す。家まで続く砂利道を足を速めて歩くとき、でこぼこの地面の上で自分の細っこい足首がよじれる感覚。後方に走り去るスクールバスが排気ガスをもうもうと吐き出す。森の影が木漏れ日の中で踊っている。自分のシルエットが巨大な姿を現す。今にも獲物に襲いかかろうとする獣のように。

私は深呼吸し、十まで数える。目を閉じ、ぎゅっと瞼《まぶた》に力をこめる。

それから走り出す。

毎日、ひと気《け》のないあの長い砂利道を走った。遠くに見える家が次第に近づくのではなく、どんどん離れていくようだった。スニーカーで草の束や小石や土埃を蹴り上げながら、幼い私はがむしゃらに走る……何かを振り切るために。そこにじっと潜んで私を見ている何か、私を待ちかまえている何か。私は自分の靴ひもにつまずきながら、玄関前の階段を無我夢中で駆けのぼり、父のあたたかな腕の中に飛び込む。父の熱い息が耳元で囁く——〝ほうら、もう大丈夫だ〟。父が私の髪をくしゃくしゃにする。肺に空気が流れ込んでひりひりする。心臓が激しく胸に打ちつけ、ひとつの言葉が頭に浮かぶ——安全。

少なくとも、安全だと思っていた。

人は恐れることを徐々に学んでいく。ゆっくりと段階を踏んで経験していく。地元のショッピングモールにやってくるサンタクロース。ベッドの下の子取り鬼《ブギーマン》。ベビーシッターが見させてくれるR指定の映画。夕暮れに歩道を歩いていると、車をアイドリングさせながら色付きの窓越しに不自然なほどじっと見つめてくる不審な男。男との距離がじわじわ近づくのを視界の端で捉えながら、心臓の鼓動が胸から喉、目の奥へとせり上がるのを感じる瞬間。そうやって人は学んでいく。体験を重ね、ひとつずつ脅威を認識していく。新たなそれがより現実的な危険になっていく。

　私の場合はちがった。私の場合、恐怖の概念はなだれをうって襲ってきた。思春期の体が経験したことのない勢いで。息もできないほどの苛烈さで。そしてその瞬間、恐怖がなだれかかってきた瞬間、私は悟った。怪物は森の中に隠れているのではない。それらは木々の背後の影でもなければ、暗い部屋の隅に潜んだ不可視の存在でもない。

　真の怪物は見えるところで動いている。

　私が十二のとき、それらの影はひとつの形、ひとつの顔になりはじめた。幻影ではなく、実体のある存在に。現実の存在に。そうして私は気づきはじめたのだ。怪物は私たちの中にいるのかもしれないと。

　とりわけ私はひとりの怪物を恐れるようになった。ほかのどんな怪物にもまして。

二〇一九年五月

第一章

喉がむずむずする。

最初はほんのかすかな感覚。羽毛の先で食道の内側をなぞられているような。私は舌を上顎に這わせ、喉の奥を掻こうとする。

うまくいかない。

病気の予兆でなければいいのだが。最近誰か体調不良の人と会った？　まわりで誰か風邪をひいていた？　これればかりは確かめようがない。一日じゅう人と会っているのだから。誰も具合が悪いようには見えなかったが、風邪なら症状が出ていなくても人に感染《うつ》ることはある。

もう一度、喉の奥を掻こうとする。

あるいは花粉症かもしれない。ブタクサの飛散量が例年より多いから。尋常でないレベルだから。花粉情報では十段階中の八、お天気アプリの小さな渦巻きマークは真っ赤だった。

グラスに手を伸ばし、水を口に含む。口の中をすすぐようにしてから飲み込む。

やっぱりだめだ。私は咳払いをする。

「はい？」

その声に顔を上げ、目のまえのクライアントを見る。全身を板のように強張《こわば》らせて、大きすぎる革張りのリクライニングチェアに坐った十代の少女。固く握りしめたこぶしを膝の上に置いている。陶器のようになめらかな手の皮膚を損なうように幾すじも、細く光る切り傷の痕がうっすらと残っている。手首にブレスレットをつけているのは、いちばんどぎつい傷——ギザギザになった紫色の深い傷——を隠すためだろう。ウッドビーズを連ねた輪から、銀の十字架のチャームがロザリオのようにぶら下がっている。

私は少女の顔に視線を戻し、その表情を、目を、すばやく見て取る。涙はないが、それはそうだ。泣くにはまだ早すぎる。

「ごめんなさい」私は言い、手元のメモに目をやる。「レイシー。ちょっと喉がむずむずしただけよ。どうぞ続けて」

「あ、うん。えっと」レイシーは言う。「とにかく、さっきも言ったけど……ときどき腹が立って爆発しそうになるっていうか。なんでそうなるのかもわかんなくて。なんか、知らないあいだに怒りがどんどん溜まってくみたいで、気がついたら爆発寸前で――」

少女は自分の腕を見下ろし、両手の指を広げてみせる。隠れていた指の股の皮膚にびっしりと、微細なガラス片のような小さな切り傷ができている。

「これで発散してるの」レイシーは言う。「やったら落ち着くから」

私はうなずき、喉がむずがゆいのを感じまいとする。さっきよりひどくなっている。埃のせいかもしれない――この部屋は埃っぽいから。室内に目をやる。窓台、本棚、壁に並んだ額入りの証書。すべてに灰色の層が薄く積もって、陽の光の中でちらちらしている。

〝集中して、クロエ〟

私は少女に向き直る。

「どうしてそうなるんだと思う、レイシー?」

「言ったでしょ。わかんないって」

「あなたの考えでいいから言ってみて」

レイシーはため息をつき、そっぽを向いて、何もない一点をじっと見つめる。目を合わせたくないのだ。あと少しで涙がやってくる。

「たぶん、お父さんのことが関係してるんだと思う」下唇をかすかに震わせ、ブロンドの髪を額からかき上げて言う。「お父さんが出てったこととか全部」

「お父さんはいつ出ていったの？」

「二年前」そう言うなり、目から大粒の涙がこぼれ、そばかすだらけの頬を伝い落ちる。

レイシーは腹立たしそうに涙を拭って続ける。「さよならも言わないで、理由もなんにも言わないで、黙って家族を捨てたの」

私はうなずき、メモを取ってから尋ねる。

「こういう言い方は正しいと思う？　お父さんがそんなふうにあなたを捨てたことを、あなたは今でもすごく怒ってる」

彼女の下唇がまた震えはじめる。

「それにあなたは、自分がどんな思いをしたかを、お父さんに言いたいのに言えなかった。お父さんが黙っていなくなったから」

レイシーは片隅にある本棚に向かってうなずく。頑《かたく》なに目を合わせようとしない。

「たぶん」彼女は言う。「その言い方で合ってると思う」

「あなたが怒ってるのは、お父さんに対してだけ？」

「たぶん、お母さんにも怒ってる。なんでかはわかんないけど、なんとなくいつも思ってた。お母さんがお父さんを追い出したんだって」
「そっか。お母さんのほかには？」
　レイシーはしばらく黙り込む。手首の傷痕が盛り上がった部分を爪でいじりながら。「あたしが
「自分に怒ってる」囁くような声。目の端に溜まった涙を拭いもせずに言う。「あたしが
いい子じゃなかったから、お父さんを引き止められなかったんだって」
「怒ってもいいのよ」私は言う。「私たちはみんな怒りを抱えてる。でも、あなたがなぜ
怒ってるのかをそうやって言葉にしてくれれば、これからもっと上手に気持ちをコントロ
ールできるように、私にも手助けができる。あなたが自分を傷つけずにすむ方法を、これ
から一緒に考えていきましょう。それでいい？」
「くっだらない。バッカみたい」レイシーはつぶやく。
「何が？」
「全部。お父さんのことも。ここにいることも」
「ここにいることがどうしてくだらないの、レイシー？」
「なんであたしがこんなとこに来なきゃなんないの⁉」
　彼女はもはや叫んでいる。私はさりげなく背もたれに寄りかかり、両手の指を組む。彼
女が叫ぶにまかせる。

「そうよ、あたしは怒ってる。だから何？　お父さんはあたしを捨てた。あたしは捨てられた。それってどんな気持ちかわかる？　父親に捨てられた子供の気持ちがわかる？　学校に行って、みんなに見られて、裏でコソコソ噂ばっかりされる気持ちが先生にわかる？」

「ええ、わかる」私は言う。「実はね、私もそれがどんな気持ちかよく知ってるの。愉しくないわよね」

レイシーはしばらく何も言わず、膝の上で両手を震わせる。親指と人差し指でブレスレットの十字架をつまんでこすっている。何度も何度も上下に。

「先生もお父さんに捨てられたの？」

「まあ、そんなような感じ」

「いくつだったの？」

「十二」私は言う。

レイシーはうなずく。「あたしは今、十五」

「私の兄も十五だった」

「じゃあ、わかる？」

私はうなずき、今度は微笑む。信頼を築く――ここがいちばん難しい。

「よくわかる」そう言うと、また身を乗り出し、ふたりのあいだの距離を縮める。レイシーがやっとこっちを向く。涙で潤んだ目が、すがるように私を見ている。「私もあなたと同じ気持ちだったから」

第二章

この業界はステレオタイプで成り立っている――当事者の私が言うのだからまちがいない。とはいえ、それらの〝典型〟が存在するのには理由がある。

どれも真実だからだ。

剃刀の刃で自傷する十五歳の少女は、おそらく無力感に苛《さいな》まれていて、ひりつくような心の痛みをかき消すために身体的な痛みを感じようとしている。怒りの問題を抱えた十八歳の少年は、確実に両親の不和を引きずっていて、見捨てられ不安や自分自身を証明する必要を感じている。内面はぼろぼろなのに自分を強く見せなければならないと感じている。一杯二ドルのウォッカトニックを奢ってくれる男子とならだれとでも酔った勢いで寝てしまい、翌朝泣いて後悔する大学三年目の二十歳の女子は、自己評価が低く、他人の注目に飢えている。家では両親の注目を競い合わなければならなかったから。ありのままの自分と、周囲から求められていると本人が思い込んでいる自己像とが、常に葛藤を起こしている。

父親の愛情不足。ひとりっ子症候群。親の離婚の影響。

どれもステレオタイプではあるが、真実だ。そう言ってしまうことにためらいはない。なぜなら、私自身もひとつの典型だから。

私はスマートウォッチの画面に目をやる。今日のセッションの録音時間が点滅している――1:01:52。〈アイフォーンに送信〉をタップし、小さなグレーのタイマーがグリーンに塗り替わるのを見守る。ファイルが携帯電話に送信されると同時に、ノートパソコンに同期される。これぞテクノロジー。私が十代の頃、ドクターはみんな私のファイルを手に取って、ページをぱらぱらめくっていた。私はここにあるのと似たような使い古しのリクライニングチェアに坐って、ほかの人たちの問題がいっぱい詰まったファイルのキャビネットをじっと見ていた。私みたいな人たちがいっぱい。そう思うとなんだか、自分がさほど孤独ではないような、もっと普通に近いような気がした。鍵付きの引き出しが四段重なったあの金属製キャビネットは、私がいつか自分の痛みや苦しみを表現できるようになる可能性の象徴だった。ちゃんと自分の気持ちを言葉にして吐き出し、泣いたり叫んだりできるようになって、六十分のタイマーがゼロになったらあっさりファイルを閉じて引き出しに仕舞って鍵をかけ、次回まで中身のことを忘れていられる、そんなふうになれる可能性の象徴だった。

午後五時。終業時間だ。

私はパソコンの画面を見る。小さなアイコンに形を変えたクライアントの大群を。この時代にもはや終業時間などというものはない。彼らはいつでも連絡してくる――Eメールで、ソーシャルメディアで――少なくとも私が絶不調のクライアントのパニックに満ちたダイレクトメッセージを選り分けるのに疲れ果てて、自分のプロフィールを削除するまでは。私は常に対応可能で待機中、二十四時間営業のコンビニエンスストアのようなものだ。闇の中でちかちか瞬く〈OPEN〉のネオンサインを掲げ、息も絶え絶えにやっている。

パソコン画面に録音ファイルのポップアップ通知が表示される。私はそれをクリックし、ファイルに名前をつけると――〈レイシー・デックラー、セッション1〉――パソコンから顔を上げ、埃っぽい窓台に目をすがめる。夕陽に照らされて、部屋の薄汚さがあからさまに目立っている。また何度か咳払いをする。横に身を乗り出して木製の把手をつかみ、デスクのいちばん下の引き出しを開けて、自分専用に設けた秘密の薬局の中を漁《あさ》る。ごくありふれたイブプロフェンから、もっと舌を嚙みそうな名前の薬――アルプラゾラム、クロルジアゼポキシド、ジアゼパム――まで、よりどりみどりな処方薬のボトルを見下ろす。それらを押しのけて、ビタミンサプリ〈エマージェンC〉の箱を取り出し、一包分の粉末をグラスの水にぶち込んで、指でぐるぐるかき混ぜる。

何口か飲んでから、Eメールの作成を始める。

シャノン、

ハッピー・フライデー！　先ほど無事、レイシー・デックラーとの初回のセッションを終えたところです――紹介してくれてありがとう。お薬についてちょっと伺いたくて。そちらでは何も処方されていないようですが、今日のセッションで話をしてみて、少量のプロザックから始めてみたら本人の助けになるんじゃないかと思ったのですが――どうでしょう？　ご意見があれば。

クロエ

〈送信〉を押し、椅子の背にもたれて、蜜柑味の水の残りを飲み干す。グラスの底に沈殿していた〈エマージェンC〉の溶け残りが糊のようにどろりと喉を通過する。歯と舌にオレンジ色のじゃりじゃりを残して。ものの数分で返信が届く。

クロエ、

どういたしまして！　それで問題ないでしょう。処方はおまかせします。

PS――近々飲みましょうね。ビッグイベントのことも詳しく聞きたいし！

シャノン・タック、医師《MD》

私はオフィスの電話からレイシーの薬局に電話する。私がしょっちゅう利用するのと同じ〈CVS〉だ――都合がいい。電話はすぐにボイスメールにつながる。私はメッセージを残す。

「もしもし、こちらはドクター・クロエ・ディヴィス――C-h-l-o-e D-a-v-i-s――お薬の処方をお願いします。患者さんの名前はレイシー・デックラー――L-a-c-e-y D-e-c-k-l-e-r――生年月日は二〇〇四年一月十六日。プロザック十ミリグラムを一日一回、八週間服用するよう勧めました。定期補充《オートリフィル》はなしでお願いします」

いったん間《ま》を置き、デスクに指を打ちつけながら続ける。

「それともうひとり、今度は補充《リフィル》をお願いします。名前はダニエル・ブリッグス――D-a-n-i-e-l B-r-i-g-g-s——生年月日は一九八二年五月二日。ザナックス四ミリグラムを一日一回。念のためもう一度、こちらはドクター・クロエ・デイヴィス。電話番号は五五五-二一二-四五二四。よろしくお願いします」

通話を終え、受話器を戻した電話をいっとき見つめる。また窓に視線を戻す。落日がマホガニー色のオフィスを橙色に染めている。グラスの底にどろりと沈んだ粉末の溶け残りと似ていなくもない色。腕の時計に目をやり——七時半——ノートパソコンを閉じようとした瞬間、切ったばかりの電話が甲高い音で鳴りはじめる。私はびくりとして電話を見る——オフィスはとっくに終業しているし、今日は金曜日だ。無視して帰り支度を続ける。が、ふとさっきの薬局が処方の確認のためにかけ直してきたのではないかと思い、もうワンコール聞いてから、受話器を取る。

「ドクター・デイヴィスです」私は言う。

「クロエ・デイヴィス?」

「ドクター・クロエ・デイヴィス」私は訂正する。「本人ですが。どういったご用件でしょう?」

「まいったな。やっと本人につながった」

男の声がそう言うなり、露骨な苦笑いを漏らす。まるで私が不快にさせたかのように。

「ごめんなさい、患者さんですか？」

「患者でないけど」声は言う。「一日じゅう電話してたんですよ。朝からずっと。受付の人がどうしてもつないでくれないから、せめて直接ボイスメールにつながるかと思って、終業後にかけてみたんです。まさかご本人が出るとはね」

私は眉根を寄せる。

「ええとですね、ここは仕事場なので、私用の電話は受けないようにしてるんです。メリッサは患者さんからの電話しかつながないように――」そこまで言って、はたと言葉を止める。なぜ誰かもわからない相手にわざわざ弁明し、職場の内情を説明しようとしているのか。私は声を硬くする。「ご用件はなんでしょう？　どちらさまですか？」

「アーロン・ジャンセン」男は言う。「〈ニューヨーク・タイムズ〉の記者です」

息が喉に詰まり、私は咳き込む。むせると言ったほうが近いかもしれない。

「大丈夫ですか？」男が尋ねる。

「ええ、大丈夫。ちょっと喉の調子が悪くて。ごめんなさい――〈ニューヨーク・タイムズ〉？」

訊き返すが早いか、自己嫌悪に陥《おちい》る。この男がなぜ電話をかけてきたかはわかっている。実のところ、予期していた。何かあるはずだと。それが〈ニューヨーク・タイムズ〉かどうかはともかく。

「わかりますよね？」男はためらうように言う。「ほら、新聞の」

「ええ、それはわかりますけど」

「実は今、あなたのお父さんに関する記事を書いているので、ぜひ一度お話を聞きたいと思って電話したんです。コーヒーをご馳走させてもらえませんか？」

「ごめんなさい」私はまた謝罪し、相手の話を打ち切る。ああもう、何回謝るの？　一度大きく深呼吸してから言い直す。「それについては何もお話しすることはありません」

「クロエ」男が言う。

「ドクター・デイヴィス」私は訂正する。

「ドクター・デイヴィス」男は繰り返し、ため息をつく。「あの日からもうすぐ二十年だ。それはあなたもわかってるでしょう」

「もちろんわかっています」私はぴしゃりと言い返す。「二十年経っても何も変わってはいません。彼女たちは死んだままで、私の父はずっと刑務所にいる。どうしてまだこだわるんですか？」

アーロン・ジャンセンは電話の向こうで無言になる。私はすでに話をしすぎた。まだ癒えきっていない他人の傷口を引き裂いてネタにしようとするジャーナリストの下劣な欲望を満たしてしまった。海中の血を嗅ぎつけるサメを自らおびき寄せるように、飢えた相手が味をしめてもっと欲しくなるだけの情報を与えてしまった。

「でも、あなたは変わった」彼は言う。「あなたも、あなたのお兄さんも。世間はみんな知りたいと思ってますよ。おふたりが日々どんなふうに暮らしていて——どうやって乗り越えてきたのかを」

私はあきれてぐるりと目をまわす。

「それに、あなたのお父さんだって」彼は続ける。「この二十年で変わったかもしれない。お父さんとお話しされたことは？」

「父に話すことは何もありません」私はきっぱりと言う。「あなたにお話しすることも何もありません。二度とここへは電話してこないでください」

電話を切り、意図した以上の勢いで受話器を受け台に叩きつける。手元を見て、指が震えていることに気づく。震えをごまかすために髪を耳にかけ、振り返って窓の外に目をやる。空は闇にまぎれて深い青に変わりつつある。太陽は地平線に浮かんだあぶくのように、今にもはじけてなくなりそうだ。

私はデスクに向き直ってバッグをつかみ、椅子を押し出しながら立ち上がる。デスクライトをちらりと見て、ゆっくり息を吐いてから ライトを消し、暗がりに向かって不安定な一歩を踏み出す。

第三章

およそありとあらゆる目立たない方法で、私たち女性は朝から晩まで無意識に自衛している。まわりに潜む影、見えない捕食者、教訓となる話や都市伝説から、自分の身を守っている。あまりに目立たない方法なので、自分たちがそうしていることにすらほとんど気づいていない。

暗くなるまえに職場を出る。片方の手でハンドバッグを胸に引き寄せ、もう片方の手は鍵の束を武器のように握りしめて、足早に車へと向かう。車は戦略的に街灯の下に駐めてある。暗くなるまえに職場を出られなかった場合に備えて。車に近づき、運転席のドアロックを解除するまえに後部座席を確認する。携帯電話を握りしめ、人差し指はスワイプひとつで九一一に通報できる状態にしている。車に乗り込む。ドアロックをかける。ぐずぐずしてはいけない。すぐに車を出して走り去る。

私はオフィスの建物に隣接した駐車場から車を出し、ダウンタウンを抜ける。赤信号で停車し、バックミラーに目をやり――癖みたいなものだ――鏡に映った自分を見て顔をしかめる。ひどい顔だ。外は蒸し暑い。蒸し暑すぎて、顔が皮脂でてらてら光っている。普段はなんの覇気もない茶色い髪の先端が、今はくるんと軽くちぢれている。ルイジアナの夏だけがなせる業だ。

ルイジアナの夏。

なんとも重い含みに満ちたフレーズ。私はここで生まれ育った。ここと言っても、この市《まち》ではない。このバトンルージュではないが、同じルイジアナ州の、ごくごく小さな町――ブローブリッジ、あるいは〝世界一のザリガニの都〟。それがあの町のとりえであり、住人の誇りなのだ。カンザス州コーカーシティの住人が重量五千ポンドの巨大な糸玉を誇りに思ってきたであろうように。それなしではなんの特徴も見出せない場所に、町の名物は少なくとも表面的な意味を与えてくれる。

ブローブリッジの人口は一万人に満たない。つまり、誰もが誰もを知っているということだ。そして厳密に言うと、誰もが私を知っている。

子供の頃、私は夏のために生きていた。湿地の思い出ならいくらでもある。町のすぐ外のマーティン湖で何度もワニを見つけたこと。藻の絨毯の下にビーズのような眼が潜んでいるのを見て悲鳴をあげ、大笑いする兄とふたりで一目散に逆方向へ逃げながら、

〝あばよ《シー・ヤ・レイター》、ワニ公《アリゲーター》！〟と叫んだこと。家の裏の広大な森で、木から垂れ下がったスパニッシュ・モスを鬘《かつら》にして遊んだ結果、その後何日も髪の中からツツガムシの幼虫をつまみ出し、赤く腫れたかゆい咬み痕に透明マニキュアを塗るはめになったこと。ボイルしたてのザリガニのしっぽを引きちぎって、頭まで身をしゃぶり尽くしたこと。

　しかしまた、夏の思い出は恐怖の記憶をも連れてくる。

　少女たちがひとりまたひとりと姿を消しはじめたのは、私が十二歳のときだった。私より少し年上の女の子たち。一九九九年七月のことだ。いつもと同じ、ただの蒸し暑いルイジアナの夏になるはずだった。

　あの日までは。

　ある朝早く、私は眠い目をこすりながらキッチンに入った。ミントグリーンのブランケットをリノリウムの床に引きずりながら。赤ちゃんの頃からずっとお供にしているブランケットで、布端がほぐれているのが好きだった。その布地を指でつまんでいじりながら――不安になったときの癖だ――テレビのまえにいる父と母を見ていた。ふたりが身を寄せ合って、心配そうにひそひそしゃべっているのを。

「どうしたの？」

　振り返ったふたりは私を見て驚いた顔をし、私が画面を見るまえにテレビを消した。

私がすでに画面を見てしまったとは思わずに。

「ああ、クロエ」父が私に歩み寄り、いつも以上に強く私を抱き寄せて言った。「なんでもないんだよ」

だけど、なんでもなくはなかった。なんでもないはずがないと、そのときの私ですら気づいていた。私を抱き寄せた父の様子、唇を震わせて窓のほうを向いた母の様子――今日の午後のセッションでレイシーが唇を震わせていたみたいに。ずっと気づいていた現実を認めまいと、事実ではないふりをして頭の中から押し出そうとしていたみたいに。両親がテレビを消す直前、私の目は画面の下を横切る真っ赤な見出しを捉えていた。それはすでに脳裏に焼きついてしまった。あの言葉で何もかもが永久に変わってしまった。

ブローブリッジの少女、行方不明

十二歳の子供からすれば、〝少女、行方不明〟にそこまで不吉な意味合いはない。もっと大人になれば話はちがってくる。反射的に恐ろしい場面を思い浮かべるようになる――誘拐、レイプ、殺人。十二歳の私はもっと単純だった。行方が不明？　どこかで迷子になっているのだろう。そう思った。私の家は十エーカーを超える土地に囲まれ、私はその中で何度となく迷子になっていた。沼でヒキガエルをつかまえているうちに、あるいは新規開拓中の森でまだ印のついていない木の幹に自分の名前を刻みつけているうちに、はたまた苔むした枝を組み合わせて砦をつくっているうちに。一度は小さな洞穴から抜けられなくなったこともある。なんらかの動物のねぐららしきその穴は出入口がすぼまっていて、恐ろしげなのに惹き込まれずにいられなかった。兄が私の足首に古いロープを結びつけると、私はキーホルダータイプのミニ懐中電灯をしっかりと口にくわえ、腹這いになって、ひんやりした暗い洞《うろ》の中に体をくねらせて入った。全身をすっぽり闇に呑み込まれ、奥へ奥へと這い進んで――しまいに戻ろうとしても体がつっかえて出られないことに気づき、本物の恐怖に襲われたのだった。そんな体験をしていたから、地元の捜索隊が荒れた茂みや湿地をかき分けているニュース映像を見たとき、ふと思わずにいられなかった。もし私が〝行方不明〟になったらどうなるのだろう、大勢の人々があああやって私を捜しにやってくるのだろうか、と。

彼女はじきに戻ってくる。私はそう思った。じきにひょっこり戻ってきて、こんな大騒ぎになっているなんて恥ずかしいと思うはずだ。

でも彼女は戻ってこなかった。そして三週間後、別の少女が行方不明になった。

四週間後、さらに別の少女が。

その夏の終わりには、六人の少女が姿を消していた。ある日まではいたのに、次の日には——いなくなっていた。跡形もなく消えてしまっていた。

行方不明の女子が六人。ただでさえ多すぎる人数だが、ひとりの子供がいなくなるだけで教室にぽっかりと空間ができ、ひとつの家族が引っ越しただけで近隣に静けさが訪れるブロープリッジのような小さな町では、六人もの女子の不在は耐えがたいまでに重かった。その事実を無視することは不可能だった。迫りくる嵐が骨身を疼《うず》かせるように、それは町の空一面をまがまがしく支配した。誰もがそれをひしひしと感じていた。行き合う人々の目を見るだけで伝わってきた。信頼に満ちていたはずの町が根底から不信感に覆われ、一度巣食った疑念を振り払えずにいた。誰もが同じ暗黙の問いを抱えていた。

〝次は誰が？〟

門限が設定され、商店やレストランは夕暮れに閉まった。町の女子みんなと同じく、私も暗くなってからの外出を禁じられた。昼間でさえ、あらゆる街角に悪が潜んでいる気配がした。次は自分かもしれない、きっと私の番だという不吉な予感が常に漂い、つきまとい、私の息を詰まらせた。

「おまえは大丈夫だ、クロエ。何も怖がることなんかない」

ある朝、兄がバックパックを背負いながらそう言ったのを憶えている。私たちはサマーキャンプへ行くところで、私は家から出るのが怖くて泣いていた。

「クロエが怖がるのは当然よ、クーパー。深刻な事態なんだから」

「ガキなんだから心配ないよ」兄は言った。「こいつはまだ十二だ。やつの好みは十五とかだろ？」

「クーパー、やめて」

母は床にしゃがんで私と目線を合わせ、私のほつれた髪を耳にかけて言った。

「怖いのはよくわかる。でも、気をつければ大丈夫。まわりをよく見てね」

「知らない人の車に乗ってはいけない」クーパーがため息をついて言った。「暗い道をひとりで歩いてはいけない。わかりきったことだろ、クロ。とにかく馬鹿な真似はするな」

「あの子たちは馬鹿だったわけじゃない」母はぴしゃりとそう言ったのだった。小声ながらも鋭い口調で。「運が悪かったのよ。まちがったときにまちがった場所にいただけ」

私は〈ＣＶＳ〉の駐車場に乗り入れ、ドライヴスルーの窓口に車を寄せる。薬剤師の男が引きちがい窓の向こうに立って、さまざまな薬のボトルを紙袋に入れてホッチキスで留めている。男は窓を開け、顔を上げずに訊いてくる。

「お名前は？」

「ダニエル・ブリッグス」

男はちらりと私を見る。明らかにダニエルではない私を。それからカチャカチャとパソコンのキーボードを叩き、また口を開く。

「生年月日は?」

「一九八二年、五月二日」

薬剤師はうしろを向き、〝B〟のかごの中を探す。私は指がそわそわしないように車のハンドルを握りしめたまま、男が紙袋をつかんでまたこっちを向くのを見守る。男がバーコードにスキャナーをかざす。ピッと音が鳴る。

「お薬のことで何か質問はありますか?」

「いいえ」私はにっこり笑って答える。「大丈夫です」

互いの窓越しに紙袋が手渡される。私はそれを受け取るなりハンドバッグの奥底に突っ込み、車の窓を閉め、別れの挨拶もせずに車を出す。

さらに数分、運転を続ける。中に薬が入っているというだけで、助手席に置いたハンドバッグが存在感を放っている。他人の処方薬をいともたやすく受け取れてしまうことに、当初は戸惑いを覚えたものだった。登録されている名前と生年月日さえ一致すれば、ほとんどの薬剤師は運転免許証の提示すら求めない。仮に求められても、とっさの言い訳でたいていは事足りる。

〝ああ、しまった。別のバッグに入ってるわ〟

〝私、彼の婚約者なんです――登録されてる住所も言いましょうか?〟

自宅のあるガーデン地区の住宅街に入り、まっすぐ一マイルに及ぶ長い道のりに車を進める。ここを運転するときはいつも自分がどこにいるのかわからなくなる。深海でスキューバダイビングをするとこんな感覚になるのかもしれない。顔の真ん前にある自分の手さえも見失うほどの深い深い暗闇に包まれると。

一切の方向感覚が――ない。コントロール感が――ない。

車道に漏れる家の灯りも、街路樹のねじれた枝を照らし出す投光照明もない。そんな道を日が暮れてから走ると、インクのプールに突っ込んでいくような、広大な無の中に消えていくような、底なしの穴にどこまでも落ちていくような錯覚に襲われる。

私は息を詰め、アクセルを少しだけ強く踏む。

やっと最後に曲がる角が近づいてくる。後続車はなく、うしろには闇だけが広がっているが、私はウインカーを出し、右折して袋小路に入る。わが家のまえの通りを照らす最初の街灯を通り過ぎ、ほっと息をつく。

わが家。

これもまた重い含みのある言葉だ。わが家はただの家ではない。煉瓦や板をコンクリートや釘で継ぎ合わせただけの建物ではない。そこにはもっと情緒的な意味がある。わが家は安全な場所だ。安心できる場所だ。門限の九時までに帰る場所だ。

でも、もしわが家が安全ではなかったら？　まったく安心できなかったら？

もし玄関ポーチの階段を駆けのぼって飛び込んだ腕が、本当はそこから逃れなければならない腕だったら？　少女たちをつかまえて絞め殺し、死体を埋めたあとで手をきれいに洗っているのと同じ腕だったら？

もしわが家がすべての始まりの場所だったら？　町全体を揺るがす大地震の震源地だったら？　家族を、命を、自分を、これまでの人生の何もかもを引き裂くハリケーンの目だったら？

そしたら一体どうすればいい？

第四章

ドライヴウェイで車のエンジンを切るまえに、私はハンドバッグを漁って薬局の紙袋を取り出す。袋を破ってオレンジ色のボトルを取り出し、蓋を開けて手のひらに一錠出してから、袋をぐしゃぐしゃに丸めてボトルと一緒にグローブボックスの中に突っ込む。

手の中のザナックスをとくと眺める。小さな白い錠剤を。オフィスで受けた電話のことを思い出す。アーロン・ジャンセン。二十年。胸がぎゅっと締めつけられるのを覚え、それ以上考えることなく薬を口に放り込み、そのままぐっと呑み込む。息を吐き、目を閉じる。締めつけられていた胸がもうすでにゆるんで、気道が広がるのを感じる。心に平穏が訪れる。舌が錠剤に触れるたびに感じるのと同じ平穏。それがどういう心地かはうまく言葉にできない。ただ単純に純粋に、ほっとするのだ。たとえば思いきってクローゼットの扉を開けて、衣類のほかに何も隠れていないことがわかってほっとするときのように――心拍が落ち着き、めまいにも似た多幸感が脳内を満たす。もう大丈夫、暗がりから何かが襲ってくることはないのだと。

私は目を開ける。

車を降りてドアを閉め、スマートキーでロックボタンを二回押す。かすかにスパイシーな香りがする。鼻を空に向け、匂いを嗅ぎ取ろうとしてみる。シーフード、かもしれない。魚っぽい匂い。隣りの人たちがバーベキューをしているのかもしれない。そう思うと、自分が招かれなかったことにちょっぴり傷つく。

長い石畳の小径を玄関に向かって歩きはじめる。真っ暗な家が前方に立ちはだかっている。小径の半分まで歩いて立ち止まり、じっと家を見つめる。何年もまえにこの家を購入したとき、ここはまさにそれでしかなかった。ただの家。へこんだ風船のように息を吹き込まれるのを待っている、外殻だけの容《い》れ物。登校初日の子供みたいにうずうずしながら、〝わが家〟になるのを待っている家。でも一体どうすればわが家になるのか、私にはわからなかった。私が知っていた唯一のわが家は、もはやそんなふうには呼べなかったから――すべてが壊れたあとでは。鍵を片手に、初めてこの家の玄関ドアから足を踏み入れたときのことを思い出す。堅木の床にヒールのぶつかる音が響くがらんどうの空間。裸の白い壁のあちこちに残った、以前そこに絵や写真が掛かっていたことを示す釘の痕。私にもできるという証拠だった。ここで新たな思い出をつくれる。人生を築ける。そう思いながら自分の小さな工具箱を開けたのだった。兄のクーパーが買ってくれた、赤い小さなクラフトマン。口をぽかんと開けたままの私を連れて〈ホーム・デポ〉の店内を歩きながら、兄は次々とレンチやらハンマーやらペンチやらをその箱に放り込んでいった。まるで地元のキャンディーショップでいろんな種類の甘酸っぱいグミを袋に詰め込んでいくみたいに。私には壁に掛けるべき物は何も――写真も絵も、装飾品も――なかったので、釘を一本だけハンマーで打ち込み、家の鍵に通した金属の輪っかをそこに引っかけた。鍵一本、ただそれだけ。それでも進歩に思えた。

あれから今まで、表向きは正常な人生を送っていると見えるように、家の外観にあれこれ手を加えてきた。顔の醜いあざを厚塗りメイクでごまかしたり、手首の傷痕をロザリオで隠そうとしたりするのと同じことだ。犬のリード片手に私の庭のまえを通り過ぎる隣人たちの評価をなぜそこまで気にするのかは、自分でもよくわからない。たとえばあそこのポーチに吊るしたスウィングベンチ。バターのような黄色い花粉の層に万年覆われていて、もはや人が坐るためにあるふりをするのは無理がある。張り切って購入して植えたはいいが、以後まったく世話をせず死に至らしめた造園植物たち。つがいの吊り鉢から垂れ下がったシダ植物の枯れた細い巻きひげが、八年生の生物の解剖授業中にフクロウの食道から出てきた小動物の骨を思い出させる。〈ようこそ!〉と書かれた、チクチクするブラウンの玄関マット。下見板に取り付けた、どでかい封筒みたいな形の青銅の郵便受け。これが腹が立つほど使えない。スリットが小さすぎて手はおろか、郵便物もまともに入らない。未来を保証してくれるはずの学位がさほど未来を保証してくれないことがわかって不動産エージェントに転身した元同級生たちからのポストカードの数枚も。

私はまた玄関に向かって歩きはじめる。いいかげんあのばかげた封筒もどきは捨てて、世間一般と同じように普通の郵便受けを使おうと決意しながら。そのときふと、家が死んで見えることに気づく。同じブロックで唯一、この家だけ窓に明かりが灯っていない。閉じたブラインドの向こうでテレビが点いている様子もない。この家だけおよそなんの気配も感じられない。

さらに玄関に近づく。さっき服《の》んだザナックスが気持ちを無理やり落ち着かせてくれている。が、やはり何かが引っかかる。何かがおかしい。何かがちがう。私は自分の庭を見まわす。小さいが手入れは行き届いている。短く刈られた芝生と低木の茂みの向こうに原木のフェンスが見える。オークの大木のめちゃくちゃにねじれた枝が、一度も車を入れたことのないガレージに影を投げかけている。いよいよ目のまえに迫った家を見上げる。カーテンの奥で何かがちらっと動いたような気がする。が、首を振ってそのまま歩きつづける。

〝そんなことあるわけないでしょ、クロエ。しっかりして〟

玄関ドアに鍵を挿し、まわした瞬間に気づく。何がおかしいのか、何がちがうのか。

ポーチの灯りが消えている。

いつも、いつでも——夜寝るときでさえ、ブラインドの隙間から枕に投げかけられる光線を無視して——点けっぱなしにしているポーチの灯りが消えている。私は絶対にポーチの灯りを消さない。スイッチに触れたことさえないように思う。それが消えている。だからこれほど家が死んだように見えるのだ。ここまで真っ暗になった自分の家は見たことがない。街灯が点いているとはいえ、この家のまわりは暗すぎる。誰かがうしろから忍び寄ってきても、これではきっと——

「サプラーイズ!!!」

私は悲鳴をあげ、ハンドバッグに手を突っ込んで唐辛子スプレーを探る。家じゅうの照明がいっせいに点き、目のまえの居間にいる大勢の人々——三十人、いや、四十人近いかもしれない——がみんな笑顔で私を見ている。心臓が痛いほどばくばくしている。私はかろうじて言葉を発する。

「これは——」

口ごもり、周囲を見まわす。理由を、説明を求めて。何がなんだかわからない。

「どういうこと?」バッグに入れた手が自分でも驚くほどの力で唐辛子スプレーを握りしめていることに気づく。それを放すと同時に安堵の波が押し寄せ、私は手のひらの汗をバッグの裏地で拭いながら尋ねる。

「何に見える?」左から急に声がして、私はさっと向き直る。人々が左右に道をあけ、ひとりの男性が姿を現す。「パーティーだよ」「これは――一体何?」

ダニエルだ。ダークウォッシュのジーンズ、体にぴったりの青いブレザー、サイドに流した砂色の髪。日灼けした肌にまばゆく映える真っ白な歯を見せて、私に笑いかけている。ようやく心臓が落ち着きを取り戻す。胸から顔へ手をやると、頬が熱くなっている。私は照れ笑いを浮かべ、彼が差し出したワインのグラスを空いたほうの手で受け取る。

「みんなが僕らのために集まってくれた」ダニエルは私をぎゅっと抱き寄せて言う。彼のボディウォッシュと、ぴりっとしたデオドラントの匂いがする。「婚約パーティーだ」

「ダニエル。なんで……なんでここにいるの?」

「なんでって、僕もここに住んでるからね」

みんながどっと笑い、ダニエルはまた笑顔で私の肩を抱き寄せる。

「出張じゃなかったの?」私は言う。「明日まで帰らないと思ってたのに」

「ああ、それはね。嘘だったんだ」ダニエルがそう言うと、さらに笑いが起こる。「驚いた？」

私は目のまえの人々を見渡す。みんなまだ私を見ている。期待をこめて。一体私はどんな大声で悲鳴をあげたのだろう。

「さっきの叫び声を聞けばわかるでしょ？」

私が降参のポーズをしてそう言うと、また笑い声がどっとはじける。奥のほうにいる誰かが喝采を始め、みんながそれに続く。口笛と拍手の中、ダニエルが私を両腕で抱き寄せ、唇にキスをする。

「部屋を用意しろ！」誰かが大声で言い、みんながまた笑って、今度はそれぞれの場所へ散っていく。ドリンクをおかわりし、ほかのゲストと合流し、紙皿に料理を盛りはじめる。家の外に漂っていたスパイシーな匂いの正体がやっとわかる――〈オールドベイ・シーズニング〉だ。裏のポーチのピクニックテーブルの上でザリガニのボイルが湯気を立てているのを見て、お隣りの家がバーベキューに呼んでくれなかったのだと勘ちがいしたことが恥ずかしくなる。

ダニエルがにんまりと私を見ている。笑い出すのをこらえている顔だ。私は彼の肩をひっぱたく。

「ひどいじゃない」そう言う私も頬がゆるんでいる。「死ぬほどびっくりしたんだから」

ダニエルはとうとう笑い出す。よく響く、どこまでも朗らかな笑い声。ちょうど一年前に私を惹き込み、今でも私の心を捉えて離さない笑い声。私は彼を引き寄せてもう一度キスする。今度はちゃんと、みんなが見ていないところで。彼の舌のぬくもりを感じ、彼という存在が私を体の中から宥めてくれるのを味わう。ザナックスと同じように、私の呼吸と心拍を鎮めてくれるのを。

「仕方ないだろ?」ダニエルはワインを飲みながら言う。「こうするしかなかったんだ」

「へえ、そうなの?」私は訊き返す。「それはまたどうして?」

「きみが自分のための前祝いを何も計画しようとしないからさ。バチェロレッテ・パーティーも、ブライダルシャワーも」

「私は大学生じゃないのよ、ダニエル。もう三十二なんだから。そういうのはちょっと幼稚だと思わない?」

彼は片方の眉を上げて私を見る。

「いいや、幼稚だとは思わない。愉しそうだと思う」

「ていうかそもそも、そういうことを一緒に計画してくれる人もいないし」私は自分のグラスの中を見つめ、ワインをぐるぐる揺らしながら言う。「あなたも知ってるように、クーパーは前祝いなんかやらないし、母さんは――」

「わかってるよ、クロ。ちょっとからかっただけだ。きみにはみんなに祝ってもらう権利がある。だから僕がきみのためにパーティーを開いた。単純なことだ」

胸がじんわりとあたたかくなり、私は彼の手を握りしめて言う。

「ありがとう。ほんとにすごいサプライズだった。心臓が止まるかと思ったけど……」

ダニエルはまた笑い、ワインの残りを飲み干す。

「……でも、すごく嬉しい。大好きよ」

「僕もだ。さあ、みんなのところへ行って。ほら、ワインも飲んで」そう言いながら、私の手つかずのグラスの底に指を触れて傾ける。「少しリラックスするといい」

私は彼に倣《なら》ってグラスの中身を飲み干すと、居間にいる友人たちに混ざりにいく。誰かが私のグラスを取り上げておかわりを持ってこようと言い、別の誰かがチーズとクラッカーの載った皿を私に差し出す。みんなが口々に言う。

「お腹すいてるでしょう。いつもこんな遅くまで仕事してるの？」

「それはそうよ、クロエだもの！」

「シャルドネでいい、クロ？　まえはピノだったと思うけど、別にどっちだっていいよね？」

数分が過ぎる。あるいは数時間かもしれない。家の新たな一角に移動するたび、また別の誰かが〝おめでとう〟の言葉とおかわりの入ったグラスを届けにやってくる。組み合わせがちがうだけの同じ質問が、部屋の隅に積み上がっていく空《から》のボトルより早いペースで投げかけられる。

「で、これって〝近々飲みましょう〟にカウントできる?」

うしろからの声に振り返ると、シャノンがとびきりの笑顔で立っている。彼女は笑いながら私を引き寄せてハグし、いつものように私の頬にキスする。ちゅっと唇を押しつけて。

私は今日の午後シャノンが送ってきたEメールの文面を思い出す。

〝PS――近々飲みましょうね。ビッグイベントのことも詳しく聞きたいし!〟

「やってくれるじゃない」私はそう言いながら、頬に残った口紅の感触を拭いたいのを我慢する。

「悪いことしたわ」シャノンは悪びれない笑顔でそう返す。「あなたに感づかれないようにと思ったの」

「任務達成ね。ご家族は元気?」

「相変わらずよ」シャノンは薬指の指輪を回しながら言う。「ビルはキッチンにおかわりを取りにいってる。でもって、ライリーは……」

そう言うと部屋を見まわし、波のように揺れ動く人々の海にざっと視線を走らせる。探していた相手を見つけたようで、微笑みながら首を振る。

「ライリーは隅っこで携帯をいじってる。がーん」

私は振り向き、椅子の背にもたれて凄まじい速さでアイフォーンをタップしている十代の女の子に目をやる。赤いミニのサンドレスに白いスニーカー、灰色がかった茶色い髪。あからさまに退屈しきったその様子に、私は思わず笑ってしまう。

「まあ、十五歳だからね」不意に横から声がして、見るとダニエルが笑みを浮かべて立っている。彼はすっと体を寄せて私の腰に腕をまわし、額にキスをする。ダニエルのこういうところにはいつも驚かされる。どんな会話にもやすやすとすべり込んで、まるで最初からそこにいたかのように絶妙なひと言を添えるのには。

「ほんと、厄介な年頃よ」シャノンが言う。「今もほんとは外出禁止中なの。家にひとりでいさせるわけにいかないから、ここに引っ張ってきたのよ。それでこんなオジサンオバサンばっかりの中に放り込まれて、ふてくされてるってわけ」

私は少女から目を離さずに微笑む。ライリーは心ここにあらずといった顔で髪を指に巻きつけ、頰の内側を嚙みながら、携帯電話に届いたメッセージを目で追っている。

「外出禁止はなんの罰？」

「家を抜け出そうとした罰」シャノンはそう言ってあきれた顔をする。「気づいたらちょうど、自分の部屋の窓からこっそり抜け出すとこだったの。真夜中に。映画なんかで見るような、シーツでつくったロープを垂らして降りたのよ。首の骨を折らなくてよかったわ」

私はまた笑い、握ったこぶしで口元を隠す。

「真面目な話、ビルとつきあってた頃は十歳の娘がいるって打ち明けられても、そんなに大したことだとは思わなかったのよね」シャノンは声を落とし、継娘にじっと視線を注ぎながら言う。「正直、ラッキーだとすら思ってた。汚れたおむつを替えたり夜泣きに悩んだり、そういう苦労を全部すっ飛ばして都合よく子供が持てるんだって。あの頃のライリーは天使みたいに可愛かったし。それがティーンエイジャーになったとたん、びっくりするくらい変わるのよ。天使だった子がモンスターに豹変するんだから」

「いつまでもこのままってことはないから大丈夫」ダニエルが笑顔で言う。「そのうち遠い昔の思い出になるよ」

「だといいけど」シャノンは笑って、またワインをひと口飲む。「この人こそ天使ね、ほんと」

私に向かってそう言いながら、ダニエルの胸をつついてみせる。

「このパーティーも全部、彼が計画したんだからね。みんなを呼び集めるだけでも大変だったでしょうに」

「わかってる」私は言う。「私にはもったいない人よ」

「出会えてよかったじゃない。もう一週間早く辞めなくて」

彼女に小突かれ、私は頰をゆるめる。ダニエルと初めて会ったときのことは今でも鮮明に憶えている。すぐに忘れてしまったとしてもおかしくない、ほんの偶然の出会いだった。たとえばバスに乗り合わせた相手と肩がぶつかり、〝すみません〟とだけつぶやいて歩き去ったり、ペンのインクを切らしてしまい、バーで近くに坐っていた人からペンを借りたり、ショッピングカートの底に忘れられた財布を持ち主の車が走り去るまえに慌てて届けたりするのと同じような。ほとんどの場合、そうした一瞬のすれちがいが笑顔やお礼の言葉以上の何かにつながることはない。

が、場合によってはつながることもある。何かに、あるいはすべてに。

ダニエルと私はバトンルージュ総合病院で出会った。彼はちょうどロビーに歩いて入ってきたところで、私は歩いて出ていくところだった。歩いてというより、よろけながらと言ったほうが近い。オフィスにあった私物を一切合財放り込んだダンボール箱が重すぎて、今にも底が抜けそうだった。そのまま彼の横を通り過ぎていてもおかしくなかった。抱えた箱に視界を阻まれ、視線を足元に落として正面玄関へと歩きながら、私はそのまま通り過ぎていただろう——彼に声をかけられなければ。

「手を貸しましょうか？」

「いいえ、大丈夫」私は足も止めずに答えた。箱の重みを一方の腕からもう一方に移しながら。自動ドアまではもうあと一メートル足らず。出たところに車を待機させてあった。

「なんとかなりそうなので」

「ほら、手伝いますよ」

背後から駆け寄る足音がして、彼の腕が私の腕のあいだにまわり込んだかと思うと、箱がわずかに持ち上がった。

「これは重い」彼はうなった。「中身はなんです？」

「ほとんど本ですね」彼が箱を完全に持ち上げると、私は手を放し、汗ばんだ髪を額から払った。そのとき初めて相手の顔が見えた——ブロンドの髪にブロンドの睫毛、思春期の高額な歯列矯正とおそらくはブリーチングの賜物と思われる完璧な歯。彼が私の全私物を軽々と肩に担ぎ上げたとき、ライトブルーのワイシャツ越しに上腕二頭筋が盛り上がるのが見て取れた。

「馘《くび》になったんですか？」

私はむっとして相手を見た。誤解を解こうと口を開きかけたとき、彼が私に視線を向けた。優しげな眼差し。私の顔を上から下まで眺めながら、その表情が次第にやわらいでいくようだった。まるで昔なじみの友人を見つめるかのように、懐かしい面影を探してでもいるかのように、彼の瞳が私の顔の上を行き来し、やがてその唇に笑みが浮かんだ。すべてわかっていると言いたげな笑みが。

「冗談ですよ」彼は担いだままの箱に注意を戻しながら言った。「あなたは幸せそうだ。とても馘になったようには見えない。それに、もしそういうことなら、警備員に両脇を担がれて表に放り出されるはずですよね？」

私は破顔し、笑い声を漏らした。私たちは駐車場にいて、彼は私の車の屋根にダンボール箱を降ろしてから、腕を組んで私に向き直った。

「辞めたんです」私は言った。その瞬間、本当に辞めたのだという実感がこみ上げ、泣きそうになった。バトンルージュ総合病院は私の最初の職場だった。唯一の職場だった。同僚のシャノンは私の親友になっていた。「今日が最後の日だったんです」

「それはおめでとう」彼は言った。「次はどこへ？」

「自分で開業します。臨床心理士のオフィスを」

彼はひゅうと口笛を吹き、私の車の屋根に置いた箱の中を覗き込んだ。何かに目を留めると、首を傾げながら顔を近づけ、本を一冊手に取った。

「殺人事件がお好きなんですか?」表紙をじっと眺めながらそう訊いてきた。

不意に胸苦しさに襲われ、私は箱に目をやった。その瞬間に思い出したのだ。心理学のテキスト群の隣りに積み重なっているのは、実録犯罪ものばかりだと――『悪魔と博覧会』『冷血』『フィレンツェの怪物』。でも大半の人とはちがって、私はそれらの本を娯楽として読んでいたのではない。学ぶために読んでいた。人の命を奪って生きる種々様々な人間を分析し、理解しようとして読んでいた。彼らの物語を貪るように読んでいた。まるで彼らが自分の患者で、あの革張りのリクライニングチェアに坐って私に秘密を打ち明けてくれているかのように。

「まあ、好きというと語弊があるけど」

「別に批判してるわけじゃないですよ」彼はそう言うと、手にした本の表紙をくるりと私に向けてみせた――『真夜中のサバナ』――本を開いて親指でページを繰り出した。「僕はこの本が大好きでね」

その言葉にどう返したものかわからず、私はひとまず微笑んだ。

「もう行かないと」車を示してそう言い、彼に向かって手を差し出した。「助けてくれてありがとう」

「どういたしまして、ドクター・……?」

「デイヴィス」私は言った。「クロエ・デイヴィス」

「それでは、ドクター・クロエ・デイヴィス、もしまたダンボール箱を移動させる必要が生じたら……」彼はうしろのポケットから財布を取り出し、名刺を一枚抜き取って、開いたページのあいだに挟み込んだ。それから本を閉じて私に差し出した。「いつでもご連絡ください」

そう言って微笑み、ウィンクしてから、踵を返して建物の中へ戻っていった。自動ドアが彼の背後で閉まると、私は手の中の本を見下ろし、光沢のある表紙に指をすべらせた。彼の名刺が挟まったところにわずかな隙間ができていた。その割れ目に爪を入れてページを開き、胸がねじれるような奇妙な感覚を覚えながら、彼の名前に視線を落とした。なぜかそのとき確信していた。ダニエル・ブリッグスと会うのはこれが最後にはならないと。

第五章

シャノンとダニエルとの会話から離れ、私は引き戸から外に出る。裏のポーチに出る頃には頭の中がぐるぐるしていて、手には四種類目のアルコール飲料を握りしめている。際限のないおしゃべりが耳の中で飛び交い、飲み干したボトルワインが脳内を駆けめぐっている。外は依然として蒸し暑いものの、流れてくる風が気持ちいい。家の中は酔っぱらって笑いさざめく四十人のゲストの人いきれでむんむんしはじめていた。

私はふらりとピクニックテーブルへ向かう。ザリガニ、トウモロコシ、ソーセージ、ポテトの山がまだ新聞紙の上で湯気を立てている。私はワイングラスを置いて、ザリガニの頭をつかみ、胴体をねじりながら引き抜く。頭からあふれ出た汁が手首を伝う。

そのとき背後で動く音が聞こえる――足音。そして声。

「大丈夫、俺だよ」

私はさっと振り返る。暗がりの中で目のまえに立っている人影が次第にはっきりしてくる。指に挟んだ煙草の先がチェリーのように赤く燃えている。

「おまえがサプライズを嫌いなのはわかってる」

「クープ！」

私はザリガニを放り出して兄に歩み寄り、首に抱きついてなじみの匂いを吸い込む。ニコチンとスペアミントガム。兄がここにいる驚きが大きすぎて、サプライズがどうという話にはかまっていられない。

「よう、久しぶり」

私は腕を巻きつけたまま体を引き、兄の顔をまじまじと見る。最後に会ったときより老けて見えるが、それがいつものクーパーだ。数カ月ごとに数年単位で歳を取っていくように思える。こめかみに白髪が増え、眉間のしわは日増しに深くなっていく。それでも兄は昔から、歳を重ねるほどに魅力を増していくタイプだった。大学時代、私のルームメイトが兄を〝渋くてセクシーなおじさま《シルバー・フォックス》〟だと評したことがある。彼の首元の無精ひげに白髪が交じりはじめたときのことだ。その言葉はなぜか私の中に根づいてしまった。実際、兄の外見をよく言い表していると思う。クーパーは見るからに老成していて、スマートで、思慮深げで、物静かだ。世の人々が一生涯で経験するより多くのことを三十五年間で経験してしまったかのように。私はようやく兄の首を放す。

「さっきまではいなかったじゃない！」意図した以上の大声が出る。

「おまえがもみくちゃにされてたからな」クーパーは笑いながら言い、最後に一服吸ってから、煙草を地面に落として靴でもみ消す。「四十人の連中に一斉に群がられる気分はどうだ？」

私は肩をすくめる。「これも結婚式のための練習よ」

兄の笑顔が一瞬揺らいで、すぐ元に戻る。ふたりともそれには触れない。

「ローレルは？」私は尋ねる。

兄は両手をポケットに突っ込み、私の肩越しに遠くを見つめる。次に来る言葉はもうわかっている。

「彼女とはもう、そういう関係じゃない」

「そうだったのね。残念」私は言う。「彼女のこと、好きだったから。すごく感じのいい人だった」

「ああ」クーパーはうなずく。「いい人だったよ。俺も好きだった」

私たちはしばらく無言になる。室内にいる人々のざわめきが聞こえる。私たちはふたりとも理解している――自分たちのような経験をしたあとで誰かと親密な関係を築くことの複雑さを。そういう関係がたいていうまくいかないことを理解している。

「で、愉しみにしてるのか？」クーパーが家のほうを頭で示して尋ねる。「結婚式やなんかを？」

私は笑ってしまう。「やなんか？　兄さんはほんと、言葉の扱いがうまいのね」

「言いたいことはわかるだろ」

「ええ、言いたいことはわかる」私は言う。「それに、ええ、私は愉しみにしてる。だから兄さんも、彼にチャンスを与えてあげて」

クーパーが訝《いぶか》るように私を見る。私はわずかに体を揺らす。

「なんのことだ？」

「ダニエルよ。彼のこと、好きじゃないでしょ」

「なんでそんなふうに思う？」

今度は私が訝るように兄を見る。

「また同じ話をするの？」

「ああ、好きだとも！」クーパーは諸手を挙げて降参の真似をする。「あいつの仕事はなんだって？」

「ファーム営業よ」

「農場《ファーム》の営業？」兄は鼻で笑う。「本当か？　そんなふうには見えないけどな」

「製薬会社《ファーマスーティカルズ》の」私は言う。「p‐hで始まるほうよ」

クーパーは笑ってポケットから煙草の箱を取り出し、新たな一本を唇にくわえる。私にも箱ごと差し出すが、私は首を振る。

「それならまだわかる」兄は言う。「農場に入り浸ってるにしちゃ、あの靴はピカピカすぎるからな」

「兄さん、わかるでしょ」私は腕を組んで言う。「そういうところを言ってるのよ」

「早すぎると思うだけだ」兄はライターの蓋を開け、炎に煙草をかざして吸い込む。「知り合ってから、まだ——数カ月だろ？」

「一年」私は言う。「つきあって一年になる」

「知り合って一年だ」

「だから？」

「相手を本当の意味で知るなんてことがたった一年でできるのか？　相手の家族には会ったのか？」

「それはまだだけど」私は認める。「ダニエルは実家とは疎遠だから。でも待って、兄さん。ほんとに彼を家族どうこうで判断するの？　兄さんこそ誰よりよくわかってるはずじゃない。家族なんかろくなものじゃないって」

　クーパーは肩をすくめ、答えるかわりにまた一服吸う。その偽善的な態度に本気で腹が立ってくる。兄はいつもこうやって平然と振る舞いながら私を苛立たせる。黄金虫《スカラベ》のように私の皮膚の下にもぐり込み、私を体の中から蝕む。なお悪いことに、それを自覚すらしていないかのように振る舞う。自分の言葉がどれほど痛烈で、どれほど私を傷つけるか、まるでわかっていないかのように。私は不意に兄を傷つけて仕返ししたくなる。

「あのね、兄さんがローレルとうまくいかなかったことは残念だし、ローレルに限らず誰ともうまくいかなかったことは残念だけど、だからって人の幸せを妬んでいいわけじゃない」私はなおも言う。「そうやって四六時中ひねくれるのをやめて、もっとまわりの人に心を開けば、兄さんだってびっくりするほどいろんなことが学べるはずよ」

　クーパーは黙っている。私は言いすぎたことに気づく。きっとワインのせいだ。ワインのせいで、いつになくぶしつけになっているのだ。いつになく意地悪になっているのだ。兄が煙草を深々と吸い、一気に吐き出す。私はため息をつく。

「本気で言ったわけじゃないから」

「いや、おまえの言うとおりだ」兄はポーチの端に向かって歩くと、手すりにもたれ、片方の脚をもう片方のまえに交差させて言う。「それは自分でも認める。けどな、クロエ、あいつはたった今、おまえにサプライズパーティーを仕掛けたんだぞ？　おまえは暗闇を恐れてるってのに。暗闇どころじゃない、何もかもを恐れてるってのに」

私は指先をワイングラスに軽く打ちつける。

「あいつはおまえの家の灯りを全部消して、おまえが入ってくる瞬間に四十人の客に大声を出させた。おまえは息の根が止まるほど驚いた。バッグに手を突っ込んでたろ？　何を取り出そうとしたかはわかってる」

私は黙っている。兄にはお見通しだったのだと思うと恥ずかしくなる。

「おまえが極度の怖がりだってことをあいつがちゃんと理解してたら、あんなサプライズを仕掛けたと思うか？」

「彼は善意でやってくれたのよ。それは兄さんだってわかるでしょ？」

「もちろん悪気はなかっただろうさ。けど問題はそこじゃない。クロエ、あいつはおまえを知らないんだ。おまえだってあいつのことを何も知らない」

「いいえ、彼は知ってる」私は強い口調で言い返す。「ダニエルは私をよく知ってる。彼はただ、私がいつもいつも自分の影に怯えることを良しとしないだけよ。私はありがたいと思ってる。彼の考えは健全だから」

クーパーはため息をつき、短くなった煙草を最後まで吸ってから、手すり越しに投げ捨てる。

「俺が言いたいのは、俺たちはほかの連中とはちがうってことだ。クロエ、おまえと俺は普通じゃない。俺たちは地獄を見てきてるんだから」

そう言って家のほうを示す。私は振り向き、中にいる人々を眺める。友人たちがみんなひとつの家族となって笑い合い、語り合っている。思いわずらうことなど何ひとつないかのように——すると急に、さっきみんなの中にいたときの満ち足りた気持ちではなく、心がからっぽになったような虚しさに襲われる。なぜなら兄の言うとおりだからだ。私たちは普通じゃない。

「あいつは知ってるのか？」クーパーが静かな口調で尋ねる。ごく小さな声で。

私はさっと振り返り、暗がりの中で兄を睨みつける。答えるかわりに、頬の内側を嚙みしめる。

「クロエ？」

「ええ」私は仕方なく答える。「ええ、ダニエルはもちろん知ってる。彼にはもちろん話してある」

「何を話した？」

「何もかもよ。彼は全部知ってる」

クーパーの目がまたちらりと家に向かう。私たちのいないところで続くパーティーのくぐもった音に。私はまた黙って頬の内側を噛みしめる。噛みしめすぎて粘膜が痛み、血の味までしている気がする。

「何がそんなに気に入らないの？」私はしまいに尋ねる。力をなくした声で。「ダニエルと何かあったの？」

「何があったとかじゃない」クーパーは言う。「ただ……わからない。おまえが本来抱えてる事情とか、うちの家族のことも全部ひっくるめて……あいつが正しい理由でここにいるならいいんだ。俺に言えるのはそれだけだ」

「正しい理由？」私は必要以上の剣幕で訊き返す。「何よそれ、どういう意味よ？」

「クロエ、落ち着け」

「ううん、落ち着くなんて無理。だって兄さんが言ってるのは、彼が私を実際に愛するなんてありえないってことじゃない。私みたいないかれた女を実際に好きになるわけがないってことじゃない。壊れたクロエなんかを」

「おい、頼むよ。過剰反応はやめてくれ」

「過剰反応じゃない」私は語気荒く言い返す。「私は兄さんにお願いしてるの。一度くらい自分本位をやめてくれたっていいじゃない。お願いだから、彼にチャンスを与えてあげて」

「クロエ――」

「兄さんには結婚式に来てほしい」私は兄の言葉を遮って言う。「ほんとにそう思ってる。でも兄さんが来ても来なくても、私は彼と結婚する。もし私にどちらか選べと言うなら――」

そのとき背後で引き戸の開く音がして、振り返るとダニエルが立っている。私に向かって微笑みながらも、その視線はクーパーと私をすばやく行き来し、無言の問いが口元に浮かんでいる。いつからそこに立っていたのだろう。あのガラスの引き戸の向こうに。どこまで話を聞いたのだろう。

「万事オーケー？」ダニエルが尋ねる。私たちに歩み寄ると、私の腰に腕をまわし、ぐっと自分のほうに引き寄せる。クーパーから遠ざけるように。

「ええ」私は自分を落ち着かせようとしながら言う。「万事順調よ」

「クーパー」ダニエルが空いたほうの手を差し出して言う。「来てくれて嬉しいよ」

兄は微笑を浮かべ、私の婚約者とがっちり固い握手を交わす。

「そういえば、まだお礼を言ってなかったな。こんなに手伝ってくれたのに」

私は思わずダニエルを見る。眉間にしわが寄るのが自分でもわかる。

「手伝ってくれた？」

「ああ、この準備をね」ダニエルが笑顔で言う。「このパーティーを。本人から聞いてない？」

私はクーパーに視線を戻す。さっき浴びせたばかりのきつい言葉の数々が頭をよぎり、心が沈む。

「ええ」兄から目を離さずに答える。「聞いてない」

「それが大活躍でね」ダニエルは言う。「おかげで命拾いしたよ。彼がいてくれなきゃ、こんなにうまくはいかなかった」

「大したことは何もしてない」クーパーが足元に視線を落として言う。「役に立ったならよかった」

「いやいや、大したことだよ」ダニエルが言う。「彼は誰より早くここに来て、大量のザリガニを蒸してくれたんだ。何時間も苦労して、完璧な味付けをしてくれた」

「どうして黙ってたの？」私は尋ねる。

クーパーはきまり悪そうに肩をすくめる。「言うほどのことじゃない」

「まあとにかく、中に戻ろう」ダニエルがそう言いながら、私をドアのほうへ引っ張る。

「きみに会わせたい人たちがいるんだ」

「五分待って」私は足を踏ん張りながら言う。兄との会話をさっきのままにしておくわけにはいかないし、ダニエルのまえで兄に謝るわけにもいかない。さっきまでふたりで話していた内容に触れないことには話ができないからだ。「あとで私もそっちに行くから」

ダニエルは私を見てから、またクーパーに目をやる。唇をわずかに開いて、もしや反対するのではないかと思われた瞬間、笑顔に戻って私の肩を抱き寄せる。

「了解」そう言うと、クーパーに向かって最後に敬礼をしてみせる。「じゃあ、五分後に」

引き戸が閉まり、ダニエルの姿が見えなくなるまで待ってから、私は兄に向き直る。

「兄さん」肩を落とし、思いきって口を開く。「ごめんなさい。知らなかったの」

「気にしなくていい」クーパーは言う。「本当にいいんだ」

「ううん、よくない。兄さんは黙ってないで何か言うべきだった。私ったら、兄さんが自分本位だなんて、ひどいことばっかり言って――」

「いいんだって」クーパーは寄りかかっていた手すりから離れ、私のほうに歩いてくると、包み込むように私をハグする。「俺はおまえのためならなんだってやる。わかってるだろ、クロエ。おまえは大事な妹なんだから」

私はため息をつき、同じように兄の体に腕をまわして、罪悪感と怒りをそっと解放する。これがいつものダンスなのだ。クーパーと私の。私たちは意見を異にし、感情的になり、口論を繰り広げる。何カ月も互いに口をきかずにいて、ようやく和解するときには、ふたりとも昔に戻ったようになっている。裏庭のスプリンクラーのあいだを裸足で駆け抜けたり、地下室にあったダンボール箱で砦をつくったり、いつの間にかみんながいなくなったことにすら気づかず何時間もふたりでしゃべりつづけたりしていた子供の頃のように。ときどき私は、自分が自分であることを——自分がどんな人間かを、両親がどんな人間かを——兄のせいで思い出すような気がする。だから過剰に反発してしまうのかもしれない。彼がこの世にいるだけで、嫌でも思い出すことになるのだ。世間の人々に見せているこの〝私〟が現実のものではなく、入念につくりあげたイメージだということを。うっかり転んだが最後、その虚像が粉々に砕け散り、本来の私が露呈してしまうことを。

厄介な関係ではあるが、私たちは家族だ。お互いが唯一の家族なのだ。

「ありがとう」私は腕に力をこめて言う。「兄さんが努力してくれてるのはわかってる」

「努力はしてるさ」クーパーは言う。「ただちょっと過保護なだけだ」

「わかってる」

「おまえには幸せになってほしい」

「うん」

「要はまあ、ずっとおまえの見守り役を演じてきただろ？　常におまえを気にかける男の役目を。それを今度は別の誰かに譲るんだからな。そう簡単な話じゃない」

私は微笑み、涙がこぼれないようにぎゅっと目を瞑る。「じゃあ、兄さんにも人の心ってものがあるのね？」

「おい、クロ」兄が小声になる。「俺は真剣に言ってるんだ」

「わかってる」私はもう一度言う。「兄さんが真剣なのはわかってる。私は大丈夫だから」

私たちは互いを抱きしめながら、しばらく黙ってじっとしている。家の中にいる人々は、パーティーの主役である私が姿を消してずいぶん経っていることにも気づいていないようだ。兄をハグしたまま、私は数時間前にオフィスで受けたあの電話のことを思い出す——アーロン・ジャンセン。〈ニューヨーク・タイムズ〉。

〝でも、あなたは変わった〟あの記者は言った。〝あなたも、あなたのお兄さんも。世間はみんな知りたいと思ってますよ。おふたりが日々どんなふうに暮らしていて——どうやって乗り越えてきたのかを〟

「クープ？」私は頭をもたげて尋ねる。「ひとつ訊いていい？」

「ああ」

「今日、電話がかかってこなかった？」

クーパーは困惑したように私を見る。「電話って、どんな？」

私はためらう。

「クロエ」私が体を引こうとするのを察して、兄は私の腕を強くつかむ。「どんな電話だ？」

私が口を開こうとした瞬間、兄が思い出したように言う。

「ああ、そういえばかかってきたな。母さんの施設から。留守電にメッセージが入ってたのをすっかり忘れてた。おまえにもかかってきたのか？」

私は息を吐き、とっさにうなずいて嘘をつく。「ええ。私も電話に出れなかったの」

「このところ会いにいってなかったからな。俺が行く番だったのに。先延ばししたのが悪かった」

「気にしないで。兄さんが忙しくて無理なら、私が行ってもいいし」

「いや」クーパーは首を振る。「おまえはもう手いっぱいだ。俺が今週末行くよ、約束する。本当にそれだけか？」

またアーロン・ジャンセンのことが頭をよぎる。職場の電話で交わした会話――あれを会話と呼べるなら。二十年。これは兄に伝えるべきことのように思える――〈ニューヨーク・タイムズ〉が私たちの過去の話を嗅ぎまわっていると。アーロン・ジャンセンとかいう男が私たちの父に関する記事、私たち兄妹に関する記事を書こうとしていると。けれどそこで気づく。もしアーロンが兄の連絡先を手に入れているなら、とっくに電話しているはずだ。アーロン自ら言っていたではないか——私につながるまで一日じゅう電話していたと。クロエがなかなかつかまらないなら、デイヴィス家のもうひとりの子供、クーパーにも電話しようとするはずではないか？　それが電話していないということは、兄の電話番号も住所も、まだ何も突き止めていないということになる。

「ええ」私は答える。「それだけよ」

この件でクーパーに負担をかけてはいけない。私はそう決める。どうせろくなことにならない。〈ニューヨーク・タイムズ〉の記者が私たち一家の弱みを握ろうとして私の職場に電話をかけてきたとわかれば、兄は頭にきて尻ポケットの煙草の残りを立て続けに全部吸ってしまうだろう。最悪、自分からジャンセンに電話をかけて〝うせろ〟と伝えるだろう。そうなったら兄の番号まで把握されることになりかねず、私たち兄妹は泥沼にはまる。

「さあ、もう新郎がお待ちかねだ」クーパーは私の背中をぽんぽんと叩くと、私から離れ、ポーチの階段を裏庭に向かって歩き出す。「中に戻ったほうがいい」

「兄さんは来ないの？」私は尋ねる。すでに答えはわかっているにもかかわらず。

「今夜の人づきあいはもう充分だ」兄は言う。「またな《シー・ヤ・レイター》、ワニ公《アリゲーター》」

私は微笑み、もう一度ワイングラスを手に取って口元に掲げる。いつ聞いても色褪せない、もう中年と言っていい歳の兄が口にする子供時代の決まり文句――あの頃と変わらない響きを聞くと、毎日が単純で愉快で自由だったあの頃に引き戻されたような、ほとんどやるせないような気持ちになる。でもそれがまたしっくりくるのだ。私たちの世界は二十年前に止まってしまったから。私たちは永遠に十代のまま、時の中に閉じ込められてしまったから。彼女たちのように。

私はワインの残りを飲み干し、兄のいる方向に手を振る。もはや闇に包まれて見えなくても、私にはわかる。兄はまだそこにいる。待っている。

「またね《イン・ナ・ワイル》、ワニさん《クロコダイル》」私は闇を見つめて囁く。

すると静寂が破られ、落ち葉を踏む足音がして、数秒後にはもう兄はいない。

二〇一九年六月

第六章

私ははっと目を開ける。頭がガンガンする。原始の太鼓のように乱れ打つ鼓動が部屋じゅうを震わせている。ベッドの上でごろりと転がり、目覚まし時計を見る。十時四十五分。一体どうしてこんな時間まで寝てしまったのだろう？

ベッドに体を起こしてこめかみを揉み、寝室のまぶしさに目を細める。ここに引っ越してきたとき——ここが私たちの寝室ではなく私の寝室で、わが家ではなく家だったとき——私は何もかもを白で統一したかった。壁、カーペット、ベッドカバー、カーテン。白は清潔で、けがれがなく、安全だから。

けれど今、白はまぶしい。あまりにもまぶしすぎる。掃き出し窓にかかっているリネンカーテンはまるで意味がないことに気づく。枕を直射し目をくらませる陽光を遮るのになんの役にも立っていない。私はうなる。

「ダニエル？」大声で名前を呼ぶ。ベッドサイドテーブルに手を伸ばし、市販の鎮痛剤、アドヴィルのボトルを取り出す。大理石のコースターに水の入ったグラスが置かれている──置かれたばかりだ。氷はまだ溶けておらず、四角いキューブが凪いだ日のブイのように顔を出している。冷たい汗がグラスの表面を伝って底に溜まっている。「ダニエル、どうして私は死にそうなの？」

くすくす笑う声がして、私の婚約者が部屋に入ってくる。パンケーキとターキーベーコンのトレイを手にしている。私はとっさに自問する──ベッドまで朝食を運んでくれる相手に見合うことを自分は何かしただろうか？　あとは摘んできた野の花を生けた小さな花瓶をプラスすれば、これはホールマーク・チャンネルのロマンティック映画のワンシーンだとしてもおかしくない。私のひどい二日酔いをマイナスすれば。

こういうカルマもあるのかもしれない。そんなふうに思ってみる。最悪な家族のもとに生まれついたおかげで、今度は最高の夫に恵まれるのかもしれない。

「ワインを二本も空けたらそうなるよ」ダニエルが私の額にキスをして言う。「ちゃんぽんで飲んだりしたらなおさらだ」

「みんなが次々渡してくるんだもの」私はベーコンをひと切れ口に入れて噛みしめる。

「自分が何を飲んだかすらわかってない」

　突然、車の中で服《の》んだザナックスのことを思い出す。あの小さな白い錠剤を呑んだあとで次々とアルコールを飲まされたのだ。悪酔いするに決まっている。まるで曇りガラス越しに昨夜の出来事を見ているかのように、記憶の輪郭がぼんやりしているのも無理はない。頬が燃えるように熱くなるが、ダニエルは気づかない。かわりに笑って、私のもつれた髪を指で梳く。彼の髪は完璧に整えられている。きちんとシャワーを浴びてひげを剃り、砂のような淡い色の金髪をコームとジェルできれいに固めている。サイドの分け目は剃刀の刃のように薄い。アフターシェーヴローションとコロンのような匂いがする。

「どこかに出かけるの？」

「ニューオーリンズだよ」ダニエルは眉根を寄せる。「先週言ったよね？　カンファレンスがあるって」

「ああ、そうだった」私は首を振る。実は憶えていないにもかかわらず。「ごめんなさい、頭がまだぼうっとしてて。でも……今日は土曜日でしょ。土日も出張なの？　帰ってきたばっかりなのに」

　医薬品の営業がどういう仕事なのか、私はダニエルに出会うまでほとんど何も知らなかった。わかっていたのはお金のことだけだ。それが稼ぎのいい仕事だということだけ。少なくとも、業績がよければ稼げることは知っていた。でも今はもっといろいろ知っている。たとえば、出張や移動の多い仕事だということ。ダニエルの営業テリトリーはルイジアナ州の南の大部分からミシシッピ州にも及ぶので、平日はほとんどずっと車の中だ。早朝も深夜も、病院から病院へ、何時間もぶっ通しで運転している。カンファレンスの類いも多い。販売や研修の開発、医療機器のデジタルマーケティング、医薬品の未来に関するセミナー。家を離れているあいだ、ダニエルが私を恋しく思っているのは知っているが、同じくらい彼が仕事を気に入っているのも知っている――会食や接待、豪華なホテル、医師たちとの雑談。彼はそういう社交が得意なのだ。

「今夜はホテルで交流会があって」ダニエルが噛んで含めるように言う。「明日はゴルフトーナメントがあって、月曜日からカンファレンスが始まる。これ、ひとつも憶えてない？」

心臓がどくんと跳ねる。憶えてない――私は心の中でつぶやく――ひとつも憶えてない。でもそう言うかわりに笑顔をつくり、朝食の皿を脇にどけて、彼の首にひしと抱きつく。

「ごめんなさい。言われて思い出した。たぶんまだ酔っぱらってるのね」

ダニエルは笑う。思ったとおり。笑いながら私の髪をくしゃくしゃにする。まるで私がティーボール（ティーの上の球を打つ野球に似た競技）の試合でバッティングに挑む幼児であるかのように。

「昨夜は愉しかった」私は話題を変えようとして言い、彼の膝に頭をあずけて目を閉じる。

「ありがとう」

「どういたしまして」彼の指先は今度は私の頭に図形を描きはじめる。円《まる》、四角、ハート。

しばらくダニエルは黙っている。重くよどんだ沈黙が流れてから、ようやく口を開く。

「あのとき、きみの兄さんと何を話してた？　裏のポーチで」

「なんのこと？」

「わかるだろ。僕が邪魔するまで、ふたりで何を話してた？」

「ああ、それは別に」私はまた瞼が重くなるのを感じる。「クーパーはいつもあんな感じだから。心配するようなことは何も」

「何を話してたにしろ……ちょっと緊迫してるように見えた」

「兄さんはあなたが〝正しい理由〟で私と結婚しようとしてるのかを気にしてるのよ」私は両手の指で引用符をつくりながら言う。「でもさっき言ったように、クーパーはいつもああなの。過保護だから」

「彼がそんなことを？」

ダニエルの背中が強張り、彼の手が私の髪から離れる。言ってしまった言葉をもう一度呑み込めたらと後悔するが、もう遅い――これもいまだ血中を行き交っているワインのせいだ。思ったことがそのままグラスからあふれるようにこぼれてカーペットを汚してしまうのは。

「今のは聞かなかったことにして」私はそう言って目を開ける。ダニエルが私を見下ろしているかと思ったが、彼は前方をじっと見つめている。目のまえの虚空を。「私があなたを心から信頼してるように、兄さんもきっとあなたを信頼するようになるから。大丈夫。兄さんは努力してる」

「彼はなぜそんなふうに思うって？」

「ダニエル、お願い」私はベッドの上で体を起こして言う。「話すほどのことじゃないの。クーパーはガードが堅いのよ。昔からそうだった。私が小さい頃から。過去にああいうことがあったし、そう簡単に人を信じないの。そういうところは私も似てるけど」

「ああ」ダニエルはまだ前方をじっと見つめている。生気のない目で。「確かにそうだね」

「あなたが正しい理由で私と結婚しようとしてるのはわかってる」私が手のひらでそっとダニエルの頬を包むと、彼はトランス状態から醒めたようにびくりとする。「たとえば、そうね、私のピラティスで鍛えたお尻とか、官能的な鶏肉の赤ワイン煮《コッコーヴァン》とか」

ダニエルは私に向き直り、それ以上真顔を保てなくなって口元をゆるめ、ついには笑ってしまう。私の手に手を重ね、ぎゅっと握ってから立ち上がる。

「週末くらいゆっくりするんだよ」プレスされたスラックスの折り目を整えながら言う。

「外に出かけて、愉しいことをするといい」

私はあきれた顔をすると、ふた切れ目のベーコンにさっと手を伸ばし、半分に折ってから口に押し込む。

「それか、結婚式の準備を進めるのもいい」彼は続ける。「いよいよ最後のカウントダウンだ」

「来月だものね」私は顔をほころばせる。結婚式の日取りを七月に――彼女たちが姿を消しはじめた月から数えてちょうど二十年目に――決めたという事実はもちろんわかっている。式場となる場所に足を踏み入れたときから、そのことは脳裏をよぎっていた。あの日初めて訪れた大農園、〈ヌマスギの厩舎《サイプレス・ステーブルス》〉。オーク並木が雄大なアーチを描く美しい石畳の通路、豪壮な大邸宅の四本の柱とともに整然と並んだ白塗りの椅子。見渡すかぎりどこまでも広がる青々とした草地。敷地の端にある修復された納屋は、巨大な木の柱にストリングライトや緑の葉や乳白色のマグノリアの花が飾られ、レセプション会場にぴったりだと思ったのを憶えている。白い柵に囲まれた牧草地で馬たちが草を食み、一面に広がる緑の果ての地平線を、はるか彼方の緩流河川《バイユー》だけが太く青い静脈のようにゆるやかに横切っていた。

「完璧だ」ダニエルはあのとき、私の手を握りしめて言った。「クロエ、完璧じゃないか？」

私は微笑みながらうなずいた。完璧にはちがいなかったが、あまりに広大な土地は私の生まれ育った場所を思い出させた。泥だらけになって肩にシャベルを担ぎ、木立の中から現れた父を思い出させた。家のまわりの土地を堀のように囲み、人々を閉め出すと同時に私たちを閉じ込めたあの湿地を思い出させた。私は白亜の豪邸を仰ぎ見て、ウェディングドレス姿の自分があの立派なラップアラウンド型ポーチを歩いて階段を降り、ダニエルのもとへ向かう場面を想像しようとしてみた。そのとき何かがちらりと動いて私の目を捉えた。よく見ると、ポーチに少女がいた。十代の少女がロッキングチェアにだらしなく坐って脚を伸ばし、茶色い革の乗馬用ブーツでポーチの柱を軽く蹴りながら、怠惰なリズムで椅子を揺らしていた。私が見ていることに気づいた彼女はさっと体を起こし、ワンピースの裾を下ろして脚を組んだ。

「あの子はうちの孫です」私たちを案内してくれていた年配の女性が言った。私は少女から目を離して彼女を見た。「ここはうちの先祖代々の土地でしてね。あの子は放課後たまにここへ来て、ポーチで宿題するのが好きなんです」

「図書館なんかよりずっといいですよね」ダニエルがにこやかにそう言うと、大きく腕を上げ、少女に向かって手を振った。少女は恥ずかしそうにちょっと頭を下げ、手を振り返した。ダニエルが案内の女性に視線を戻して尋ねた。「ここに決めました。空き状況はどんな感じですか？」

「そうですねえ」彼女は手元のアイパッドを見ると、何度も回転させて画面の向きを合わせた。「今のところ、年内のご予約はもうほとんど埋まってしまっています。もっと早くから動いていただかないと！」

「婚約したばかりなので」私は左の薬指につけてまもないダイヤモンドの指輪を回しながら言った。そうやっていじるのが最近の癖になっていた。ダニエルがくれたその指輪はヴィクトリア朝時代のもので、彼の高祖母から脈々と受け継がれてきた家宝だった。見るからに古びてはいるが、それこそふたつとない、由緒ある本物のアンティークだった。何代もの家族の来歴が微細な瑕《きず》となって刻まれたオーヴァルカットのセンターストーンを、小さなローズカットのダイヤモンドで取り巻いたデザイン。地金はバターのような色味がわずかにくすんだ14金のイエローゴールドだった。「何年も無意味に待って結婚を先送りするカップルにはなりたくないんです」

「そう、僕らはもう若くないんでね」ダニエルが言った。「あまり時間がない」

彼が私のお腹をぽんぽんと撫でてみせると、女性は苦笑いを浮かべ、ページをめくるように画面をスワイプした。私は赤面しそうになるのをこらえた。

「先ほど申し上げたとおり、今年はもう週末は全部埋まってしまっています。来年の二〇二〇年なら空きがありますが」

ダニエルが首を振った。

「週末はひとつも空きがない？　信じられないな。金曜日はどうなんです？」

「金曜日もほとんどは埋まっています。リハーサルがあるので」彼女は言った。「でも見てみると、一日だけ空きがありますね。七月二十六日に」

ダニエルがちらりと私を見て、眉を上げてみせた。

「じゃあ、予定に入れておく？」

彼が冗談で言っているのはわかっていたが、七月と聞いた瞬間に心臓が慌てはじめた。

「ルイジアナの七月よ」私は渋面をつくって言った。「ゲストのみんなが暑さに耐えられると思う？　特に屋外で」

「屋外用のエアコンをお出しできますよ」女性が言った。「テントでもファンでも、なんなりと」

「どうかしら」私は言った。「虫も多くなるし」

「毎年地面にスプレーを撒くので、虫は心配しなくても大丈夫。うちは夏のあいだもずっと結婚式をやってますからね！」

そのときダニエルの強い視線を感じた。彼が訝しそうに私の横顔をじっと見つめているのを。まるでそうやって熱心に見つめていれば、私の頭の中で絡まり合った思考がほぐれるとでもいうように。けれど私は彼を見ようとしなかった。彼と向き合おうとしなかった。七月という月がなぜ私の不安を病的なまでに煽り、夏が進むにつれますます悪化させていくのか、その理不尽きわまりない理由を認めようとしなかった。喉にこみ上げる吐き気も、遠くのほうで酸っぱい堆肥の臭いがマグノリアの甘い香りと混ざり合ったような匂いも、急にどこかでブンブンうなり出した何かの死骸にたかっている蠅の羽音も、気づいていながら認めようとしなかった。

「わかりました」私はうなずいて言った。もう一度ポーチに目をやったが、少女の姿はなく、空《から》のロッキングチェアが風に吹かれてゆらゆら揺れているだけだった。「じゃあ、七月で」

第七章

私はダニエルの車がドライヴウェイをバックで出ていくのを見守る。彼は行ってきますの合図にヘッドライトを点滅させ、フロントガラス越しに手を振る。私は手を振り返す。シルクのローブの胸元をしっかり合わせ、湯気の立つコーヒーのマグカップを手にしたまま。

玄関のドアを閉め、がらんとした家の中を見まわす。昨夜のグラスがまだあちこちのテーブルの上に放置され、空《から》のワインボトルがキッチンのリサイクル用ゴミ箱に満杯になっていて、ひと晩で湧いたと見える蠅がべたつくボトルの口のまわりを飛びまわっている。私は片づけを始める。食べ残しを捨てた皿をシンクの中に積み上げ、薬とワインのせいで一向におさまらない頭痛を無視しようと努める。

車の中にある処方薬のことを思い出す。ダニエルが知りもしなければ必要としてもいない、彼の名前で新たに補充したザナックスのことを。それから自分のオフィスの引き出しにストックしてある、このひどい頭痛を確実に麻痺させてくれるであろうさまざまな鎮痛剤のことを思う。それらがあの場にあると思うとそそられる。なんならこのまま車に乗り込んでオフィスへ直行し、指を伸ばしてどれかを選び取りたい。患者のためにあるリクライニングチェアの上で体を丸めてもう一度眠りに落ちたい。

かわりに私はコーヒーを飲む。

薬を手に入れやすいからこの仕事をしているわけではない――それにルイジアナがたまたま、臨床心理士が患者に直接薬を処方できる三つの州のうちのひとつというだけだ。ことイリノイとニューメキシコ以外の州では通常、委託した内科医か精神科医に処方箋を書いてもらう必要がある。でもここではちがう。ここでは心理士自ら処方箋を書くことができる。ここではほかの誰にも知らせる必要はない。それが幸運な偶然か、はたまた危険な災難かは、自分ではまだわからない。ともかく、それは私がこの仕事をしている理由とは関係がない。その抜け穴を利用すれば、ダウンタウンでクスリの売人と接触することなく安全にドライヴスルーの窓口に立ち寄り、ビニールの小袋ではなく薬局のロゴ入り紙袋を受け取って、レシートとともに歯磨き粉と低脂肪牛乳一ガロンが半額になるクーポンまでもらえるが、そのために臨床心理士になったのではない。私が心理士になったのは、トラウマというものを理解しているからだ。私はそれを身をもって理解している。どんな教育をもってしても敵わないほど深く。人間の脳が体のほかのありとあらゆる部分をいかに変えてしまうかを理解している。人間の感情が——自分でも気づいていなかった感情が——いかに物事をゆがめてしまうかを理解している。それらの感情が冷静に物事を見ることも、冷静に考えることも、冷静に行動することも、すべて不可能にしてしまうことを理解している。それらの感情が頭の中から爪の先まで、絶え間なく疼きつづけて決して癒えることのない痛みをもたらすことを理解している。

十代の頃、私はそれはもういろいろなドクターのもとに通った——セラピストや精神科医や臨床心理士のもとを転々とする終わりのないサイクル。彼らはみな同じ一連の型どおりの質問を繰り出して、私の精神を延々と苛む不安障害のスライドショーを治そうとした。クーパーと私は教科書に載っている症例そのものだった。私はパニック発作、心気症、不眠症、暗所恐怖症を患い、毎年新たな疾患をリストに加えていった。一方、クーパーは自分の殻に閉じこもった。私は何もかもを感じすぎ、クーパーは感じなさすぎた。兄の外向的な性格は完全に鳴りを潜め、もはや消え失せたも同然だった。

私たちはふたりまとめて子供時代のトラウマ一式として、ルイジアナじゅうのドクターの玄関先にそっと置かれた。誰もが私たちを知っていた。私たちの抱えている問題を知っていた。

誰もが知っていたが、誰も治すことはできなかった。だから私は自分で治すことにしたのだ。

私は居間へ行ってソファに腰を下ろす。コーヒーがマグカップの縁からこぼれる。カップを持ち上げ、垂れた液体を横から舐め取る。すでにテレビから朝のニュースが流れている。ダニエルが選んだチャンネルから。私は自分のマックブックに手を伸ばし、リターンキーを連打して長いまどろみから目覚めさせる。私用のGｍａｉｌアカウントを開き、受信トレイに届いたメールをチェックしていく。ほとんどが結婚式関連だ。

もう二カ月を切りましたね！　そろそろケーキを決めてしまいましょう。最終的にふたつに絞ったうちのどちらにしましょうか——キャラメルドリズル、それともレモンカード？

クロエ、こんにちは。フローリストがテーブルアレンジを確定したいとのことです。テーブル数は二十と伝えてしまっていいですか？　やっぱり十にしときます？

これが数カ月前なら、何を決めるにもダニエルに逐一相談していただろう。小さなディテールのひとつひとつが、ふたりのことをふたりので一緒に決めるのだという意味を持っていた。けれど時間が経つにつれ、私の思い描いていた小規模でアットホームなウェディング——屋外でのセレモニーのあと、親しい友人たちを招いての内輪だけのお祝い。細長い一台のテーブルの上座にダニエルと私が着いて、みんなでロゼワインを飲みながら好きな食べものをつまみ、なんの遠慮もなく笑い合う——はまったく別の何かに形を変えていた。ふたりして手なずけ方を知らない珍種のペットのようなものに。絶えず決めなければならないことが山のようにあり、どうでもいいような些細な件でのEメールのやりとりが無限に続いた。ダニエルはほとんどすべての裁定を私に委ねていた。世間でよく言われるように、花嫁のしたいようにさせるのが正解だと思っているのだろう。けれどすべてを自分が決めなければならないという責任は私の肩に重くのしかかり、私はこれ以上なくストレスを感じていた。ダニエルが唯一きっぱり自分の意見を述べたことと言えば、フォンダンケーキは嫌だということと、自分の両親に招待状を送るつもりはないという二点のみで、私としてもなんら異存はなかった。

ダニエルには口が裂けても言えないが、とにかく早く終わってほしい。この結婚式を終わらせたい。すんなり婚約できたことに心の中で〝ありがとう〟を唱え、私はそれぞれのメールに返信する。

キャラメルでお願いします！

あいだを取って十五にしてもいいですか？

さらに何通かチェックしたあと、私はウェディングプランナーからのEメールをクリックして凍りつく。

こんにちは、クロエ。何度も申し訳ないですが、もう式の詳細を決めてしまわないと、席次表を確定できません。ウェディングアイルを歩くときのエスコート役をどなたにするか決まりましたか？　お手すきの際にご連絡ください。

マウスポインターが削除ボタンの上でさまよう。が、そこであのうっとうしい心理士の声——私の、私の声——が響いてくる。

〝典型的な回避型コーピングね、クロエ。それでは決して問題解決にはならない——問題を先送りするだけよ〟

私は自分の内なるアドバイスにあきれ顔をしながら、キーボードの上で指をぱたぱたさせる。そもそも父親が娘をエスコートして式場の通路を歩くこと自体があまりにも時代遅れだ。誰かが私を〝嫁がせる〟のだと思うとげんなりする。まるで自分がただの所有物で、いちばん高値をつけた人のもとへ売られていくかのようだ。なんなら持参金も復活させたらいいのではないか。

私の頭はクーパーを思い浮かべる。私が十二のときから、いわば父親がわりだった存在。兄が私の手をしっかりと握り、私をガイドしながら通路を進んでいくのを想像する。

けれどそこで、兄の昨夜の言葉がよみがえる。咎めるようなあの目、あの口調。

〝クロエ、あいつはおまえを知らないんだ。おまえだってあいつのことを何も知らない〟

私はパソコンを閉じてソファの向こうに押しやり、ずっと流れているテレビの映像に視線を戻す。画面の下を真っ赤なテロップの帯が横切っている――〈ニュース速報〉。私はリモコンを取り上げて音量を上げる。

当局はルイジアナ州バトンルージュの十五歳の高校生、オーブリー・グラヴィーノさんの失踪に関する情報を引き続き集めています。オーブリーさんは三日前にご両親によって失踪届が出されています。最後に目撃されたのは水曜日の午後で、学校から帰る途中に墓地の近くをひとりで歩いていたとのことです。

オーブリーの写真がぱっと画面に映り、私は思わずびくりとする。子供の頃、十五歳というのはものすごく年上に思えた。ほとんど成熟した大人であるかのように。小さな私は十五になったらやりたいことをあれこれ夢見たものだ――けれど大人になってみると、十五という年齢がいかに幼いかを痛切に思い知るようになった。この子がいかに幼いか。彼女たちもみんな幼かった。オーブリーはなんとなく見覚えがあるような顔をしているが、それはたぶん、私のオフィスの椅子にだらしなく坐る数多《あまた》の女子高校生たちと似たような外見をしているからだ。思春期の基礎代謝量ならではの体の細さ、黒のペンシルでどぎつく縁取られた目、年齢を重ねた女性がもう一度若く見せるために施すカラーリングやパーマやその他の多大なダメージを与える処置とは無縁の髪。この子が今どんなふうになっているかは考えまいとする。おそらくは青白く、硬く、冷たくなっている。死は肉体を老けさせ、皮膚をくすませ、目を濁らせる。人間はかくも若くして死ぬようにはできていない。あまりにも自然に反している。

オーブリーがテレビ画面から消え、新たな画像が映し出される。バトンルージュの航空写真地図。私の目は瞬時にミシシッピ川近くのダウンタウンエリア、自宅とオフィスのある方向に吸い寄せられる。赤い点がサイプレス墓地の場所に表示される。オーブリーが最後に目撃された場所。

捜索隊が本日、墓地をくまなく捜索していますが、オーブリーさんの両親は「娘が無事で見つかることを信じたい」と希望を持ちつづけています。

地図が消え、今度は動画が流れはじめる——中年の男と女が、もう何日も眠っていないような顔で演壇に立つ。テロップでオーブリーの両親だとわかる。父親が無言で脇に立ち、母親のほうがカメラに向かって訴える。

「オーブリー、あなたが今どこにいても、パパとママはあなたを捜してるからね。あなたを捜して、必ず見つけるからね」

父親が鼻をすすり、シャツの袖で目を拭い、手の甲に鼻水をなすりつける。母親はそんな夫の腕を励ますように叩いて続ける。

「娘を連れていった人、娘の居場所について何か知っている人は、お願いですから、どうか名乗り出てください。私たちは娘を返してほしいだけなんです」

父親は今や泣き出し、激しい嗚咽を漏らしている。母親は一歩も引かず、食い入るように目のまえのレンズを見据えている。警察がそうするように教えるのだ。カメラをじっと見るように。カメラに話しかけるように。相手に話しかけるように。

「私たちの大事な娘を返してください」

第八章

リーナ・ローズがひとり目だった。最初の犠牲者。すべての始まりは彼女からだった。リーナのことはよく憶えている。といっても、多くの人々が死んだ彼女たちのことを憶えているようにではない。関わりの薄かったクラスメイトがあたかも本人と親しかったかのように話をでっちあげたり、昔の友人がフェイスブックに古い写真をアップして、何年も音信不通だった事実を省いて内輪のジョークや思い出話を披露したりするようにではない。

ブローブリッジの住人がリーナを憶えているのは、〈行方不明〉のポスターに載った写真によってのみだ。まるでその凍りついた一瞬が、彼女の生涯におけるただひとつの瞬間だったかのように。それだけが唯一意味のある瞬間だったかのように。その個人の全人生、全人格を象徴する一枚の写真をどうやって家族が選ぶのか、私には想像がつかない。それはとてつもなく大変な作業のように思える。あまりにも責任重大であると同時に、あまりにも不可能な作業のように。その写真を選ぶということは、彼女が後世に遺すものを選ぶということだ。世界が記憶にとどめることになるたったひとつの瞬間を選ぶということだ――それ以外のすべてを除いた、その瞬間だけを。

けれど私はリーナを憶えている。表面的にではなく、本当の意味で憶えている。彼女のあらゆる瞬間を憶えている。いい瞬間も悪い瞬間も。彼女の強さも欠点も。本当はどんな人だったかを憶えている。

リーナは声が大きくて、野蛮で、よく汚い言葉を使った。リーナのつく悪態といったら、私の父が作業場で誤って親指の先を手斧で叩き切ってしまったときしか耳にしたことがないようなものだった。その外見に似合わない罵り言葉が、なおさら彼女を魅力的に見せたものだ。リーナは背が高くすらりと痩せていて、少年のような十五歳の体型には不釣り合いなほど胸が大きかった。社交的で、快活で、ひまわりのような黄金色の髪をいつも二本のフレンチブレイドのおさげに編み込んで垂らしていた。リーナが歩くと誰もが目を留めた。それは本人も自覚していた。他人に注目されることで私が委縮してばかりいたのとは逆に、リーナはますます得意になった。まわりの視線を浴びると彼女の顔はよりいっそう輝き、歩く姿はより大きくなった。

男の子たちはみんなリーナのことが好きだった。私もリーナのことが好きだった。それ以上に彼女のことがうらやましかった。ブロープリッジの女の子たちはみんなリーナをうらやんでいた。あの恐ろしい火曜日の朝、テレビの画面に彼女の顔が映るまでは。

あらゆる瞬間の中でも、とりわけ鮮烈に憶えているひとときがある。リーナとのひとときどんなに忘れようとしても絶対に忘れえないひととき。

結局、あのひとときが私の父を監獄に送ったのだ。

私はテレビを消し、真っ暗な画面に映った自分の姿を見つめる。あの手の記者会見はいつも同じだ。これまでさんざん見てきてそう思う。

主導権を握るのは常に母親だ。母親は常に自分の感情を抑える。母親が常に落ち着いて冷静に言葉を発する一方、父親は脇のほうで卑屈になってうつむくばかりで、自分の娘を連れ去った男と目を合わせることもできない。一般的には逆だと思われるかもしれないが――一家の主である男が主導権を握り、女は陰で泣くものだと思われるかもしれないが――そうではない。私はその理由を知っている。

なぜなら父親たちは過去に囚われるからだ。私はそれをブロープリッジから学んだ。失踪した六人の少女の父親たちから学んだ。彼らは自分を恥じる。あのときああしていたら、と、考えても仕方のないたらればを考える。男は家族を守るものだ、父親は娘を守るものだ、それなのに守れなかったと自分を責める。けれど母親たちは今のことだけを考え、作戦を立てる。過去のことを考える余裕はない。過去はもはやどうでもいいからだ――邪魔でしかない。時間の無駄だ。未来のことも考えられない。未来はあまりに恐ろしく、苦痛に満ちているから――未来のことを考えたが最後、もう戻ってこられないかもしれない。壊れてしまうかもしれない。

だから母親たちは今日のことだけを考える。可愛い娘を明日取り戻すために、今日何ができるかを考える。

リーナの父親、バート・ローズは完全に打ちひしがれていた。大の男があんなふうに悲痛なうめき声を漏らし、身を震わせて泣くのを私はあのとき初めて見た。本来の彼はいかにも無骨でたくましい男性的魅力の持ち主だった。シャツの縫い目がはちきれそうなほど引き締まった腕、くっきりとした顎のライン、褐色を帯びた肌。それがテレビ放映されたあの最初の会見では、ほとんど誰だかわからなかった。眼窩に深く落ちくぼんだ、紫の血だまりのようなふたつの目。もはや自分の肉体の重みに耐えられないかのようにがっくりとうなだれた体。

私の父は九月の終わりに逮捕された。あの恐怖の連鎖が始まってからほぼ三ヵ月後に。父が逮捕された夜、私はほとんど瞬時にバート・ローズのことを思った――リーナやロビンやマーガレットやキャリーや、その夏のあいだに姿を消したほかの少女たちのことを思い浮かべるより先に。あの夜、赤と青の回転灯に照らし出されたわが家の居間の光景を思い出す。クーパーと私が窓に駆け寄って外を覗くと、武装した男たちが玄関ドアから踏み込んできて怒鳴った。「動くな！」父はそのときリクライニングチェアに坐っていた。使い古して真ん中の革がフェルトのようにやわらかくなった〈レイジーボーイ〉に坐ったまま、顔を上げて彼らのほうを見ようともしなかった。部屋の隅でこらえきれずに泣いている母のこともまるで見ようとしなかった。父の好物であるひまわりの種の殻が、彼の歯にも下唇にも爪のあいだにも挟まっていた。彼らに連行されるとき、父がくわえていたクルミ材のパイプが落ちて床が灰で黒く汚れ、ひまわりの種の入っていた袋がカーペットにすべり落ちた。

父の目がほんの一瞬、私の目を捉えた。揺るぎなくまっすぐに。私の目を、次にクーパーの目を。

「いい子でな」

その言葉を最後に、父は彼らに引きずられて玄関ドアからじめじめした夜の戸外へ連れ出された。パトカーに頭を叩きつけられ、その衝撃で分厚い眼鏡がひび割れ、回転灯を浴びた肌が気味の悪い深紅に染まった。彼らは父を後部座席に押し込み、ドアを閉めた。

パトカーの中の父は黙ってじっと前方にある金網の仕切りを見据え、微動だにせず、鼻梁を伝って滴り落ちる血を拭おうともしなかった。私はそんな父を見つめ、バート・ローズのことを思った。娘の命を奪った男の正体を知ることは、彼にとっていいことなのかどうか。それで少しは救われるのか、より苦しむことになるのか。ありえない前提ではあるが、もしどちらか選ばなければならないとしたら、わが子を殺した相手がまったく知らない人間——自分の町、自分の人生にとってのよそ者——であるほうがましなのか、それとも家に招いたことのある顔なじみ、近所に住む友人のほうがましだと思うのか？

その後の数ヵ月間で私が父の姿を見たのは、彼がテレビに映ったときだけだった。縁のある眼鏡はひび割れたままで、常にじっと足元の地面を向いていた。両手はうしろできつく手錠をかけられ、手首の皮膚がよじれてうっすら赤くなっていた。私は画面にかじりついてその光景を見つめた。裁判所へ向かう通りに並んだ人々がひどく汚い言葉を書き殴った手作りの看板を掲げ、歩いて通り過ぎる父に罵声を浴びせていた。

人殺し。**変態**。

化け物。

看板の中には彼女たちの顔写真を掲げたものもあった——その夏、一連の不幸なニュースになって報じられた少女たち。私より少し年上なだけの少女たち。私はその全員の顔を知っていた。ひとりひとりの顔立ちを憶えていた。彼女たちの笑顔を知っていた。彼女たちの眼差しを知っていた。かつて明るい未来に向かって生きていた彼女たちの姿を見ていた。

リーナ、ロビン、マーガレット、キャリー、スーザン、ジル。

それらの顔写真のせいで、私は門限を言い渡されていた。それらの顔写真のせいで、私は夜にひとりで出歩くことを禁じられていた。そのルールを決めたのは父だった。私がすっかり暗くなってから家にたどり着いたり、夜に窓を閉め忘れたりするたび、私のお尻がひりひり痛むまで私をぶったのは父だった。父は私の心に純然たる恐怖を植えつけた――日ごとに増大する、彼女たちを消し去った見えざる人物の恐ろしさを。彼女たちを古いダンボールに貼りつけられた白黒写真にしてしまった人物。彼女たちがどこで最期を迎えたかを知っている人物。ついに死が訪れた瞬間、彼女たちがどんな目をしていたかを知っている人物。

父が逮捕されたとき、もちろん私にはわかっていた。警察がわが家に踏み込んできた瞬間から。父が私たちの目を見て〝いい子でな〟と囁いたときから。本当はそのまえからわかっていた。やっと何が起こっているかを自分で認めたときから。背後に忍び寄る気配に意を決して振り返り、影の正体と向き合ったときから。けれど実感として理解したのはあのとき――家の居間でひとり、テレビの画面に顔をくっつけていたとき、母が寝室でゆっくりと壊れかけていて、兄が外でしぼんで消えかけていたとき――画面越しに父が引きずる足首の鎖の音を聞きながら、パトカーと刑務所と裁判所のあいだを移送される彼の虚ろな表情を見つめていたときだった。あの瞬間にすべての意味がなだれをうって押し寄せ、私を瓦礫の中に生き埋めにしたのだ。そして私は理解した。

その人物とは彼自身だったのだと。

第九章

この家は大きすぎると同時に小さすぎる。急にそう思えてくる。四方の壁に閉じ込められ、ずっと同じよどんだ空気を吸っていることに息苦しさを覚える。しかしまた同時に、途方もない淋しさを感じる。人ひとりが黙ってあれこれ考えるだけではこの空間は埋められない。私は唐突に家を出たくなる。

ソファから立ち上がって寝室へ行くと、ゆったりしたローブからグレーのTシャツとジーンズに着替え、髪をてっぺんでお団子にまとめ、面倒なメイクの手順はすべてすっ飛ばして、唇に〈ブリステックス〉のリップクリームをひと塗りするだけにとどめる。五分もせずに玄関ドアを出て、フラットシューズで舗道に降り立つと、乱打していた心臓が一気に落ち着くのを感じる。

車に乗り込んでエンジンをかけ、機械的に運転して住宅街を抜け、ダウンタウンに入る。カーラジオに手を伸ばしかけて止め、そろそろとハンドルに戻す。

「大丈夫よ、クロエ」声に出して言う。静まり返った車内で自分の声がやけに甲高く響く。「何があなたを不安にさせてるの？　言葉にして言ってみて」

ハンドルに指先を打ちつけ、ウインカーを出して左折する。私は自分のクライアントと対話するように自分と対話している。

「女の子が行方不明なの」私は言う。「地元の女の子が行方不明になって、それで不安を感じてる」

これがクライアントとのセッションなら、私は次にこう尋ねるだろう――〝それはなぜ？　あなたがそのことで不安を感じるのはなぜだと思う？〟

理由は自分でもわかりきっている。少女が行方不明になった。十五歳の少女が。最後に目撃された場所はほんの目と鼻の先だ。私の自宅から、私のオフィスから、私の人生から。

「あなたはその子を知らない」私はまた声に出して言う。「あなたはその子と会ったこともないのよ、クロエ。その子はリーナじゃない。彼女たちのひとりでもない。これはあなたとはなんの関係もないことなのよ」

私は息を吐き、赤信号の手前で減速しながら道路の向こう側に目をやる。ひとりの母親が娘と手をつないで通りを渡っている。左でティーンエイジャーの集団がローラーブレードで滑走しており、前方で男がひとり、犬を連れてジョギングしている。信号が青に変わる。

「これはあなたとはなんの関係もないことなのよ」私は繰り返し、交差点を抜けて右折する。

適当に車を走らせているうちに、オフィスの近くまで来ていることに気づく。あと数ブロックで、デスクの引き出しに設けた安全な薬の隠し場所に手が届く。錠剤をひとつ服《の》みさえすれば脈拍が落ち着き、呼吸が整う。鍵のかかるドアと遮光カーテン、巨大な革のリクライニングチェアが待っている。

私は頭の中からその考えを振り払う。

私は問題を抱えてはいない。私は依存症でもなんでもない。バーで昏倒するまで飲んだりもしなければ、晩酌のメルローを我慢したからといってひどい寝汗をかいたりもしない。しらふでやっていこうと思えば何日でも何週間でも何カ月でもやっていける。不安を麻痺させるための薬やワインや化学物質に頼らなくても。不安は絶えず私の血管を駆けめぐっている。つま弾かれたギターの弦がビリビリ響いて骨身を震わせるように。でも私はちゃんと対処している。私の抱えている疾患、私が長年闘いつづけてきた御大層な名前の病気——不眠症、暗所恐怖症、心気症——にはすべて共通の特徴がある。それらすべてを束ねる重要なポイントがある。それはコントロールだ。

私は自分がコントロールできないすべての状況を恐れる。想像せずにいられないのだ。無防備に眠っている自分の身に起こりうることを。暗闇で気づかないうちに自分の身に起こりうることを。見えざる殺人鬼の手がいつの間にか自分の首にかかっていて、次の瞬間にはもう息の根が止まるかもしれないことを。自分があれだけの経験をして、あれだけの思いをして生き延びてきたにもかかわらず、洗わなかった手や喉の違和感がもとで死に至るかもしれないことを。

私はリーナを想像する。殺人鬼の手にかかった彼女が感じたであろう完全なコントロールの欠如を。首が絞まり、気管が押しつぶされ、眼球が激しく疼き、視界が明るくなりかけたかと思うと急に薄れはじめ、次第に暗くぼやけてついには何も見えなくなるまで。

私の薬局は私の命綱だ。書かれる必要のない処方箋を書くのがいけないことはわかっている。いけないどころか、違法であることは。臨床心理士の資格を失ってもおかしくない。最悪、監獄行きになるかもしれない。それでも命綱は必要だ。誰しも自分が沈みかけているのを感じたら、救命いかだに助けを求めるはずだ。私は自分がコントロールを失いかけたとき、必要な薬がすぐそこにあって、私の内なる混乱を適切に鎮めてくれることを知っている。たいていはそれらがそこにあると思うだけで気持ちが落ち着くものだ。閉所恐怖症の患者にもアドバイスしたことがある。飛行機に乗るときはハンドバッグにザナックスを一錠入れておくといい、それがそこにあるだけで心身が反応してくれるから、と。きっと服《の》むまでもなくなる、私は彼女にそう請け合った。手を伸ばせば助かると知っているだけで、胸の重苦しさはやわらぐから、と。

そして実際、そのとおりになった。当然だ。経験からわかっていた。

オフィスがもう前方に見えはじめている。苔むしたオークの木々の向こうに見える、あの古い煉瓦造りの建物。例の墓地はここから西へほんの数ブロックだ。私は心を決めて西へ曲がり、墓地に向かって車を走らせる。錬鉄製の門が大きく口を開けて私を招いている。私は通り沿いの空いた場所に車を停め、エンジンを切る。

サイプレス墓地。オーブリー・グラヴィーノが最後に目撃された場所。物音が聞こえ、私は車の窓から外を見る。向こうのほうに捜索隊がいる。獲物が落ちていないかと嗅ぎまわる蟻のように辺りを捜しまわっている。生い茂ったメヒシバをかき分け、朽ちかけた墓石をよけながら、墓のあいだをうねる未舗装の小径の表面をスニーカーで踏みならすように確かめている。この墓地の面積は二十エーカーを超える。とてつもなく広い土地だ。彼らが捜しているものが見つかる可能性はほとんど絶望的に思える。

私は車を降りて門を通り抜け、捜索隊のほうへ近づいていく。敷地のそこここにヌマス《サイプ》ギ《レス》——ルイジアナの州木であり、墓地の名前の由来でもある——の大樹が立っている。赤茶けて腱のように筋張った、どっしりと太い幹。枝からスパニッシュ・モスが埃だらけの腐った蜘蛛の巣のように垂れ下がっている。私は立入禁止のテープの下をくぐり、捜索隊にまぎれてその場に溶け込もうとする。現場を意味もなくうろうろしている警察官や首からカメラをぶら下げた新聞記者たちからはなるべく離れながら、オーブリーを見つけようとしている何十人ものボランティアの一員であるふりをする。

あるいは彼らはオーブリーを見つけまいとしているのかもしれない。捜索隊が何より見つけたくないのは遺体だからだ。遺体の一部ならなお悪い。

ブローブリッジでは遺体はひとつも見つからなかった。遺体の一部も見つからなかった。私は自分も捜索隊に加わりたいと母に頼み込んだ。町の人々が大勢集まって懐中電灯やトランシーヴァーや大量のボトル入りの水を配り合い、指示を叫び合ってから、丸めた新聞紙の一打で散り散りになる蚋《ぶよ》のように一斉に散開するのを見ていたのだ。母はもちろん許さなかった。私は家から出られず、彼らが丈の高い草が鬱蒼と茂った果てしない深淵をかき分けるたびに遠くでちらつくランタンの灯りを見ているしかなかった。あれほど無力感を覚えることはなかった。見ているだけ。待っているだけ。彼らが何を見つけるかもわからない。家の裏庭の捜索がおこなわれたときはもっとひどかった。私は窓に張りついてその様子を見ていた。父が勾留されたあと、警察が私たちの十エーカーの土地を徹底的に捜しまわるのを。それでも何も出てこなかった。

そう、彼女たちはまだ見つかっていない。まだどこかにいる。彼女たちの骨を覆い隠す土の層は年々厚くなっていく。彼女たちがひとりも見つかっていないと思うと気が遠くなる。おそらく永久に見つかることはないと現時点でわかっていても。それが正義に反するからとか、家族が心の整理をつけられないからとか、そういうことではない。私がかつて家の裏のポーチの下で見つけた死んだ野ネズミと同じように彼女たちが朽ち果てていると思うからでもない。ぼろぼろの服や皮膚や髪とともに人間性を剝ぎ取られ、全人生があなたや私やあの野ネズミの骸《むくろ》となんら変わりのない、ただの骨の山になってしまったことを思うからではない。私が夜眠れなくなるのも、彼女たちがいつか見つかるかもしれないという一縷《いちる》の望みを捨てられないのも、そういった理由からではない。

そうではなく、一体どれだけの遺体が私の足の下に埋まっているのか、埋まることになるのかと思わされるからだ。地上の人々にその存在を一切気づかれることなく。

もちろん、今このときも私の足の下には遺体が埋まっている。おびただしい数の遺体が。けれど墓地というのはまた話がちがう。ここにある遺体はここに葬られたものだ。棄てられたものではない。彼らは思い出されるためにここにいるのだ。忘れ去られるためではなく。

「何か見つけたわ！」

私の左でひとりの中年女性が声をあげる。白のスニーカー、カーキ色のカーゴパンツ、大きすぎるポロシャツ——捜索隊の一員たらんとする地元民の非公式のユニフォーム姿。地面に膝をついた恰好で目を細め、土の上にある何かを見つめている。左手をほかの捜索者たちに向かって激しく振りながら、〈ウォルマート〉のおもちゃ売り場にあるようなトランシーヴァーを右手で握りしめている。

私は周囲を見まわす——彼女から数メートル以内にいるのは私だけだ。ほかの人々がこちらに向かって走ってきているが、すぐそばにいるのは私だけだ。一歩近づくと、彼女が顔を上げて私を見る。興奮しながらも哀願するような目。まるでこの何かが重要なものであってほしい、なんらかの意味を持つものであってほしいと願いながらも、同時にそうであってほしくないと必死で願っているかのような。

「見て」彼女は私に手招きしながら言う。「ほら、ここに何か落ちてる」

私はさらに近づいて首を伸ばす。土の上にあるその物体に焦点が合った瞬間、電気ショックのような衝撃が全身を駆け抜ける。私は考えることなく手を伸ばし——膝の下を木槌で叩かれると勝手に脚が跳ね上がる、膝蓋腱《しつがいけん》反射のようなものだ——それを地面からつまみ上げる。警察官が私の背後に駆け寄ってくる。

「何が見つかったんです？」彼は喘ぎながら私に尋ねる。喉が詰まったような声。まるで痰の森に呼吸を阻まれているかのような。ずっと口で息をしている。私の手の中にあるそれを見るなり、彼の目が飛び出す。「だめですよ、触っちゃ！」

「すみません」私は小声で謝り、手のひらを彼に向ける。「ごめんなさい——つい、うっかり触ってしまって。イヤリングです」

発見者の女性が私を見る。警察官がぜいぜい言いながら膝をついてしゃがみ、片方の腕を横に突き出して、ほかの人々が近づきすぎるのを制する。手袋をはめた手で私の手のひらからイヤリングをつまみ取り、とくと検《あらた》める。小さな銀のイヤリング。てっぺんに集まった三粒のダイヤモンドが逆三角形を形づくり、三角形の頂点からひと粒のパールがぶら下がっている。見るからに上等な品だ。宝飾店のショーウィンドウに飾られていたら確実に私の目を惹いただろう。十五歳が身につけるには上等すぎる品だ。

「オーケイ」警察官は言い、汗だくの額に張りついた髪を払いのける。わずかに気勢を削がれたようだ。「オーケイ、いいでしょう。これは押収しますが、忘れないでください、ここは公共の場です。何千というお墓を訪れに、毎日何百人という人が来ますからね。このイヤリングは誰のものであってもおかしくない」

「いいえ」発見者の女性が首を振る。「まちがいないわ。それはオーブリーのものよ」

そう言うと、彼女はカーゴパンツのポケットから四つ折りにした紙を取り出して広げる。オーブリーの〈行方不明〉のポスター。見覚えがある。今朝のニュースでテレビに映っていたのと同じ写真だ。彼女という存在を象徴するただ一枚の写真。はじけるような笑顔、瞼に濃く引かれた黒のアイライナー、カメラのフラッシュを反射するピンクのリップグロス。写真は胸元までしか写っていないが、彼女がネックレスをつけているのがわかる。私がテレビの画面で見たときには気づかなかったネックレスが、鎖骨のあいだのくぼみに横たわっている――三粒の小さなダイヤモンドからぶら下がったひと粒のパール。そして、彼女の左右の耳たぶにくっついているのは――耳にかかった豊かな茶色い髪に半ば隠れているのは――まったく同じデザインの一対のイヤリングだ。

第十章

リーナは人に優しい子ではなかったが、私には優しかった。彼女のために言い訳するつもりはない。事実を取り繕って彼女をよく見せるようなことはしない。リーナはトラブルメーカーだった。常にまわりの人々を居心地悪くさせ、彼らが身悶えするのを見て愉しむような問題児だった。そうでなければ、十五歳の少女が胸の谷間を強調するブラをつけて学校へ行き、嚙んでばかりいる爪の先にフレンチブレイドのおさげ髪をくるくる巻きつけながら、やわらかい唇の端をしゃぶってみせたりするだろうか？ リーナは少女の体に宿った女だった。あるいは女の体に宿った少女だった。どちらでも彼女の場合はしっくりくるように思われた。成熟していると同時に若すぎる——実際の年齢を超越した外見と頭の中身を備えていた。けれどその派手なメイクや放課後にいつもまとっていた煙草のけむりの奥深く、表からは見えないところに、彼女もただの女の子なのだと思い出させる一面があった。ただの途方に暮れた、孤独なひとりの女の子なのだと。

もちろん、十二歳の私はリーナのそうした一面には気づかなかった。彼女はいつ見ても大人のようなものだった。兄のクーパーと同い年だったにもかかわらず。クーパーは平気でげっぷしたりゲームボーイに興じたり、ベッドの下の浮いた床板の下に卑猥な雑誌を隠したりしていて、とても大人には思えなかった。兄の部屋からお金をくすねようとしてあの雑誌の山を見つけた日のことは忘れられない。私はリーナが塗っていたのと同じ淡いピンクのアイシャドウのパレットを買いたかったのだ。母は高校に上がるまではだめだと言ってメイク道具を買ってくれなかった。が、私はどうしても欲しかった。盗みも辞さないほど欲しかった。それでクーパーの部屋に忍び込み、ぎいぎい軋む床板を持ち上げたとたん、衝撃的な巨乳の漫画絵に迎えられ、高速で飛びのいた拍子にベッドのスプリングに後頭部をしたたかぶつけた。それから急いで父に言いつけにいったのだった。

ブローブリッジ名物のザリガニ祭りはその年、五月の初めに開催された。夏へのプロローグ。すでに暑かったが、そこまで暑くはなかった。全米の脆弱な基準からすると充分暑かったが、ルイジアナの本格的な暑さにはほど遠かった。それがやってくるのは八月だ。その頃には毎朝、沼地の湿った息がさながら干ばつを探す雨雲のように町の通りを漂うことになる。

八月にはまた、六人のうち三人の少女が姿を消すことになる。

ブローブリッジが〝世界一のザリガニの都〟だというのは半分冗談としても、ザリガニ祭りはやはり自慢するだけのことはある。一九九九年のその祭りが私にとって最後になったが、それは同時に最も思い出深いものになった。会場をひとりでぶらつきながら、ルイジアナの音と匂いを文字どおり肌で感じていたのを思い出す。メインステージのスピーカーから流れるスワンプ・ポップ、あらゆる方法で調理されるザリガニの匂い――フライ、ボイル、ビスク、腸詰め《ブーダン》。私はザリガニレースを見物しにいき、ふと右を向いてクーパーの姿に気づいた。父の車にもたれかかったよその子たちの集団の中から、兄の茶色い無造作ヘアが覗いていた。兄はあの頃、いつもみんなに取り囲まれていた――私たち兄妹はその点で正反対だった。大勢の子たちがクーパーに群がり、蒸し暑い日の蚋《ぶよ》の大群のように彼のあとについてまわった。兄は別に気にしていないようだった。やがて彼らはすっかり兄の一部になった。兄の取り巻きに。ときたま、兄は嫌気がさすと彼らを蹴散らした。すると彼らはおとなしく解散し、別の誰かを探してくっつくのだが、それも長くは続かず、必ずまた戻ってくるのだった。

兄は私が見ていることに気づいたようだった。すぐにその視線がほかの子たちの頭上を越えて、私の目を捉えた。私は手を振り、遠慮がちに笑ってみせた。ひとりでいることは平気だった――強がりではなく、本当に平気だった――が、まわりがそうは見てくれないのが嫌だった。特にクーパーが。兄は仲間たちをかき分け、ついてこようとした痩せっぽちの男の子を手のひと振りで追い払った。そうして私のところまでやってくると、私の肩に腕をまわして尋ねた。

「七番にポップコーンひと袋。賭けるか?」

私は微笑んだ。観戦仲間ができたことに感謝して。私がほとんどいつもひとりでいることを兄が知らないふりをしてくれるのもありがたかった。

「いいよ」

私はレースに目をやった。ちょうど始まるところだった。進行役の委員が合図の叫びを挙げ――スタートしました《イル・ソン・パルティ》!――見物客が声援を送る中、小さな赤いザリガニたちが三メートル四方の板にスプレーペイントされた的の上をばらばらに横切った。ものの数秒で私は負けてクーパーが勝ったので、私たちは彼の戦利品を回収するため屋台へ向かった。列に並んで待ちながら、私はそれ以上ないほど幸せだった。初夏の日々は明るい未来を約束してくれるようだった。自由へのレッドカーペットが足元に敷かれ、はるか遠い彼方までどこまでも延びているかのようだった。クーパーがポップコーンの袋をひっつかんでひと粒口に押し込み、塩をしゃぶった。私は現金を手渡した。ふたりで屋台に背を向けると、目のまえにリーナが立っていた。

「ヘイ、クープ」彼女はクーパーに向かってにっこりしてから、私に視線を移した。手にスプライトのボトルを持って、蓋を締めたりゆるめたりしていた。「ヘイ、クロエ」

「ヘイ、リーナ」

私の兄は人気者で、ブローブリッジ高校のレスリング部のスター選手だった。みんなが兄の名前を知っていた。私が常にひとりぼっちでいたのと同じ自然さで、兄は誰とでもすぐに仲よくなって私を困惑させた。彼はつきあう相手を選ばなかった——ある日はレスリング仲間とつるんでいたかと思えば、次の日にはラリった連中と駄弁っているという具合に。彼に注目されると、誰でも自分が重要であるかのように感じられるようだった。なんらかの価値があって特別な存在であるかのように。

リーナも人気者ではあったが、それはまた別の理由からだった。

「あんたたちも、ひと口どう?」

私はまじまじとリーナを見た。体のサイズよりふたまわりは小さいヘンリーネックのミニTシャツの裾から平らな腹が覗いていて、ボタンをあけた胸元からはちきれそうな谷間がせり出していた。彼女の腹で何かがきらりと光り——へそピアスだ——私はさっと顔を上げて、それ以上見つめまいとした。そんな私を見てリーナはふっと微笑み、ボトルを唇に持っていった。透明な液体が口からこぼれて顎を伝うと、彼女は中指でそれを拭った。

「気に入った？」リーナはシャツの裾をまくり上げ、指先でへそピアスのダイヤモンドを転がした。そこからチャームがひとつぶら下がっていた。何かの虫のような形。「ホタルよ」リーナは私の考えを読んで言った。「あたしの大好きな虫。暗いとこで光るの」

そう言うと、両手をお椀のように丸くして腹にかぶせ、中を覗くように私を促した。私は彼女の手の縁におでこをくっつけて覗き込んだ。中でチャームの虫が明るい蛍光グリーンに光っていた。

「ホタルをつかまえるのも好き」リーナは自分の腹を見下ろしながら言った。「つかまえて瓶に入れるの」

「あたしも好き」私は彼女の手の中を覗き込んだまま言った。夜に家のまわりの木々に宿るホタルを思い出していた。暗闇を駆けながらあの光を捉えようとするときの、星の中を泳ぐような感覚を。

「瓶に閉じ込めたら取り出して、指で押しつぶすの。ホタルの光で歩道に自分の名前が書けるって知ってた？」

私は顔をしかめた。素手で虫をつぶすなど考えられなかった。虫が破裂する音を聞くなど。でも言われてみれば、それはクールなことのように思えた。その液体を指にこすりつけて、間近で発光する様子を見られるのは。

「誰かさんが見てる」リーナが両手を下ろして言った。私ははっと顔を上げ、彼女の視線の先に目をやった。父がそこにいた。人混みの向こうからこっちをじっと見ていた。ブラの手前までシャツをたくし上げたリーナを。彼女は父に向かって微笑み、空いたほうの手を振った。父はさっとうつむき、そのまま歩きつづけた。

「で？」リーナはスプライトのボトルをクーパーのほうに押し出し、くねくねと振ってみせた。「ひと口飲む？」

クーパーは父が立っていた辺りをちらりと見やり、監視の目がなくなったのを見て取ると、リーナの手からボトルをひったくり、すばやくひと飲みした。

「あたしも飲む」私は兄の手からボトルを奪って言った。「喉カラカラだもん」

「よせ、クロエ――」

兄の警告は遅すぎた。私はすでにボトルに口をつけていた。中身の液体が口から喉を通り抜けた。ひと口はひと口でも、ごくんと大きなひと口。その瞬間、硫酸でも飲んだかのように食道が焼けただれる感覚に襲われた。口からボトルを引き剝がして喘ぐと、吐き気が喉にこみ上げた。頰を膨らませて嘔吐《えず》きかけたが、なんとかもどさずにこらえ、ようやく息ができるようになった。

「うげっ」私はむせながら手の甲で口元を拭った。喉が燃えていた。舌が燃えていた。一瞬、毒を飲まされたのかとパニックになりかけた。「なんなの、これ!?」

リーナはくすくす笑って私の手からボトルを取り上げ、残りを飲み干した。まるで水でも飲むように。私は驚くほかなかった。

「ウォッカよ、馬鹿ね。飲んだことないの？」

クーパーが両手をポケットに突っ込んだまま辺りを見まわした。私が口を利けずにいたので、彼がかわりに答えた。

「こいつはウォッカなんか飲んだことない。まだ十二だ」

リーナは平然と肩をすくめた。「どっかで始めなきゃでしょ」

クーパーがポップコーンを差し出してきたので、私はひとつかみを口いっぱいに頬張り、あのひどい味をかき消そうとした。焼けただれるような感覚が喉から胃に移り、みぞおちでかっかと燃えていた。頭がかすかにくらくらしはじめていた。気持ちが悪いような、それでいて笑い出したいような感覚だった。私はへらへらと微笑んだ。

「ほら、気に入ってるじゃん」リーナが私を見て言った。笑みを返しながら。「いい飲みっぷりだったよ。なかなかああはいかないんだから」

そう言うとシャツを下ろし、あらわになっていた腹を覆い隠した。ホタルともども。それから二本の三つ編みを肩のうしろに払い、バレリーナのようにくるりと回って踵を返すと、それを最後に歩き去った。私はそのうしろ姿から目を離せなかった——彼女の腰が髪と一緒に左右に揺れる様子、細いだけでなくバランスよく引き締まった脚の形。

「ねえ、あんたの車、あたしも今度乗っけてよ」リーナが振り向きざまに叫んだ。空《から》のボトルを宙に突き上げながら。

その日一日、私は酔っぱらっていた。初めのうち、クーパーは私に苛立っているようだった。私の愚かさ、子供っぽさに。私の呂律《ろれつ》のまわらない言葉、突拍子もないくすくす笑い、街灯にぶつかってばかりいる失態に。私がそんな調子だから、クーパーは仲間のところに戻るのをあきらめて、私の——酔っぱらった私の——子守をするはめになったのだ。でもあれがアルコールだなんて、どうして私にわかっただろう？　アルコールがスプライトのボトルに入ってまわってくるなんて。

「そんなカリカリしないでさ、気楽にやんなよ」私は足をもつれさせながら言った。

見上げると、兄がショックを受けたような顔で私を見下ろしていた。怒っているのかと思い、後悔しかけたとたん、彼の肩の力が抜け、硬い表情がほどけて笑顔になり、笑い声があがった。兄は私の髪をくしゃくしゃにし、やれやれと首を振った。私の胸は誇らしさのようなものでいっぱいになった。そのあと兄はザリガニドッグを買ってくれ、私ががつがつと平らげるのをおもしろそうに見守った。

「愉しかった」ふたりで手をつないで車に戻りながら、私は言った。もう酔っぱらった気分ではなくなっていた。ぐったりした気分だった。その頃には辺りは暗くなりかけていた。私たちの両親はもっとまえに会場をあとにしていた——夕食代の二十ドル札と私のおでこへのキス、八時までに家に帰るようにとの指示を残して。車の仮免許を取りたてだったクーパーは、父と母が私たちのほうに向かって歩いてきたとき、私にひと言もしゃべるなと命じた。私のもつれた舌とあやふやな言葉を警戒して。だから私は黙っていた。かわりにじっと見ていた。母が〝今年も大成功ね〟だの〝ああ、足が痛い〟だの〝いいじゃないの、リチャード、この子たちの好きにさせたら〟だのと絶え間なくしゃべりつづけるのを。母の頬が紅潮し、風が吹くたびワンピースの裾が揺れるのを。そうしてまた胸がいっぱいになるのを感じた。が、そのときの気持ちは誇らしさではなかった。満ち足りた気持ち、愛。母への愛、兄への愛だった。

それから私は父のほうを見て、ほとんど瞬時に胸がしぼむのを覚えたのだった。父は……様子が変だった。うわの空に見えた。何かに気を取られていて、でもその何かはまわりで起こっていることではなかった。頭の中の何か。私は自分の息が臭っていないか心配になった。父が私のウォッカ臭さに気づいたのではないかと。あのボトルをリーナが私たちに手渡したのを見ていたのではないかと——だってあのとき、父は見ていたのだから。彼女を。

「ああ、愉しかったな」クーパーは頰をゆるめて私を見下ろした。「けど、もうやめとけよ。いいな？」

「何をやめとくの？」

「わかるだろ」

私は眉根を寄せた。「でも、兄さんはやめてない」

「俺はいいんだよ。年上だから」

「リーナだって言ってた。どっかで始めなきゃって」

クーパーは首を振った。「リーナの言うことは聞くな。あいつみたいになったらおしまいだ」

でも私はなりたかった。リーナみたいになりたかった。リーナみたいな自信が、オーラが、活力が欲しかった。リーナはあのスプライトのボトルみたいに、外見と中身がまるでちがった。リーナの中身は猛毒のように危険だった。それがまた私を夢中にさせ、私の心を解き放った。私はすっかり味をしめてしまった。その晩、家に帰ってドライヴウェイにいるホタルを見たときのことを思い出す。光る虫たちは夜空の星座のように瞬いていた。

いつもと同じように。けれどあの晩はちがった。いつもと同じなのに、ちがって感じられた。私は手の中に一匹つかまえ、それが指のあいだで羽ばたくのを感じながら家の中に持って入り、水飲みグラスの中にそっと移して、縁にビニールをかぶせた。小さな空気穴をあけ、閉じ込められたそれが闇の中で瞬くのを何時間も眺めていた。自分の部屋でベッドにもぐり込んで、ゆっくりと呼吸しながら、リーナのことを考えながら。

あの日のリーナのことはすべて憶えていた——湿気のせいで髪のうぶ毛がちぢれて、ブロンドの光輪のようにふわふわとけば立っていたこと。みんなをからかうようにボトルを、腰を、指をくねらせ、父に向かって手を振っていたこと。あの髪形、あの恰好、とりわけあのおへそからぶら下がった小さなホタル。彼女がお椀のように曲げた手で覆ったお腹を覗いたとき、それが暗がりで鮮やかな光を放っていたこと。

だからあんなにも克明に思い出したのだ。それをもう一度目にしたとき——四カ月後、父のクローゼットの奥で。

第十一章

オーブリーのイヤリングが発見されたのは悪い兆候でしかない。それが墓地の地面に落ちているのを見て、私はぞっと凍りついた。それの意味するものが防火用毛布のように捜索隊を覆い、墓地全体に灯っていた希望の火を瞬く間に消してしまった。その後は誰もがわずかに肩を落とし、うなだれ気味に作業を続けた。

そして、私はリーナのことを思い出さずにいられなかった。

サイプレス墓地をあとにすると、まっすぐオフィスに車を走らせた。それ以上我慢できなかったのだ。あの騒音——無数の蟬の鳴き声、枯草が踏みしだかれる音、捜索隊のメンバーがときおり鼻を鳴らし痰を吐く音、蚊のうなりに続いてどこかでぴしゃりと皮膚を叩く音。例のカーキ色のカーゴパンツの女性は、私たちが今やひとつのチームだと思い込んだようだった。あの警察官が彼女の発見物を証拠品袋に収めて歩き去ると、しゃがんだ体勢から立ち上がり、両手を腰に当てて、期待するように私を見た。まるで次にどこを捜すべきか、私が彼女に教える役目であるかのように。その瞬間、私は自分がそこにいるべきでない侵入者のように感じた。あたかも映画の中で自分とはまったくちがう人物を演じているかのように。だからそのまま何も言わず、背を向けて歩き去ったのだ。車に乗り込んで走り去るまで、ずっと背中に視線を感じていた。墓地を離れてもなお、誰かに見られている気がしてならなかった。

私はオフィスの建物の外に車を駐める。慌ただしく階段をのぼり、錠前に鍵を挿し込んでひねり、ドアを押し開ける。誰もいない待合室の明かりを点け、自分のオフィスに入る。デスクに一歩近づくごとに手の震えがおさまっていく。ようやく自分の椅子に坐って息を吐き、横に身を乗り出して、いちばん下の引き出しを開ける。薬のボトルの山が一斉に私を見つめ返す。選んでくれと懇願しながら。私はそれらをひとつひとつ眺め、頬の内側を嚙む。ひとつ取り上げ、もうひとつ手に取って、ふたつを並べて見比べてから、アティヴァン一ミリグラム錠に決める。小さな五角形の錠剤を手のひらに出してじっと見る。粉雪のような白、浮き上がったAの字。低用量だと自分を納得させる。体全体をほどよく落ち着かせるだけのことだ。錠剤を口に入れてそのまま吞み込み、足で引き出しを閉める。

オフィスチェアの上で身をよじりながら考えに耽る。ふと電話に目をやり、赤いランプが点滅していることに気づく——ボイスメールが一件。スピーカーフォンをオンにして再生し、耳を傾ける。聞き覚えのある声が室内に流れる。

ドクター・デイヴィス、〈ニューヨーク・タイムズ〉のアーロン・ジャンセンです。先ほどの電話でもお話ししましたが、あー、一時間だけでいいので、お話しできたらありがたいんですが。何があろうとこの記事を出すことはもう決まっているので、この機会にぜひ、あなたの側の話を聞かせてください。この番号に折り返しかけてもらってけっこうです。

続いて沈黙が流れる。が、相手が呼吸しているのがわかる。考えているのが。

あなたのお父さんにも連絡するつもりです。いちおう、あなたにもお知らせしておこうと思って。

プツッ。

私は椅子に沈み込む。父のことはこの二十年間、あらゆる意味で避けつづけてきた。父と言葉を交わすことも、父について考えることも、父を話題にすることも避けてきた。最初は難しかった。父が逮捕された直後は。嫌がらせをする人々が夜中に私たちの家にやってきて、罵詈雑言を浴びせたり、過激な看板を掲げたりした。まるで私たちが罪のない少女たちの殺害に加担していたかのように。まるで私たちが知っていながら見て見ぬふりをしていたかのように。彼らは家に卵を投げつけ、庭に駐めたままの父のトラックのタイヤを切り裂き、真っ赤に滴るスプレーで車体の横に〝異常者〟と書き殴った。ある晩には母の寝室の窓から石が投げ込まれ、割れたガラスの破片が眠っていた母の上に飛び散った。ブローブリッジの連続殺人犯、リチャード・〝ディック〟・デイヴィスの話題でニュースはもちきりだった。

その言葉が問題だった——〝連続殺人犯《シリアルキラー》〟。それはあまりにも公式な肩書きのように思えた。どういうわけか、私は父を〝連続殺人犯〟だと思ったことがなかった。その言葉が新聞をにぎわせ、父がそのラベルを貼られるまでは。それは私の知っている父を表すにはあまりに酷な言葉に思えた。父はいつも穏やかな声で話す優しい人だった。自転車の乗り方を私に教えてくれたのも父だった。一緒にハンドルを握って、横について走ってくれた。最初に父が手を放したとき、私はフェンスに突っ込み、横板にしたたか頬をぶつけて、焼けつくような痛みに襲われた。すぐさま父がうしろから駆け寄ってきて、私を腕に抱え上げたのを憶えている。それから父はお湯で絞ったタオルを私の頰の傷に押し当て、シャツの袖で私の涙を拭き、私のもつれた髪にキスをすると、私のヘルメットをいっそうきつく締めて、もう一度挑戦させたのだった。父は毎晩私に毛布を掛けてくれ、自作のお話を読み聞かせてくれた。私がソファのクッションに顔をうずめて号泣していると、私を笑わせるためだけに漫画の口ひげみたいな形にひげを剃ってバスルームから出てきて、なぜ私が泣いているのかわからないふりをした。そんな父が〝連続殺人犯〟であるはずがなかった。連続殺人犯がそういうことを……父がしてくれたようなことをするだろうか？

でも父は連続殺人犯で、連続殺人犯はそういうこともするのだった。父は彼女たちを殺し、リーナを殺した。

あのザリガニ祭りの日にリーナをじっと見ていた父のことを思い出す。まるで死にゆく獲物を見るオオカミのように十五歳の体を凝視していた。これからも何度となく思い出すだろう。あの瞬間がすべての始まりだったのだと。あれは自分のせいだったと思うこともある——リーナはあのとき、私と話していたのだから。私のためにシャツをまくり上げて、あのへそピアスを見せてくれたのだから。私があの場にいなければ、父があんなふうにリーナを見ることはなかったのではないか？　リーナに対してそういう意図を抱くこともなかったのではないか？　あの夏、リーナは何度からちに遊びにきて、着古した服や中古の

CDを私に譲ってくれた。そして父が私の部屋に来て、リーナが堅木の床に腹這いになり、大胆に裾を破ったデニムのショートパンツから伸びた脚とお尻を奔放に突き出しているのを見るたび、父は足を止めて彼女を凝視し、咳払いをしてその場を離れるのだった。

父の裁判はテレビで放映された。見ていたから知っている。母は最初、見せてくれなかった。母が床にしゃがみ込み、画面に鼻をくっつけんばかりにして見ているところへたまたまやってきたクーパーと私は、すぐに部屋から追い出された。子供が見るものじゃないの、と母は言った。ほら、外へ行って遊びなさい、新鮮な空気を吸って。母はそれがまるで単なるR指定映画であるかのように振る舞っていた。殺人のかどで裁判にかけられた父が映っているわけではないかのように。

けれどある日、その状況すらも変わった。

物音が絶えて久しいわが家に、耳障りなドアベルの音が鳴り響いた。その音は振り子時計を震わせ、金属的なうなりとなって私の腕の毛を逆立てた。私たちはそれぞれしていたことをやめて、じっとドアのほうを見た。わが家に立ち寄る人はもういなくなっていた——立ち寄ったとしても、その人たちはとっくに礼儀を放棄していた。大声で叫びながら物を投げつけていくだけだった。もっとひどい場合、なんの音も立てずに。しばらくのあいだ、わが家の敷地は不審な足跡で踏み荒らされることが続いていた。不審者は下劣な好奇心に駆られて夜中に私たちの庭に忍び込み、窓から家の中を覗いていくのだった。そういう目に遭うと、自分たちが見世物にでもなったような気がした。博物館の展示ケースに入れられた、世にも不気味で珍奇な見世物。ある日、私はついにその不審者をつかまえた。家のまえの砂利道を歩いていくと、誰もいないと思ってか、家の中を覗き込んでいる男の後頭部が見えた。私はとっさに両腕の袖をまくり、アドレナリンと怒りに駆られ、男に向かって突進した。

「あんた、誰!?」体の脇で小さなこぶしを握りしめて怒鳴った。もう我慢ならなかった。自分たちの生活が見世物にされることが。私たちが人間でないかのように、生身の存在でないかのように扱われることが。男はびくっと振り返って両手を挙げ、驚愕の目で私を見た。まるでこの家にまだ人が住んでいるとは思ってもいなかったかのように。見ると、彼はまだほんの少年だった。私よりせいぜいひとつかふたつ年上なだけだった。

「誰でもない」彼は口ごもりながら言った。「俺は――誰でもない」

私たちはそういう侵入者や不審者や脅迫電話に慣れてしまっていた。だからその朝、玄関のベルが礼儀正しく鳴るのを聞いて、逆に恐ろしくなった。一体誰があの厚い杉板の向こうで、私たちに招き入れられるのをじっと待っているのだろうかと。

「母さん」私はドアから母に視線を移して言った。母はキッチンテーブルのまえに坐って、薄くなりつつある髪に指を絡めるようにして頭を抱えていた。「出ないの？」

母は混乱したように私を見た。まるで私の声が聞いたこともない何かで、もはや言葉の意味もわからなくなったかのように。母の外見は日ごとに変わっていくようだった。たるんだ顔の皮膚にしわがいっそう深く刻まれ、血走って疲れ果てた目の下は隈で黒ずんでいた。ようやく無言で立ち上がった母は、小さな丸い覗き窓から外を覗いた。続いて蝶番《ちょうつがい》の軋む音——母の驚いたような小声。

「あら、セオ。こんにちは。どうぞ入って」

セオドア・ゲイツ——父の被告側弁護士だった。私は彼がぎこちない足取りでゆっくり家に入ってくるのを見つめた。つややかなブリーフケース、左手の薬指にはめた太い金の指輪。彼は私に同情するような笑みを向けたが、私はしかめ面を返した。父がしたことを弁護しなければならない人が、なぜ平気で夜も眠れるのか理解できなかった。

「コーヒーはいかが？」

「ありがとう、モーナ。いただくよ」

母はキッチンで危なっかしく動きながら、カウンターのタイルにがちゃんと音を立てて陶器のマグカップを置いた。コーヒーはもう丸三日ポットに入ったままだった。母はそれをマグカップに注ぎ、心ここにあらずといった様子でスプーンでくるくるかき混ぜた。ミルクも何も入れていないにもかかわらず。それからそれをミスター・ゲイツに渡した。彼はひと口すすり、咳払いをしてから、それをテーブルに戻して小指でそっと押しやった。

「いいかな、モーナ。大事な知らせがある。私の口から最初に伝えたかった」

母は黙って外を見つめていた。黴《かび》でうっすらと緑色になった、キッチンのシンクの上の小さな窓から。

「ご主人に司法取引が認められた。かなりいい条件だ。本人は応じるつもりでいる」

母はそれを聞くなり、はっと顔を上げた。首のうしろで引き伸ばされていた輪ゴムが、彼の言葉でぱちんとはじかれたかのように。

「ルイジアナ州は死刑を認めている」セオは言った。「そのリスクは取れない」

「ふたりとも、階上《うえ》に行って」

母が居間のカーペットに坐ったままのクーパーと私に命じた。私は父のパイプが落ちたときにできた焦げ穴を指でいじっていたが、兄と一緒に黙って立ち上がり、そそくさとキッチンを通り過ぎて階段をのぼった。けれど自分たちの部屋まで来ると、私たちはわざと音を立ててドアを閉め、忍び足で階段の手すりまで戻って、最上段に腰を下ろした。それから聞き耳を立てた。

「まさか、あの人が死刑になるなんてことはないでしょう？」母が小声で言うのが聞こえた。「証拠らしい証拠もないのに。凶器も遺体も見つかってないのに」

「証拠はある」セオが言った。「それはわかってるだろう。あなたも見たんだから」

母がため息をつき、キッチンの椅子を引いて自分も腰を下ろした。

「だけど、あれだけの証拠で……命まで取られるの？　だって、死刑よ、セオ。絶対に取り返しがつかないのよ。合理的な疑い以上のことが証明できないのに――」

「六人の少女が殺されたんだ、モーナ。六人も。この家で物理的な証拠が見つかって、被害者たちの失踪以前にディックが少なくともその半数と接触していたことを裏づける目撃証言もある。それに、ほかにも話が浮上してるんだ。あなたも聞いてるだろう、リーナが最初じゃないことは」

「あれはなんの根拠もない憶測でしょう」母が言った。「その別の子の失踪にあの人が関わってる証拠はどこにもないんだから」

「その別の子には名前がある」セオが吐き捨てるように言った。「はっきりと名前を言うべきだ。タラ・キングと」

「タラ・キング」私はひそひそ声でその名前を繰り返した。自分で口にして、その響きを確かめたかったのだ。タラ・キングというのは初めて聞く名前だった。クーパーが横から思いきり私の腕をつかんだ。

「クロエ！」兄もひそひそ声だった。「しゃべるな」

キッチンが一瞬静まり返った——兄と私は息を詰め、母が階段の下に現れるのを待った。が、そうはならず、母がまた話しはじめるのが聞こえた。私たちの声には気づかなかったようだ。

「タラ・キングは家出したんでしょう」母は言った。「両親にも出ていくことを伝えてた。今回のことが始まる一年近くもまえに書き置きを残していったのよ。パターンに合わないじゃない」

「そこは問題じゃないんだ、モーナ。彼女は今も行方不明で、誰とも連絡が取れていない。陪審員は騒然となっている。この件については感情でしか考えられなくなっているんだ」

母は黙っていた。答えるのを拒むように。階段の上からは見えなかったが、どんな光景かは思い描けた――母が椅子に坐って、固く腕を組んでいる。その視線はどこか遠くを見つめていて、それは次第に遠くなる。母はどこかへ行こうとしていた。私たちは急速に母を失いつつあった。

「厳しい状況なのはわかるだろう。ここまで派手な騒ぎになると」セオが言った。「ご主人の顔はもうテレビに出てしまった。われわれが何を言おうと、世間の考えは変わらない」

「だからあきらめろというのね」

「ちがう、私は彼に生きてほしいんだ。罪を認めれば、死刑は免《まぬが》れる。それ以外に道はない」

家じゅうがしんとしていた――あまりに静まり返っていたので、私は心配になった。視界の外にいる私たちのひそやかな息づかいですら、階下《した》のふたりに聞こえてしまうのではないかと。

「ほかにまだ何かあるというなら話は別だが」セオがつけ加えた。「あなたがまだ私に話していないことが」

私はまたじっと息を詰め、静寂に抗《あらが》うように耳を澄ました。額の奥で、目の奥で、心臓がどくどく脈打っていた。

「いいえ」母はようやく言った。打ちひしがれた口調で。「何もないわ。全部あなたに話したとおり」

「ああ」セオはため息をついた。「そうだろうと思った。それから、モーナ――」

その瞬間、彼を見上げた母の顔が見えるようだった。目に涙を浮かべ、あらゆる戦意を喪失した顔が。

「取り決めの一環として、ご主人は警察に遺体の場所を教えることに合意した」

また静寂が訪れた。今度はもう誰も何も言えなかった。なぜならその日、セオドア・ゲイツが私たちの家を出ていくと同時に、すべてが変わってしまったからだ。父自身がそれを認めたのだ。父はもはや〝推定有罪〟ではなかった。れっきとした有罪だった。父自身がそれを認めたのだ。陪審のまえだけでなく、私たちに向かって。そしてゆっくりと、母は生きる努力を放棄していった。一切を気にかけなくなった。日が経つにつれて母の目は生気を失い、ガラス玉のようになった。母は家から出なくなった。やがて自分の部屋から、ついにはベッドから出なくなり、クーパーと私は自分たちの鼻を画面にくっつけてテレビを見るようになった。父が自分の罪を認め、判決の言い渡しがようやくテレビ中継されたとき、私たちはそれを始めから終わりまで見た。

「なぜそんなことをしたんです、ミスター・デイヴィス？　なぜ少女たちを殺害したんです？」

私は父が裁判官から目をそむけ、自分の膝に視線を落とすのを見守った。法廷はしんと静まり返り、固唾を呑んで待つ人々の重苦しい気配が漂っていた。父は質問を熟考しているようだった。本気でそれについて考え、その問いを頭の中で噛みしめているようだった。まるで〝なぜ〟という言葉を考えること自体が初めてであるかのように。

「自分の中に闇があるんです」父はようやく口を開いた。「夜になると広がる闇が」

私はなんらかの説明を求めてクーパーの顔を見た。が、兄はすっかり画面に釘づけになっていた。私は画面の父に視線を戻した。

「それはどんな闇ですか？」裁判官が尋ねた。

父は首を振った。その目から涙がひとすじこぼれ、頰を伝った。法廷内があまりに静かだったので、その一滴がテーブルにぽたりと落ちた音が聞こえるようだった。

「わかりません」父はぽつりと言った。「自分でもわからないんです。その力が強すぎて、どうしても抗えなかった。ずっと抗おうとはしていました。長いあいだ、ずっと。だけどもう、抗えなくなったんです」

「つまりあなたが言いたいのは、その〝闇〟があなたに少女たちを殺害させたということですか？」

「はい」父はうなずいた。その時点でもう両の目から涙が流れ、鼻孔から鼻水が垂れていた。「そのとおりです。それは影のようなものです。いつも部屋の隅に潜んでいる、どの部屋にも潜んでいる、巨大な影のようなものです。私はそれに近づくまいとしました。明るいところにいようとしました。でももう、無理だったんです。私はそれに引きずり込まれて、すっかり呑み込まれてしまった。それこそ、悪魔の仕業なんじゃないかと思うこともあります」

父が泣くのを見るのは初めてだった。同じ屋根の下で暮らしていた十二年のあいだ、父は一度たりとも私のまえで涙を見せたことがなかった。自分の親が泣くのを見るのは、誰にとっても痛ましい経験だろう。気まずいと言ってもいい。いつだったか、おばが亡くなったあと、私はなんの気なしに両親の寝室に押しかけて、母がベッドで泣いているのを見てしまった。母が顔を上げると、枕に泣き跡がついていた。涙と鼻水とよだれがそれぞれの場所にくっきりと跡を残し、崩れたスマイリーフェイスが生地にプリントされたようになっていた。なんとも衝撃的な光景だった――ほとんどこの世のものとは思えないようなまだらに腫れた肌、赤くなった鼻。母は濡れて頰に張りついた髪を照れくさそうに払いのけ、何事もなかったかのように私に微笑んでみせた。私はしばらく戸口で呆然と立ち尽くし、それからそろそろと後ずさり、ひと言も発することなくドアを閉めたのだった。けれどあのとき、全国ネットで父がすすり泣くのを見て――父の涙が上唇の溝に溜まってから滴り落ち、テーブルに置かれたノートパッドに染みをつくるのを見て――私が感じたのは嫌悪だけだった。

父の感情は心からのものに思えた。けれどあの説明は、いかにも不自然なやらせのような感じがした。まるで父が台本を読んで、罪を自白する連続殺人犯の役を演じているかのように。同情を引こうとしているのだと私は思った。罪を犯した理由を自分以外のせいにしようとしているのだと。父は自分のしたことを悔いているのではない。自分が捕まったことを悔いているのだ。そして父が自分の非道な行為をその架空の存在のせいにしていることで——部屋の隅に潜んでいた悪魔が少女たちの首を絞めさせたのだと訴えていることで——私は言葉にならないほどの激しい怒りを覚えた。思わずこぶしを握りしめ、手のひらに爪を食い込ませていた。

「卑怯者のクソ野郎」私は吐き捨てた。クーパーが振り返った。私の暴言、私の怒りに驚いた顔で。

父を目にしたのはそれが最後だった。目に見えない怪物が少女たちの首を絞めさせ、わが家の十エーカーの敷地の奥の森に遺体を埋めさせたのだと、テレビで涙ながらに語っていた姿。父は取り決めのとおり、警察を遺体の場所に連れていった。私はパトカーのドアが閉まる音を聞いただけで、刑事たちを木々の奥に先導する父を窓から見ようともしなかった。彼らは少女たちの名残——髪の毛や衣服の繊維——を見つけたが、遺体は発見できなかった。すでに獣が食い尽くしてしまったのだろう。獲物に飢えたワニかコヨーテか、沼地に隠れ棲むなんらかの生き物が。だとしても、遺体は本当にそこに埋められていたはずだ。なぜなら私は見ていたから——ある晩、泥にまみれた黒い影が木立の奥から現れるところを。私が寝室の窓から見ていることにも気づかず、肩にシャベルを担ぎ、前かがみで歩きながら家に戻ってくるところを。彼がいつも遺体を埋めてから家に戻って私におやすみのキスをしていたのだと思うと、すぐにも自分の皮膚から抜け出してどこかへ行ってしまいたかった。どこか遠くへ行ってしまいたかった。

私はため息をつく。さっき服《の》んだアティヴァンが四肢にじわじわ効いている。あのテレビの画面を消した日に、私は父が死んだことに決めたのだった。もちろん彼は死んでいない。それは司法取引で保証されている。そのかわりに、彼はルイジアナ州立刑務所で仮釈放のない六回の連続終身刑に服している。でも私の中では、死んだことになっている。そのほうがいいのだ。ところが今になって急に、自分の嘘を信じるのが難しくなりつつある。忘れるのが難しくなりつつある。結婚式のせいかもしれない。父が私をエスコートしてウエディングアイルを歩くことはないと思うからかもしれない。あるいはあの忌まわしい日が――二十年目の日が――近づいてきて、私自身は一切関わりたくないのに、アーロン・ジャンセンが無理やりその日に目を向けさせようとするからかもしれない。

あるいはまた、オーブリー・グラヴィーノのせいかもしれない。十五歳の少女がまたひとり、早すぎる終わりを迎えたから。

私はデスクに視線を戻し、ノートパソコンに目を留める。パソコンを開き、画面が起動すると、新たにブラウザを開き、キーボードの上でいったん指をさまよわせる。それから入力を始める。

まずは〝アーロン・ジャンセン、ニューヨーク・タイムズ〟を検索する。記事のページが画面にずらりと表示される。ひとつの記事に飛んでみる。また別の記事に。さらに別の記事。それで明らかになる。この男が殺人事件や他人の不幸をネタにして生計を立てていることが。セントラルパークで見つかった首なし死体、カナダの〈涙のハイウェイ〉で次々と姿を消した女性たち。私は彼のバイオグラフィーをクリックする。小さな円い白黒の顔写真。世の中には顔と声がちぐはぐな人々がいるが、この男もそのひとりと見える。まるであとから思いついて、ふたまわりたくましい声を縫いつけたかのようだ。声は低く太く男性的だが、顔写真はその印象からはほど遠い。ひょろりと痩せていて、歳はおそらく三十代半ば、茶色いべっ甲眼鏡をかけている。眼鏡といっても、度が入っているようには見えない。これはブルーライトカット用——すなわち眼鏡に憧れる人のためにつくられた伊達眼鏡だ。

ストライク・ワン。

彼は体にぴったり合ったチェックのワイシャツを着て、袖を肘までまくり上げている。細いニットタイが貧相な胸板にだらんと垂れ下がっている。

ストライク・ツー。

私は記事に目を通し、ストライク・スリーを探す。このアーロン・ジャンセンも所詮は私の家族を食い物にしようとする下劣なジャーナリストのひとりにすぎないと思える理由を。ああいう取材の依頼はこれまで山ほど受けてきた。〝あなたの側の話を聞かせてください〟もさんざん耳にした。そして、私は彼らを信じた。彼らを無防備に受け入れた。自分の側の話を彼らに聞かせ、後日公開された記事を読んで、恐怖に凍りついた。私の家族が父の罪に加担したかのように書かれていた。事件の捜査によって母の浮気が発覚したことで母が悪者にされ、母の裏切りのせいで父が〝感情的に脆くなり、女性への怒りを抱えるように〟なったと書かれていた。被害者の少女たちを家に入れたのも母の責任であるかのように書かれていた。自らの情事に気を取られるあまり、夫が彼女たちに目をつけ、夜中に家を抜け出し、服を泥で汚して帰ってくることにも気づかなかったのだと。母が知っていたことを示唆する記事すらあった——夫の心の闇に気づいていながら、見て見ぬふりをしていたのだと。おそらくそれが彼女を浮気に走らせたのだろうと。夫の小児性愛、夫の怒りが。そして記事によると、母の精神を狂わせたのはその罪悪感だった。この事件における自らの役割への罪悪感によって、彼女は自分の殻に閉じこもり、子供たちを見捨てることになったのだ。子供たちが最も母親を必要としていたときに。

子供たち。子供たちへの言及についてはもはや触れたくもない。クーパー、人気者の息子。父は彼に嫉妬していたとされている。クーパーに注がれる少女たちの視線、彼の少年らしい見目のよさ、レスリングで鍛えた二頭筋、片頰がゆがんだチャーミングな笑顔。十代の少年なら誰でもそうするように、クーパーもポルノ雑誌を家に持ち込んでいたが、私が告げ口したために、父がそれを見つけてしまった。闇が彼に忍び寄ったのはそれが原因ではないか。それらの雑誌をめくるうちに、彼の中の長年抑圧してきた何かが解き放たれてしまったのではないか。潜在的な暴力性が。

そして私、クロエ。思春期を迎えてメイクや脚のムダ毛処理を始め、リーナがあの祭りの日にやっていたように、シャツの裾をたくし上げてへそを見せるようになった娘。実際、私はそんな恰好で歩きまわっていた。家じゅうを、父のそばを。

加害者家族がそんなふうに叩かれるのは珍しいことでもなんでもない。平凡な中年の白人男性にすぎない父が、説明できない悪意を抱えていた。具体的な説明も納得できる理由も何も提示せず、ただ〝闇〟としか言わなかった。そしてもちろん、そんなことはありえない——平凡な白人男性が理由もなしに人を殺すなど、誰もそんなことは信じない。だから私たちが理由にされたのだ。夫を蔑《ないがし》ろにする妻、父を愚弄する息子、色気づきはじめた娘。彼の傷つきやすいエゴはそれらすべてに耐えかね、しまいに振り切れてしまったというわけだ。

今でもあの一連の質問を憶えている。もう何年もまえに投げかけられた質問。それらに対する私の答えはねじ曲げられて活字になり、インターネット上でアーカイブされ、今後も永久に閲覧できるようになった。

「あなたのお父さんはなぜあんなことをしたんだと思いますか？」

私はまだぴかぴかで傷のない自分のネームプレートにペンを打ちつけていた。あのインタビューはバトンルージュ総合病院で働きはじめた最初の年に受けたのだった。本来なら日曜の朝刊にふさわしい、心温まる話になるはずだった。リチャード・デイヴィスの娘が子供時代のトラウマを乗り越えて臨床心理士になり、自分と同じような問題を抱えた青少年を助けているという話に。

「わかりません」私はようやく答えた。「こういうことには明確な答えがなかったりするものです。彼は自分が優位に立つこと、誰かを支配しコントロールすることを求めていた。それは明らかだと思います。子供だった私は気づかなかったけれど」

「それはあなたのお母さんが気づくべきだったんじゃないですか？」

私は一瞬動きを止め、相手をじっと見返した。

「父が出していた危険信号に逐一気づかなくても、それは母の責任ではありません」私は言った。「あからさまな警告が出たときには、すでに手遅れだったということもよくあります。テッド・バンディやデニス・レイダーの例を見てください。彼らの恋人や奥さんや家族は、彼らが夜中に何をしていたのか、一緒に暮らしていてもまったく気づかなかったんですよ。父のしたことに対する責任は母にはありません。母には母自身の人生がありましたから」

「確かに、お母さんはご自身の人生を謳歌されていたようです。判決手続きのあいだにニュースになっていましたよね。お母さんが複数の婚外関係を持っていたことが」

「ええ」私は言った。「もちろん母は完璧ではありませんでしたが、そもそも完璧な人なんて――」

「とりわけ、リーナのお父さんであるバート・ローズとの関係が取り沙汰されていた」

私は口をつぐんだ。かつてテレビの記者会見で見たバート・ローズのあの打ちひしがれた姿が、脳裏に生々しくよみがえった。

「お母さんはあなたのお父さんを感情的に見捨てていたんですか？　お父さんと別れようとしていた？」

「いいえ」私は首を振った。「いいえ、見捨ててなどいませんでした。両親は幸せで――少なくとも、私はそう思っていました。ふたりは幸せそうでしたし――」

「お母さんはあなたのことも見捨てたんですか？　判決が出たあと、お母さんは自殺しようとした。子供たちはふたりとも未成年で、まだまだお母さんを必要としていたのに」

そのとき私は悟った。この話はすでに出来上がっているのだと。私が何を言おうと、彼らの筋書きにはなんの影響もないのだと。なお悪いことに、彼らは私の言葉を利用しようとしていた——臨床心理士としての言葉、彼の娘としての言葉を——自分たちのでっちあげた話を強化するために。自分たちが正しいことを証明するために。

私は〈ニューヨーク・タイムズ〉のウェブサイトのページを閉じ、新たなウィンドウを開く。が、入力を始めるまえに甲高い音が鳴り、ニュース速報のアラートが画面に表示される。

オーブリー・グラヴィーノさんの遺体見つかる

第十二章

私はニュース速報のアラートをクリックして見ることすらしない。かわりにデスクから立ち上がってノートパソコンを閉じ、アティヴァンの霧に包まれながらオフィスを出て車に乗り込む。ふわふわと漂うように通りを進み、ダウンタウンを抜け、住宅街を抜け、自宅の玄関ドアを抜けて、気がつくとソファの上で横になってクッションに深々と頭を沈め、天井を見上げている。

そうして、週末の残りはずっとそこから動かない。

もう月曜の朝だ。いまだに家の中は化学的に生成されたレモンの匂いがする。土曜の朝にワインまみれのキッチンカウンターを拭いたときに使ったクリーナーの匂い。自分のまわりは清潔に感じるが、自分は不潔に感じる。サイプレス墓地から戻ってきて以来、シャワーを浴びていない。オーブリーのイヤリングを拾い上げたときの土が爪の中に詰まったままだ。髪の根元は脂ぎっていて、髪をかき上げるといつもは額にさらさら流れ落ちるのが、一箇所にべったりと固まっている。仕事に行くまえにシャワーを浴びなければならないが、どうにもモチベーションが上がらない。

〝あなたがいま経験しているのは、心的外傷後ストレス障害《PTSD》のようなものよ、クロエ。差し迫った危険がないのに、不安な気持ちだけが残りつづけている状態ね〟

当然ながら、アドバイスは聞き入れるよりするほうが簡単だ。私は自分を偽善者のように、詐欺師のように感じる。患者に向かって言う言葉を滔々と述べながら、受け手としてそれを頑なに無視しているのだから。と、そばにあった携帯電話が震え、大理石のカウンターの上を小刻みに動く。私は画面を見る――ダニエルからの新着メッセージ。画面をスワイプして目を通す。

おはよう、スウィートハート。これから開会セッションに行ってくるよ――夜まで連絡はできないだろうな。今日も一日愉しんで！　早く会いたい。

私は画面に指を触れる。ダニエルの言葉がほんの少し、肩の重みを軽くしてくれる。彼が私にもたらすこの効果は、自分でも説明できない。まるで今このとき私が何をしているか、彼にはわかっているようなのだ。私が水面下に沈んでしまい、しがみつく枝を探す気力もないとき、木々のあいだから彼の手がさっと伸びて私のシャツをつかみ、私を陸へ安全に引き戻してくれるのだ。私が溺れる寸前に。

メッセージを返信し、携帯電話をカウンターに置く。コーヒーメーカーのスイッチを入れてからバスルームに入り、シャワーの下に入り、針のような激しい噴射を裸の全身に浴びる。熱いシャワーのノブをひねる。熱い湯に打たれつづける。オーブリーのことは考えまいとする。肌が真っ赤になって痛むまで、火傷しそうな熱い湯に打たれつづける。墓地で見つかった遺体のことは。傷だらけで汚れた彼女の皮膚にびっしりと蛆虫がたかって這いずりまわっていることは考えまいとする。誰が彼女を発見したのかは考えまいとする——あの警察官かもしれない。鼻が詰まったような声でぜいぜい言いながら、鍵のかかる安全なパトカーに彼女のイヤリングを持ち帰ったあの警察官。あるいはあのカーキ色のカーゴパンツの女性かもしれない。メヒシバのとりわけ密生した一画や溝の中をカエルのように跳ねまわり、叫び声が喉につっかえて、派手にむせるような音を発していたあの女性。

かわりに私はダニエルのことを考える。彼がいま何をしているのか想像する——ニューオーリンズの涼しいホールに足を踏み入れ、おそらくは無料のコーヒーが入った発泡スチロールのカップを片手に、人混みを見渡して空いた席を探し、身分証のストラップを首から下げて坐っている。人との交流に気後れすることなどないだろう。ダニエルは誰とでも話ができる。何しろ病院のロビーで出会ったガードの堅い赤の他人を、ものの数カ月で婚約者に変えてしまったのだから。

もっとも、最初にデートの誘いをかけたのは私のほうではあるが。それは認めるしかない。あの日、私の本のページに挟まれたのは彼の名刺だったのだから。私は彼の番号を知っていたが、彼は私の番号を知らなかった。あのあとのことはなんとなく憶えている。車の屋根に置いたダンボール箱にあの本を戻してから、箱を後部座席に積み込んで車を出し、彼の姿がバトンルージュ総合病院の中へ消えていくのをバックミラー越しに見送ったことは。感じがよくて素敵な人だと思ったことも憶えている。名刺には〝医薬品営業〟と書かれていて、それで彼がそこにいた理由がわかった。同時に、だから私に愛想を振りまいたのだろうかとも思った――私が新たな顧客になるかもしれないから。新たな金づるに。

その名刺のことを忘れた日はなかった。それがそこにあって、部屋の隅から静かに私を呼んでいることは常に意識していた。それをできるかぎり放置し、本で詰まったその箱には手をつけずにおいた。三週間後、それが最後のひと箱になるまで。私はそこから数冊ずつ、薄汚れて割れた背表紙をつかんで引っ張り出し、本棚のしかるべき位置に並べていった。そしてとうとう、最後の一冊になった。それ以外すっかり空《から》になった箱を覗き込むと、表紙の〈バード・ガール〉のブロンズ像が冷たい青銅の目で私を見つめ返していた。『真夜中のサバナ』。私は身を屈めてそれを取り上げ、本を側面に返した。ページの縁に指をすべらせ、彼の名刺が挟まったままの隙間に触れた。そこに親指を入れてページを開き、再び彼の名前を目にした。

ダニエル・ブリッグス。

名刺を手に取り、指のあいだに打ちつけながら考えた。彼の番号がじっとこっちを見ていた。無言で私に挑むように。兄が気軽なデートを嫌っていて、誰とも親密になりたがらないのは理解できた。一方、相手のことを深く知らなくても愛することは可能だと、私は父から身をもって学んでいた。そのことを思うと夜も眠れなかった。異性に惹かれる自分に気づくたびに、自問せずにいられなかった――この人は何を隠している？　何か私に話していないことがあるのではないか？　この人の秘密はどのクローゼットの奥深くに潜んでいる？　父のクローゼットの奥に潜んでいたあの箱を見つけてしまったように、私は彼らの秘密を見つけてしまうことを、彼らの本性を知ってしまうことを恐れていた。

しかしまた一方で、私はリーナから学んでいた。愛した相手をなんの理由もなく失うこともあるのだと。本当に善良で信じられる相手にめぐり会っても、ある朝目を覚ましたら、その人が忽然と姿を消してしまっていることもあるのだと。それが何者かの力ずくにせよ、本人の意志にせよ。もし私が実際そういう相手にめぐり会ったとして、ある日突然、彼が私から奪い去られてしまったとしたら？

そんなことになるなら、このまま独りで生きたほうがましではないか？

だから私は何年もそうやってきた。独りで生きてきた。高校生活はほとんど放心状態で過ごした。クーパーが卒業して私だけになると、私は体育館で襲われるようになった。手荒な男子連中が女性への暴力に対する軽蔑を示そうとして、私の前腕に飛び出しナイフでギザギザの傷を刻みつけた。これはおまえの親父の分だ、彼らはそう吐き捨てた。その行為自体の矛盾に気づくことなく。家まで歩いて帰る私の指から蠟が溶けるように血が滴り落ち、宝探しの地図のように小さな点線がくねりながら町中に引かれた。X印が宝の場所というわけだ。私はひたすら自分に言い聞かせた——大学に入りさえすれば、ブローブリッジを出られるのだと。このすべてから逃れられるのだと。

そして、それを実現した。

ルイジアナ州立大学《LSU》では男子とデートすることもあったが、ほとんどは表面的な関係にすぎなかった。混み合ったバーの奥で酔っていちゃつき合い、社交クラブの宿舎の寝室に忍び込んで、ドアを薄く開けたままにしておく。外で繰り広げられているパーティーのくぐもった音が聞こえるように。悪趣味な音楽が壁をズンズン震わせ、女子の集団の笑い声が廊下に響く。彼女たちがドアをばんばん叩く。髪を乱し、ジッパーを下ろしたまま寝室から出てくる私たちを睨みつけ、ひそひそと囁きを交わす。相手の男子は呂律がまわっていない。私が何時間もまえに狙いを定めた相手。私の入念なチェックリストをクリアし、私にいつまでも執着したり、暗い寝室の隅で私を殺したりするリスクはほぼ皆無であると判断されたターゲット。背が高すぎてはいけない。筋骨たくましすぎてもいけない。上に乗られても、簡単に押しのけられるようでなくてはならない。友達はいるが（怒りを抱えた一匹狼は危ない）、といって仲間の中心になるようなタイプであってはならない（調子に乗ったナルシストも危ない。そういう男は女性の体を自分の好きにできるおもちゃとしか見ていない）。適度に酔っぱらってくれる男でなければならない——勃《た》たないほど酔われても困るが、足元がふらついて目がとろんとする程度だとちょうどいい。そして、私もまた適度に酔っぱらっている——ぞくぞくし、大胆になり、感覚が麻痺している。いつもよりガードが下がり、首にキスをされても身を引くことはないが、警戒心やバランスや危機感は保っている。そうして翌朝にはもう、相手は私の顔も憶えていないかもしれない。私の名前は確実に忘れているだろう。

そういうやり方が私は気に入っていた。匿名でいること。子供時代の私には許されなかった特権。誰かと親密になる贅沢——胸に伝わってくる相手の心臓の鼓動、絡ませ合った指の震える感触——を享受しながら、誰にも傷つけられることがない。唯一、真剣になりかけた相手との関係はうまくいかなかった。私にはつきあう準備ができていなかった。相手を心から信じる覚悟ができていなかった。それでも、自分は普通だと感じるために関係を持った。孤独をかき消すために。相手の体の物理的な存在が、私の体をさほど孤独ではないと錯覚させてくれることを期待して。

でもそれは逆効果だった。

卒業後、就職した病院では友人や同僚に恵まれた。日中はそうしたコミュニティに囲まれ、夜は家に帰って、相変わらずひとりきりで過ごした。それでうまくいっていた。そのときは。けれど病院を辞めて開業準備を始めてからは、気づいたら完全にひとりになっていた。昼も夜もずっと。ダニエルの名刺を再び手にした日、私はもう何週間も誰とも話していなかった。クーパーやシャノンからたまに来るメール、訪問を促す母の施設からの電話を別にして。ひとたびクライアントが訪れるようになればその状況も変わることはわかっていたが、彼らは友人や同僚とはちがう。それに、私がクライアントと話をするのは彼らを助けるためであって、自分が助けられるためではない。

ダニエルの名刺が手の中で熱を帯びていた。私は自分のデスクまで歩いて椅子に腰を下ろし、背もたれに寄りかかった。受話器を取り上げ、名刺の番号に電話をかけた。呼び出し音が延々と鳴りつづけるのを聞いて、もう切ろうかと思いかけたとき、不意に声が聞こえた。

「はい、ダニエルです」

私はしばらく無言で息を止めていた。数秒してから、また彼の声が聞こえた。

「もしもし？」

「ダニエル」私はようやく言った。「クロエ・デイヴィスです」

電話の向こうに沈黙が流れ、胃が飛び出そうだった。

「何週間かまえにお会いしましたよね」私はいたたまれない思いで続けた。「病院で」

「ドクター・クロエ・デイヴィス」打てば響くように答えが返ってきた。彼が笑みを浮かべたのが聞こえるようだった。「このまま電話をくれないのかと思いかけてましたよ」

「ずっと荷解きをしてたから」そう言いながら、心拍が落ち着きはじめるのがわかった。「その……あなたの名刺がどこかへ行ってしまって、でもさっき見つかったんです。最後の箱のいちばん下に」

「じゃあ、もう荷物は片づいたのかな？」

「大体は」私は散らかったオフィスを見まわしながら答えた。

「だったらお祝いしないと。これから一杯どうですか？」

自ら進んで知らない相手と飲むことはそれまで一度もなかった。デートと呼べるものはことごとく共通の友人がお膳立てしてくれていた——みんなが集まる場に私がいつもひとりで来るのを見かねて、勝手に世話を焼いてくれていたのだ。私は初めてのことに躊躇し、とっさに忙しい理由をつくって断ろうかと思った。が、脳が出す指令に唇がそむくかのように、私は同意していた。その日、私があれほど人との会話に飢えていなければ、人と接することに飢えていなければ、彼と言葉を交わすのはその電話が最後になっていただろう。

が、そうはならなかった。

一時間後、私は同じダウンタウンにある〈リヴァー・ルーム〉のバーカウンターに着いて坐り、ワインのグラスを手の中で揺らしていた。ダニエルは私の隣りのスツールに坐って、何かの像でも眺めるみたいに私をじっと眺めていた。

「何？」私は気恥ずかしさに耐えられず、髪を耳にかけながら尋ねた。「私の歯に何か挟まってます？」

「いや」彼は笑って首を振った。「そうじゃなくて、ただ……自分がここにいるのが信じられなくて。あなたの隣りにいるのが」

私は彼を見つめ、その言葉の真意を測ろうとした。この人は私に好意を示しているのか、それともこれはもっと不吉な悪意の裏返しだろうか？　ダニエル・ブリッグスの名前は会うまえに検索していたが——当然だ——彼も同じことをしたのかどうか、これから判明することになる。ダニエルの名前を検索して出てきたのは、彼のいろんな写真がアップされたフェイスブックのページくらいのものだった。さまざまな高層バーでウィスキーを手にしている写真。片手にゴルフクラブ、もう片方の手に冷えたビールを掲げている写真。ソファに脚を組んで坐り、〈親友の息子くん〉とキャプションのついた赤ん坊を抱いている写真。ダニエルのリンクトイン（ビジネスに特化したSNS）のプロフィールも見つかった。彼が医薬品営業の仕事をしていることを裏づけるものだった。彼の名前は二〇一五年の新聞記事にも載っていた。ルイジアナ・マラソンに出場したときの記録――完走タイムは四時間十九分。すべてが世間並みで無害で、つまらないと言ってもよかった。それこそ私が求めているものだった。

　けれど、もしダニエルが私を検索したなら、彼はもっと多くのことを見つけたはずだ。もっとはるかに多くのことを。

「というわけで」彼は言った。「ドクター・クロエ・デイヴィス、あなたのことを聞かせてほしいな」

「それ、毎回そうやって呼ぶのやめてもらえません？　〝ドクター・クロエ・デイヴィス〟って。堅苦しいから」

　ダニエルは微笑み、ウィスキーをひと口飲んだ。「じゃあ、なんて呼んだらいい？」

「クロエ」私は彼を見て言った。「ただのクロエ」

「よし、じゃあ、ただのクロエ――」私が手の甲で彼の腕を叩いて笑うと、ダニエルは笑みを返して言った。「でもほんとに、きみの話を聞かせてほしい。僕は今こうやって、知らない相手と飲んでるわけだから。せめてきみが危険人物でないことを保証してもらわないと」

たちまち全身に鳥肌が広がり、腕の毛が逆立つのを感じた。

「出身はルイジアナ」私は様子を見ながら言った。彼は顔色ひとつ変えなかった。「バトンルージュじゃなくて、ここから一時間くらいの小さな町」

「僕は生まれも育ちもバトンルージュだ」ダニエルはそう言うと、ウィスキーのグラスを手前に傾けながら尋ねた。「ここに来たきっかけは?」

「大学」私は答えた。「LSUで博士号を取ったの」

「それはすごい」

「どうも」

「過保護なお兄さんがいたりすることは?」

また心臓が飛び出しそうになった。彼の言葉はすべて単なる好意の表れかもしれないが、実はすでに調べて知っている事実を私の口から引き出そうとしているようにも思えた。初対面のデートで最悪な思いをした過去の記憶がどっとよみがえってきた。他愛のないおしゃべりをしていた相手が、実はとっくに私のことを調べ尽くしていたとわかったときのあの感覚。いきなり露骨に訊いてくる男もいた――〝きみ、ディック・デイヴィスの娘なんでしょ？〟――もっと聞き出してやろうとばかりに目を輝かせて。あるいはまた、私がほかのことを話しているあいだ、じれったそうに指でテーブルを叩きながら待っている男もいた。まるで私が連続殺人犯と遺伝子を共有していることを自分から明かすのが筋だとでもいうように。

「どうしてわかるの？」私は努めて軽い調子を保ちながら訊き返した。「それってそんなにわかりやすい？」

ダニエルは肩をすくめた。「いや」そう言うと、バーカウンターに向き直って続けた。「僕自身に妹がいて、過保護な兄だった自覚があるからね。妹に目を留めた男のことはひとり残らず知ってたくらいだ。きみが妹だったら、まさに今、このバーの隅から僕がこっそり見てただろうな」

ダニエルは私を検索してはいなかった。それは後日のデートでわかった。彼の一連の質問に対する私の被害妄想はまさしくそれだった――被害妄想。彼はブローブリッジやディック・デイヴィスや失踪した少女たちのことなど、聞いたこともなかったのだ。事件当時、ダニエルはまだ十七歳だった。ニュースもろくに見ていなかった。きっとお母さんが彼の目に触れさせまいとしたのだろう。母が私の目に触れさせまいとしたように。ある晩、ダニエルとふたりで私の居間のソファに寝そべっていたとき、私はすべてを話した。なぜその瞬間を選んだのかは自分でもわからない。どこかの時点で話さなければならないことはわかっていた。私の真実、私の過去が、いちかばちか、ふたりの運命を決めるのだ。これからの人生を共に歩むのか――それとも私たちに未来はないのか。

だから私は思いきって話しはじめた。刻一刻と過ぎるごとに、むごたらしい詳細に触れるごとに、彼の額のしわが深くなるのを目にしながら。そうして私は何もかもを話した。リーナのこと、あのザリガニ祭りのこと、父がわが家の居間で逮捕された夜のこと。父が連れ去られる直前につぶやいたあの言葉。自分の部屋の窓から目撃した、肩にシャベルを担いだ父の姿。私の生まれ育った家がまだそこにあって、誰も住んでいないまま放置されていること。子供時代の思い出の詰まったその家が、ブローブリッジに実在するお化け屋敷として語り草になり、そこを通るときは屋敷に取り憑いた悪霊を呼び覚まさないように、子供たちが息を止めたまま駆け抜ける場所になっていること。父が刑務所にいること。父の司法取引と連続終身刑。父とはもう二十年近く会ってもいなければ言葉を交わしてもいないこと――。私はそのひとときに没頭し、悪臭を放つ魚のはらわたを掻き出すように、過去の記憶を一心に語りつづけた。自分がどれほどそれを抑え込んでいたか、それらの記憶がどれほど自分を中から蝕んでいたか、そのとき初めて気づいたのだった。

話し終えたとき、ダニエルは無言だった。私はきまり悪くなって、ソファの生地のほつれを指でいじった。

「あなたが知っておくべきだと思ったの」私はうつむきながら言った。「もし私たちがこれから、その、つ、き、あ、う、とかそういうことになるんだったら。でも、これが重すぎて無理ならそれは当然だと思うし、あなたがびっくりしたとしても、それは全然理解できるし——」

そのときダニエルの両手が私の頰をそっと包んで、顔を上げさせた。私は彼と目を合わせるしかなかった。

「クロエ」彼は静かな口調で言った。「重すぎるなんて思わない。愛してる」

それからダニエルは続けた。私の痛みがわかると。友人や身内が言うような、うわべだけの〝あなたの気持ちはわかる〟ではなく、本当に理解できると。彼は十七のとき、妹を失った。彼女は行方不明になったのだった。ブロードブリッジの少女たちがいなくなったのと同じ年に。私はそれを聞いてぞっとした。父の顔が脳裏をよぎった。父は町の外でも殺人を犯していたのだろうか？　一時間かけてバトンルージュまで行って、そこでも人を殺していた？　一瞬、タラ・キングのことが思い浮かんだ。行方不明なのは同じでも、ほかの子たちとは時期も経緯もちがう唯一の例。パターンに当てはまらない例外——長年経った今も謎のままだった。ダニエルは父の事件との関連を首を振って否定したものの、妹のことはほとんど説明しなかった。ソフィーという名前以外。彼女は十三歳だった。

「何があったの？」私はようやく尋ねた。囁くような小声で。ソフィーの失踪に父が関わっていた可能性はありえないという確たる証拠を、祈るような気持ちで求めていたのだ。が、それは得られなかった。

「わからないんだ」ダニエルは言った。「わからないほど悪いことはない。妹はある晩、友達の家を出て、暗い中を歩いて家に帰るところだった。ほんの数ブロックの距離だったから、しょっちゅうそうしてたんだ。それで何も悪いことは起こらなかった。あの夜までは」

私はうなずき、ソフィーが寂れた無人の道をひとりで歩いているところを想像した。彼女がどんな顔かはまったく想像がつかなかった。だから顔の部分は真っ暗に消えていて、歩いているのは体だけだった。少女の体。リーナの体。

私の肌はもう火傷しそうなほど熱く、不自然なほど真っ赤になっている。バスマットに足を踏み出し、タオルで身を包んでクローゼットに向かう。仕事用のブラウスを何着か手繰り、適当に一着選んでハンガーをドアノブに掛ける。タオルを床に落として着替えを始めながら、ダニエルの言葉を思い出す。〝愛してる〟。あの瞬間まで私は気づかなかった。自分がどれほどその言葉に飢えていたか、どれほどその言葉と無縁の日々を送ってきたか。デートを始めてまだ一カ月でダニエルがそのひと言を口にしたとき、私はとっさに頭を絞って思い出そうとした。その言葉を最後に聞いたのはいつだったか、その言葉が私に、私だけに向けて発せられたのはいつだったかを。

思い出せなかった。

私はキッチンに入り、トラベルマグにコーヒーを注ぎながら、まだ湿った髪をがしがし指で梳いて乾かそうとする。ダニエルと私のあいだの数奇な偶然は――私の父は人の命を奪い、ダニエルの妹は奪われた――ふたりの距離を遠ざけてもおかしくなかったが、実際は逆だった。それは私たちをいっそう近づけ、暗黙の絆で結びつけた。そのためダニエルは私に対してほとんど過保護と言えるまでになった。といっても悪い意味ではなく、私を気にかけてのことだ。クーパーが私に対して過保護なのと同じように――ダニエルも兄も、女性であることについてまわる危険を理解しているから。ふたりとも死というものの残酷さを知っているから。それがいかに唐突に訪れ、いかに不公平な形で次の犠牲者を奪い去るかを。

そしてふたりとも、私を理解しているから。なぜ私が今の私であるのかを。

私は片手にコーヒー、もう片方の手にハンドバッグを持ってドアへ向かい、湿度の高い朝の空気の中へ踏み出す。ダニエルからの一通のメッセージがもたらす効果は驚くほどだ――彼のことを考えるうちに気分が一変し、人生に前向きになれる。私はいつの間にか元気になっている。熱いシャワーが爪に詰まった泥ばかりか、それに伴う記憶までも洗い流してくれたかのように。オーブリー・グラヴィーノの写真を居間のテレビで見て以来ずっとつきまとっていた恐怖の予感が、初めてすっかり霧散したようだった。

私は普段の感覚を取り戻しはじめる。自分が安全だと感じはじめる。

車に乗り込み、エンジンをかける。職場までは自動運転のようなものだ。ラジオは点けずにおく。どうしてもニュースにチャンネルを合わせて、オーブリーの遺体発見の忌まわしい詳細を聞かずにいられなくなるのがわかっているから。私はそれを知らなくていい。知りたくもない。トップニュースなのだろうから、どのみち避けられないことはわかっているが、今は何も知らない状態でいたい。私は車を駐め、オフィスの玄関ドアを開ける。明かりが点いているということは、受付係がすでに来ているということだ。待合室に入り、部屋の中央に向かう。いつものように〈スターバックス〉のヴェンティサイズのコーヒーをデスクに置いた彼女が、歌うように挨拶してくるのを期待して。

けれどもそうはならない。

「メリッサ」私はオフィスの真ん中に立った彼女を見て、はたと足を止める。頰がまだらに赤くなっている。泣いていたのだ。「何かあったの？　大丈夫？」

メリッサは黙って首を振り、両手に顔をうずめる。鼻をすする音が聞こえたかと思うと、彼女は両手で顔を覆ったまま、声をあげて泣きはじめる。涙が指のあいだからこぼれ、ぽたぽた床に落ちる。

「こんなことになるなんて」メリッサは何度も首を振りながら言う。「ニュースを見ましたか？」

私は息を吐き、内心ほっとする。彼女はオーブリーの遺体のことを言っているのだ。つかの間、苛立ちを覚える。今はその話はしたくない。そのことは忘れてまえに進もうと思っているのに。私はメリッサのデスクを離れ、自分のオフィスのドアに歩み寄る。

「ええ、見た」鍵を錠前に挿し込みながら言う。「本当に、ひどい話だと思う。でも少なくとも、彼女のご両親はこれで区切りがつけられる」

メリッサは両手から顔を上げて私を見つめる。困惑した面持ちで。

「遺体のことよ」私は説明する。「少なくとも見つかったわけだから。そうじゃないケースだってあるでしょう」

メリッサは私の過去を知っている。私の父のことを。ブローブリッジの少女たちのことも、彼女たちの親が遺体を取り戻せなかったことも知っている。仮に殺人事件がひとつの評価スケールではかれるとしたら、〝死亡したとみられる〟は末端に位置するはずだ。答えが得られず、区切りをつけられないほど悪いことはない。すべての証拠が心の奥底では真実だとわかっている残酷な現実を突きつけてきたとしても、遺体が見つからなければ確証は得られないのだ。そこには常に一抹の疑い、一縷の望みがある。が、まちがった希望を抱くくらいなら、望みを絶たれるほうがましだ。

メリッサはまた鼻をすする。「あの――なんの話ですか？」

「オーブリー・グラヴィーノ」私は意図した以上にきつい口調になって言う。「土曜日にサイプレス墓地で遺体が見つかったじゃない」

「私はオーブリーの話をしてるんじゃありません」メリッサが慎重に言う。

私は彼女に向き直る。今度は私が困惑顔になっている。鍵は錠前に挿したまま回してはおらず、私の腕は中途半端に宙に浮いている。メリッサがコーヒーテーブルに歩み寄り、黒いリモコンを拾い上げて壁掛けテレビのほうに向ける。いつも業務時間中はテレビを消したままにしているが、いまメリッサがそれを点け、黒い画面が活気づいて、またしても真っ赤な見出しが表示される。

速報：バトンルージュからふたり目の少女が失踪

最新情報が流れるテロップの上に、新たな十代の女子の顔が映っている。私は彼女の顔立ちに目を凝らす――くすんだブロンドの髪が青い目と白い睫毛を半分隠し、陶器のような青白い肌に薄いそばかすが散っている。その透きとおるようになめらかな肌――まるで触れてはならない人形のような肌――に目を奪われた次の瞬間、肺からはっと息が抜け、宙に浮いた腕が体の横に垂れる。

この顔には見覚えがある。私はこの子を知っている。

「私はレイシーの話をしてるんです」メリッサの頬をまた涙が流れる。その目は三日前に、この待合室のソファに坐っていた少女の目を見つめている。「レイシー・デックラーが行方不明なんです」

第十三章

ロビン・マクギルがふたり目だった。リーナの次に父の犠牲になった少女。ロビンはおとなしくて控えめで、色白でがりがりに痩せていた。そのがりがりの体に燃える夕陽のような髪色の頭が乗っかっていたので、さながら歩くマッチ棒のようだった。彼女はどこをどう見てもリーナとは似ていなかったが、それは問題ではなかった。それが彼女を救うことにはならなかった。

ロビンの失踪後に町の人々が感じた不安は、リーナがいなくなった三週間後に、ロビンもまたいなくなった。女の子がひとりいなくなった場合、考えられる理由はいろいろある。湿地で遊んでいて足をすべらせ、水面下に潜んでいた生き物の顎に引きずり込まれてしまったのかもしれない。悲惨な事故——だとしても、殺人ではない。あるいは痴情のもつれというやつかもしれない。彼女のせいで激情に駆られた男子がいたのかもしれない。あるいはまた、彼女は妊娠して駆け落ちしたのかもしれない。その仮説は沼にじっとりと立ち込める霧のように町を覆ったが、それもロビンの顔がテレビ画面に現れるまでのことだった。誰もがテレビを見て理解した――ロビンは妊娠して駆け落ちしたのではなさそうだと。ロビンは頭がよく、勉強好きだった。人との交流はなく、ふくらはぎより丈の短いスカートを穿くことは絶対になかった。ロビンがいなくなるまでは、私も町の噂を信じていた。十代の女子の駆け落ちは、そこまでとっぴな話ではないように思えたのだ。とりわけリーナの場合は。それに、家出少女の例は以前にもあった。タラ・キングがそうだった。ブローブリッジのような町では、殺人のほうがよほどありえないことのように思えた。

しかし、ひと月のあいだに女子がふたり続けて行方不明になったなら、それは偶然ではない。事故ではない。男女間の事情ではない。それは計画的で狡猾で、私たちが経験してきたどんなものよりはるかに恐ろしい事件だ。そんなことがありうるとは誰もが思ってもみなかった事件だ。

レイシー・デックラーの失踪は偶然ではない。それは直感的にわかっている。二十年前にニュースでロビンの顔写真を見たときと同じようにわかっている。今、オフィスのテレビに映ったレイシーのそばかすの浮いた顔と見つめ合いながら、私は十二の頃の光景を思い出している。夕暮れ時、サマーキャンプの帰りにスクールバスから降りて、あの埃っぽい砂利道を駆けている自分。ポーチでしゃがんで私を待ちかまえている父の姿が見える。

逃げなければならなかったのに、私は彼に向かって走っている。喉にかかった手のように、恐怖が私を絞めつける。

あのときと同じだ。どこかに犯人がいるのだ。

「先生こそ、大丈夫ですか?」メリッサの声ではっとわれに返る。彼女は心配そうに顔をゆがめて私を見ている。「顔色が悪いようですけど」

「ええ、大丈夫」私はうなずいて言う。「ただちょっと……思い出しちゃって」

メリッサは黙ってうなずく。それ以上聞き出すようなことはしない。

「今日のアポイントは全部キャンセルしてもらえる?」私は尋ねる。「そしたらあなたも帰っていいから。今日はゆっくり休んで」

メリッサはほっとした表情でうなずくと、そそくさと自分のデスクに着き、ヘッドセットを取り上げる。私はまたテレビのほうを向いて、リモコンで音量を上げる。ニュースキャスターの小声が一気に大きくなって室内を満たす。

テレビを点けたばかりのみなさんにお伝えします。ルイジアナ州バトンルージュでまたひとり、女子高校生が行方不明になったとの情報が入りました——この一週間でふたり目です。先ほどお伝えしたとおり、六月一日の土曜日にサイプレス墓地で十五歳のオーブリー・グラヴィーノさんの遺体が発見された二日後、新たにひとりの女子高校生が行方不明と報告されました――今回はレイシー・デックラーさん、同じくバトンルージュ在住の十五歳とのことです。私たちのレポーター、アンジェラ・ベイカーがバトンルージュ・マグネット高校から生中継でお伝えします。アンジェラ？

カメラがスタジオの映像から切り替わる。レイシーの顔写真がグリーンの背景から消え、このオフィスからほんの数ブロックのところにある高校が画面に映し出される。カメラのまえに立ったレポーターがイヤホンに指を当てたままうなずき、それから口を開く。

ありがとう、ディーン。私は今、バトンルージュ・マグネット高校に来ています。レイシー・デックラーさんはここで高校生活の一年目を終えようとしていました。レイシーのお母さん、ジャニーン・デックラーさんが当局に語った話では、お母さんは金曜日の午後、この学校で陸上競技の練習を終えたレイシーさんを車に乗せて、そのあとアポイントがあった数ブロック先の場所まで送ったとのことです。

喉の奥で息が詰まる。今のレポーターの言葉が聞こえただろうかとメリッサを見やるが、彼女は聞いていない。電話しながらノートパソコンのキーボードを叩き、今日のアポイントをリスケジュールしている。こんなふうに丸一日分をキャンセルするのは彼女に対しても申し訳なく思うが、今はクライアントに会うなど考えられない。ここに来てくれる彼らに私の時間料を請求するのはフェアではない。私の心はここにはないから。私の心はオーブリーやレイシーやリーナのことを考えているから。

私はテレビに視線を戻す。

アポイントのあと、レイシーさんは歩いて友人の家に行く予定でした。その家で週末を過ごすことになっていたんです――しかし、レイシーさんは現れませんでした。

カメラがまた切り替わり、今度はレイシーの母親だという女性が映る。彼女はカメラに向かって泣きながら説明する。娘が携帯電話の電源を切っているだけだと思っていた、あの子はたまにそうするから、と。「レイシーはインスタグラムばっかりやってるような子たちとはちがって、ときどきそういうのを断つ必要があるんです。すごく繊細な子だから」母親はオーブリーの遺体発見のニュースが娘の行方不明を届け出るきっかけになったと語り、女性にありがちなように防御的になろうとする。自分がよい母親であり、子供を気にかける母親であることを世の中に訴えようとする。こうなったのは自分の落ち度ではないのだと。私は彼女のすすり泣きに耳を傾ける──「まさかあの子の身に何かあっただなんて、夢にも思いませんでした。そうじゃなければ、もっと早く届け出ていたに決まっています……」──そこで私ははっと気づく。レイシーは金曜の午後にアポイントを、私とのアポイントを終えたあと、次の目的地にはたどり着かなかった。このオフィスの玄関ドアを出てから姿を消したのだ。つまり、このオフィス、私のオフィスが、レイシーが最後に目撃された場所になり──彼女を最後に見たのは私ということになる。

「ドクター・ディヴィス？」

私は振り返る。声の主はメリッサではない。彼女は自分のデスクに着いて、ヘッドセットを首に掛けたまま私を見ている。もっと低い声──男の声。さっと玄関ドアに目をやる。警察官がふたり、戸口に立っている。私は息を呑む。

「はい？」

ふたりがそろって待合室に足を踏み入れる。左にいる小柄なほうの男がバッジを掲げて私に見せる。

「刑事のマイクル・トマスと申します。こちらは同僚のコリン・ドイル巡査」そう言いながら右にいる大柄な男を頭で示すと、また私に向かって言う。「レイシー・デックラーさんの失踪について、いくつかお伺いしたいことがあります」

第十四章

警察署は暑かった――不快なほど暑かった。何台ものミニチュア扇風機が保安官のオフィスの壁にぐるりと設置されていたのを憶えている。よどんだ古い空気があらゆる方向に吹いていて、保安官のデスクに貼られた付箋のメモが生ぬるい微風の中ではためいていた。自分の後れ毛の束が十字砲火を浴びたように暴れ狂い、頬をくすぐっていた。私は大粒の汗がドゥーリー保安官の首を伝い落ちて襟に垂れ、黒々と濡れた染みになるのを見つめた。すでに秋は訪れていたが、うだるような暑さは続いていた。

「ほら、クロエ」母が汗ばんだ手で私の手をぎゅっと握って言った。「今朝、母さんに見せてくれたものがあるでしょう。それを保安官にお見せして」

私は膝の上に置いた箱を見下ろした。保安官と目を合わせたくなかった。自分が見たものを見られたくなかった。自分が知っていることを知られたくなかった。彼に見せたくなかった。この箱に入っているものを。彼が見たが最後、すべてが終わるから。何もかもが変わってしまうから。

「クロエ」

私が顔を上げると、保安官はデスクから私のほうに身を乗り出した。彼の声は低く、厳めしいと同時に優しくも感じられた。おそらく一語一語の母音を糖蜜が垂れるように緩慢に伸ばす南部訛りのせいだろう。保安官は私の膝に乗った箱をじっと見ていた——古びた木製のジュエリーボックス。前年のクリスマスに父が新しいものをプレゼントするまで、母がダイヤのイヤリングやお祖母ちゃんの古いブローチなどを仕舞っていた箱。蓋を開けると可愛らしいチャイムの音が流れ、中のバレリーナがくるくる回る仕掛けになっていた。

「心配しなくていい」保安官は言った。「きみは正しいことをしているんだから。最初から始めよう。その箱はどうやって見つけた?」

「今朝、家で退屈してて」私は箱をお腹に引き寄せて抱え、木のささくれを爪で削りながら話しはじめた。「外は全然涼しくならないし、外に出たくなかったから、家でメイクとかヘアアレンジとか、そういうのをやろうと思って」

そう言いながら頬が赤くなるのを感じたが、母も保安官も気づかないふりをした。私はもともと活発なタイプで、髪を梳かすより庭でクーパーと遊びまわるほうが好きだったが、あの日リーナに感化されてからは、それまで気にしなかった自分自身の外見を意識するようになっていた。前髪を上げて留めると鎖骨がくっきり強調されることとか、バニラの香りのグロスを塗ると唇がみずみずしくふっくらして見えることとか。そういえばまだ唇にグロスが残っているのではないかと、私は不意に箱から手を離して前腕で口元を拭った。

「わかるよ、クロエ。続けて」

「母さんと父さんの部屋に入って、クローゼットの中を探しはじめたんです。別に、こっそり覗こうとか思ったわけじゃなくて――」私は母を見て続けた。「ほんとにちがうの。髪に結べるスカーフか何かないかなと思っただけで、でもそしたら母さんのジュエリーボックスが見つかって、お祖母ちゃんの素敵な飾りとかいっぱい入ってるの知ってたから」

「いいのよ、大丈夫」母が囁いた。涙がひとすじ、その頰を伝った。「怒ってないから」

「だからその箱を取って」私は手元の箱に視線を戻して言った。「開けてみたんです」

「開けたら、何が入っていた？」保安官が尋ねた。

唇が震えはじめ、私は箱をぐっと抱き寄せた。

「告げ口はしたくないです」私はか細い声で言った。「そのせいで誰かが大変なことになるんだったら」

「私たちは箱の中身を知りたいだけなんだよ、クロエ。それだけでは誰も大変なことにはならない。まずは中を見てみて、それから判断しよう」

私は首を振った。事の重大さにやっと気づいたのだ。この箱を母に見せるべきではなかった。何も言うべきではなかった。あのとき即座に蓋を閉じ、埃っぽいクローゼットの奥に元どおり押し込んで、きれいさっぱり忘れてしまうべきだった。なのに私はそうしなかった。

「クロエ」保安官はまっすぐ坐りなおして言った。「これは大事なことなんだ。きみのお母さんが重大な申し立てをしたから、私たちはその箱の中身を見ないといけないんだよ」

「やっぱりやめます」私はパニックになって言った。「頭がごちゃごちゃになってただけだと思うから。ほんとはなんでもなかったのに」

「きみはリーナ・ローズと仲がよかった。そうだね?」

私は舌を嚙みしめ、ゆっくりとうなずいた。小さな町では噂はすぐに広まる。

「はい、そうです」私は言った。「リーナはいつも優しくしてくれました」

「残念だが、クロエ、誰かがそのリーナを殺したんだ」

「保安官」母が身を乗り出すと、保安官は腕で彼女を制し、私に向かって語りつづけた。

「誰かがそのリーナを殺して、誰にもわからないような恐ろしい場所に彼女を棄てた。そのせいで、彼女はまだ見つかってもいないんだ。私たちは彼女の遺体を見つけてご両親のもとへ返さないといけないのに、それができずにいるんだよ。きみはそれについてどう思う？」

「ひどいと思います」私は消え入りそうな声で言った。涙がするりと頬を流れた。

「私もそう思う」保安官は言った。「だが、それだけじゃない。その人物はリーナを殺しただけでは終わらなかった。同じ人物が、ほかにも五人の女の子を殺したんだ。そしてその人物は、年内にあと五人殺すかもしれない。だから、もしきみがその人物について何か心当たりがあるなら、教えてほしいんだよ、クロエ。彼がまた同じことをするまえに」

「父さんが大変なことになるんだったら、何も見せたくないです」私の涙は頬を流れつづけていた。「父さんを連れていかないでください」

保安官は椅子に深くもたれ、同情するような目で私を見た。そのまましばらく黙っていたが、やがて身をまえに乗り出して尋ねた。

「それで救える命があるとしても？」

私はちらりと顔を上げ、目のまえにいるふたりの警察官を見る――トマス刑事とドイル巡査を。彼らは私のオフィスの患者用のラウンジチェアに坐って、私の様子を窺いながら待っている。私が何か言うのを待っている。二十年前にドゥーリー保安官が私をじっと待っていたように。

「ごめんなさい」私は椅子の上で姿勢を正して言う。「ちょっと自分の中で考え込んでしまって。今の質問、もう一度いいですか？」

ふたりが顔を見合わせてから、トマス刑事が一枚の写真を私のデスクにすべらせてよこす。

「レイシー・デックラー」刑事は写真を指でとんとん叩きながら言う。「その名前、もしくはこの写真に心当たりは？」

「ええ」私は答える。「ええ、レイシーは新しい患者さんです。金曜日の午後にここへ来ました。さっきのニュースからすると、あなた方はその件でここにいらしたんですよね？」

「そのとおりです」ドイル巡査が言う。

巡査のほうが口を開いたのはこれが初めてで、私ははっと彼のほうを見る。この声。このぜいぜいと喉が詰まったような声は聞き覚えがある。この週末に墓地で耳にしたばかりだ。オーブリーのイヤリングが見つかったとき、真っ先に駆け寄ってきたあの警察官。私の手からイヤリングを取り上げた警察官だ。

「レイシーさんは金曜日の午後何時頃にこのオフィスを出たんですか？」

「彼女は、ええと、その日最後のアポイントでした」私はドイル巡査から刑事のほうに視線を戻して言う。「ですから、六時半頃にここを出たはずです」

「彼女が出ていくところを見ましたか？」

「ええ」私は言う。「でも厳密に言うと、見ていません。このオフィスを出るところは見ましたけど、建物を出ていくところまでは見ていないので」

巡査のほうが訝しげに私を見る。まるで彼も私を思い出したかのように。

「つまり、ことによると、彼女はこの建物から出なかったかもしれないと？」

「建物は出たと考えていいんじゃないでしょうか」私は苛立ちを呑み込んで言う。「待合室を出たら、外に出るしか行くところはありませんから。管理人用のクローゼットは常に外から鍵がかかっていますし、あとは玄関脇に小さなトイレがあるだけなので」

ふたりは納得したようにうなずく。

「アポイントのあいだはどんなことをお話しされたんですか？」刑事が尋ねる。

「それは言えません」私は椅子の上で坐り直して続ける。「臨床心理士には患者の秘密を守る義務があります。私のクライアントがこの部屋で話した内容を、第三者にお伝えすることはありません」

「それで救える命があるとしても？」

私は胸に衝撃を食らう。肺の空気が一撃で抜かれたかのように。行方不明の少女たち、警察の聴取。あまりに過剰だ、あまりに似すぎている。私は目をしばたたき、視界の外から押し寄せるまぶしい光を振り払おうとする。一瞬、自分が気を失うのではないかと感じる。

「あの――ごめんなさい」私は口ごもる。「今、なんておっしゃいました？」

「レイシーさんが金曜日のセッションであなたに話した内容が彼女の命を救うことになるとしたら、お話しいただけますか？」

「ええ」私は震える声で答える。自分のデスクの引き出しをちらりと見下ろす。手を伸ばせば届く、私の避難所。一服しなければ。今すぐ一服しなければ。「ええ、もちろんです。レイシーの話した内容から、彼女が少しでも危険な状況にあったと疑われるのであれば、それはお伝えします」

「だったらなぜ、彼女はセラピストのオフィスに来る必要があったんでしょう？　何も問題がなかったなら？」

「私は心理士です」指が震えている。「レイシーとは初めてのアポイントでした。本当に初回らしい、お互いを知るための時間でした。彼女は、ちょっとした……家庭の問題を抱えていて、対処の仕方を考える必要がありました」

「家庭の問題」ドイル巡査が繰り返す。彼はまだ疑わしそうに私を見ている。少なくとも、私にはそう思える。

「ええ」私は言う。「申し訳ありませんが、私に言えるのはそれだけです」

そう言うなり立ち上がる。お引き取りくださいの意思表示。私はオーブリーの遺体発見現場に居合わせ——あろうことか、証拠品を手にしているところをほかでもないこの巡査につかまり——さらにレイシーの失踪直前、最後に彼女を見た人物になってしまった。このふたつの偶然が私の苗字と結びつけば、私はたちどころにこの捜査の中心に置かれることになる——それだけはなんとしても避けなければならない。私はオフィスを見まわし、私の身元を、私の過去を明かすような情報がないか目で探す。ここには何も持ち込んでいないはずだ。個人的な思い出の品も、家族の写真も、ブローブリッジにつながる物も。彼らが把握しているのは私の名前だけだ。名前だけ。とはいえ、それさえあれば充分だ。彼らがそれ以上のことを知ろうとするなら。

ふたりはまた顔を見合わせ、そろって立ち上がる。椅子の軋む音に私の腕の毛が逆立つ。

「ドクター・デイヴィス、お時間をいただき感謝します」トマス刑事がうなずきながら言う。「このあとも、われわれの捜査に関連しそうな情報や、われわれが知るべきだと思われることが出てきたら——」

「お知らせします」私はあとを引き取って言い、失礼のないように微笑む。ふたりは戸口に歩み寄り、ドアを大きく開けて、誰もいなくなった待合室を見渡す。ドイル巡査がこちらを向き、ためらいながら口を開く。

「すみませんが、ドクター・デイヴィス、もうひとつだけ。どうも初めてお会いした気がしないんですが、どうしても思い出せないんです。どこかでお会いしましたかね？」

「いいえ」私は腕組みをして答える。「そうは思いませんけど」

「それは確かですか？」

「ええ、確かです」私は言う。「もうよろしいですか？　今日もこのあとアポイントがいっぱいで、九時に予約している患者さんがそろそろ来てもおかしくないので」

第十五章

私は待合室に足を踏み入れる。静まり返った空間で自分の息づかいがやけに大きく聞こえる。トマス刑事とドイル巡査は出ていった。メリッサのハンドバッグはどこにもなく、彼女のパソコンの画面は真っ暗だ。テレビだけが変わらず大音量で流れ、ここにはいないレイシーの顔が室内に去来している。

私はドイル巡査に嘘をついた。彼とは以前に一度会っている——サイプレス墓地で、彼が死んだ少女のイヤリングを私の手のひらからつまみ上げたときに。さらに私は、今日アポイントがいっぱいだと嘘をついた。メリッサが予約をすべてキャンセルしたので——そうするように私が頼んだので——今、月曜日の午前九時十五分、私は何もすることがない。誰もいないオフィスでひとり坐って、思考の闇が私をまるごと貪り喰らい、骨を吐き出すにまかせる以外何も。

けれど同じことをするわけにはいかない。もう二度と。

携帯電話を手に取り、誰かに電話できないかと考えてみる。誰だったら大丈夫だろう。クーパーは問題外だ——心配しすぎるのが目に見えている。私が答えたくない質問を次々浴びせ、私が考えまいとしている結論に飛びつくに決まっている。懸念をあらわにして私を見ながら、ちらりと私のデスクの引き出しに目をやって、無言で訝るだろう。そこに私がどんな薬を隠しているのか、私の脳内を渦巻くそれらがどんなゆがんだ思考を生み出しているのかと。だめだ、いま必要なのは落ち着きだ。理性だ。私を安心させてくれる相手でなければ。次に思い浮かぶのはダニエルだが、彼はカンファレンスの最中だ。こんなことで煩わせるわけにはいかない。彼が忙しすぎて私に耳を貸さないからではない——その逆が問題なのだ。彼はすべてを放り出して私を救いに駆けつけるだろう。そんなことはさせられない。ダニエルをこの件に引きずり込むわけにはいかない。そもそもこの件とはなんだろう？　単なる私の記憶が、いまだ消え去っていない悪霊が、水底から浮かんできて水面に頭をもたげているにすぎない。それをどうにかするためにダニエルができることは何もない。すでに言い尽くされた言葉をかける以外には。今の私に必要なのはそれではない。ただ黙って聞いてくれる相手が必要なのだ。

私ははっと顔を上げる。わかった。どこへ行くべきか。

ハンドバッグと鍵の束をつかみ、オフィスのドアに鍵をかけると、車に飛び乗って南へ向かう。数分後には〈リヴァーサイド介護付き住宅〉と書かれた案内板を通り過ぎ、花粉のような色合いの見慣れた建物群が前方に見えてくる。その色が選ばれたのは、陽の光や幸せや、そういった明るいイメージを象徴するためだろうとずっと思っていた。一時期は実際にそう信じて自分を納得させていた。ペンキの色がそこに閉じ込められている入居者の気分を人為的に向上させるにちがいないと。けれどかつての鮮やかな黄色は今や色褪せ、外壁は容赦ない雨風と歳月にさらされて絶えず変色し、ブラインドがあちこち欠けた窓は歯抜けの笑みと化し、自分たちもここから抜け出したいとばかりに歩道のひび割れから雑草が突き出ている。いよいよ建物群が目のまえに迫ると、もはや陽の光が降り注ぐイメージはどこにもない。目に映るのはあたたかさやエネルギーや喜びの色ではない。見捨てられ、放置された色だ。薄汚れたシーツや、磨かれずに黄ばんだ歯のような。

私が患者なら、私は患者の私に向かってこう言うだろう。

〝あなたは投影しているのよ、クロエ。その建物が見捨てられていると感じるのは、あなた自身がその中にいる誰かを見捨てているように感じるからじゃない？〟

イエス、イエス、イエス。答えがイエスなのはわかっている。が、わかっていても少しも楽にはならない。私はエントランス近くの駐車スペースに車を入れ、ドアをことさら強く叩きつけるように閉めてから、入口の自動ドアを抜けてロビーに到着する。

「あらまあ、こんにちは、クロエ！」

私は受付に向かい、カウンターの奥から手を振ってくる女性に笑みを向ける。彼女は大柄でふくよかで、髪をタイトなお団子にまとめ、色が薄れてくたくたになった柄入りの介護用ウェアを着ている。私は手を振り返し、カウンターに腕をのせて寄りかかる。

「こんにちは、マーサ。お元気ですか？」

「ええ、ええ、元気ですとも。お母さんに面会でいいのよね？」

「お願いします」私はにっこり微笑む。

「またずいぶん久しぶりだけど」そう言いながら、マーサは訪問者記録簿を引っ張り出して私のほうへ押しやる。その口調には非難が含まれているが、私は無視しようと努め、手元の記録簿に目を落とす。まっさらなページ。いちばん上の行に自分の名前を書き、右上の隅の日付に気づく——六月三日、月曜日。ぐっと唾を呑み、急に胸が苦しくなるのを感じまいとする。

「ほんと、久しぶりになってしまって」私は結局そう返す。「ずっと忙しかったので。でも言い訳にならないことはわかってます。もっと早く来るべきでした」

「もうすぐ結婚式なんでしょ？」

「来月です。びっくりですよね」

「よかったわねえ。ほんとによかった。あなたのお母さんも喜んでるわ」

私はまたにっこりし、マーサの嘘に感謝する。私も母が喜んでくれていると思いたい。が、実のところ、そんなことは誰にもわからないのだ。

「どうぞ、行ってらっしゃい」マーサは記録簿を自分の膝に戻して言う。「行き方はわかるわね。看護師がお母さんの部屋にいるはずよ」

「ありがとう、マーサ」

私は受付に背を向け、ロビーを見渡す。ここからは三つの廊下がそれぞれの方向に延びている。左手の廊下の先には食堂とキッチンがある。入居者はそこで毎日決まった時間に、大釜で大量生産されたさまざまな食事を配給される――中華鍋いっぱいの水っぽいスクランブルエッグ、スパゲッティ・ミートソース、ケシの実入りのチキン・キャセロール、塩辛いドレッシングに浸ったしおれたレタス。真ん中の廊下はラウンジにつながっている。広々としたスペースにテレビやボードゲーム、私も一度ならずその上で眠り込んでしまったほど坐り心地のいいラウンジチェアが置かれている。私は右手の廊下――入居者の寝室がずらりと並んだ第三の廊下――を進み、延々と続くマーブル模様のリノリウムの床を歩いて四二四号室にたどり着く。

「とんとん」私は薄く開いたままのドアをノックして声をかける。「母さん？」

「どうぞ、入って！　今ちょうど髪をきれいにしてたのよ」

私は部屋を覗き込み、ひと月ぶりに母の姿を目にする。いつものように、母は少しも変わっていない。が、昔の母ではない。この二十年間ずっと変わっていないが、私が真っ先に思い出すあの頃の母ではない。若く美しく生き生きとしていた母。色鮮やかなサンドレスの裾から日灼けした膝を覗かせ、ヘアクリップで耳上を留めた長い髪を波打たせ、夏の暑さに頬を上気させていた母。いま目のまえにいる彼女は、車椅子に坐って無表情のまま動かず、ローブの裾の合わせ目の奥から青白く痩せ細った脚を覗かせている。肩の上で切られた髪を看護師が梳かすあいだ、母は駐車場を見下ろす窓の外をじっと見つめている。

「母さん」私は呼びかけながら近づき、ベッドの端に坐って微笑む。「おはよう」

「おはよう、ハニー」看護師が言う。新顔だ――見覚えがない。彼女はそんな私の心の声を察したかのように話しつづける。「私はシェリル。ここ何週間か、あなたのお母さんと仲よくさせてもらってるの。そうよね、モーナ？」

彼女は母の肩をぽんぽんと叩いて笑いかけ、さらに何度か髪を梳かしてからベッドサイドテーブルの上にコームを置くと、車椅子をぐるりと回して私のほうを向かせる。これだけ長い年月が経っていても、母の顔を見るといまだにショックを受ける。容貌が醜く損なわれたとか、見分けがつかないまでに一部が失われたとかいうことではない。けれど変わってしまった。母を母たらしめていた細部のひとつひとつが変わってしまった——かつて完璧に整えられていた眉毛はぼさぼさになり、顔全体が男性的な印象になってしまった。顔はどこまでもすっぴんで蠟のように血の気がなく、安物のストアブランドのシャンプーで洗われつづけた髪は毛先が荒れてごわごわになってしまった。

そして、首。長く分厚いあの傷痕が、いまだに母の首を横切っている。

「それじゃ、あとはごゆっくり」シェリルがドアに向かって歩きながら言う。「何かあったら遠慮なく呼んでね」

「ありがとう」

私たちはふたりきりになる。母の目が私の目を見据え、あの感情がどっと襲ってくる。この人は見捨てられたのだ、私が見捨てたのだという思い。母は自殺を図ったあと、ブローブリッジの施設に収容された。私たち兄妹はまだ幼すぎて、自分たちで母の世話はできなかった——十二歳と十五歳で、町はずれに住むおばの家で暮らすことになった——が、できるようになったら母を引き取るつもりでいた。自分たちで母の世話をできるようになったら。やがてクーパーが十八歳になったが、母を引き取れないことは明らかだった。兄は家でじっとしていられなかった。じっと坐っていられなかった。母には毎日決まったケアが必要だった。決まりきった単純なルーティーンが。そこで私がルイジアナ州立大学《LSU》に入ると同時に、私たちは母をバトンルージュの施設に移し、私が大学を出てから母を引き取ることに決めた……が、結局はそれも何かと理由をつけて見送った。体が不自由でひとりでは何もできない母親の世話をしながら、どうやって博士号を取得しようというのか？どうやって素敵な人と出会い、つきあい、結婚しようというのか——もっとも、それは母のことがなくても自らチャンスをつぶしていたようなものだが。そんなわけで私たちはこの〈リヴァーサイド〉に母をあずけたまま、いずれは引き取るのだからと自分たちに言い聞かせつづけた。卒業したら。お金が貯まったら。私が開業したら。そうして何年もが過ぎ、私たちは毎週末訪ねることで罪悪感をやわらげようとした。やがてクーパーと私はかわるがわる隔週で行くようになった。それも毎回ほかにやるべきことをこなす合間に無理して来ているので、携帯電話をチェックしながらの慌ただしい訪問だった。そして最近はもうほとんど、施設から電話がかかってきて訪問を促されたときだけ行くようになっていた。彼らは善意の人々ではあるが、陰で私たちを非難しているのはまちがいない。私たちが母を見捨て、彼女の運命を赤の他人の手に委ねようとしていることを。

けれど彼らはわかっていない。母もまた私たちを見捨てたのだということを。

「このところ、なかなか来れなくてごめんね」私はそう言いながら、母の顔に視線を注ぐ。何かほんの少しでも動きはないか、反応する気配はないかと探しながら。「結婚式がもう来月だから、今のうちに決めておかないといけないことがたくさんあって」

私たちのあいだに沈黙が広がる。けだるい沈黙。それはもう慣れっこになっているが。すべては私の独り言だ。母が反応しないことはわかっている。

「近いうちにダニエルを連れてくるね。約束する」私は言う。「母さんもきっと彼を気に入ると思う。すごくいい人だから」

母が何度かまばたきをし、車椅子のアームレストに指先をとんと打ちつける。私はさっとその手を見る。凝視したまま、母に尋ねる。

「彼に会ってくれる?」

母がまた指先を軽く打ちつけ、私は微笑む。

父の判決が下ってからまもなく、私は母が寝室のクローゼットの床に倒れているのを見つけた――父の運命を決したあの箱を私が見つけたクローゼットで。その詩的象徴性は十二歳の私にもわかった。母は父の革のベルトを使って首を吊ろうとしたが、首が絞まると同時に木の梁が折れて床に落ちたのだった。私が見つけたときには、母の顔は紫色になり、目は飛び出し、脚はぴくぴく痙攣していた。私は悲鳴をあげてクーパーを呼び、なんとか言ってよ、なんとかしてよと叫びつづけた。兄は廊下に立ったまま呆然と固まっていた。

なんとかしてってば! 私がもう一度そう叫ぶと、彼はまばたきをして首を振り、それからクローゼットに駆け込んで、心肺蘇生を試みようとした。途中で私は通報しなければと気づき、九一一番に電話した。そうして私たちは母の一部を救うことができた。全部は無理だった。

母は一ヵ月間、昏睡状態だった。クーパーと私は医療上の決定を下せる年齢ではなかったので、その判断は刑務所の父に委ねられた。父は生命維持装置を外すことを望まなかった。病院の母に面会はできなかったが、容態は明らかにされていた——母はもう二度と歩くことも話すこともできず、何ひとつ自分でできるようにはならないだろうと。それでも父はあきらめようとしなかった。その詩的象徴性もまた皮肉だった——刑務所に入るまで人の命を奪っていた父が、投獄されたとたん、命を救うことにこだわるとは。私たちは何週間も見守りつづけた。母が病院のベッドで横たわったまま動かず、機械の助けを借りて胸だけを上下させているのを。やがてある朝、母は自分の力で動いた——瞼を震わせ、両目を開いた。

体の動きは戻らなかった。言葉も戻らなかった。無酸素症——脳への酸素供給が極端に不足した状態——によって重度の障害が残り、母は医学的にいう〝最小意識状態〟にあるとのことだった。医師たちは〝広範囲〟や〝不可逆的〟といった言葉を使った。母の意識はほとんどないが、完全になくなったわけではない。母が外界をどの程度認識しているかはいまだにはっきりしない。ときどき私がとりとめもなく自分やクーパーの話をするとき——母が私たちのために生きつづけることを放棄して以来、私たちが経験してきたありとあらゆる出来事をぶちまけるとき——母の目がちらりと生気を帯びることがある。そういうときは母が私の話を聞いて理解しているのがわかる。申し訳なく思っているのが。

また別の日には、母の真っ黒な瞳を覗き込んでも何も反応はなく、自分の姿が映っているだけのこともある。

今日はいいほうの日だ。母は私の話を聞いている。理解している。言葉でコミュニケーションを取ることはできないが、指は動かせる。長年かけてわかってきた。指をとんと叩くのには意味がある——母なりの〝うなずき〟だと私は解釈している。話をちゃんと聞いていることを示す、かすかなサイン。

あるいは、私がそう思いたいだけかもしれない。本当は意味など何もないのかもしれない。

私は母を見つめる。父が生み出した苦しみの権化。自分に正直になるなら、それこそが母をずっとここに置き去りにしている真の理由だ。もちろん、これほどの障害を負った人の世話をする責任が重いのは確かだが、私が本気で望みさえすれば、それはできないことではない。手伝いを雇う金はある。住み込みの看護師を雇うことだってできるだろう。しかし本音を言うと、私はそれを望んでいない。毎日母の目を覗き込んで、彼女を見つけた瞬間を何度も何度も繰り返し思い出すことになるなど、私には考えられない。少しでも健全でまともな生活を維持しようと手をかけてきた大切なわが家にあの頃の記憶が洪水となって流れ込むなど、想像したくもない。私が母を見捨てたのは、このほうが生きやすいからだ。子供時代のわが家を見捨てたときのように。自分たちの所持品を持ち出してあの家で体験した恐怖を思い出すかわりに、すべてを置き去りにして朽ち果てるにまかせたように。まるで存在自体を認めないことで現実味が薄れるかのように。

「結婚式までには彼を連れてくるね」私は今度は本気で言う。ダニエルを母に会わせたいし、母をダニエルに会わせたい。母の膝にそっと手を置き、あまりに痩せ衰えたその感触にひるみそうになる。二十年間の不動状態で筋肉が衰え、骨と皮だけになってしまっている。けれど私は手を離さず、母を揺さぶるようにわずかに力をこめる。「でもね、母さん、ほんとはその話がしたかったんじゃないの。そのためにここに来たんじゃないの」

私は自分の膝に目を落とす。いったん言葉が口をついて出てしまったら、取り返しがつかないことは充分わかっている。それらの言葉は母の頭の中に閉じ込められてしまう——鍵がないのに施錠されてしまった箱のように。母は永久にそれを外に出すことができない。それを誰にも話すことができない。私のように——私が今まさにここでやっているように、胸に溜まった言葉を吐き出すわけにはいかないのだ。突然、自分が途方もなく身勝手だと感じる。でも言わずにはいられない。なるようになれと思いながら、私は口を開く。

「また女の子たちが行方不明になってるの。死んでるの。このバトンルージュで」

母が目を見開いたような気がする。が、これも私がそう思いたがっているだけかもしれない。

「土曜日にサイプレス墓地で、十五歳の子の遺体が見つかった。私もそこにいたの。捜索隊と一緒に。その子のイヤリングが見つかったのを見てた。そしたら今朝、別の女の子が行方不明になってることがわかった。その子も十五歳。しかも今度は、私が知ってる子なの。私の患者なの」

沈黙が部屋に立ち込め、十二のとき以来初めて、母の声が恋しくてたまらなくなる。今すぐすっぽりとくるまれたい――現実的でありながら私を守り安心させてくれる、あたたかな毛布のような母の言葉に。

〝怖いのはよくわかる。でも、気をつければ大丈夫。まわりをよく見てね〟

「すごく既視感があって」そう言いながら、私は窓の外に視線を向ける。「なんとなく、この全部が……なんだろう。一緒なの。デジャヴを見てるみたいな。警察が私のオフィスに話を聞きにきて、それがまるであのときみたいで……」

私はいったん言葉を切り、母を見る。ドゥーリー保安官のオフィスでの会話を母も憶えているだろうか。蒸し暑い空気、微風の中ではためく付箋のメモ、私の膝の上に置かれた木製の箱。

「まるであのときの会話が再現されてるみたいなの」私は言う。「まったく同じことを最初から繰り返してるみたいな。でも、前回こういう感じになったときのことを思い出してみたら……」

私はまた言葉を切る。この記憶の話をしても母には通じない。母は前回のことなど何も知らないのだから。大学時代にかつての記憶がいっぺんによみがえってきたときのことなど。それはあまりに生々しい記憶で、過去と現在の区別がつかなくなるほどだった。何が昔のことで何がいま起きていることなのか、何が現実で何が想像なのか。

「二十年目の日が近いから、被害妄想っぽくなってるだけかもしれない」私は言う。「それはつまり、いつも以上にってことだけど」

そう言って笑うと、母の膝から手を離し、腕を口元にやって声を抑える。手が触れて初めて、自分の頬が涙で濡れていることに気づく。いつから泣いていたのだろう。

「とにかく、声に出して言いたかったんだと思う。誰かに話してみて、これがどんなにばかげた話に聞こえるか、確かめたかったんだと思う」頬の涙を拭い、パンツの膝の部分に手をこすりつける。「ああ、よかった。ほかの人に話すまえに母さんに話せて。なんでこんなに不安なのかな。父さんは刑務所にいるのにね。父さんが関わってるなんてこと、あるわけないのに」

母が私を凝視している。その目は私への問いであふれそうになっている。私は母の手にじっと視線を落とす。ほとんどあるかなきかの、かすかな指の動きに。

「ただいま！」

私はびくりと体を震わせ、背後の声に振り返る。さっきの看護師、シェリルが戸口に立っている。私は胸に手を当てて息を吐く。

「おどかすつもりはなかったのよ、ベイビー」彼女は笑って言う。「どう、ふたりで愉しい時間を過ごせてる？」

「ええ」私はうなずき、母のほうをちらりと振り返る。「久しぶりにゆっくり話ができました」

「今週はいろんな人が来てくれて、嬉しいわねえ、モーナ？」

私は微笑み、クーパーが約束どおり訪問を果たしたことに安堵する。

「兄はいつ来たんですか？」

「ううん、お兄さんじゃなかった」シェリルはそう言うと、母のうしろに歩み寄って車椅子のハンドルを握り、足で車輪のブレーキロックを解除する。「別の男の人だった。ご家族のお友達だって言ってたわよ」

私は眉根を寄せて彼女を見る。

「どんな人でした？」

「なんだかトレンディな見た目の人。このへんの人じゃなかったわね。シ、シティから来たって言ってたけど」

嫌な予感が胸を締めつける。

「ブラウンの髪？」私は尋ねる。「べっ甲眼鏡？」

シェリルは指をぱちんと鳴らし、人差し指を私に向けて言う。「その人！」

私は立ち上がり、ベッドの上に置いてあったハンドバッグをつかむ。

「もう行かないと」そう言って足早に母に歩み寄り、首のまわりをハグして別れを告げる。

「ごめんね、母さん。いろいろと……全部」

そうして開いたドアから駆け出し、長い廊下をひた走る。ヒールが床を打つたびに胸の中の怒りが激しくなっていく。よくもこんな……よくもこんな。受付にたどり着き、カウンターに手を叩きつけて喘ぐ。謎の訪問者が誰かは見当がついているが、まずは確かめなければならない。

「マーサ、訪問者記録を見せてください」

「あなたのサインはもうもらってるわよ。ほら、来たときに書いたでしょ？」

「いえ、まえに来た人の名前を確認したいんです。週末からの分を」

「申し訳ないけど、それはできない決まりで——」

「ここの誰かが、私の母に会う権限のない人物を母に会わせたんです。その男は家族の友人だと名乗ったそうだけど、実際は友人なんかじゃない。危険な人物です。彼がここに来たことを確認させてください」

「危険な人物？　あのねえ、ここでは許可を受けた人しか通しちゃいけないの——」

「お願いします」私は食い下がる。「とにかく見せてください」

マーサはいっとき私を見つめたあと、身を乗り出してデスクから記録簿を取り上げ、カウンターにすべらせてよこす。私は小声で「ありがとう」とつぶやくなり、サインがずらりと並んだ過去のページをめくりはじめる。昨日のページに目を留め——私が居間のソファの上で丸一日を無駄にした日だ——上から順にざっと名前を見ていく。絶対に見たくなかったその名前を目にした瞬間、心臓が止まりそうになる。

汚い殴り書きのサイン。私が探していた証拠。

アーロン・ジャンセンがここに来たのだ。

第十六章

呼び出し音が二回鳴ってから、聞き覚えのある声が電話に出る。

「アーロン・ジャンセンですが」

「あんたは最低の人でなしよ」私は前置きなしにぶつける。自分の車に向かって猛然と駐車場を突っ切りながら。受付で訪問者記録簿を返すが早いか、自分のオフィスのボイスメールにアクセスし、金曜の夜にアーロンが残していったメッセージを聞き直したのだった。

〝この番号に折り返しかけてもらってけっこうです〞

「クロエ・デイヴィス」彼は笑みを滲ませた声で言う。「今日あたり電話をくれるんじゃないかと思ってましたよ」

「私の母を訪ねたなんて、信じられない。そんなことをしていいと思ってるの？」

「ボイスメールで言ったでしょう、ご家族にも連絡するつもりだと。ちゃんと断りは入れましたよ」

「いいえ」私は首を振る。「あなたは父に連絡するとしか言わなかった。父のことなんかどうだっていい。でも母に手出しはさせない」

「ひとまず会って話しましょう。僕も市内にいるんで。全部説明しますよ」

「馬鹿にしないで」私は吐き捨てる。「あなたと会うつもりなんかない。あなたは倫理にもとることをした」

「僕を相手に本気で倫理の話をしたいですか？」

私は自分の車の手前で立ち止まる。

「それはどういう意味？」

「とにかく、今日これから会いましょう。時間は取らせませんから」

「忙しいの」私は嘘をつき、車を解錠して運転席にすべり込む。「アポイントがいっぱいで」

「じゃあ、そちらのオフィスに行きますよ。お手すきになるまで待合室で待ってます」

「だめ――」私は息を吐いて目を閉じ、ハンドルに額をもたせかける。このままでは埒《らち》が明かない。相手はあきらめるつもりなどないのだから。私に会うためにニューヨーク・シティからバトンルージュまで飛んできたのだから。この男に私の周辺をほじくり返すのをやめさせたいなら、やはり時間を取って話すしかない。面と向かって。「それはだめ。お願いだから、オフィスに来るのはやめて。ちゃんと会って話すから。今から会いましょう。場所はどこがいいの？」

「まだ午前中だからな」彼は言う。「コーヒーはどうです？　僕の奢りで」

「川沿いにカフェがあるわ」私は目と目のあいだの皮膚をつまみながら言う。「〈ブリューハウス〉。二十分後にそこに来て」

電話を切るなりバックで車を出し、ミシシッピ川の方向へ車を走らせる。指定したカフェまではほんの十分の距離だが、相手より先に到着する必要がある。彼がドアから入ってくる瞬間、自分が選んだテーブルに着いていなければならない。この会話の運転席に坐らなければならない。無力な助手席に甘んじるのではなく。さっきのように不意を突かれ、防戦一方になるのではなく。

手近な駐車スペースに車を入れ、目当ての店にさっと入る。リヴァーロード沿いの小さなカフェ。灰緑色の葉が滴るライヴオークの並木に半ば覆われた、文字どおりの隠れた名店。中は薄暗い。私はラテを注文し、砂糖やミルクのスタンドの脇にある掲示板に目を留める。連絡先をちぎり取れるようにしたヴァイオリン教室の生徒募集のチラシと、近々おこなわれるコンサートのポスターのあいだに、レイシー・デックラーの顔が押し込まれている。上部に油性ペンで〈行方不明〉と走り書きされたポスター。見ると別の紙の上にホッチキスで留められていて、下から四隅が覗いている。手を伸ばしてレイシーの写真をめくると、下になっているのがオーブリーのポスターだとわかる――彼女はすでに取って代わられ、故障中の自動販売機のように上から紙を貼られている。

私は隅のテーブルにすべり込み、店の入口が見える席を選んで坐る。グラスマグの縁にそわそわと指先を打ちつけていることに気づき、じっとこらえるよう自分に言い聞かせる。昂《たかぶ》ったエネルギーが全身の毛穴から放たれるのを感じながら。そうして相手を待つ。

十五分後、私のラテはすっかり冷めている。迷った末に、温めなおしてもらおうと立ち上がりかけたそのとき、アーロンが店に入ってくるのが見える。ネット上で彼の顔写真を見ていたのですぐわかる――今度も似たようなチェックのワイシャツを着て、同じばかげたブルーライトカット用の眼鏡をかけている――が、あの写真ほどひょろりとしてはいない。意外にもたくましい体つきで、一方の肩にかけた重そうな革のパソコンバッグにワイシャツの生地が引っ張られ、予想外の上腕二頭筋が浮き出ているのがわかる。あの写真はいつ撮られたものだろうと思わずにいられない。大学を出たての頃かもしれない。まだ少年らしさが残っていた頃。私は目だけで追いつづける。アーロンがぶらりと店内を歩いて、冷蔵ショーケースに並んだペイストリーを眺め、カウンターの奥のメニューに目をすがめるのを。彼はカプチーノを注文し、現金で支払う。面倒臭そうに指を舐めて紙幣を数え、釣銭をチップの瓶に入れる。それから自分のエスプレッソが出てくるまで、壁に掛かったアート作品を鑑賞しながら待つ。スチーマーのノズルが発する悲鳴に、思わず肌がぞっと粟立つ。

なぜか落ち着き払ったアーロンの態度が気に障る。私は彼が店に駆け込んでくるのを期待していた。私が躍起になって彼を出し抜こうとしたように、彼も私を出し抜こうと必死になるのを期待していた。彼が息を切らしながら汗だくで駆け込んできて、私が待っているのを見てうろたえる顔が見たかった。ところが彼は遅れてやってきたあげく、時間はたっぷりあるとでもいうように振る舞っている。主導権を握っているのは自分だと言わんばかりに――そして私はやっと気づく。

彼は知っているのだ。私がここにいることを。私がじっと見ていることを。

あの余裕しゃくしゃくの態度、いかにも無頓着な振る舞い。あれは私に見せつけるためにやっているのだ。私を狼狽させ、苛立たせようとしているのだ。そう思うと無性に腹が立つ。

「アーロン！」私は大声で名前を呼び、やけくそのように手を振る。彼がさっと顔を上げ、私のほうを見る。「こっちよ」

「やあ、クロエ」アーロンは微笑み、私のいるテーブルへ歩いてくると、椅子の上にバッグを置いて言う。「会ってくれてありがとう」

「ドクター・デイヴィスよ」私は訂正する。「会うしかないように仕向けておいてよく言うわ」

アーロンはにやりとしてから尋ねる。

「カプチーノ待ちなんだけど、ついでに何か頼もうか？」

「いいえ」私は手の中のマグを示して言う。「私はこれで充分」

「ずっと待ってたの？」彼は尋ねる。「飲みものが冷めてるようだけど」

私は思わず彼を見る。どうしてわかるのだろう。私の当惑を見て取ったのか、アーロンは薄笑いを浮かべ、私のグラスマグの内側が結露しているのを示して言う。

「湯気が立ってない」

「ほんの数分よ」

「そう？」彼は私の飲みものを見ながら言う。「温めなおしたいなら、俺がかわりに行ってもいいけど――」

「いいえ。とっとと始めましょう」

彼は笑みを浮かべてうなずく。それからカウンターへ行き、自分の飲みものを取ってくる。

やっぱりまちがいない――私は自分のラテに口をつけ、顔をしかめて生ぬるい液体をすすりながら思う――この男は最低の人でなしだ。アーロンは私の向かいの椅子に腰を下ろし、私がマグをテーブルに置くと同時に、バッグからノートを一冊取り出す。私は彼の記者証をちらりと盗み見る。ワイシャツの縁にきちんとクリップで留められ、いちばん上に〈ニューヨーク・タイムズ〉のロゴが大きく印刷されている。

「あなたがメモを取りはじめるまえに、はっきり言っておくけど」私は切り出す。「これはインタビューじゃありません。私の家族への嫌がらせを金輪際やめるように、私があなたに伝えにきただけです」

「きみに二回電話をかけたのが、嫌がらせに当たるとは思えないな」

「あなたは母の介護施設を訪ねた」

「ああ、そのことだけど」アーロンはワイシャツの袖を肘まで押し上げて言う。「お母さんの部屋にいた時間はせいぜい二、三分だ」

「さぞかし有益な情報を得られたんでしょうね」私は彼を睨みつける。「母はすごくおしゃべりだものね。そう思うでしょ？」

アーロンはいっとき黙り込み、テーブルの向こうから私をじっと見つめる。

「正直言って、お母さんの……障害が……あれほど重度だとは思わなかった。残念だ」

私はうなずき、この小さな勝利を噛みしめる。

「けど、俺があの場所に行ったのはお母さんと話をするためじゃない」アーロンは言う。

「もちろん、何かしら情報が得られるかもしれないとは思った。でもあそこに行った最大の理由は、そうすればきみの気を引けると思ったからだ。そうすればきみは嫌でも俺に会わざるをえなくなると思った」

「どうしてそこまで必死になって私に会おうとするの？　言ったでしょ、父とは一切口を利いてないって。私と父はなんの関係もないの。あなたにとって有益な情報は何もあげられない。はっきり言って、時間の無駄――」

「筋書きが変わったんだ。もうそういう話じゃなくなった」

「なるほど」私は会話の流れが変わったことに戸惑いながら尋ねる。「じゃあ、どういう話になったの？」

「オーブリー・グラヴィーノ」アーロンは言う。「そして今度は、レイシー・デックラー」

胸の鼓動がにわかにせり上がってくる。まわりに客はほとんどいないが、私はさっと店内を見まわし、声を潜めて尋ねる。

「その子たちの話を私にしてどうするの？」

「彼女たちの死は……偶然とは思えない。きみのお父さんとなんらかの関係があるとしか思えない。それがなんなのかを突き止めるために、手を貸してほしいんだ」

私は首を振り、手が震え出さないよう、両手でぐっとマグを包み込む。

「あなたが考えてることはこじつけよ。これがおもしろい記事になると思うのはわかるけど、あなたならよく知ってるでしょう——得意分野なんだから——こういう事件は珍しくもなんともないって」

アーロンは感服したとばかりに微笑んでみせる。

「俺のことを調べたわけだ」

「それを言うなら、あなたは私のことを全部知ってる」

「確かに」彼は言う。「でも単なるこじつけじゃないんだ、クロエ。似ている点が多すぎる。それは否定できないはずだ」

私はほんの一時間前に母に向かって話した内容を思い出す。気味の悪いデジャヴを見ているようだと、自分で認めたばかりだ。まるで同じことが繰り返されているようだと。けれどこういう感覚になったのはこれが初めてではない。父の犯罪を頭の中で再現したのは。以前もこういうことはあった。そのとき私はまちがっていた。自分で勝手に思い込んでいただけだった。

「あなたの言うとおり、似ている点はある」私は言う。「十代の女の子が、そのへんをうろついている異常者に殺された。運が悪かったとしか言いようがないけど、さっきも言ったように、そういう事件はしょっちゅう起こってる」

「二十年目の日が近づいてるんだ、クロエ。誘拐事件はしょっちゅう起こってても、連続殺人はそうそう起こらない。この事件が今まさにこの土地で進行しているのには理由がある。それはきみもわかってるはずだ」

「待って待って、誰も連続殺人の話なんかしてないんだけど？　あなたは結論に飛びつきすぎよ。遺体が見つかったのはひとりだけ。たったひとり。レイシーはおそらく家出したんでしょう」

私を見るアーロンの目に失望の色が揺らめく。今度は彼が声を潜めて言う。

「レイシーが家出したんじゃないことは、きみも俺もわかってる」

私はため息をつき、アーロンの肩越しに窓の外を眺める。勢いを増しつつある風にスパニッシュ・モスが揺れている。ターコイズブルーの空がみるみるうちに嵐を孕んだグレーに変わっていく。今にも雨が降り出しそうな重い気配がこの店内にまで満ちている。レイシーが〈行方不明〉のポスターから私を見据えている。彼女の視線はこのテーブルまで私を追ってきた。私はどうしても視線を返すことができない。

「じゃあ、一体何がどうなってると思うの？」私は遠くの木々を眺めたまま尋ねる。「私の父は刑務所にいる。彼が怪物であることは否定しないけど、神出鬼没のブギーマンじゃないんだから。これ以上人を傷つけるなんてことはありえない」

「わかってる」アーロンは言う。「お父さんの仕業じゃないことは明白だ。そうじゃなくて、彼になろうとしてる誰かがいるんだろう」

私はアーロンに視線を戻し、唇の内側を噛みしめる。

「つまり、これは模倣犯の仕業だと俺は思う。賭けてもいい、今週中にまたひとり殺されるはずだ」

第十七章

　連続殺人犯には必ず独自の〝署名〟がある。絵画の隅に殴り書きされたサインや映画の随所に仕込まれた隠しネタのように、アーティストたちは自分の作品が認知され、永遠になることを望んでいる。後世まで記憶されることを望んでいる。

　署名は必ずしも映画に出てくるような陰惨なものばかりではない――暗号化された通り名が遺体の皮膚に刻まれたり、切断された体の一部が街中にさらされたりするばかりではない。もっとシンプルな場合もある。犯行現場になんの乱れもないとか、遺体の置かれ方に特徴があるとか。複数の何気ない目撃証言からストーカー行為のパターンが浮かび上がったり、何度も執拗に繰り返される儀式的な行為から一定の規則性が見えてきたりすることもある。普通の人々が毎朝決まったリズムでルーティーンをこなすのと似たような規則性――ベッドメイキングや皿洗いのやり方はこれしかないというような。人間は習慣の生き物であり、人の命を奪う行為には加害者自身の特徴が表れるものだ。一件一件に独自性が見られる。指紋のように。けれど私の父は何ひとつ残さなかった。自分の痕跡を刻みつけるための遺体も、署名を残すための犯行現場も、採取され分析されるための指紋も。町の人々は首を傾げたはずだ——カンヴァスがないのにどうやって署名を残すのか？

答えは、残せない。

一九九九年の夏、ブローブリッジ警察は連続殺人犯の手がかりを捜してルイジアナじゅうを聞きまわった。特定の容疑者に結びつきそうな証言、どこにあるかもわからない犯行現場に隠されているはずの署名を求めて。しかしもちろん、何も見つからなかった。六人の少女が死んでも、公営プールのそばに潜む男や夜道で獲物に忍び寄る不審な車の目撃証言は得られなかった。結局、答えを見つけたのは私だった。母親の化粧道具で自分を飾るようになった十二歳の少女が、髪に結べるスカーフを探そうとクローゼットの奥を漁るうちに見つけたのだ。そしてそのとき——その小さな木箱の中身を目にしたとき、私はほかの誰もが気づかなかったことに気づいた。

証拠を残すかわりに、父はそれを持ち去っていたのだと。

「それで救える命があるとしてもか、クロエ？」

私はドゥーリー保安官の首から汗が滴り落ちるのを見ていた。彼はいまだかつてないほど強い眼差しで私を見つめ、私が両手で握りしめた箱を見つめていた。

「きみがその箱を渡してくれれば、救える命があるかもしれないんだ。考えてごらん。もし誰かがリーナの命を救えたのに、トラブルを恐れて何もしなかったとしたら？」

私は自分の膝を見下ろし、わずかにうなずいた。それから気が変わらないうちに、箱を持った両手をまえに突き出した。

保安官はゴム手袋をはめた両手で――つるりとしているがあたたかい手で――私の手を包み込むようにしながら、箱をそっと引き離した。それから蓋を見下ろし、縁に指をかけて大きく開いた。チャイムの音が室内を満たした。私は彼の表情を見なくてすむように、箱の中のバレリーナが完璧な円を描きながらゆっくり回るのを見つめた。

「ジュエリーです」私は踊り子に目を据えたまま言った。思わず見入ってしまいそうだった。色褪せたピンクのチュチュを着た彼女が腕を高く上げて回っている姿に、祭りの日の去り際にくるりと回ってみせたリーナの姿が重なった。

「そのようだね。誰のものかはわかる？」

私はうなずいた。保安官がそれ以上の答えを求めているのはわかっていたが、どうしても言う気になれなかった。少なくとも自分からは。

「誰のジュエリーか教えてくれないか、クロエ？」

隣りに坐った母がすすり泣きを漏らし、私はちらりと横に目をやった。母は手で口を覆ったまま、激しく首を振っていた。箱の中身を母はすでに見て知っていた。私が家で見せたから。私はそのとき、納得のいく説明を母にしてほしかったのだ。自分の頭が導き出した、そうとしか考えられない結論を、別の説明で覆してほしかったのだ。が、母にはできなかった。

「クロエ?」

私は保安官に視線を戻した。

「へそピアスはリーナのです」私は言った。「その真ん中にあるやつです」

保安官はジュエリーボックスに手を入れ、小さな銀製のホタルをつまみ出した。何週間も暗闇で過ごしたそれはまるで死骸のようだった。太陽の光を蓄えられず、自ら発光できなくなった虫の死骸。

「どうしてわかる?」

「リーナがザリガニ祭りの日におへそにつけてて、見せてくれたから」

彼はうなずき、それを箱に戻した。

「ほかのは?」

「そのパールのネックレスは知っています」母が涙声で言った。保安官は母を見てから、また箱に手を入れ、今度は一連のパールネックレスを取り出した。大ぶりのピンクパールが連なった、首のうしろでリボンで結ぶタイプのものだった。「それはロビン・マクギルのです。彼女が……そのネックレスを一度だけしているのを見ました。日曜日に、教会で。すごく素敵なネックレスねって伝えたんです。とっても珍しいタイプで。リチャードもそのとき一緒でした。私の隣りで見ていました」

保安官は息を吐き、またうなずいてから、それを箱に戻した。次の一時間で、残りのジュエリーの持ち主もすべて判明することとなった――マーガレット・ウォーカーのダイヤのイヤリング、キャリー・ホリスの銀のブレスレット、ジル・スティーヴンスンのサファイヤの指輪、スーザン・ハーディのホワイトゴールドのフープピアス。DNAはどこにも見つからなかった――どのジュエリーも、箱自体も徹底的にきれいに拭かれていた――が、疑念は親たちの証言によって裏づけられた。それらは八年生の卒業やキリスト教の堅信礼《けんしんれい》、誕生日などの記念に贈られたものだった。娘の成長の節目を祝うはずのものだった。それが彼女たちの早すぎる死を永遠に象徴するものに変わってしまった。

「助かったよ、クロエ。ありがとう」

私はうなずきながらも、箱から流れるチャイムのリズムに半ば朦朧としていた。ドゥーリー保安官がぴしゃりと蓋を閉め、私は催眠状態から醒めたかのようにはっと顔を上げた。

保安官はまた私を見つめていた。閉じた箱の上に片方の手を置いて。

「お父さんがリーナ・ローズやほかの行方不明になった子と接しているのを見たことは？」

「あります」私はあの祭りの日のことを思い出しながら答えた。父がリーナを、リーナのあらわになったなめらかな腹を凝視していたこと、彼女の視線に気づいてさっと下を向いたことを。「ザリガニ祭りで、父さんがリーナを見てたことがあって。リーナが私におへそのピアスを見せてくれてたとき」

「お父さんはそのとき何をしていた？」

「ただずっと……見てました」私は言った。「リーナはシャツをまくってお腹を出してたけど、父さんが見てるのに気づいて、手を振ったんです」

母が隣りで嘆息し、首を振った。

「ありがとう、クロエ」保安官は言った。「つらい思いをさせてしまったが、きみは正しいことをしたんだよ」

私はこくりとうなずいた。

「最後に、お父さんのことでほかに何か言っておきたいことはないかな？　われわれが知っておいたほうがいいかもしれないことは？」

私は息を吐き、両腕で自分をぎゅっと抱え込んだ。室内は暑くてたまらないのに、急に身震いに襲われたようだった。

「父さんがシャベルを持ってるのを一回だけ見ました」私は母の視線を避けながら言った。その話は母にはしていなかった。「うちの裏の沼から家に向かって歩いてくるところで、暗かったけど……でも、見たんです」

誰も何も言わなかった。新たに発覚したその事実が、重い朝靄のように室内を覆っていた。

「そのとき、きみはどこにいた?」

「自分の部屋です。眠れなくて、窓際のベンチにいました。そこで本を読むのが好きで……もっと早く言わなくてごめんなさい」私は言った。「全然……知らなかったから……」

「もちろんだ、きみは何も知らなかった」ドゥーリー保安官は言った。「知らなかったんだから仕方ない。きみは充分すぎるほどよくやってくれた」

雷鳴が家じゅうに轟き、バーキャビネットから逆さまにぶら下がったワイングラス同士が寒さに震える歯のようにガチガチ鳴り響く。夏の嵐の到来を全身で感じる——電荷を帯びた空気、今にも降り出しそうな雨の匂い。

「クロ、聞いてる？」

私はカベルネが半分入ったワイングラスから顔を上げる。ドゥーリー保安官のオフィスでの記憶がゆっくりと溶けていき、かわりにわが家のキッチンカウンターに立ったダニエルの姿が目に映る。肘まで袖をまくり上げ、片手に肉切り包丁を握っている。午後になって予定より早くカンファレンスから戻ってきたのだ。私がオフィスから帰宅したとき、彼はルイ・アームストロングの音楽に合わせて踊りながらキッチンを行き来していた。私のギンガムチェックのエプロンをつけ、今夜の夕食の材料をアイランドカウンターにずらりと広げて。あの光景を思い出すだけで顔がほころぶ。

「ごめんなさい、聞いてなかった」私は言う。「なんて言ったの？」

「きみは充分すぎるほどよくやった、って言ったんだ」

ワイングラスを持つ手に思わず力が入る。華奢なステムが指の圧力でぽきんと折れてしまいそうなほど。真っ白になった頭を振り絞り、なんの話をしていたのか思い出そうとする。ここ何日もずっとこの調子だ。過去の記憶にすっかり思考を乗っ取られている。ダニエルが出張で家を空けているとなおさら、まるで自分が過去に戻って生きているような気持ちになるのだ。今のダニエルの言葉を聞いても、それが実際に彼が発した言葉なのか、自分の想像なのかがわからない。自分の頭の奥から呼び起こした言葉が、彼の口から自分に向かって繰り返されたとしてもおかしくない。私は口を開きかけるが、ダニエルは私を遮って話を続ける。

「いくら警察でもそんな権利はないはずだ。いきなりきみのオフィスに押しかけてくるなんて」彼の視線は手元のまな板に注がれている。流れるような手早い包丁さばきでニンジンを刻み、まな板の端にさっと寄せてから、次はトマトに取りかかる。「クライアントが来るまえで何よりだったね。下手したらきみの評判に瑕《きず》がついてたかもしれないんだから」

「まったくね」私は相槌を打ち、やっと何を話していたのかを思い出す。レイシー・デックラーのこと、トマス刑事とドイル巡査に職場で聴取されたこと。これはダニエルに話しておくべきだと思ったのだ。万一、レイシーが最後に目撃された場所がニュースで公になったときのことを考えて。「どうやら、レイシーが生きてる姿を最後に見たのは私みたいよ」

「彼女はまだ生きてるかもしれない」ダニエルは言う。「遺体はまだ見つかってないんだから。もう一週間になるのに」

「確かに」

「そのまえの子は……行方不明になってから、確か三日じゃなかったかな？　遺体が発見されるまで」

「ええ」私はグラスの中のワインをぐるぐる揺らしながら言う。「ええ、三日だった。それじゃあ、あなたもこの事件のことは把握してるのね？」

「まあ、それなりに。ずっとニュースになってるからね。嫌でも目に入る」

「ニューオーリンズでも？」

ダニエルは刻む手を止めない。トマトの汁がまな板を伝ってカウンターに水たまりをつくっている。また雷鳴が家じゅうに轟く。彼は答えない。

「犯人は同じかもしれないと思う？」私は何気ない調子を保とうとしながら尋ねる。「ふたつの事件が、別々じゃなくて……つながってると思う？」

ダニエルは肩をすくめる。

「どうかな」そう言いながら、刃についたトマトの汁を指で拭って口に入れる。「まだなんとも言えないと思うよ。その警察のふたりはどんなことを訊いてきた？」

「大したことは何も。レイシーとのセッションで話した内容を聞き出そうとしてきたけど、もちろん私はしゃべるわけないから、ふたりとも苛立ってるみたいだった」

「よくやった」

「それと、レイシーが建物を出るところを見たかどうか」

ダニエルは眉間にしわを寄せて私を見る。

「見たの？」

「いいえ」私は言う。「彼女が私のオフィスを出るところは見たけど、建物を出るところまでは見てない。出たと考えるのが自然だけど。ほかに行くところなんてないし。中から誰かに連れ去られたなら別だけど……」

いったん言葉を止め、グラスの側面を色づけるルビーレッドの液体を見下ろす。

「それはなさそうだし」

ダニエルはうなずいてまな板に視線を戻すと、刻んだ野菜を掬い上げ、熱くなったスキレットに投入する。ニンニクの香りが部屋に広がる。

「それ以外はなんだか要領を得なくて」私は言う。「たぶんあの人たち、何をどう訊いたらいいのかもわかってないんだと思う」

外で一斉に雨が降り出し、室内は無数の指が屋根を叩いて侵入しようとする音で満たされる。ダニエルは外に目をやり、歩いていって窓を開ける。夏の嵐がもたらす土の匂いがキッチンに流れ込み、手料理の匂いと混ざり合う。私はしばらく彼の姿をじっと眺める。彼が手慣れた動きでキッチンをすべりまわり、ソテーした野菜に胡椒を挽き入れ、ピンクサーモンの切り身にモロッカンスパイスをすり込むのを。彼ががっちりした肩に布巾を放りかけるのを見て、胸がじわりとあたたかくなる。何もかもが完璧すぎて、彼が完璧すぎて。私にはきっと一生わからない。なぜダニエルが私を選んだのか——壊れたクロエなんかを。彼はまるで最初から私を愛していたかのように振る舞う。私と出会った瞬間、私の名前を知った瞬間から。それでも私について彼がまだ知らないこと、理解していないことはあまりにも多い。私はオフィスに隠した小さな薬局——私の命綱——のことを思う。ダニエルの名前を使って不正に手に入れた処方薬のコレクション。自分の子供時代、自分の過去を思う。今まで目にしてきたもの、経験してきたすべてのことを思う。

〝クロエ、あいつはおまえを知らないんだ〟

クーパーの言葉を頭の中から振り払おうとするが、兄が正しいことはわかっている。家族を除けば、ダニエルは世界じゅうの誰より私のことをよく知っている。でも言ってしまえば、それは何ほどのものでもない。まだまだ表面的な、外向けの部分にすぎない。もし私がすべてを見せたら——壊れたクロエを露呈し、悪臭を放ちながら脈打つ臓腑をさらけ出したら——ダニエルはひと嗅ぎでたじろぐに決まっている。そんなものを彼が気に入るわけがない。

「事件の話はもうやめよう」ダニエルはそう言うと、カウンターに身を乗り出して私のグラスにワインを注ぎ足す。「それより週末がどうだったかを聞きたいな。結婚式の準備はどう、少しは進んだ？」

私は土曜日の朝のことを思い出す。ダニエルがニューオーリンズに発ったあとのことを。結婚式の準備はもちろん進めようとしていた――していたのに、ノートパソコンを開いていくつかEメールに返信したところで、オーブリー・グラヴィーノのニュースが居間になだれ込み、過去の記憶が押し寄せて、私は水没した車のように自分の頭の中に閉じ込められてしまったのだ。そのまま家を出て何も考えずに車を走らせ、サイプレス墓地で捜索隊に遭遇し、オーブリーのイヤリングを見つけ、彼女の遺体が発見されるまえに現場を離れたのだった。ふとアーロン・ジャンセンの言葉が頭をよぎる。母を訪ねたあとで彼が口にした仮説を、私はあれからずっと否定しようとしている。今日は金曜日だ――アーロンは月曜日までに次の遺体が見つかると予言した。今のところ、遺体発見のニュースはない。日一日と過ぎるごとに、肩の重荷が少しずつ軽くなる。アーロンの予言など当てにならないと、つかの間の安堵を覚える。

一瞬、ダニエルにどこまで話すべきかを考えるが、結局何も言わないことにする。まだ自分を知られる覚悟はできていない――少なくともこの側面は知られたくない。神経を落ち着かせようとして自己治療するような側面は。二十年間ずっと自問してきた問いへの答えを探そうとして墓地の捜索隊にまぎれるような側面は。なぜなら、ダニエルは私が隠れることを許さないから。私が恐れることを許さないから。彼は平気で私にサプライズパーティーを仕掛け、結婚式の日取りを七月に決め、私のばかげた恐怖に真っ向から唾を吐きかける。彼が出張で留守のあいだに私が何をしていたかを知ったら——薬で意識を麻痺させ、新聞記者の架空のシナリオにうつつを抜かし、返事も抗議もできない母にすべてをぶちまけていたと知ったら——彼は情けないと思うはずだ。私も自分が情けない。

「ちゃんと進めてるから大丈夫」私はようやくそう言って、ワインをひと口飲む。「キャラメルケーキに決めたの」

「進展だ！」ダニエルは大声で叫ぶと、カウンターにさらに身を乗り出して私の唇にキスする。私はキスを返してから、軽く体を引いて彼の顔を見つめる。彼もまじまじと私を見つめ返す。私の顔の表面をくまなく目で探っている。

「どうした？」ダニエルは私の髪をかき上げ、そっと私の頭を包み込む。私は彼の手のひらに頭をあずける。「クロエ、何かあったのか？」

「ううん、何も」私はそう言って微笑む。雷がゴロゴロと穏やかに轟きわたり、肌がぞくりと反応する——それが窓の外でひらめく稲妻に対してなのか、私の首を優しく包むダニエルの指に対してなのかはわからない。耳の下の薄い皮膚をなぞるように、彼の指がゆっくり円を描いている。私は目を閉じる。「ただ、あなたが家にいるのが嬉しいだけ」

第十八章

目が覚めてもまだ雨が降っている。しとしとと降る怠惰な雨――もう一度眠りに引き戻されそうな。私は暗がりで横になったまま、隣りで肌をくっつけて眠っているダニエルのぬくもりを感じる。規則正しいゆったりとした息づかい。窓の外でそぼ降る雨の音に、低い遠雷のうなりに耳を傾ける。目を閉じてレイシーのことを想像する。彼女の遺体がどこかで半分泥に埋まっていて、残っていたかもしれないなにがしかの痕跡を雨が洗い流してしまうのを。

土曜日の朝。オーブリーの遺体が発見されてから一週間。レイシーの失踪が報じられ、私がアーロン・ジャンセンとじかに対面してから丸五日。あのときの会話を思い出す。

「どうして模倣犯の仕業だと思うの？」私は冷めたラテの上で身を屈めて尋ねた。「今回の事件に関して、今の段階ではまだほとんど何もわかってないのに」

「場所とタイミングだ。きみのお父さんの犠牲になった子たちと同じ十五歳の少女がふたり、行方不明になって遺体で発見される。リーナ・ローズの失踪から二十年目を迎える数週間前に。それだけじゃなく、事件はバトンルージュで起こっている――ディック・ディヴィスの家族がいま現在住んでいる市《まち》で」

「それはわかるけど、ちがう点もあるでしょう？　父のときは遺体はひとつも見つからなかった」

「そのとおり」アーロンは言った。「けどおそらく、この模倣犯は遺体を見つけてほしいんだろう。自分の功績を認めてほしいんだ。その証拠に、やつはオーブリーの遺体を墓地に棄てた。彼女が最後に目撃された場所に。見つかるのは時間の問題だった」

「ええ、だからまさにそのことを言ってるんだけど。その犯人が私の父を模倣しているようには思えない。オーブリーを無作為に選んで、その場で殺して、急いで遺体をそこに棄てたようにしか思えない。計画的な犯行じゃなかったのよ」

「あるいは、その遺体を棄てた場所になんらかの重要性があるのかもしれない。なんらかの特別な意味が。もしくは、遺体のどこかに犯人が見つけてほしい手がかりがあるのかもしれない」

「サイプレス墓地は私の父にとって特別な意味のある場所でもなんでもない」私はつい興奮した口調になって言った。「彼女が殺されたタイミングだって、ただの偶然だし――」

「じゃあ、その次にレイシーが誘拐されたのもただの偶然か？　それがきみのオフィスから出た数分後だったのも？」

　私はぐっと言葉に詰まった。

「きみがその犯人をどこかで見かけているとしても俺は驚かないね。模倣犯――やつらが模倣するのには理由がある。その真似したい相手をあがめているにせよ憎んでいるにせよ、やつらはそのスタイルを模倣するんだ。同じような被害者を同じような方法で殺そうとする。自らがその元祖になろうとするんだ。元祖を超えようとすらするかもしれない」

　私は黙って眉を上げ、またひとくさりロラテをすすった。

「模倣犯が殺人を犯すのは、元祖の殺人犯に取り憑かれているからだ」アーロンはテーブルに両腕を置いて、身を乗り出しながら続けた。「やつらは真似したい相手のことならなんでも知っている――つまり、今回の犯人はきみのことも知っていると考えたほうがいい。やつはきみを監視しているのかもしれない。レイシーがきみのオフィスから出てくるところを見たのかもしれない。俺がきみに言えるのは、とにかく自分の直感を信じてほしいということだ。まわりで起こっていることに注意して、本能に耳を澄ますことだ」

　サイプレス墓地をあとにしたときのことが思い出された。車に戻ってオフィスに向かうまで、ずっと背後に視線を感じていたことを。私は椅子の上で体を動かした。刻々と居心地が悪くなっていくようだった。父の話になると決まって罪悪感に駆られるが、それが何に対する罪悪感なのかは自分でもわからなかった。父を密告して裏切り、一生檻の中から出られなくしたことに対してなのか、それとも自分が彼の血を、遺伝子を、苗字を受け継いでいることに対してなのか？　同じ思いは何度となく経験してきた。父のことが話にのぼると、どうしても謝らなければならないような気持ちになる。私はアーロンに謝りたかった。リーナの両親に、ブローブリッジの町に謝りたかった。自分がこの世に存在していることをすべての人に謝りたかった。リチャード・ディヴィスが生まれさえしなければ、これほど大勢の人々が苦しむこともなかったのだ。

けれど父は生まれ、そのせいで私もこの世に生を受けた。

隣りで動く気配がする。ふと視線を向けると、ダニエルが横になったまま私のほうを見ている。私がアーロンとの会話を脳内で再生しながら、天井に視線をさまよわせるのをじっと見ている。

「おはよう」ダニエルは吐息まじりの眠たげな声を発し、腕をまわして私を抱き寄せる。彼の肌はあたたかくて安心できる。「何を考えてる？」

「何も」私はそう言うと、彼の腕の中にいっそう深く身を寄せる。ダニエルの腰に体が触れ、ボクサーパンツの膨らみが腿にこすれるのを感じて微笑む。くるりと体を返して向き直り、彼の腰に脚を巻きつける。やがて私たちは無言のまま、まどろむように愛を交わしはじめる。寝起きでほのかに汗ばんだ互いの体がぴったりひとつになると、ダニエルが深く貪るようにキスをしてくる。私の唇に歯を当てて舌を奥まで絡ませ、同時に私の体に手を這わせはじめる。その手が私の脚から脇腹を探り、胸を通って喉へと上がってくる。

私はキスを返しながら、彼の両手が首に絡みつく感触を無視しようとする。彼がその手をどかすのを、別の場所へ動かすのを待つ。が、ダニエルは手をどかさない。私の首に両手をかけたまま動きつづける。その律動が次第に速く、激しくなる。彼の両手に力がこもり、首が絞まりかけた瞬間、私は叫び声をあげて飛びのき、懸命に彼から遠ざかる。

「何、どうした？」ダニエルが体を起こして尋ねる。驚いた表情で私を見つめている。

「痛かった？」

「ちがうの」心臓が早鐘を打っている。「そうじゃなくて、ただ――」

私はダニエルの困惑した顔を見つめる。私に痛みを与えたことへの懸念、少しでも触れたら私がびくりと――彼の指で火傷するかのように――身をすくめるのではないかという恐れが目に浮かんでいる。けれど私はすぐに昨夜のことを思い出す。キッチンで彼が私にキスしたときのことを。私の顎の下の脈に指を触れていたことを。その手で私の首を優しく、それでいてしっかりと包んでいたことを。

私は自分の枕に頭をもたせかけ、ため息を漏らす。

「ごめんなさい」ぎゅっと目を閉じて言う。自分の頭の中から抜け出さなければならない。

「なんだか神経過敏になってるみたいなの。理由はわからないんだけど、どうにも落ち着かなくて」

「気にしなくていい」ダニエルは私の腰に腕をまわす。親密な時間が私のせいで台無しになってしまった——高まっていた熱が互いにすっかり冷めてしまった——が、それでも彼は私を抱き寄せる。「大変な時期だから仕方ないよ」

私がオーブリーとレイシーのことを考えているのをわかって言っているのだ。でも私たちはどちらもそれを口にしない。ふたりとも黙って横になったまま、しばらく雨音に耳を傾ける。また眠ってしまったのかと思いかけたとき、ダニエルがそっと囁く。

「クロエ？」

「んん？」

「僕に話したいことがあるんじゃないか？」

私は黙っている。その不自然な沈黙がすでに彼の問いへの答えになっている。

「あるなら話してほしい。どんなことでもかまわない。婚約者なんだから。僕はそのためにいるんだから」

「わかってる」私は言う。彼の言葉は信じられる。ダニエルにはすべてを話したのだから。父のことを、私の過去のことを。けれど過去の記憶をすでに起こった単純な事実として淡々と語るのと、彼のまえでそれらの記憶を再体験するのはまったく別の話だ。あらゆる暗がりに父の顔を思い浮かべ、他人の声に母の言葉を重ね合わせるのは。それだけではない。まえにもあったのだ——こういうデジャヴの感覚は。もう何年もまえに。あの日のクーパーの表情は忘れられない。思い込みではないことを説明しようとする私を見つめる兄の目には、まぎれもない恐怖と懸念が入り混じっていた。

「大丈夫」私は言う。「本当になんでもないの。いろんなことがいっぺんに起こりすぎてるだけで。女の子たちが行方不明になって、父の事件から二十年目の日が近づいてて——

——」

ベッドサイドテーブルの上で私の携帯電話が激しく震動し、画面の光がいまだ暗い寝室の一角を照らし出す。私は肘をついて身を乗り出し、表示されている未知の番号に目を凝らす。

「誰から?」

「わからない」私は答える。「仕事関係じゃないはずだけど。土曜日のこんな朝早くに電話してくるなんて」

「とりあえず出たほうがいい」ダニエルはごろりと転がりながら言う。「何があるかわからないんだから」

私は電話を取り上げ、手の中で震動させてから、画面をスワイプして耳に当てる。咳払いをひとつ挟んで電話に出る。

「ドクター・デイヴィスですが」

「どうも、ドクター・デイヴィス。刑事のマイクル・トマスです。月曜日にそちらのオフィスでお会いしましたね。レイシー・デックラーさんの失踪の件で」

「ええ」私は答え、ちらりとダニエルに目をやる。彼は自分の携帯電話をスクロールしながらEメールを見ている。「憶えています。どういったご用件でしょう?」

「レイシーさんの遺体が先ほど、あなたのオフィスの裏の路地で発見されました。このような形でお伝えすることになって残念です」

私は息を呑み、とっさに手で口を押さえる。ダニエルが携帯電話を下ろして私を見る。私は言葉もなく首を振る。目に涙があふれてくる。

「これから遺体安置所にお越しいただけますか。遺体の確認のために」

「ええと、それは……」一瞬、聞きまちがいではないかとためらう。「ごめんなさい、刑事さん、私はレイシーとは一度しか会っていないので。身元の確認なら、お母さんに来ていただいたほうがいいですよね？　私はレイシーのことはほとんど――」

「身元の確認は済んでいます」刑事は言う。「しかし、レイシーさんがあなたのオフィスのすぐ外で見つかったこと、お母さんが最後に彼女を車で送って降ろしたのが同じ場所だったことから、現時点ではレイシーさんを最後に見たのはあなただったと考えていいでしょう。ですから遺体を見ていただき、オフィスで彼女に会ったときから何か変わっている点があれば教えていただきたいのです。何かおかしいと思われる点があれば」

私は息を吐き、手を口元から動かして額に当てる。部屋の暑さが増し、外の雨音がうるさくなっているように感じる。

「大してお役に立てるとは思えませんけど。一緒にいたのは一時間だけで、彼女がどんな恰好をしていたかもよく憶えていないので」

「どんな小さなことでもいいんです」刑事は言う。「彼女を見たら思い出すかもしれませんしね。早く来ていただければ、それだけ助かります」

私はうなずいて了承を伝えると、電話を切ってもう一度ベッドに沈み込む。

「レイシーが死んじゃった」ダニエルに向かってというより、自分に言い聞かせるようにつぶやく。「私のオフィスの外で見つかったって。私のオフィスのすぐ外で殺されたのよ。たぶん、私がまだ階上《うえ》にいるあいだに」

「きみはまた自分を責める方向に向かおうとしてる」ダニエルがヘッドボードにもたれながら言う。彼の手がシーツの中で私の手を見つけ、私たちは互いの指を絡ませ合う。「きみにできたことは何もない。何もないんだ、クロエ。きみは何も知りようがなかったんだから」

私は父のことを思い出す。肩に担いだシャベル。真っ黒なシルエットが私たちの家の裏庭をゆっくりと歩いてくる。急ぐことなど何ひとつないかのように。私は階上《うえ》の自分の部屋で、小さな読書灯に照らされたベンチに丸まって、窓から外を覗いていた。ずっとそこで見ていたのに、まったく気づいていなかった。自分が何を目撃しているのか。

〝もっと早く言わなくてごめんなさい。全然……知らなかったから……〟

レイシーは私に何か話していたのだろうか？ 自分の命を救ったかもしれない重要な事実を？ 私はあの日、不審な人物がオフィスのまわりをうろついているのを見ていたのだろうか？ 見ていたのに気づかなかった？ あのときと同じように？

アーロンの言葉が頭の中に響く。

〝今回の犯人はきみのことも知っていると考えたほうがいい。やつはきみを監視しているのかもしれない〟

「行かなきゃ」私はダニエルの手を放すと、脚を振ってベッドから出る。シーツからすべり出た裸の自分がひどく無防備に感じられる。さっきまでの力強くなまめかしい肉体ではなくなり、弱々しい恥ずべき存在になったように思える。ダニエルの視線を感じながら、私は暗い寝室をすばやく横切り、バスルームに入ってドアを閉める。

第十九章

「死因は絞殺です」

私はレイシーの遺体を見下ろす。氷のように蒼白な顔。検視官が私の左でクリップボードを抱えて立っている。右ではトマス刑事が至近距離で私の反応を窺っている。何を言えばいいのか、私にはわからない。わからないので黙ったまま、一度会ったことがあるだけの少女の遺体にちらちら目を走らせる。一週間前に私のオフィスに初めてやってきて、自分の問題について話してくれた少女。その問題の解決を私に託してくれた少女。

「あざがあるのでわかります。ほら、ここに」検視官が彼女の首をペンで指して続ける。「指の痕がついてるでしょう。大きさと間隔が、オーブリーさんの首に残っていた指の痕と同じです。手首と足首の索痕も同じです」

私は息を呑んで検視官を見る。

「つまり、ふたつの事件はつながっているということですか？　犯人が同じだと？」

「その話はまた別の機会に」トマス刑事が私を遮って言う。「今はレイシーさんの話に集中してください。すでにお伝えしたとおり、彼女はあなたのオフィスの裏の路地で発見されました。そこには普段よく行かれますか？」

「いいえ」私は即答し、目のまえに横たわった遺体を見下ろす。ブロンドの髪が雨に濡れ、蜘蛛の巣のように顔にへばりついている。青白かった肌がますます青白く見え、自傷の痕をいっそう際立たせている。腕にも胸にも脚にも縦横に刻みつけられた、細く赤い切り傷を。「建物の裏にはめったに行きません。あの場所にはゴミ収集のトラックがゴミの容器を空けに来るくらいで、みんな車は表に駐めていますし」

刑事はうなずき、聞こえよがしに息を吐く。それからしばらく黙って立ったまま、私がこの状況を理解し、目のまえの凄惨な光景を受け入れるのを待つ。私はそこで気づく。今までずっと死に取り囲まれて生きてきたにもかかわらず、死体を見るのはこれが初めてだということに。死体とじかに目を合わせるのはこれが初めてだということに。本当は今、思い出さなくてはならないのだろう――レイシーの顔を、あの日の午後のオフィスで彼女がどんなふうだったかを、こうなるまえの彼女がどんなふうだったかを、なんとか思い出すべきなのだろう――が、頭の中に何も呼び起こせない。肌に血がかよっていたレイシーを思い出すことができない。私のオフィスの革張りのリクライニングチェアに坐って、指をそわそわ動かしながら、目に涙を浮かべて父親の話をしていたレイシーを思い出すことができない。私に見えるのは今ここにいるレイシーだけだ。死んだレイシー。検視台に横たわって赤の他人たちにつつかれているレイシー。

「何か変わった点はありませんか？」刑事がようやく尋ね、それとなく答えを促そうとする。「着ていた服がなくなっているとか？」

「なんとも言えません」私は答え、遺体の服装をもう一度眺める。黒いTシャツに色褪せたデニムのショートパンツ、サイドに落書きが入った汚いコンバースのスニーカー。学校にいる彼女が退屈しのぎにボールペンで自分の靴に落書きしているところを想像しようとする。が、できない。「お電話でも言いましたが、彼女の服装をそこまで意識して見ていたわけではないので」

「なるほど」刑事は言う。「大丈夫ですよ、思い出せる範囲で。ゆっくりでいいですから」

私はうなずきながら、別のことを考える。リーナも命を奪われた一週間後、こんなふうに変わり果てていたのだろうか。どこかで野ざらしになって、あるいは浅すぎる墓穴に埋められて。皮膚が剝がれて衣服が分解されるまえは、リーナもこんなふうだったのだろうか。今ここにいるレイシーのように蒼白になり、暑さと湿気で膨れ上がっていたのだろうか。

「彼女はあなたにこの話を？」トマス刑事がレイシーの腕の細かい切り傷を目で示して尋ねる。私はうなずく。

「ええ、少し」

「こっちもですか？」

今度は彼女の手首の大きな傷痕を見て訊いてくる。私が一週間前にオフィスで見た、分厚く隆起した紫色のギザギザ。

「いいえ」私は首を振る。「その話はまだでした」

「可哀想に」刑事は抑えた口調で言う。「この歳でそこまでの痛みを感じなければならなかったとは」

「ええ」私はうなずく。「本当に」

室内にしばらく静けさが流れ、三人ともがひっそりと悼む。この少女の残酷な死だけでなく、彼女の人生を。

「裏の路地はそのまえに確認しなかったんですか？」私は尋ねる。「その、最初に行方不明の届け出がされたときに」

私を見るトマス刑事の顔にさっと怒りがよぎる。この少女の遺体が最後の目撃場所のほ

ん の数メートル先で見つかり、それも発見までに一週間近くかかったという事実は、どう見てもよろしくない。彼もそこには触れられたくないのだろう。

「しましたよ」刑事は遅れてそう言い、また聞こえよがしにため息をつく。「確認はしました。そのときに見落としがあったのか、あとから置かれたのかのどちらかでしょう。つまり別の場所で殺されてから、そこに移された可能性がある」

「そんなに広い空間じゃないでしょう」私は言う。「狭い道で、ゴミの収集容器でほとんどいっぱいですから。裏へ行って確認したなら、見落とすなんてことがあるとは思えません。遺体を隠しておけるような場所はほとんどないはず――」

「裏にはめったに行かないのに、どうしてそんなに詳しいんです?」

「待合室から見えますから」私は言う。「窓からちょうどその方向が見えるので」

刑事はいっとき私を見つめる。私が嘘をついたのかどうか、見極めようとしている。

「もちろん、いい眺めじゃありませんけど」私はそうつけ加え、つくり笑いを浮かべる。

刑事は黙ってうなずく。私の答えに納得したのか、この件は後日また確認する必要があると決めたのか。

「そう、彼らが遺体を見つけたんです」彼はようやく明かす。「ゴミの収集員がね。彼女はゴミ収集容器の裏に押し込まれていた。彼らが中身を空けようとして容器を持ち上げた拍子に、遺体が転がり落ちたそうです」

「だったら、遺体はあとから動かされたんですよ。まちがいなく」検視官が横から言い、レイシーの上腕後部を軽く叩いてみせる。「ここに死斑ができてるでしょう。背面部に血が溜まっているということは、当初はずっと仰向けだったということです。坐らされていたとか、どこかに押し込まれていたなんてことはない」

胃から吐き気がこみ上げる。私はレイシーの遺体を、傷痕をそれ以上見まいとする。が、どうしても目をそむけることができない。遺体は大部分があざで覆われている。青白い皮膚がまだらになった箇所は重力によって血液が沈下したからだと、さっきの説明で知ったばかりだ。検視官は索痕のことも言っていた。私は彼女の四肢を、肩から指先までを目でなぞる。

「ほかに何かわかったことは？」私は尋ねる。

「薬漬けにされたんでしょう」検視官は言う。「髪の毛から高濃度のジアゼパムが検出されました」

「ジアゼパム。商品名で言うと、ヴァリウムですね？」トマス刑事が尋ね、私はうなずく。

「レイシーさんは服薬していたんですか？　抗不安か抗うつの薬を？」

「いいえ」私は首を振る。「処方はしましたけど、まだ服薬を開始してはいませんでした」

「毛髪の伸長の度合いから考えて、薬が摂取されたのはおよそ一週間前です」検視官がつけ加える。「つまり、殺害されたのと同じ頃です」

この新事実にトマス刑事が反応し、検視官を見る。不意に苛立った空気が室内に流れる。

「検視解剖の結果はいつ出ます？」

検視官は刑事を見てから、答えるまえに私を見る。

「早く始められれば、それだけ早く出せますよ」

ふたりともがちらちら私に視線を向け、私がなんの役にも立っていないことを暗に示している。が、私の目はレイシーの腕に釘づけになっている。彼女の皮膚に散った無数の細かい切り傷に、手首の索痕に、静脈を横切るギザギザの紫の傷痕に。

「さて、申し訳ないが、ドクター・ディヴィス。あなたに来てもらったのは雑談のためじゃない」トマス刑事が言う。「ほかに思い出せることがないなら、もうお帰りいただいてけっこうです」

私は首を振る。レイシーの手首に視線を据えたまま。

「いいえ、思い出したことがあります」彼女の剃刀の刃がたどったであろう道筋を目で追いながら言う。どんな抉り方をすればこれほど醜い痕が残るのか。目も当てられない惨状だったはずだ。「あの日のレイシーのことで。明らかにちがう点があります」

「ほう」刑事は重心を移し替え、注意深く私を見る。「聞きましょう」

「レイシーの手首の傷」私は言う。「金曜日に気づいたんです。彼女はブレスレットでこの傷を隠そうとしていた。ウッドビーズに小さな銀の十字架がついたブレスレットで」

刑事は彼女の腕を見下ろす。何もつけていない手首を。そこにはあのロザリオがぶら下がっていた。静脈を覆うように。次にまた手首を切りたくなったときのための戒《いまし》めだったのかもしれない。それはまちがいなくそこにあった——レイシーの手首のまわりに——あの日の午後、彼女が私のオフィスの革張りのリクライニングチェアの上でもぞもぞしていたとき。そしてそれは、彼女が立ち上がって出ていったときもそこにあった。私のオフィスの外で何者かに連れ去られたときも。薬漬けにされ、殺されたときも。

それが、今はない。

「誰かが持ち去ったんです」

第二十章

遺体安置所の外に駐めた自分の車にようやくたどり着いたとき、私の呼吸はひどく乱れている。やみくもに息を吸い込みながら、たったいま目にした光景の意味を理解しようとする。

レイシーのブレスレットがなくなった。

たまたま取れてしまっただけかもしれない。自分にそう言い聞かせてみる。オーブリーのイヤリングがサイプレス墓地の土にまみれて見つかったように、レイシーのブレスレットも格闘のさなかに手首から飛んでいったのかもしれない。ゴミ収集容器の裏から遺体が引きずり出された際に、容器の縁に引っかかって取れてしまったのかもしれない。どこかでゴミの山に埋もれ、永久に失われてしまったのかもしれない。でもアーロンは否定するだろう。

〝とにかく自分の直感を信じてほしい。本能に耳を澄ますことだ〟

私は息を吐き、指の震えを止めようとする。私の本能は何を訴えようとしている？

レイシーの首のあざや腕の索痕について検視官が言ったことからして、オーブリー・グラヴィーノとレイシー・デックラーを殺害したのが同一人物であることはもはや疑いようがない。同じ殺害方法、首に残った同じ指の痕。それまで私はその可能性を認めまいとしていた。レイシーは家出したのかもしれない、自分で命を絶ったのかもしれない——実際、未遂に終わった過去もあるのだから——自分にそう言い聞かせようとしていた。が、心のどこかではずっとわかっていた。誘拐事件そのものはよくあることだ。とりわけ若く魅力的な女性が誘拐されるのは。けれど、一週間のうちに誘拐が二件？　それも互いに数マイルと離れていない距離で？

偶然であるはずがない。

とはいえ、オーブリーとレイシーが同じ人物に殺されたのが事実でも、それだけではその人物が模倣犯である証拠にはならない。その犯人は父や私とはなんの関係もないかもしれない。

〝やつはオーブリーの遺体を墓地に棄てた。彼女が最後に目撃された場所に〟

私はレイシーのことを考える。彼女の遺体は、私のオフィスの裏の路地にあるゴミ収集容器のうしろに棄てられていた。私のオフィス——レイシーが最後に目撃された場所。遺体はすぐに見つかるところに隠されていた。そればかりか、わざわざそこに移された、、、こともわかった。オーブリーは無作為に襲われ、その場で殺されたのだと思っていたが、レイシーはちがう。私のオフィスから別の場所に連れ去られ、そこで薬漬けにされ、殺されてから、元の場所に戻されたのだ。

一瞬、心臓が脈を打つのを忘れ、考えるのも恐ろしい思考が頭の中に渦巻く。私はその考えを追い出そうとする。被害妄想かデジャヴか、まったくの原始的でむきだしの恐怖でしかないのだと一蹴しようとする。筋の通らない出来事に筋を通そうとして私の頭が生み出した、なんの合理性もない対処メカニズムでしかないのだと。

それでも考えずにはいられない。

もし犯人が遺体を見つけてほしがっていたのだとしたら……ただし、その相手が警察ではなかったとしたら？　私に見つけてほしかったのだとしたら？

オーブリーの遺体は私が捜索隊から離れた数分後に発見された。あの墓地で。私が墓地に来ることが犯人にはわかっていたのだろうか？

それよりなお恐ろしいことに――犯人もそこにいたのだろうか？

レイシーの場合はどうか。私のオフィスの玄関から数メートルのところに押し込まれていたという彼女の遺体。トマス刑事に言ったことは本当だった――私はあの路地にはめったに行かない――が、オフィスの窓からはよく見えるのだ。それはもうはっきりと、例のゴミ収集容器が。この一週間の自分がこれほど気もそぞろでぼんやりしていたのでなければ、待合室から外を見て、レイシーがゴミ容器の裏に押し込まれているのに気づいてもおかしくなかったはずだ。

犯人はそれも計算済みだったのだろうか？

〝遺体のどこかに犯人が見つけてほしい手がかりがあるのかもしれない〟

頭の中が自分でも追いつけないスピードで回っている。遺体に手がかり、遺体に手がかり。なくなったブレスレットが手がかりなのかもしれない。犯人がわざと持ち去ったのかもしれない。私に理解させるために。私が遺体を見つけて、ブレスレットがなくなっていることに気づいたら、すべての断片をつなぎ合わせて理解せざるをえないように。

車内の温度は三十度にのぼり、暑苦しいのになぜかまだ鳥肌が引かない。エンジンをかけ、エアコンの風に髪をなびかせる。グローブボックスをちらりと見て、先週受け取ったザナックスのボトルのことを思い出す。錠剤を舌にのせたときのあの感触、一瞬の苦み、そのあと薬が血中に溶け出して筋肉を弛緩させ、不安を薄れさせてくれるのを想像する。グローブボックスを開けると、ボトルががらがら音を立てて転がり出てくる。手に取ってひっくり返す。蓋をひねって開け、手のひらに一錠落とす。

そばに置いてあった携帯電話が震える。発光する画面に目をやると、ダニエルの名前と画像が私を見つめ返している。私は手のひらの錠剤を見下ろし、また電話に視線を戻す。息を吐いて電話を取り上げ、画面をスワイプする。

「ヘイ」送話口に向かって言う。ザナックスを指につまんでじっと眺めながら。

「ええ、もう済んだ」ダニエルがためらいがちに返す。「もう終わった？」

「どうだった？」

「ひどかった。彼女の遺体が……」

検視台の上のレイシーの遺体を思い出す。凍傷にかかったような皮膚の色、蠟でつくられたような目。ワイルドチェリー味の〈ティックタック〉を思わせる小さな赤い切り傷。手首を横切るあの巨大な傷痕。

「遺体がひどくて」私はそのひと言で終わらせる。ほかにどんな言葉も思い浮かばない。

「大変だったね。なんて言っていいかわからないよ」

「ええ、私も」

「何か捜査の助けになるようなことはわかった？」

なくなったブレスレットのことを思い浮かべ、口を開こうとして気づく。これまでの経緯がなければ、この発見自体にはなんの意味もないことに。レイシーのブレスレットがなくなったことの重大さを説明するには、サイプレス墓地へ行ったことを説明しなければならない。そこでオーブリーの遺体が見つかる直前に、彼女のイヤリングを見つけたことを。さらに、アーロン・ジャンセンに会ったことと、彼の唱える模倣犯説についても説明しなければならない。この一週間ずっとさまよい歩いてきた心の中の暗い場所をもう一度最初から訪れなければならない。ダニエルのまえで。ダニエルとともに。

私は目を閉じ、星が見えるまで瞼を指でこする。

「いいえ」私はやっと答える。「何も。刑事にも言ったように、レイシーとは一時間しか一緒にいなかったから」

ダニエルのため息が聞こえる。彼がベッドに坐って裸の背をヘッドボードにもたせかけ、髪をかき上げている様子が目に浮かぶ。携帯電話を肩に挟んで、目をこすっているのが見えるようだ。

「帰っておいで」ダニエルは言う。「家に帰ってベッドに戻って、今日はゆっくりしよう。いいね？」

「わかった」私はうなずく。「わかった、そうする」

運転席でもぞもぞ動きながら、錠剤とボトルをグローブボックスに戻す。シフトレバーをドライヴに入れようとしたとき、アーロンの声がまた頭の中に響く。私はためらう――遺体安置所に戻って、トマス刑事に何もかもを話すべきだろうか。アーロンの仮説のこともすべて。このことを誰にも言わず黙っていたら、あと何人の少女が行方不明になるかわからないのだ。

でも警察に言うわけにはいかない。今はまだ。こういう状況でまた過去の混乱に身を投じる覚悟はできていない。模倣犯説を説明するには、自分の素性や家族のことを説明しなければならない。過去のすべてを。またあの扉を開けるわけにはいかない。開けてしまったが最後、その扉が閉じられることはないからだ。

「帰るまえにちょっと済ませなきゃいけない用があるの」私はかわりにそう言う。「一時間もかからないと思う」

「クロエ――」

「大丈夫、心配しないで。ランチのまえには戻るから」

そう言って、ダニエルが私を説得しようとするまえに電話を切る。それから別の番号に電話をかけ、そわそわと指でハンドルを叩きながら待つ。やがて、あの聞きなじみのある声が電話の向こうから聞こえてくる。

「アーロンですが」

「こんにちは、アーロン。クロエです」

「ドクター・デイヴィス」彼ははずむような口調で言う。「普通に電話をもらえるなんて嬉しいな。前回はずいぶんなご挨拶だったから」

私は窓の外に目をやり、ふっと小さな笑みを浮かべる。この朝、携帯電話にトマス刑事の番号が表示されて以来、初めての笑みを。

「ねえ、まだ市内にいる？　会って話したいことがあるの」

第二十一章

ドゥーリー保安官との会話のあと、彼は私たちにふたつの選択肢を提示した——父の逮捕状が出るまでこのまま警察署にとどまるか、家に帰って誰にも何も言わずに待つか。

「逮捕状が出るまでどれくらいかかるんですか?」母が尋ねた。

「確実なことは言えません。数時間かもしれないし、数日かもしれない。ただ、この証拠がある以上、おそらく今日じゅうに逮捕に踏み切るでしょうな」

母はそれを聞くと、答えを待つかのように私を見た。まるで私が決めるべきであるかのように。十二歳の私が。賢明であり安全なのは、署にとどまるほうだ。それはみんなわかっていた。母も私も、ドゥーリー保安官も。

「家に帰ります」母はかわりにそう言った。「息子が家にいるので。クーパーをあの人とふたりきりにするわけにはいきません」

ドゥーリー保安官は椅子の上で体を動かした。

「息子さんはわれわれがいつでも迎えに行けますよ」

「いいえ」母は首を振った。「いいえ、それだと不審に思われます。逮捕状が出るまえにリチャードが何かおかしいと感づいたら……」

「近隣をパトロールさせますから。覆面パトカーで。逃げられはしませんよ」

「あの人は私たちを傷つけたりはしません」母は言った。「家族を傷つけるようなことは絶対にしません」

「お言葉ですが、奥さん、われわれが相手にしているのは連続殺人犯です。六人を殺害した容疑のかかっている人物です」

「私たちが危ないと感じることがあれば、すぐに家を出るようにします。警察に電話して、どなたかに家に来ていただくようにしますから」

そうして母の決意は揺るがず、私たちは家に帰ることになった。

ドゥーリー保安官の表情から、彼が納得できずにいるのがわかった――なぜ彼女はこれほど頑なに夫のもとへ帰ろうとするのだろう？　たったいま夫が連続殺人犯であることを決定づける証拠を差し出したばかりだというのに、それでも家に帰ろうとするのはなぜなのか？　けれど私には不思議でもなんでもなかった。私にはわかっていた。母が家に帰ろうとするのは、いつだってそうしていたからだと。よその男の人たちをわが家に連れ込んだあとでも、自分の部屋に連れ込んだあとでも、母はその日の終わりには必ず父のもとへ戻って、父のために夕食をつくり、それを父の席まで運んでから、そっと自分の部屋に入ってドアを閉めていた。私は母の頑固な表情に目をやって思った。母は内心、何かを疑っているのかもしれない。最後に一度だけ、父に会いたいのかもしれない。誰にもわからないように、こっそりさよならを言いたいのかもしれない。

あるいはもっと単純なことで、母は自分で区切りをつけられないだけかもしれなかった。

ドゥーリー保安官は非難がましいため息をつくと、デスクから立ってオフィスのドアを開け、母と私を警察署から送り出した。私たちは押し黙ったまま呆然と、母の使い古しの赤いカローラまで歩いた。車に乗ってからも十五分間、互いにひと言も発さなかった。私は助手席に坐り、座席にあいた穴を指でほじくって広げていた。父の戦利品が詰まったあの箱はもちろん、警察署に置いていくしかなかった。私はあの箱が好きだった。チャイムの音色に合わせてバレリーナが回るのが。あれはそのうち返してもらえるのか気になった。

「あなたは正しいことをしたのよ、クロエ」母がしまいに沈黙を破った。母の声を聞くと落ち着いたが、なぜかその言葉は虚ろに響いた。「でも、帰ったらいつもどおりに振る舞うのよ、わかった？　できるだけいつもと同じように。難しいと思うけど、少しのあいだの辛抱だから」

「わかった」

「家に着いたら、すぐに自分の部屋へ行ってドアを閉めたらいいわ。クロエは気分がすぐれないって、お父さんに伝えておくから」

「わかった」

「あの人は私たちを傷つけたりはしない」母はまたそう言ったが、私は何も返さなかった。なんとなく、今のは母の独り言だろうと思ったのだ。

車は家のまえの長いドライヴウェイに入った。私がいつも走っていた道――土埃が舞い上がり、森の影がちらちら揺れる砂利道に。そのとき、もう走らなくていいのだと気づいた。もう怖がらなくていいのだと。けれど虫がこびりついたフロントガラス越しに私たちの家がじりじりと近づくにつれ、車のドアを開けて外に飛び出し、森の中に隠れてしまいたい衝動に駆られた。ここにいるよりそのほうが安全な気がした。呼吸がにわかに速くなってきた。

「黙ってられるかわかんない」私は言った。しゃくり上げるように息を吸っているうちに過呼吸になり、目のまえが白くなってちかちかしてきた。一瞬、このまま車の中で死ぬかもしれないと思った。「クーパーには言ってもいい？」

「だめ」母はそう言うなり私を見て、私の胸が危険な速さで上下しているのに気づいた。

すぐに片手をハンドルから離して私の顔を自分のほうに向けさせ、私の頬を指でさすって言った。「クロエ、深呼吸。ほら、息を吸ってみせて。鼻から大きく吸って――」

私は唇を閉じて鼻孔から深々と息を吸い込み、胸を膨らませた。

「――口からふうっと吐いて」

唇をすぼめ、ゆっくりと息を吐き出した。ほんのわずかに動悸が落ち着くのを感じながら。

「もう一度やってみて」

私は深呼吸を繰り返した。鼻から吸って、口から吐いて。ゆっくりと呼吸を繰り返すごとに視界が戻ってきた。やがて車がポーチのまえで停まり、母がエンジンを切る頃には、私はいつものように呼吸しながら、目のまえに立ちはだかる家を見つめていた。

「クロエ、誰にも言っちゃいけないの」母は言った。「警察が来るまでは黙ってなくちゃいけないの。わかる?」

私はうなずいた。頬に涙がこぼれた。そのとき母の顔を見て、母が私と同じように家を見つめていることに気づいた。私たちの家を、まがまがしいものでも見るように見つめていた。その強張った横顔を見て、揺るぎなさを装ったその目の奥に恐怖が揺らいでいるのを見て、初めて母の真意に気づいた。なぜ私たちがここにいるのか、家に戻ってきたのかを理解した。母は義務感から戻ってきたのではない。弱いから戻ってきたのではない。父に立ち向かえることを自ら証明するために戻ってきたのだ。それまでずっと自分の問題から逃げていた母が——自分の問題から隠れ、父から隠れ、問題など何ひとつ存在しないかのように振る舞ってきた母が——逃げも隠れもせず、強く勇敢なのは自分のほうだと証明するために戻ってきたのだ。

けれどこのとき、母は恐れていた。私と同じくらい恐れていた。

「行きましょう」母が車のドアを開けて言った。私も自分の側のドアを開けて車を降り、ばたんと閉めてから、玄関に向かって歩いた。歩きながらわが家のラップアラウンド型ポーチを見つめ、そよ風に軋むロッキングチェアを見つめ、お気に入りのマグノリアの木が何年もまえに父がその幹にくくりつけたハンモックに影を落としているのを見つめた。押し開けた玄関ドアのうめきを聞きながら、私たちは家に入った。母に階段のほうへそっと押しやられ、私は自分の部屋に向かって階段をのぼりはじめた。

「ふたりでどこへ行ってた？」

私は階段の途中で凍りつき、首だけで振り返った。父が居間のソファに坐って私たちを見ていた。ビールの小瓶を手にして、ふやけたラベルを指で剝がしていた。細かくちぎれた紙片がサイドテーブルの上に積み重なり、ひまわりの種が天板に散らばっていた。父はシャワーを浴びたばかりと見え、髪をさっぱりとうしろに梳かしつけ、ひげをきれいに剃っていた。カーキパンツにボタンダウンシャツの裾をきちんと入れていた。身なりは整っていたが、父は疲れているようにも見えた。疲弊していると言ってもいいくらいに。顔の皮膚がたるみ、目が落ちくぼんで、何日も眠っていないかのように見えた。

「ランチに行ってたの」母が答えた。「女同士、水入らずで」

「それはよかった」

「でも、クロエの具合がよくないのよ」母は私を見ながら言った。「風邪かもしれない」

「可哀想に、クロエ。こっちへおいで」

私は母をちらりと見た。母がわずかにうなずいたので、階段を降りて居間に入り、父に近づいた。心臓が乱れ打っていた。父は目のまえに立った私をしげしげと見た。突然、父が気づいたのではないかと思った。あの箱がなくなったことに。そのことについて訊かれるのではないかと思った。父は手を伸ばして私の額に当てた。

「熱いな。クロエ、汗をかいてるぞ。震えてるじゃないか」

「うん」私は床に視線を落として言った。「横になって休んだほうがいいかも」

「ほら」父がビールの小瓶を私の首に押し当て、私はびくりと身をすくめた。冷たいガラスに肌が痺れ、水滴が胸に垂れてシャツを濡らした。瓶に押しつけられた自分の脈がどくどく疼くのを感じた。「少しはましか？」

私はうなずき、なんとか微笑んでみせた。

「やっぱり横になったほうがよさそうだな。しばらく昼寝するといい」

「クープは？」私は不意に兄がいないことに気づいて尋ねた。

「自分の部屋だろう」

私はうなずいた。クーパーの部屋は階段の左側にあり、私の部屋は右側だった。両親に気づかれないよう兄の部屋に忍び込んで、こっそりベッドにもぐり込み、頭まですっぽり毛布をかぶってしまいたかった。ひとりになりたくなかった。

「さあ」父は言った。「部屋へ行って休みなさい。あとで様子を見にいくから。ひと眠りしたら体温を測ってみよう」

私は踵を返し、ビールの瓶を首に押しつけたまま階段のほうへ戻りはじめた。母があとからついてきた。母がそばに来てくれたことにほっとしたが、ふたりで廊下まで来た瞬間、父の呼び止める声がした。

「モーナ。ちょっと待ちなさい」

母が父のほうを振り返るのが気配でわかった。母が黙っていると、父がまた口を開いた。

「何か話すことがあるんじゃないのか？」

アーロンの突き刺すような視線を感じる。私はミシシッピ川から彼に向き直る。確信が持てない――たったいま彼が確かにそう言ったのか、それともまた過去の記憶が潜在意識を侵し、判断を曇らせ、脳を混乱させているのか。

「どうなんだ?」アーロンがまた尋ねる。「俺に話すことがあるんじゃないのか?」

「ええ」私は慎重に答える。「だから来てもらったのよ。今朝、トマス刑事から電話があって――」

「ちがう、そのまえにだ。それとは別の話だ。きみは俺に嘘をついた」

私はまた川に視線を向け、コーヒーをひと口飲む。私たちは川辺のベンチに坐っている。はるか向こうの鉄橋が、立ち込める霧の中でますます味気なく無機質に見える。

「嘘って、なんのことで?」

「このことで」

アーロンが携帯電話を掲げてみせると、私はそれを空いたほうの手でひったくる。私の写真が画面に映っている。何人かの集団の中にいる私。どこで撮られたのかはすぐにわかる。自分のグレーのTシャツと頭頂部でまとめたお団子、スパニッシュ・モスが垂れ下がったヌマスギの古木、遠くにぼやけて見える黄色い立入禁止のテープ。一週間前にサイプレス墓地で撮られた写真にまちがいない。

「どこでこれを見つけたの？」

「ネットの記事に出てた。取材できそうな相手がいないか地元紙を調べてたら、捜索隊の写真が出てきてね。きみが墓地にいたと知ったときの俺の驚きを想像してみてほしい」

私はため息をつき、うかつだった自分を心の中で責める。あのとき首からカメラを提げて歩きまわっていた新聞記者たちにもっと注意を払うべきだった。問題の記事がダニエルに見つからないことを願うばかりだ――ドイル巡査に見つかったらもっと大変なことになる。

「墓地にい、な、か、っ、たとは、私はひと言も言ってない」

「ああ、でもきみは俺に断言した。サイプレス墓地はきみの家族にとって特別な意味のある場所でもなんでもないって。オーブリーの遺体がそこに棄てられたのはただの偶然だって」

「ええ、そうよ。ただの偶然。あの日はたまたま捜索隊に出くわしただけなの。いい？頭をすっきりさせようと思って適当に車を運転してたら、墓地が見えたから、ちょっと中を歩いてみようと思っただけ」

アーロンは疑わしそうに私を見る。

「この仕事は信頼関係がすべてだ。互いに誠実であることがすべてだ。俺に嘘をつくなら、きみとは仕事できない」

「嘘じゃないってば」私は両手を挙げて言う。「誓ってもいい」

「どうして中を歩いてみようと思った？」

「自分でもわからないけど」私はコーヒーをまたひと口飲む。「好奇心かな。オーブリーのことを考えてたの。リーナのことも」

アーロンは黙って視線を私に向けている。

「リーナはどんな子だった？」やがて彼は尋ねる。抑えきれない好奇心が声に滲み出ている。それはそうだ。誰だって知りたいに決まっているのだから。「彼女とは友達だったの？」

「まあ、そうね。あの頃はそう思ってた。でも大人になってわかったの。あれはああいうことだったんだって」

「それはつまり？」

「年上のいけてるお手本みたいな子が、年下のいけてない子の面倒を見てやってたのよ」私は言う。「リーナは私に優しくしてくれた。お下がりの服をくれたり、メイクの仕方を教えてくれたり」

「それは友達だ」アーロンは言う。「俺に言わせれば、最高の部類の友達だ」

「そうね」私はうなずく。「確かにそうかもしれない。彼女はすごく特別で……なんて言ったらいいんだろう。とにかく惹きつけられる感じ、わかる？」

アーロンはよくわかるとばかりにうなずく。彼にもリーナのような存在がいたのだろうか。誰もが人生のどこかでそういう存在に出会うのかもしれない。突如として鮮烈に現れ、同じくらいあっという間に消えていく、流れ星のような存在に。

「私はある意味、彼女に利用されてた。それはわかってたけど、別にそれでもかまわなかった」私はコーヒーのカップに指を打ちつけながら続ける。「リーナは家に居づらい事情があって、うちの家をちょっとした逃げ場みたいに使ってた。それにたぶん、私の兄に気があったんだと思う」

アーロンは眉を上げる。

「みんな兄に片想いしてたのよ」私は思い出しながら、口元に微笑を浮かべる。「兄のほうにそういう気はなかったけど、リーナがしょっちゅううちに来てたのはそれが理由だったんだと思う。そういえば一度、あんなこともあった――」

私はよけいな話をしようとしていることに気づき、はたと言葉を切る。

「ごめんなさい。どうでもいい話よね」

「いや、聞かせてほしい」アーロンは言う。

「続けて」

私は息を吐き、髪をかき上げる。

「あの年の夏、すべてが起こるまえのことよ。リーナはうちに来ていて――いつも何かしら理由をつけてはうちに来てたんだけど――クーパーの部屋に侵入しようと言い出したの。私はそういう……ルールを破るようなことは苦手だったんだけど、リーナはその気にさせるのがうまくて。彼女といると、自分の限界を破りたくなるの。びくびくするのをやめて、自由に生きたくなるの」

あの日のことは鮮明に憶えている――頰に感じた午後の陽射しのあたたかさ、背中に食い込み首をくすぐる草の葉の感触。リーナと私は裏庭で寝転がって空を眺め、雲の形を言い合っていた。

「ねえ、何があればもっと気持ちよくなるか知ってる？」リーナがしゃがれた声で言った。

「ハッパよ」

私は顔を横に向けて彼女を見た。リーナはじっと雲を見つめたまま、唇の一方の端を嚙んでいた。片手にライターを持って、爪を嚙み倒した指で意味もなく点けたり消したりしながら、反対側の手を炎にかざしてじりじりと近づけていった。手のひらに小さな黒い痕が浮かび上がるまで。

「あんたの兄さんなら絶対持ってるはず」

一匹の蟻が彼女の頬をそろそろと這い、眉に向かってよじのぼろうとしていた。それがそこにいることに、リーナ自身も気づいている気がした。相手が這いのぼってくるのを感じながら、相手を試し、自分を試しているのだと思った。皮膚を焼くライターの炎に限界まで耐えるように、いつまで耐えられるか様子を見ながら、ぎりぎりのところで払いのけるのだろうと思った。

「クープ？」私は首を傾げて訊き返した。「まさか。兄さんはドラッグなんかやらないよ」

リーナは鼻を鳴らして笑い、肘をついて体を起こした。

「クロエったら、なんにも知らないのね。あんたのそういうとこ、好きよ。それが子供のいいところ」

「子供じゃないし」私は言い返し、自分も体を起こした。「大体、兄さんの部屋は鍵がかってるし」

「クレジットカード、持ってる？」

「持ってない」私はまた情けない気持ちになった。リーナはクレジットカードを持っているのだろうか？　クレジットカードを持っている十五歳がいるとは思えない――クーパーが持っていないことは確かだ――とはいえ、リーナは特別なのかもしれなかった。「図書館カードなら持ってるけど」

「だと思った」リーナはそう言うと、草の上に手をついて立ち上がり、私に向かって手を差し出した。手のひらにさざ波のような葉の跡が残り、土がぽろぽろとくっついていた。私は汗ばんだその手を取って立ち上がると、彼女が太腿の裏から草をつまみ取るのを見守った。「行きましょ。一から全部教えてあげる」

私たちは家の中に入り、図書館カードの入っている財布を取りに私の部屋に立ち寄ってから、廊下を横切ってクーパーの部屋へ行った。

「ほらね」私はドアの把手を揺らしてみせた。「鍵がかかってる」

「いつも自分の部屋に鍵をかけてるの？」

「あたしがベッドの下のエロ本を見つけたときから、ずっとこうだよ」

「クーパーったら！」リーナは眉を上げてみせた。嫌悪よりは感嘆を覚えたようだった。

「いけない子ねえ。ほら、カードを貸して」

私はカードを渡し、彼女がそれをドアの隙間に突っ込むのを目で追った。

「まず、蝶番を確認して」リーナはカードを動かしながら言った。「蝶番が表から見えなければ、このやり方で開けられるから。錠前のラッチの斜めの面がこっち向きじゃないとだめだからね」

「わかった」私は喉にこみ上げるパニックを抑えようとしながら言った。

「次に、カードを斜めに差し込む。で、角が入ったら、まっすぐに立てるの。こうやって」

私は彼女の手元を一心に見つめた。リーナは錠前の横の隙間にカードをぐいぐい押し込み、ドアに圧力をかけていった。カードがたわみはじめ、私はどうか折れませんようにと心の中で祈った。

「なんでこんなやり方を知ってるの？」私は横から尋ねた。

「なんでって、そりゃあ」リーナはカードを前後に動かしながら言った。「外出禁止ばっかり食らってたら、どうにかして自分で抜け出すしかないでしょ」

「お父さんとお母さんに部屋に閉じ込められるってこと？」

リーナは私の問いを無視し、さらに何度かカードをぐいぐいねじ込んだ。と、ついにドアが開いた。

「じゃじゃーん！」

リーナはくるりと振り向き、満足げな表情を浮かべた。その顔が次第に変わっていった——目が丸くなり、口があんぐりと開き、やがて笑みに変わった。

「あら」彼女は突き出した腰に手を当てて言ったのだった。「おかえり、クープ」

アーロンはひとしきり笑うと、自分のラテを飲み干し、テイクアウト用のカップを足元の地面に置く。

「じゃあ、お兄さんにつかまったわけか。部屋に入るまえに」

「そうなのよ」私は言う。「兄は私のすぐうしろにいて、階段のところから全部見てたってわけ。私たちが本当に入れるかどうか、見届けてやろうと思ったんでしょう」

「結局、大麻にはありつけず?」

「ええ」私は思い出しながら笑みを浮かべる。「それはあと何年かおあずけ。でもたぶん、リーナは本当にそれを狙ってたわけじゃなくて、わざとああいうことをしてつかまりたかったんだと思う。兄の気を惹くために」

「その作戦はうまくいった?」

「いいえ。クーパーはそういう手には絶対乗らなかった。むしろ逆効果と言ってよかった。その夜、兄は私を坐らせてお説教したのよ。ドラッグはやるなだの、もっとまともなやつを見習えだの、それはもう長々と」

雲間から太陽が顔を覗かせる。とたんに湿気が攪拌されたミルクのように濃くなり、気温が何度か上がったように感じる。頬が熱くなってきた気がする――それが陽射しのせいなのか、大事な昔の思い出を他人と共有しているせいなのか、自分でもわからない。なぜこんな話をする気になったのかもわからない。

「で、なんで俺を呼び出したんだっけ？」私が話題を変えたがっているのを察したように、アーロンが尋ねる。「どういう心境の変化？」

「今朝、レイシーの遺体を見て」私は言う。「それで、前回あなたに言われたでしょ？　自分の直感を信じるように」

「待った、待った。レイシーの遺体を見た？　どこで？」

「彼女は私のオフィスの裏の路地で見つかった。ゴミ収集容器のうしろに押し込まれて」

「なんと……」

「それで警察から連絡があって、遺体を確認するように言われたの。最後に彼女を見たときと比べておかしな点がないか、何かなくなったりしていないか」

アーロンは黙って続きを待っている。私は息を吐き、彼に向き直る。

「ブレスレットがなくなってたのよ。それではっとして――オーブリーの遺体が見つかったあの日、墓地でイヤリングを見つけてたから。オーブリーのイヤリングの片方。最初は単に、耳から取れただけだろうと思ってた。犯人が遺体を引きずったか何かした拍子に。でもそのあと、イヤリングはセットの一部だってことに気づいて。オーブリーは同じデザインのネックレスもつけてたのよ。私はオーブリーの遺体は見てないけど、もし彼女がネックレスなしで発見されたんだったら――」

「犯人が彼女たちのジュエリーを持ち去っているということか」アーロンが言う。「いわば戦利品として」

「私の父がそうしてたのよ」私は認める。思い返すといまだに吐き気に襲われる。「それで足がついたの。父のクローゼットの奥に被害者のジュエリーが入った箱が隠してあって、私がそれを見つけたから」

アーロンが目を見開き、膝に視線を落とす。たったいま明かされた情報を呑み込もうとしている。私はしばらく待ってから、また口を開く。

「自分でもこじつけだとは思うけど、少なくとも踏み込んでみる価値はあるんじゃないかと思うの」

「いや、そのとおりだ」アーロンはうなずく。「ここまでの偶然は無視できない。そのお父さんの証拠品のことを知っている人は？」

「ええと、私の家族は言うまでもないと思うけど。警察と、あとは被害者の両親ね」

「それで全員？」

「父は司法取引に応じたから、証拠がすべて公にされることはなかった。だから、それで全員だと思う。どこかから話が漏れたなら別だけど」

「その全員の中で、こういうことをしそうな人物は思い浮かぶ？　事件に取り憑かれてた警察官がいたなんてことは？」

「いいえ」私は首を振る。「警察の人はみんな――」

私ははっと言葉を切る。思ってもみなかった。私の家族。警察。被害者の両親。

「そういえば、ある男の人が……」私は慎重に切り出す。「被害者の親御さんなんだけど。リーナのお父さん。名前はバート・ローズ」

アーロンは黙ってうなずき、続きを促す。

「彼は……うまく対処できてなかった」

「娘が殺されたんだ。うまく対処できる人のほうが少ないだろう」

「でも、あれはただ悲しんでたんじゃない」私は言う。「何かもっと別の感情だった。怒りだった。それに事件が起こるまえから、あの人にはなんだか……おかしいと思う点があって」

兄の部屋のドアをこじ開けたリーナのことを思い出す。あのとき彼女は自分で認めたのだ。うっかり口をすべらせて。私が詳しく訊こうとしたら、聞こえないふりをした。

〝お父さんとお母さんに部屋に閉じ込められるってこと?〟

アーロンはうなずき、すぼめた唇からふうっと息を吐く。

「あなたはこのまえ、なんて言ってた?」私は尋ねる。「模倣犯は真似したい相手をあがめているか、憎んでいる?」

「ああ。大まかに言って、模倣犯はふたつのタイプに分けられる。ひとつめは最初の殺人犯を崇拝していて、敬意を表すためにやり方を真似するタイプ。ふたつめは、なんらかの理由でその殺人犯に敵愾心を抱いていて——たとえば政治的信念が対立してるとか、単にそいつが派手に騒がれてるのが気に入らなくて、自分ならもっとうまくやれると思ってるとかで——世間の注目をそいつから自分に向けるために模倣するタイプ。どっちにしろ、要は一種のゲームだ」

「それで言うなら、バート・ローズは父を憎んでいた。至極もっともな理由ではあるけど、あれは行き過ぎだったと思う。それこそ取り憑かれてるみたいだった」

「なるほど」アーロンは一拍置いて言う。「わかった。話してくれてありがとう。警察には相談するのか?」

「いいえ」私は即答する。即答すぎたかもしれない。「少なくとも、今はまだ」

「まだ? ほかにも何かあるのか?」

私は首を振る。残りの考えはまだ話すべきではない——今回の事件の犯人が、特別に私に語りかけていることは。私を嘲り、私を試し、私が断片をつなぎ合わせるよう仕組んでいることは。アーロンに正気を疑われたくはない。仮に私が行き過ぎだったとして、今まで話したこととの信憑性まで疑われたくはない。まずは自分である程度調べてからだ。

「そうじゃないけど、まだ心の準備ができてないから。今はまだ早すぎる」

私は立ち上がり、風で乱れて張りついた髪を額から払いのける。息を吐き、アーロンに別れを告げようと向き直ったとき、彼が今までにない表情で私を見ていることに気づく。彼の目に懸念が表れていることに。

「クロエ。ちょっと待った」

「ええ?」

アーロンは言うべきかどうかためらうそぶりを見せてから、思いきったように私のほうへ身を寄せ、低く抑えた声で言う。

「きみの身が心配だ。くれぐれも気をつけると約束してくれ」

第二十二章

リーナの両親――バート・ローズとアナベル・ローズ――とは一度、ブロープリッジ高校の年度末の演劇発表会の客席で一緒になった記憶がある。連続殺人が起こった年の春の終わりのことだ。その年の演目は『グリース』で、リーナはヒロインのサンディを演じた。肌にぴったり張りついたフェイクレザーパンツが講堂の照明を反射し、彼女が舞台の上で動くたびにきらめいた。いつものフレンチブレイドのおさげ髪はくるくるのパーマになり、偽物の煙草が片方の耳のうしろから覗いていた（もっとも、それはたぶん本物で、彼女は幕が下りてから裏の駐車場で一服したのだろうけど）。クーパーも出演していた。だから私たちは観にいったのだ。兄はスポーツは得意だったが、お芝居はそうでもなかった。パンフレットに載っていた彼の役は〝生徒3〟とかそういう感じの端役だった。が、リーナはちがった。リーナは堂々の主役だった。

私は両親と一緒に来ていた。体を横向きにして客席を奥へと進み、すでに着席した保護者たちの膝にぶつかっては謝りながら、三つ並んで空いた席を探していた。

「モーナ」父が手を振りながら母を呼んだ。「こっちだ」

父は客席の中央に並んだ三つの座席——ローズ夫妻のすぐ隣りの席を身振りで示した。母がほんの一瞬、目を見開いたのを私は見逃さなかった。母はすぐに顔に笑みを貼りつけ、私の背中に手を置いて、強すぎる力で私をまえに押しやった。

「どうも、バート」父が微笑んで言った。「アナベル。ここは空いてますか？」

バート・ローズは父に笑みを返し、空いた席に促しながら、母を完全に無視した。なんて無礼な態度だろうと私は思った。彼はうちに来て母に会ったばかりなのに。つい何週間かまえに。バート・ローズは防犯システムを設置する仕事をしていた。うちの裏庭で地面に膝をついて作業していた彼を思い出す。日に灼けてごつごつした腕。母が彼の肩を叩いて家の中に招き入れるところを、私は自分の部屋の窓から見ていた。彼が額の汗を腕で拭って母を見上げ、母が不自然に大きな声で笑いながら彼を家に引っ張り込むのを。ふたりはキッチンに入り、声を潜めて会話していた。母がカウンターに身を乗り出し、胸を寄せるような恰好で甘いアイスティーのグラスを手にするのを、私は階段の手すりからこっそり見ていたのだった。

私たち三人が席についた直後に客席が暗くなり、リーナが跳ねるように舞台に出てきた。

彼女が腰を振るたびに、膝丈の白いスカートがふわふわ揺れた。父が座席の上で体を動かし、脚を組んだ。バート・ローズが咳払いをした。

私はそのときバートのほうを見やって気づいた。ずっと強張ったままの彼の姿勢と、舞台を見据えて動かない母の視線に。あいだに坐った父が何も気づいていないことに。バート・ローズは無礼なのではない。何かうしろめたいことがあるのだ。そしてそれは母も同じだった。

父の逮捕後にふたりの浮気が発覚したときはショックだった。子供の立場からすると、自分の両親というのはなんの悩みもなく幸せそうに見えるものだ。感情や意見や問題や欲求とは無縁の、ある種の非人間的な存在に思えるものだ。十二歳の私には、人生や結婚生活や男女関係の複雑さは理解できなかった。クーパーと私はほとんどの時間、学校やレスリングの練習やキャンプに行っていて、私は母が一日をどう過ごしているのかなど、ろくに考えたこともなかった。夜はいつも漫然としたルーティーンの繰り返しだった。母が夕食を運んできてサイドテーブルに置くと、父は〈レイジーボーイ〉に坐ったまま黙ってうなずく。母はキッチンを片づけてから、本を片手に夫婦の寝室に引っ込む。それはまさにルーティーンとしか呼びようのないものだった。それがどれほど淋しく味気ないものか、私は考えたこともなかった。夫婦間の親密さが欠けているのも――私は両親がキスをするのも、手をつなぐのも見たことがなかった――それが普通だと思っていた。それ以外の光景を目にしたことがなかったから。それ以外の光景があるとは知らなかったから。だからその夏、母がよその男たちを――庭師や電気工や、のちにその娘が姿を消すことになる、わが家の防犯システムを設置した男などを――次々と家に呼びはじめたとき、私はそれが単に南部ならではのフレンドリーなもてなし方なのだと思っていた。自家製の甘いアイスティーをグラスに注いでふるまい、暑さをしのいでもらっているだけだと思っていた。

父がリーナを殺したのは報復のためだと考える人々もいた。自分の妻がバートと浮気しているのを知って、むごい形で仕返しをしたのだろうと。そうしてリーナを殺したことで、彼の〝闇〟が解き放たれたのかもしれない。部屋の隅に潜んでいた闇がそれを機に膨れ上がり、暴走を始め、手がつけられなくなったのかもしれない。少なくともバート・ローズはそう思っていたはずだ。

最初にテレビ放映された記者会見で、リーナの母親の隣りに立っていた彼のことを思い出す。リーナの状況が〝行方不明〟から〝死亡したとみられる〟に変わるまえのことだ。見ていられないほど打ちひしがれた男。娘の失踪から四十八時間ですでに、まともに言葉をつむぐことができなくなっていた。そしてその後、リーナを殺した犯人が父であることが明らかになったとき、彼は完全に理性を失った。

ある朝、家の外に出ようとした私はクーパーに引き戻された。バート・ローズが狂犬のように私たちの前庭をうろうろしていたからだ。いつもの〝訪問者〟とはわけがちがった。私たちの家までやってきて離れたところから物を投げつけたり、私たちが追い返すと慌てて逃げたりする連中とは、まるで事情がちがった。バート・ローズは立派な大人だった。それが怒りと狂乱に駆られていた。私の母はそのときすでに私たちを――少なくとも精神的に――見捨てていたので、クーパーと私はどうしていいかわからなかった。私の部屋で身を寄せ合って、窓から外を覗くしかなかった。バート・ローズは地面を蹴り、私たちの家に向かって呪いの言葉を吐き散らした。私たちに向かってわめきながら、自分の服を引き裂き、髪を掻きむしった。しまいにクーパーが外に出ていった。私は泣きながら兄のシャツの袖にしがみつき、行かないでと懇願したが、無駄だった。兄が玄関前の階段を降りて前庭に姿を現すのを、なすすべもなく見つめた。クーパーは大声で怒鳴り返し、バートの厚い胸板を平手で突き飛ばした。やがてバートは報復を誓いながら出ていった。

これで終わったと思うな！　そう叫ぶ彼のしゃがれ声が、わが家という広大な虚空にこだました。

あとでわかったことだが、その夜、母の寝室の窓から石を投げ込んだのはバートだった。

父のトラックのタイヤをずたずたに切り裂いたのも。バートの頭の中では、娘が死んだのは自分のせいだった。自分が夫のある女性と関係を持ったせいで、その夏のうちに、彼女の夫に娘を殺されたのだ。因果応報。彼はその罪悪感に耐えられず、体の芯まで怒りに焼かれていた。もしもリーナの殺害を自白した父を捕らえるチャンスがあったなら、バート・ローズはまちがいなく父を手にかけていただろう。それもすぐにではない。慈悲深くにではない。じっくりと苦痛を与えながら殺し、相手が悶え苦しむさまを愉しんだだろう。

しかしもちろん、そんなことはできなかった。彼が父を捕らえるチャンスはなかった。父は警察に身柄を拘束され、安全に檻の中に閉じ込められていた。が、父の家族はそのままだった。だから彼は私たちに狙いをつけたのだ。

私は玄関ドアを開け、家の中を覗いてダニエルの姿を探す。約束どおり、ランチのまえに戻ってきた。キッチンから淹れたてのコーヒーの香りがする。居間に置いた自分のノートパソコンに目を留める。すぐにも手に取って開き、猛然と検索を開始したい。バート・ローズのことを詳しく調べたい。

バートは娘のへそピアスのことを知っていた。ザリガニ祭りや演劇発表会でのリーナ、私の部屋の床で腹這いになって長い脚を見せびらかしていたリーナを、父がどんな目で見ていたかを知っていた。ほかの少女たち——ロビン、マーガレット、キャリー、スーザン、ジル——彼女たちも同じ被害者にはちがいないが、あくまで無作為に選ばれた被害者だった。誰かを選ぶ必要があったから、あるいはたまたま都合がよかったから、あるいはその両方が合わさって命を奪われた。彼女たちはまちがったときにまちがった場所に居合わせただけだった。忍び寄る闇に抗いきれなくなるたびに、父は最初に見つけたなんの罪もない若く無防備な少女を捕らえ、満身の力で絞め殺した。膨れ上がった闇が、光からこそこそ逃げる甲虫のように部屋の隅へ退散するまで。けれどリーナはそれ以上の存在に思われた。彼女は常に特別だった。リーナは個人的に狙われたようにしか見えなかった。父の最初の犠牲者。リーナはリーナであるがゆえに狙われたのだ。父になんらかの感情を抱かせたことで。手を振って父をからかい、人混みの中に姿を消したことで。バートが母と寝ておきながら、人前で父に笑顔を向け、無害な友人のふりをして父を虚仮《こけ》にしたことで。

私は玄関ホールを抜けて居間に入る。ソファに坐り、ノートパソコンを膝に置いて電源を入れる。バート・ローズは怒りに荒れ狂っていた。バート・ローズは執念深く恨みを抱いていた。二十年経った今でも復讐心を滾《たぎ》らせているのだろうか？　彼は父の罪を決して赦さなかった——私たちにも忘れさせまいとしたのかもしれない。やはりここに手がかりがあるとしか思えない。私はキーボードを叩いて検索エンジンに彼の名前を打ち込み、エンターキーを押す。一連の記事がずらりと表示される。ほとんどがブローブリッジの連続殺人に関するものだ。ページをスクロールし、見出しをざっと見ていく。どれもすでに読んだことのある古い記事ばかりだ。検索結果を絞り込むために、〝バート・ローズ、バトンルージュ〟で再検索をかける。

今度は新しい検索結果が表示される。〈アラーム・セキュリティ・システムズ〉――バトンルージュに拠点を置くホームセキュリティ会社のウェブサイト。そのリンクをクリックし、ウェブサイトが読み込まれるのを待つ。

アラーム・セキュリティ・システムズは、お客様のご要望にお応えする、地域に根ざしたセキュリティ会社です。特別な訓練を受けたエキスパートがご自宅に伺ってシステムを設置し、二十四時間・年中無休の監視体制で、あなたとご家族の安全をお守りします。

〝スタッフ紹介〟のタブをクリックすると、バート・ローズの顔が画面に表示される。私は食い入るように彼の写真を見つめる。かつてくっきりと鋭かった顎のラインが分厚い脂肪に埋もれ、たるんだ皮膚がピザ生地のように伸びて垂れ下がっている。見るからに老け込み、肥え太り、頭が薄くなっている。率直に言ってひどい外見だが、まちがいない。バート・ローズ本人だ。

次の瞬間、はっとする。

彼はここに住んでいる。バート・ローズはここに住んでいる――バトンルージュに。

私は夢中で彼の写真を眺める。カメラをじっと見返しているバートの顔は、完全に表情を欠いている。喜んでも悲しんでも怒っても苛立ってもいない――ただそこにある。中身がからっぽな、人間の抜け殻として。口角の下がった唇、なんの感情もない真っ黒な目。その目は普通の写真のようにはカメラのフラッシュを反射せず、瞳孔に吸い込んでしまったかのように見える。私はモニターに顔を近づける。画面に映った写真に、過去からの顔に気を取られるあまり、近づいてくる足音にも気づかない。

「クロエ？」

私は飛び上がり、手で胸を押さえる。ダニエルが頭上に屈み込んでいるのを見て、とっさにパソコンを閉じる。彼はちらりとパソコンに目をやって尋ねる。

「何を見てたの？」

「ごめんなさい」私はパソコンから彼に視線を戻す。きちんとした恰好をして、特大のマグカップを手に私を見つめている。ダニエルが差し出したそれを私は仕方なく受け取る。

三十分前にアーロンと話しながらヴェンティサイズのコーヒーを飲み干したばかりで、カフェインが――たぶんカフェインだと思う――すでに全身を駆けめぐっている。私が答えないので、ダニエルはまた尋ねる。

「どこに行ってたの？」

「ちょっと用を済ませてただけ」私はノートパソコンを脇に押しやりながら言う。「ちょうどダウンタウンにいたから、ついでに片づけておこうと思って――」

「クロエ」彼は私の言葉を遮る。「本当は何をしてた？」

「何もしてないってば」私は語気を強める。「ダニエル、私は大丈夫だから。本当に。ちょっとのあいだ、車でひとまわりする必要があっただけ」

「わかった」彼は両手を挙げて言う。「わかったよ」

ダニエルが背を向けると同時に、罪悪感がどっと押し寄せる。これまでの恋愛関係がことごとく脳裏をよぎる。始まるまえから終わっていた関係。私が心を開けなかったがために。相手を信じられなかったがために。私の被害妄想や不安が、ほかのありとあらゆる感情の必死の叫びを押し殺してしまったから。

「待って、ごめんなさい」私は彼に向かって腕を伸ばし、指を曲げて手招きする。ダニエルは振り返って戻ってくると、ソファの私の隣りに腰を下ろす。私は彼の背中に腕をまわし、肩に頭をもたせかける。「自分でもわかってるの。うまく対処できてないって」

「僕はどうしたらいい？」

「今日は一緒に出かけましょう」私は姿勢を正しながら言う。私の指は引き続きノートパソコンでバート・ローズを調べたくてむずむずしているが、今はダニエルと過ごさなければならない。こんなふうに彼を追い払ってばかりいるわけにはいかない。「今日はベッドでゆっくりすればいいって言ってくれたけど、今の私に必要なのはそれじゃないと思うの。家の外に出て、何かをする必要があると思うの」

ダニエルはため息をつく。私の髪を指で梳き、愛しさと切なさの入り混じった表情で私を見る。次の彼の言葉が喜ばしいものでないことは明らかだ。

「クロエ、すまない。これから仕事でラファイエットまで行かないといけなくなった。なかなかアポが取れない病院の話をまえにしたよね？　そこから電話があったんだ、きみがその……用を済ませてるあいだに。午後に一時間だけもらえることになって、うまくすればドクターを何人か、ディナーに連れ出せるかもしれない。どうしてもはずせないんだ」

「そうだったのね」私はうなずく。家に帰ってきてから初めて、ダニエルの恰好をまともに見る。身なりがきちんとしているどころではない。完璧に整っている。仕事に行くための恰好をしている。「そういうことなら……もちろん行くべきよ。私のことは気にしないで」

「だとしても、きみは出かけるべきだ」彼は私の胸をついて言う。「外で何かしたほうがいい。新鮮な空気を吸って。僕は一緒に行けなくて残念だけど、明日の朝一番で家に帰るから」

「大丈夫」私は言う。「どっちみち結婚式の準備が遅れてるし、Eメールの返信もしなくちゃいけないし。家でしばらく作業して、あとでシャノンと一杯やるかも」

「それがいい」ダニエルは私を抱き寄せ、額にキスをする。一瞬の間《ま》ができ、彼の視線が私の背後のノートパソコンに突き刺さっているのがわかる。彼は片方の腕で私をしっかりと胸に抱き寄せたまま、空いたほうの手をそろそろとソファに伸ばし、閉じたままのパソコンを引き寄せる。私も手を伸ばそうとするが、ダニエルが先に私の手首をがっちりとつかみ、すかさずパソコンを膝の上にすべらせ、無言で画面を開く。

「ダニエル」彼は私の呼びかけを無視し、いっそう力をこめて私の手首を握る。「ダニエル、ちょっと――」

画面が彼の顔を照らし、私は息を呑んで待つ。彼の目がそこに表示されたままのページを見て取るのを――〈アラーム・セキュリティ・システムズ〉のサイトと、バート・ローズの写真を。ダニエルはしばらく黙っている。バート・ローズの名前に気づいたにちがいない。私が何を考えているかもわかったのだろう。ダニエルはリーナのことを知っているのだから。私が説明しようと口を開きかけたとき、彼が尋ねる。

「このことでずっと思い詰めてたの?」

「待って、説明させて」私は手首を振りほどこうともがきながら言う。「オーブリーの遺体が見つかってから、どうしても心配になって……」

「防犯システムを設置したい? あの子たちの次は自分が襲われるんじゃないかと思って?」

私はいったん黙って考える。ダニエルにそう思わせておくべきか、本当のことを話すべきか。もう一度口を開きかけるが、彼はおかまいなしに続ける。

「クロエ、言ってくれればよかったのに。可哀想に、怖かっただろう」ようやく彼が手首を放す。止まっていた血が一気に手に流れ込み、指がじんじんする。これほど強く握られていたとは思わなかった。と、ダニエルはまた私を胸に抱き寄せ、私の首から背すじに沿って指をすべらせる。「こんな事件が立て続けにあったら、昔のことを思い出すに決まってる……、もちろん、きみがお父さんのことを思い出してるのはわかってたよ。だけど、まさかここまで思い詰めてるとは思わなかった」

「ごめんなさい」私は彼の肩に唇を押しつける。「その……なんだか馬鹿みたいって思ったの。怖がったりするのが」

厳密に言うと真実ではないが、嘘というわけでもない。

「大丈夫だ、クロエ。何も怖がることなんかない」

その言葉を聞いたとたん、二十年前の朝の光景が脳裏によみがえる。廊下でバックパックを背負ったクーパー、しゃがんで泣いている私、なだめようとする母。

〝クロエが怖がるのは当然よ、クーパー。深刻な事態なんだから〟

「その犯人が誰であれ、そいつの好みは十五歳とかだろ？」

私は息を呑んでうなずく。頭の中にはもう、次に彼が言うであろう言葉が浮かんでいる。まるで自分がまたあの廊下に戻って、母に涙を拭いてもらっているかのように。

「知らない人の車に乗ってはいけない。暗い道をひとりで歩いてはいけない」

ダニエルはそう言うと、体を引いて微笑んでみせる。私もなんとか微笑みを返す。

「でももし防犯システムを設置することで安心できるなら、そうするべきだと思うよ」彼はそう付け加える。「この担当者に電話して、家に来てもらったらいい。少なくとも、それできみの心は落ち着くだろうから」

「わかった」私はうなずく。「考えてみる。でもこういうのって、高くつくでしょ？」

ダニエルは首を振る。

「きみの心の平安のほうが大事だ。そこに値段はつけられない」

私は微笑み——今度は心から——最後にもう一度、彼の体に両腕をまわす。ダニエルが私の態度に腹を立て、あれこれ問い詰めたことは責められない。私がここ何日もずっと隠し立てしていることに、彼は気づいている。私が本当は防犯システムを検討しているわけではないこと、画面の中の男が扱う設備ではなくその男自身を調べていることにはまだ気づいていないが、それでも。彼の声にこもった感情は本物だとわかる。本当に私を思って言ってくれているのだと。

「ありがとう。あなたって最高」

「きみもね」ダニエルはそう返すと、私の額にキスをしてから立ち上がる。「もう行かないと。これからひと仕事だ。向こうに着いたらメールするよ」

第二十三章

ダニエルの車がドライヴウェイから出ていくのを見届けるなり、私はパソコンのまえに駆け戻って携帯電話を手に取り、アーロンに送るメッセージを打ちはじめる。

〝バート・ローズはここに住んでる。バトンルージュに〟

この情報をどうすればいいのかわからない。手がかりであることはまちがいない。偶然とは思えないのだから。けれど警察に持っていくにはまだ充分ではない。警察はなくなったジュエリーと過去の事件とのつながりにまだ気づいていないはずで、私自身がその話を持ち出すことはしたくない。メッセージを送った数秒後、携帯電話が震えてアーロンの返信が表示される。

〝いま調べてる。十分ほど待ってくれ〟

私は携帯電話を置き、パソコンに視線を戻す。バートの写真がまだ画面の中で発光している。これまでのトラウマが刻み込まれた顔。肉体的に痛めつけられた人間はあざや傷痕を見ればわかるが、精神的、感情的に痛めつけられた場合はそれよりはるかに根深い。幾多の眠れぬ夜がその目を窪ませ、涙の跡が頬に染みつき、怒りの発作が額のしわを深くする。ひび割れた唇は血に飢えた証だ。私はいっときためらう。この壊れた人間の顔を見つめるうちに、共感を覚えはじめ、疑問を抱きはじめる——あれほど悲劇的に娘を失った男が、まったく同じやり方で人の命を奪うことができるものだろうか？　無実の家族にまったく同じ苦痛を味わわせることができるものだろうか？　一方でまた、自分のクライアントのことを思い出す。来る日も来る日もやってくる、痛めつけられた哀れな人々のことを。自分自身のことも思い出す。学生時代に学んだ、血も凍る統計の数字を思い出す——子供の頃に虐待を受けた人の四十パーセントが、自らも虐待の加害者になるという事実を。誰しもに起こることではないにしろ、実際に起こっているのだ。暴力は連鎖する。その本質は支配とコントロールだ。コントロールの欠如と言ったほうがいいかもしれない。暴力とはコントロールを取り戻し、自分の力を誇示するための手段なのだ。

誰より私こそがそれを理解しているはずではないか。

携帯電話が震動を始め、アーロンの名前が画面に現れる。私は最初のコールで電話に出る。

「何かわかった？」パソコンの画面を見つめたまま尋ねる。

「暴行による傷害、公衆の面前での酩酊、飲酒運転」アーロンは言う。「過去十五年間、何度も逮捕されている。しばらくまえに奥さんとDV訴訟で揉めたあと、離婚届を出されたようだ。接近禁止命令も出されている」

「奥さんに何をしたの?」

アーロンは無言になる。彼がメモを見ているのか、質問に答えたくないだけなのかはわからない。

「アーロン?」

「奥さんの首を絞めた」

その言葉が浸透すると同時に、全身がぞっと冷たくなる。部屋の温度が一気に十度近く下がったかのように。

奥さんの首を絞めた。

「偶然かもしれない」アーロンは言う。

「あるいは偶然じゃないのかも」

「怒れる酔っぱらいと連続殺人犯はまったくの別物だ」

「どんどん手に負えなくなっていったのかも」私は言う。「十五年間ずっと暴力がらみの問題を起こしてたなら、それ以上のことをやってのけてもおかしくないと思うけど」彼は娘が襲われたのと同じように奥さんを襲ったのよ、アーロン。オーブリーとレイシーが殺されたのと同じやり方で――」

「わかった」アーロンは言う。「わかった。あの男からは目を離さないようにしよう。でも本当にそこまで心配なら、きみは警察に行ったほうがいい。警察に話すべきだ。例の模倣犯の仮説について」

「だめ」私は首を振る。「警察にはまだ話せない。もっと情報がないと」

「なぜ?」アーロンの声は昂っている。「クロエ、きみは前回もそう言った。今の情報がそのもっとだ。なぜそこまで警察を恐れる?」

私は彼の問いに虚を突かれる。これまでトマス刑事とドイル巡査に嘘をつき、捜査の対象にならないよう証拠を隠してきたことを考える。自分が警察を恐れていると思ったことはないが、大学時代の一件が思い出される。あのときも似たような状況に陥り、ひどい結末を味わうはめになった。自分がいかにまちがっていたかを思い知らされるはめになった。

「警察を恐れてるわけじゃない」私は言う。アーロンが黙っているので、もっと何か言わなければならないような気持ちになる。警察ではなく、自分を恐れているのだと言わなければならないような気持ちになる。けれど、私はただため息をつく。

「警察に話したくないのは、あなたに話したくなかったのと同じ理由からよ」意図した以上に辛辣な口調になって言う。「そもそも私はこんなことに関わりたくなかった。一切関わりたくなかった」

「でもきみは関わってる」アーロンは言い返す。傷ついたような声。それを聞いた瞬間、川べりでリーナの思い出を彼に語ったとき以上に、私たちの関係が単なるジャーナリストと取材対象以上のものになりつつあるように感じる。もっと個人的な関係になりかけているように感じる。「望もうと望むまいと、きみは関わってるんだ」

私は窓に目を向ける。ちょうどそのとき、ブラインド越しに一台の車の影がドライヴウェイに入ってくるのが見える。来客の予定はない。私は時計を見る——ダニエルが出ていってからまだ三十分ほどだ。家の中を見まわし、彼が何か忘れ物を取りに戻ってきたのかもしれないと考える。

「アーロン、ごめんなさい」私は指で鼻すじをつまみながら言う。「そういうつもりで言ったんじゃないの。あなたが助けてくれようとしてるのはわかってる。あなたの言うとおり、望もうと望むまいと、私はこの件に関わってる。父のことがあるかぎりは」

アーロンは黙っているが、電話の向こうで緊張がほどける気配が伝わってくる。

「私が言いたいのは、警察に自分の身辺を探られる覚悟がまだできてないってこと」私は続ける。「もし警察に話して、私の素性を明かせば、もう後戻りはできない。昔のことから何から、洗いざらい調べられる。ここは私の大事な家なのよ、アーロン。私が築いた人生なの。ここでは普通でいられる……少なくとも、できるかぎり普通でいられる。それを壊したくないの」

「わかった」アーロンはようやく言う。「よくわかったよ。無理を言って悪かった」

「気にしないで。もっと証拠が見つかったら、警察に全部話すから。約束する」

外で車のドアがばたんと閉まる音が聞こえる。振り返ると、ドライヴウェイを歩いて玄関に近づいてくる男の影が見える。

「ごめんなさい、もう切らなきゃ。ダニエルが帰ってきたみたい。また電話する」

私は電話を切ってソファの上に放り、玄関へ向かう。ポーチの階段をのぼる足音が聞こえ、ダニエルが中に入るまえに私はさっとドアを開け、腰に手を当てて言う。

「やっぱり私に会いたくなったのね?」

目のまえにいる男を見た瞬間、私のからかうような笑顔は青ざめ、恐怖の表情に変わる。この男はダニエルではない。私は手を体の脇に垂らし、男を上から下まで眺める。がっちりした体格、汚ならしい服、しわの多い皮膚、死んだような暗い双眸。その目は私のパソコンの画面に表示されたままのあの写真で見るよりさらに暗い。心臓が急速に脈打ちはじめ、私はとっさにドア枠につかまる——あまりの恐ろしさに気を失わないように。

バート・ローズが私の家の玄関先に立っている。

第二十四章

私たちは永遠にも思えるほど長いあいだ見つめ合う。互いに無言で相手が先に何か言うのを待っている。仮に言うべきことがあったとしても、私は言えなかっただろう。唇が凍りついて離れず、生身のバート・ローズをまえにした恐怖で体がすくんで動けない。動くことも話すこともできず、ただ見つめることしかできない。彼の目から手へと視線を移す。ごつごつして汚れた手。大きな手。その両手が私の首をやすやすとつかみ、最初はそっと、やがて徐々に圧力をかけて絞めていくのを想像する。そのたびに私の息は詰まり、爪が彼の手に食い込み、眼球が突出する——彼の目を見つめ、その真っ暗な闇のどこかに生気のかけらを見出そうとしながら。彼のひび割れた唇がにたりと笑みを浮かべる。私の首の皮膚に、トマス刑事はあの指の形のあざを見つけるだろう。

バート・ローズが咳払いをして尋ねる。

「こちらはダニエル・ブリッグスさんのお宅ですか？」

私はいっとき長く彼を見つめる。昏迷から脱しようとするかのように、何度もまばたきしながら。聞きまちがいではないだろうか――バート・ローズはダニエルを訪ねてきた？

私が答えずにいると、彼はまた口を開く。

「三十分ほどまえに、ダニエル・ブリッグスさんからお電話があったんですが。こちらの住所のお宅に防犯システムを設置してほしいと」そう言うと、手元のクリップボードに視線を落とし、次いで背後の道路標識をちらりと見る。ここが正しい場所なのか確認するように。「至急来てほしいとのことで」

私は相手の背後に目をやる。ドライヴウェイに駐まった、〈アラーム・セキュリティ・システムズ〉のロゴが車体にプリントされた車に。ダニエルは自分の車に乗り込むなり電話をかけたのだろう――私のためによかれと思ってしてくれたことが、同時にバート・ローズを直接私のもとへ誘い出すことになってしまった。これが私にとってどれほど危険な状況か、ダニエルはまったくわかっていない。私は目のまえの男に視線を戻す。過去から来た男。玄関先に立ったまま、家の中に招き入れられるのを礼儀正しく待っている。そのとき、もしやという思いが確信に変わる。

彼は私を憶えていない。私が誰かわからないのだ。

気づくと、呼吸が速くなっている。必死で息を吸うごとに、胸が激しく上下している。

バートも同時に気づいたようで、訝るように私を見ている。なぜ自分の存在が初対面の相手を過呼吸にさせているのかと、もっともな疑問を抱いているのだろう。どうにかして呼吸を落ち着かせなければならない。

〝クロエ、深呼吸。ほら、息を吸ってみせて。鼻から大きく吸って――〟

私は母の声を思い出しながら唇を閉じ、鼻孔から深々と息を吸って胸を膨らませる。

〝――口からふうっと吐いて〟

唇をすぼめて肺に溜まった空気をゆっくりと吐き出し、動悸が落ち着くのを感じる。震えを止めるため、両手を固く握りしめる。

「ええ」ようやく声を発し、脇にどいて相手を招き入れる。彼の足が私の家、私の聖域に踏み込むのを見つめる。正常さとコントロール感を醸し出そうと念入りにつくり上げられた私の避難所、安息の場所。その幻想は瞬時に砕け散る――過去から来たこの男が家の中に踏み込んだ瞬間に。空気が一変し、まわりの粒子がざわつき、腕の毛が逆立つ。さっきより近づいてすぐそばに立たれると、バート・ローズは記憶よりさらに大きく感じられる。最後にこの男と同じ室内にいたとき、私は十二歳だったというのに。けれど相手は気づいていないようだ。私があのときの十二歳の少女であることに。彼の娘を殺した男の血を受け継ぎ、彼の投げた石が母の寝室の窓を割ったときに悲鳴をあげ、彼がウィスキーと汗と涙の匂いを撒き散らしながらわが家の玄関先に現れたとき、ベッドの下で息を潜めていた少女であることに。

私たちが同じ過去を共有していることに、バート・ローズはまったく気づいていないように見える。私はとっさに思う――彼が家の中にいる今、この状況をなんとかうまく利用できないだろうか。

バートはさらに足を踏み入れ、家の中を見まわす。廊下、隣接した居間、キッチン、二階へと続く階段。それから各部屋を覗いてまわり、そのつど納得したようにうなずく。

突然、私は恐ろしい考えに襲われる。もし彼が本当は私に気づいているのだとしたら？私が家にひとりなのを確かめているだけだとしたら？

「夫は階上《うえ》にいます」私は階段に視線を向けて言う。寝室のクローゼットに、万一侵入者があったときのためにダニエルが隠している銃がある。あの箱はどの位置にあったか、必死で思い出そうとする。階上《うえ》に行く口実をつくって、急いで銃を取ってくることはできないだろうか。念のために。「電話会議の最中なので、何か確認することがあれば、私がかわりに訊いてきますけど」

バート・ローズは訝しそうに私を見てから、唇を舐めて薄笑いを浮かべ、そっと首を振る。明らかに私を笑っている。嘲っている。私がダニエルのことで嘘をついていて、本当はこの家にひとりきりだと知っているのだ。私のほうへ引き返しながら、まるで手のひらの汗を拭うように、ズボンに両手をこすりつけている。私はパニックを起こしはじめる。外に飛び出そうかと思った次の瞬間、バートが振り向いてドアを指差し、人差し指でとんとんと叩いてみせる。

「その必要はありませんよ。出入口を確認しているだけです。メインのドアは玄関と裏口の二箇所。窓がたくさんあるので、ガラス破壊センサーを何台か取り付けたほうがいいでしょうな。階上《うえ》も見ましょうか？」

「いいえ」私は言う。「階下《した》だけで大丈夫です。今おっしゃった――その内容でお願いします」

「はい？」

「カメラも取り付けますか？」

「カメラ」彼は繰り返す。「これくらいのちっちゃいカメラを家の中や外に設置して、携帯電話から映像にアクセスできるように――」

「ええ、そうですね」私はすばやく答える。ほとんどうわの空で。「それがいいです。お願いします」

「わかりました」バート・ローズはうなずき、クリップボードの上で何やら走り書きしてから、それを私のほうに向けて差し出す。「ここにサインをいただいたら、道具を取ってきます」

私はクリップボードを受け取り、彼が外に出て自分の車へ向かうあいだに注文書に目を通す。ここに私の名前を書くわけにはいかない。私の本名を書くわけには。そんなことしたら気づかれるに決まっている。だからかわりに〝エリザベス・ブリッグス〟とサインし――私のミドルネームとダニエルの苗字の組み合わせ――戻ってきたバートにクリップボードを渡す。彼が私のサインを確認するのを見届けてから、ソファに向かう。

「電話してすぐ来てくださってありがとう」そう言いながらノートパソコンを閉じ、携帯電話を尻ポケットに突っ込む。「迅速すぎてびっくりしました」

「二十四時間・年中無休で対応してますから」彼はウェブサイトに載っていたスローガンを引用して言う。家の中を歩きまわりながら、窓にセンサーを取り付けていく。この男が警報装置をぐぐり抜けられる場所を正確に知っていると思うと、急に不安が襲ってくる。今まさに、わざと手薄な箇所をつくって、後日どの窓から侵入すればいいか心に留めているかもしれないのだ。もしや、彼はこうして被害者を選んでいるのだろうか――オーブリーとレイシーも、彼女たちの家で防犯システムを設置している最中に目に留まったのかもしれない。彼女たちの寝室に入り、下着の入っている引き出しをこっそり覗いていたのかもしれない。彼女たちのルーティーンを把握していたのかもしれない。

バート・ローズが私の家の中を巡り、あちこちの隅を覗き込み、あらゆる隙間に指をかけるのを、私は黙って目で追う。彼は脚立を引き寄せ、うなりながらのぼると、居間の隅に小さな丸型のカメラを取り付ける。私はそれをじっと見る。極小のレンズがこちらを見つめ返している。

「あなたが会社を経営しているんですか?」私は沈黙を破って尋ねる。

「いや」もっと詳しい説明が返ってくるかと思ったが、バートはそれ以上何も言わない。私はさらに突っ込んで訊くことにする。

「この仕事をされて長いんですか?」

バートは脚立を降りて私を見る。何か言いたげに口を開きかけるが、思いなおしたようにまた口を閉じる。玄関の脇まで歩くと、道具袋からドリルを取り出し、セキュリティパネルを壁に据え付ける。ドリルの電動音が廊下に響く。私は彼の後頭部を見つめ、もう一度、今度は質問を変えて尋ねる。

「もともとバトンルージュの方なんですか?」

ドリルの音が止み、バートが肩を強張らせる。壁を向いたままの彼の声が、がらんとした室内に響きわたる。

「俺があんたに気づいてないとでも思ってるのか、クロエ？」

私は凍りつき、あまりの驚きに言葉を失う。バートの後頭部を見つめつづけていると、やがて彼がゆっくりと振り向く。

「あんたがドアを開けた瞬間に気づいたとも」

「ごめんなさい」私は息を呑む。「なんのことだかわかりません」

「いいや、あんたはわかってる」バートが一歩近づく。ドリルを握りしめたまま。「あんたはクロエ・ディヴィスだ。あんたの婚約者が電話をくれたときに、あんたの名前を伝えてきた。自分はこれからラファイエットに行くから家にいないが、彼女がかわりに入れてくれると」

その言葉に私は目を見開く——バート・ローズは私が誰かを知っていたのだ。最初からずっと。ここにはほかに誰もいないことも。

彼はさらに一歩近づく。

「でもって、あんたが注文書に偽の名前を書いたってことは、あんたも俺が誰だかわかってるってことだ。なのにしらじらしい質問ばかりして、一体どういうつもりだ？」

尻ポケットの携帯電話が熱い。取り出して九一一番に通報しようと思えばできる。が、彼が目のまえにいるので動けない。少しでも動けば相手が襲いかかってきそうで、恐ろしくて動けない。

「俺がなぜバトンルージュに来たか教えてやろうか？」バートはもはや怒りに駆られている。顔が赤黒く染まり、目がいっそう暗くなり、舌の上で小さな泡状の唾液が膨れ上がっている。「俺はもう何年もここにいる。アナベルと離婚して、俺は新しい場所でやり直す必要があった。あの町じゃどうにもならなかった。だから荷物をまとめて引っ越した。あのクソみたいな町とそこにまつわる記憶におさらばしてやったんだ。最初のうちはそこそこうまくやってたが、それも数年前までの話だ。ある日曜の朝、新聞を開いたら、そこに誰の顔が載ってたと思う？」

バートはそこで間《ま》を置き、唇をゆがめて苦笑する。

「あんたの顔だ」そう言いながら、ドリルを私に突きつける。「あんたの写真の上に、小生意気な見出しがくっついてた。このバトンルージュで〝子供時代のトラウマ乗り越え活躍〟だとかなんとか、そんな恥知らずな見出しがな」

あの記事のことは忘れもしない――バトンルージュ総合病院で働きはじめた年に受けたインタビュー。あれはいわば贖罪としての記事になるはずだった。私自身を再定義し、自分の物語を世間に伝える機会になるはずだった。でももちろん、そうはならなかった。ほかの記事と同じように父の罪を追及し、ジャーナリズムの皮をかぶって徹底的に家族を叩くだけの醜悪な記事にしかならなかった。

「記事はもちろん読んだとも」バートは続ける。「隅から隅までな。それでどうだったか？　また昔の怒りが戻ってきた。こいつは自分の親父の罪を言い訳し、やつがしたことを自分のキャリアのために利用してやがる。それからこいつのお袋の話はどうだ。事件にあれだけ加担しておいて、責任逃れの自殺未遂。一生自分の罪と向き合わなくてすむようにってか」

私は無言で彼の言葉を受け止める。バート・ローズはまぎれもない憎しみのこもった目で私を睨みつけている。ドリルを強く握りしめるあまり、今にも皮膚が破けそうなほど指の関節が白くなっている。

「あんたの家族全員にムカついて吐き気がする」彼は言う。「おまけに俺がどうあがこうが、あんたは俺のまえから消えてくれそうにない」

「私は父の罪を言い訳したことなどありません」私はようやく言い返す。「事件のことを利用しようとしたこともありません。父がしたことは……何があっても許されるはずがありません。私自身、吐き気がします」

「ほう、そうか？　あんたも吐き気がする？」バートは首を傾げて言う。「教えてくれ、自分で開業することも吐き気がするのか？　ダウンタウンに構えたあんたの小ぎれいなオフィスも？　六桁の年収も吐き気がするのか？　くそガーデン地区にある二階建ての一軒家と、絵に描いたような完璧な婚約者も？　それもこれも全部吐き気がするのか？」

私はごくりと唾を呑む。バート・ローズを見くびっていた。彼を家に入れたのはまちがいだった。探偵の真似ごとをして、あれこれ聞き出そうとしたのはまちがいだった。バートは私が誰かを知っているだけではない——私の何もかもを知っている。私が彼のことを調べていたのと同じように、彼も私のことを調べていた——それもずっとずっとまえから。私の開業のことも、オフィスのことも知っている。ということは、レイシーが患者だったことも知っているのかもしれない——そして彼女が私のオフィスの外で姿を消したあの日、バートはそこで待ちかまえていたのかもしれない。

「さあ、教えてくれ」彼はすごむ。「ディック・デイヴィスの娘は大人になって完璧な人生を手に入れ、俺の娘はあのクソ野郎のせいでどこかもわからん土の中で朽ち果てている。こんな不公平が許されると思うか？」

「私は完璧な人生を送ってなんかいません」私は言い返す。不意に私も怒りに駆られている。「あなたにはわからない。私がどんな思いをしてきたか、父の事件のあとで私がどんなひどい状態だったか」

「あんたがどんな思いをしてきたか？」バートは怒鳴り、またドリルを私に突きつける。

「俺に向かってその話をするのか？　あんたがどんな思いをしてきたか？　あんたがどんなひどい状態だったか？　俺の娘はどうなる？　あの子がどんな思いをしたか、考えたことがあるのか？」

「リーナは私の友達でした。ミスター・ローズ、彼女は私の友達だったんです。あの夏、大切な人を失ったのはあなただけじゃありません」

バートの表情がわずかに揺らぐ――目つきがやわらぎ、額がゆるむ――そして次の瞬間、彼はまるで私が十二歳に戻ったかのように私を見つめている。私が昔と同じように彼の名前を呼んだからかもしれない。ミスター・ローズと。ある晩、母がキッチンで私たちを引き合わせたときと同じように。キャンプから帰った私が汗と泥にまみれたまま、母のすぐそばに立っているこの人は誰だろうと困惑していたときのように。あるいは私があの子の名前を口にしたからかもしれない――リーナと。その名がはっきりと口にされるのを彼が最後に聞いたのはいつだったのだろう。幹を滴る樹液のように甘く舌をくすぐるその名前を。私はこの一瞬の揺らぎに乗じて話しつづける。

「娘さんの身に起こったことについては、本当に言葉もありません」そう言うと一歩退がり、ふたりのあいだに距離をあける。「これほど無念なことはないと思っています。毎日、彼女のことを思い出さずにいられないんです」

バートはため息をつき、ドリルを体の脇に下ろす。横を向いて、遠い眼差しでブラインド越しに外を見つめる。

「それがどんな気持ちか考えたことがあるか？」彼はようやく尋ねる。「俺は夜も眠らず考えた。想像した。そのことだけを考えつづけた」

「数えきれないほどあります。彼女がどんな思いをしたか、想像もつきません」

「ちがう」バートは首を振る。「あの子のことを言ってるんじゃない。リーナの話じゃない。俺は自分が殺されるときの気持ちなんか考えたこともない。俺の命が奪われようが、はっきり言ってどうでもいい」

バート・ローズは私に向き直る。その目はいつの間にかまたふたつの真っ暗な空洞と化し、あの一瞬の揺らぎはもうどこにも見当たらない。来たときと同じ表情に戻っている。あらゆる感情が欠落した冷淡な無表情に。ほとんど人間ではないかのように見える。真っ黒の壁に掛かった仮面のように。

「俺が言ってるのはあんたの親父のことだ」彼は言う。「俺は人を殺す側の話をしてるんだ」

第二十五章

エンジンのうなりが聞こえ、バックでどすんと縁石から降りた彼のトラックがドライヴウェイを出ていくまで、私はじっと動かない。身じろぎもせず立ったまま、遠ざかる車の音に耳を傾ける。やがて音は聞こえなくなり、ようやく辺りは静かになる。

〝俺があんたに気づいてないとでも思ってるのか、クロエ？〟

あの言葉に私は凍りついた。バートが振り返って私の目を見た瞬間、全身が麻痺したように動けなくなった。父がシャベルを担いで裏庭を歩いてくるのを見ていたあの夜と同じように。自分が何かひどく恐ろしい、危険なものを目撃していることはわかっていた。悲鳴をあげて逃げ出すべきだとわかっていた。開いたドアから全力で飛び出し、腕を振りまわして助けを求めるべきだとわかっていた。けれど父のゆっくりした重い足取りに釘づけにされたように、私はバート・ローズの目に囚われていた。両足が床に釘づけになっていた。彼の声が蛇のように私の体に巻きつき、身動きを取れなくしていた。それは潮水のように濃く、そこから逃げようとするのは、ねっとりと重い泥に足首まで埋まりながら沼を駆け抜けようとするようなものだった。焦ってもがけばもがくほど体力を奪われ、力尽きてずぶずぶ沈んでいくようだった。

　私はしばらく立ち尽くし、彼が去ったことを確信してから、ゆっくりと一歩踏み出す。かかとにかかった重みが足の下の床を軋ませる。

"あの子のことを言ってるんじゃない。リーナの話じゃない。俺は自分が殺されるときの気持ちなんか考えたこともない〟

　さらに一歩踏み出す――そろそろと慎重に、まるで彼がまだ開いたままの玄関ドアの裏に潜んでいて、襲いかかろうと待ちかまえているかのように。

〝俺が言ってるのはあんたの親父のことだ。俺は人を殺す側の話をしてるんだ〟

　玄関までの最後の一歩を踏み出してドアを閉め、錠を下ろして、背中を強くドアに押しつける。全身ががくがく震え、室内が白っぽくかすむ。予期せず放出されたアドレナリンが引いていくときの異様な感覚――ぴりつく指、明滅する視界、乱れた息。私は壁にもたれたままずるずると床にへたり込んで頭を抱え、泣き出しそうになるのをこらえる。

　やがて、頭上の壁に取り付けられたセキュリティパネルを見上げる。そこだけが明るく発光している。立ち上がってキーパッドで暗証番号を設定し、〈有効化〉を押すと、小さな錠前のアイコンが赤から緑に変わる。ほっと息を吐きながらも、こんなものは無意味だと思わずにいられない。バート・ローズが正しく設置したとは思えないのだから。彼は窓をいくつか抜かしたかもしれない。暗証番号を上書きできるように設定したかもしれない。ダニエルは防犯システムを設置すれば私が安心すると思ったのだろうが、こんなことになった今、私は怖くてたまらない。

こうなったらもう警察に行くしかない。これ以上先延ばしはできない。バート・ローズは私が誰かを知っているだけでなく、私がどこに住んでいるかを知っている。私がここにひとりでいるのを知っている。私が彼を疑っていることにも気づいているかもしれない。これ以上行方不明になった少女たちの捜査に首を突っ込みたくはないが、バート・ローズとの遭遇はまさに私が求めていた証拠そのものだった。彼のとりとめのない独白——大人になった私が〝完璧な人生〟を送っていることへの怒り、〝人を殺す側〟の気持ちへの拘泥——は事実上、罪の自白であり、今後の凶行への予告であるとしか考えられない。私は震える手を尻ポケットに伸ばして携帯電話を取り出す。履歴を見て、今朝画面に表示されたばかりの番号をタップする。私が最も恐れていたこと——レイシー・デックラーの死——を知らせてきた番号。呼び出し音に耳を傾け、これからおこなわれる会話を想像して身構える。なんとしても避けようとしてきたはずの会話。

呼び出し音が途切れ、相手が電話に出る。

「こちらトマス刑事」

「刑事さん、今朝はどうも。クロエ・デイヴィスです」

「ドクター・デイヴィス」彼は驚いたように言う。「どうしました？　何かほかに思い出したことでも？」

「ええ」私は言う。「ええ、思い出しました。お会いできませんか？　できるだけ早く」

「そうしましょう」電話の向こうでがさがさ音がする。書類を漁っているかのような。「署まで来られますか？」

「ええ。そちらへ伺います。今からすぐに向かいます」

私は電話を切る。頭の中がめまぐるしく動いている。鍵を取り上げ、外へ出て、ドアが施錠されていることを念入りに確認する。車に乗り込み、エンジンをかける。トマス刑事にあれ以上の指示をもらう必要はなかった。行き先は明確にわかっている。バトンルージュ警察には過去にも足を運んだことがある。私の素性をトマス刑事に明かす際、その過去の件が一緒に引きずり出されないことを願うばかりだ。そんなことはないはずだが、絶対にないとは言い切れない。もしそうなったら、なんとか説明を試みるしかない。

来客用のスペースに車を駐めてエンジンを切り、目のまえにそびえるエントランスを眺める。建物自体は十年前と変わらない。あの頃より古びて劣化しているだけで。黄褐色の煉瓦は黄褐色のままだが、継ぎ目の塗装がひび割れ、剝がれ落ちたかけらがコンクリートの上に積もっている。周囲の木々はまばらで茶色くすみ、曲がりくねって傾いた金網のフェンスが警察署と隣りの小規模ショッピングモールを隔てている。私は車から出てドアを閉め、気が変わらないうちに建物の中に入る。

正面のカウンターまで進んで、透明なプラスチックの仕切りの手前に立ち、デスクの奥に坐った女性がアクリルネイルをつけた爪でキーボードを叩くのを見つめる。

「すみません」私は声をかける。「マイクル・トマス刑事とお約束があるんですが」

女性はプラスチック越しに私をちらりと見ると、頰の内側を嚙みながら思案顔になる。まるで私の言うことを信じかねるとでもいうように。私の言葉が自信なさげだったのはまちがいない。警察にすべてを話そうと家で固めた決意は、この建物に足を踏み入れた瞬間に吹き飛んでしまったから。

「自分でメールしてもいいですけど」私はそう言って携帯電話を掲げてみせ、相手と自分の両方を納得させようとする。自分には通される権利があるのだと。「私が来ていると伝えてください」

彼女はさらに何秒か私を見つめると、受話器を取って肩と顎のあいだに挟み、タイピングを続けながら内線をかける。呼び出し音が鳴り、応答するトマス刑事の声が聞こえる。

「面会したいという方がいらしてます」彼女はそう言うと、私を見て眉を上げる。

「クロエ・デイヴィス」

「クロエ・デイヴィスさんだそうです。お約束があるとおっしゃってます」

彼女はあっさり電話を切ると、私の右手のドアを身振りで示す。ドアのまえに金属探知機があり、疲れて苛立った様子の警備員が立っている。

「中に入ってもらっていいそうです。金属や電子機器の類いはすべてそこの箱に入れてください。右側のふたつめのドアです」

署内に入ると、トマス刑事のオフィスのドアが薄く開いている。私は中を覗き、ドアを控えめにノックする。

「どうぞ」トマス刑事が言い、さまざまな書類やマニラ封筒、食べかけのソーダクラッカーの箱などでごった返したデスクの向こうから私を見る。クラッカーのパックが箱から半分突き出し、食べかすが木の天板に点々と散っている。私の視線に気づいた彼は首をすくめてパックを箱に戻し、蓋を閉めて言う。「汚くてすみませんね」

「大丈夫です」私は中に入ってドアを閉める。ためらっていると、刑事が向かいの椅子を指差す。私は腰を下ろしながら思う——数日前は立場が逆だったと。あのときは私が自分のオフィスで、自分のデスクに着いて坐り、彼を促して指定の場所に坐らせたのだ。私は息を吐く。

「さて」トマス刑事はデスクの上で両手を組み合わせる。「思い出したことというのは？」

「まず、お訊きしたいことがあります」私は言う。「オーブリー・グラヴィーノ。彼女は発見されたとき、何かジュエリーを身につけていましたか？」

「それが何か関係あるとは思えませんが」

「関係あるんです。答えによってはですけど」

「先にあなたが思い出したことを伺いましょう。それからその件について考えればいい」

「いいえ」私は首を振る。「この話をするまえに、確実に知っておく必要があるんです。本当に大事なことなんです」

トマス刑事はしばらく私を見つめ、どうしたものかと考えるそぶりを見せてから、聞こえよがしなため息をつき、デスクの上のファイルを漁りはじめる。抜き取ったファイルを開き、何枚かめくって言う。

「オーブリーはジュエリーは身につけていなかった。ただし墓地で見つかった遺体のそばに、イヤリングの片方が落ちていた――パールと三つのダイヤモンドがついた銀のイヤリングが」

そう言うと、眉を上げて私を見る。これで満足かと言わんばかりに。

「じゃあ、ネックレスはなかったんですね？」

刑事はまたしばらく私を見つめてから、書類に視線を落とす。

「そのとおり。ネックレスはなかった。イヤリングのみです」

私は息を吐き、両手で頭を抱える。トマス刑事はまた用心深く私を見つめ、私の次の言葉を、次の動きを待っている。私は椅子の上で体を起こし、一気に話しはじめる。

「あのイヤリングはセットの一部だったんです。彼女が誘拐されたときに身につけていたはずの、おそろいのネックレスがあるんです。彼女はどの写真でも両方をセットでつけています。〈行方不明〉のポスターでも、学校年鑑でも、フェイスブックのタグ付けされた写真でも。イヤリングをつけていたなら、ネックレスもつけていたはずなんです」

トマス刑事はデスクの上にファイルを置いて尋ねる。

「なぜそんなことを知っているんです？」

「確かめたからです」私は言う。「この話をあなたにするまえに、確証が欲しかったからです」

「なるほど。それでなぜ、そのことが関係していると思うんです？」

「なぜなら、レイシーもジュエリーを身につけていたからです。お忘れですか？」

「ああ、そうだった」刑事は言う。「ブレスレットのことをおっしゃってましたね」

「銀の十字架がついたビーズのブレスレットです。私のオフィスに来たとき、手首につけていました。レイシーはそれを傷痕を隠すためにつけていた。それが今朝、彼女の遺体を見たら……なかったんです」

部屋の中に気まずい沈黙が流れる。トマス刑事はずっと私を凝視している。彼が私の言ったことについて考えているのか、私の精神状態を疑っているのかはわからない。私は早口になって続ける。

「犯人が被害者のジュエリーを持ち去っていると思うんです。記念として。そしてそれは、私の父がそうしていたからだと思うんです。リチャード・デイヴィス、ご存じでしょう。ブローブリッジの」

私は彼の反応を見守る。ようやく合点がいったと言わんばかりの表情。私が何者かを知った相手の反応はいつも同じだ。顔の力が一瞬抜けたかと思うと、口元がきゅっと引き結ばれる。まるでこちらへ突進しそうになるのを、身体的に抑制しなければならないかのように。私と父の苗字、似かよった顔立ち。私は父に鼻がそっくりだとよく言われたものだ。大きくてわずかに曲がった鼻。自分の顔の中でいちばん気に入らないパーツ——見栄からではなく、鏡を見るたびに父と同じ遺伝子を共有していることを思い出さずにいられないから。

「あなたはクロエ・デイヴィス」トマス刑事は言う。「ディック・デイヴィスの娘さんだったのか」

「残念ながら、ええ」

「そういえば、あなたが出ていた記事を読んだ覚えがある」私を指差し、その指を振りながら、記憶をたどるような眼差しになる。「しかし……なぜか結びつかなかった」

「ええ、あれは数年前の記事なので。忘れられていたようで、ほっとしました」

「で、このふたつの殺人事件が、あなたのお父さんの事件と関係していると思うんですか？」

刑事はまだ信じられないといった表情で私を見つめている。まるで私がカーペットの上に浮かんだ幻であるかのように。現実の存在かどうかわからないとでもいうように。

「最初は関係ないと思っていたんです」私は言う。「でも父の事件から二十年目の日が来月に迫っていて、つい最近、父の犠牲になった女の子の父親がバトンルージュに住んでいることがわかったんです。バート・ローズという人です。彼は……怒りを抱えていて、前科があって、奥さんの首を絞めようとして――」

「模倣犯だと思うわけですか？」トマス刑事は私の言葉を遮って言う。「被害者の父親が模倣犯になったと？」

「彼には前科があります」私は繰り返す。「それに……私の家族。彼は私の家族を憎んでいます。もちろん、それ自体は無理もありません。でも今日、彼は私の家に現れて、激しい怒りに駆られていて、それで私は身の危険を感じて――」

「あなたの家に突然やってきたんですか？」トマス刑事は姿勢を正し、ペンに手を伸ばす。「なんらかの脅迫行為があった？」

「いえ、突然というわけではなくて。彼は防犯システムを設置する仕事をしているんです。それで私の婚約者が、うちに設置してもらうために電話で依頼して――」

「つまり、自宅に彼を呼んだということですか？」トマス刑事はまた椅子にもたれかかり、ペンを下ろす。

「いちいち話を遮らないでもらえます？」

意図した以上に大きな声が出る。トマス刑事は驚いて私を見る。ショックと不安の入り混じった表情で。気まずい沈黙が室内に広がる。私は唇を噛む。あの表情が我慢ならない。まえにもあんな顔をされたことがある。兄のクーパーに。警察官や刑事に。ここで。この同じ建物の中で。相手が私の身の安全を案じるのではなく、私の精神の異常を疑いはじめた瞬間の顔。自分の言うことは信じてもらえないのだと思わされる顔。自分がゆっくりと崩壊していき、それが次第に速くなり、とうとう手に負えなくなって、そのうち消えてしまうのではないかと思わされる顔。

「ごめんなさい」私は息を吐き、自分を落ち着かせる。「ごめんなさい、あなたが私の話を真剣に受け止めていないような気がしたんです。あなたは今朝、私にレイシーの遺体を確認してほしい、何か気づいたことがあれば教えてほしいとおっしゃいました。だからこうして、私が重要かもしれないと思うことをお話ししてるんです」

「わかりました」トマス刑事は降参するように両手を挙げて言う。「おっしゃるとおりだ。失礼しました。続きをどうぞ」

「ありがとうございます」私は少し肩の力が抜けるのを感じながら続ける。「とにかく。バート・ローズは父の事件の詳細を知っていて、今回の事件が起こっている地域に住んでいて、二十年前に娘を殺されたのと同じ手口で少女たちを殺害する動機を持っている。このすべてに当てはまる数少ない人物のうちのひとり、ことによると唯一の人物かもしれません。偶然だとしても、無視できる偶然ではありません」

「その動機というのは、具体的になんだと思われますか？　彼はこの少女たちを個人的に知っていた？」

「いいえ――というか、わかりません。知っていたとは思えません。でも、それを調べるのがあなたの仕事でしょう？」

　トマス刑事は眉を上げる。

「ごめんなさい」私はまた謝る。「私はただ……いいですか、動機はいろいろ考えられます。復讐かもしれません。私の知っている女の子をターゲットにしているのは、私への腹いせかもしれないし、娘が殺されたときと同じ苦痛を私に与えようとしているのかもしれない。目には目をということです。あるいは悲嘆か、コントロールへの欲求かもしれません。虐待の被害者が加害者に転じるのと同じ最悪な理由かもしれません。あるいは、彼は何かを主張しようとしているのかもしれない。それか、単に病んでいるだけかもしれません。二十年前、彼にしても決して模範的な父親ではなかったんですよ？　私はまだ子供でしたけど、それでも違和感はありました。どこかおかしいと感じていたんです」

「なるほど。しかし、違和感は動機ではありません」

「でしたら、こんな動機はどうですか？」私は語気を強める。「今日、彼は私に言いました。リーナを失ったあと、人を殺す側の気持ちを、夜も眠らず考えつづけたって。そんなことを言う人がいますか？　自分の娘が殺害された直後に、人を殺すのはどんな気持ちかなんて想像しますか？　想像するなら逆ではありませんか？　殺される側に感情移入するならわかりますが、殺した側の気持ちになるなんて」

トマス刑事はしばらく黙り込んでから、またため息をつく。今度はあきらめたかのように。

「わかりました」刑事は言う。「彼を調べることにしましょう。おっしゃるとおり——調べるに値する偶然ではあります」

「ありがとうございます」

椅子から立ち上がろうとしたとき、刑事がもの問いたげに私を見る。

「最後にひとついいですか、ドクター・デイヴィス。あなたがおっしゃったその人物、ええと——」

そう言いながら、手元の紙に視線を落とす。何も書きとめた形跡がない。苛立ちが喉の奥に胆汁のようにこみ上げる。

「バート・ローズ。ちゃんとメモしてください」

「そう、バート・ローズ」刑事は紙の隅にその名前を書きとめ、二重丸で囲む。「彼はあなたの知っている少女をターゲットにしているとのことでしたね」

「ええ、おそらく。私のオフィスの場所を知っていると認めましたから。それでレイシーを誘拐したのかもしれません。私を見張っていて、彼女が出てくるのを見たのかもしれません。私のオフィスの裏の路地に遺体を棄てれば、私が遺体を見つけると思ってそうしたのかもしれません。遺体からジュエリーがなくなっていることに気づいて、父の事件とのつながりを理解するように。私が嫌でも認めざるをえないように。二十年経った今も、少女たちが次々と殺されていて、それが……」

私はいったん言葉を呑み込み、もう一度思いきって口を開く。

「それが私の父のせいであると」

「なるほど」トマス刑事は紙の縁をペンでなぞりながら言う。「まあ、それもひとつの可能性でしょう。しかしそうすると、オーブリー・グラヴィーノとあなたの関係は？　彼女とも知り合いだったんですか？」

私は思わず彼を見つめる。頬が熱くなるのがわかる。もっともな質問だ――どういうわけか、一度も考えてみたことがなかった。私はオーブリーの遺体が見つかる直前、現場に居合わせた。そのときは偶然だと思っていたが、レイシーが私のオフィスを出た日に行方不明になったことで、事情は一変した。けれど実際にオーブリーと私のあいだに何かつながりがあったかというと……何も思いつかない。彼女の写真をニュースで初めて見たことは憶えている。なんとなく見覚えがあるような、夢の中かどこかで見たような顔。私のオフィスに毎週のようにやってくる思春期の少女たちに似ているからだろうと思った。彼女たちはみな同じような顔に見えるから。

でももしかしたら、それだけではなかったのかもしれない。

「オーブリーは知り合いではありません」私は認める。「どこかで会ったことがあるのか、思い出そうとしてもわかりません。もう少し考えてみます」

「なるほど」トマス刑事は注意深く私を見つめたままうなずく。「では、ドクター・デイヴィス、ご足労いただきありがとうございました。こちらで調べてみて何かわかり次第、お知らせしますので」

私は椅子から立ち上がり、刑事に背を向ける。このオフィスの閉じたドアや閉じた窓、デスクを埋め尽くす書類の山や散乱物、もはやすべてが息苦しく感じられる。手のひらがじっとりと汗ばみ、心臓がうるさいほどに乱打する。背中に突き刺さる彼の視線を感じながら、すばやくドアまで歩いて把手をつかむ。トマス刑事が私の話を疑っていることは明らかだ。ここまで衝撃的な話になると、そう簡単に信じてもらえないだろうとは思っていた。それでもこの場に来て私の仮説を打ち明けることで、少なくとも捜査の目がバート・ローズに向くことを期待していた。警察が注視するようになれば、彼が暗がりに身を潜めるのは難しくなるはずだと。

けれど今、私は彼らの目を自分に向けてしまった気がしてならない。

第二十六章

帰宅する頃には午後も遅くなっている。ドアを開けて玄関ホールに入ると、設置したばかりの防犯アラームがビープ音を二回発し、心臓が跳ね上がる。ドアを閉めてからすぐにまたアラームをセットし、音量を最大に設定する。それから静まり返った家の中を見まわす。どれほど感じまいとしても、バート・ローズの存在がいたるところに感じられる。あの声が誰もいない廊下にこだまし、あの暗い目が部屋の隅という隅から私をじっと見ている気がする。あの匂いすらしてくるようだ。むっと鼻をつく汗とかすかなアルコールの混じり合った匂い。私の家の中を歩いてまわり、私の壁に触れ、私の窓を検分し、私の人生に再び乱入してきた彼にまとわりついていた匂い。

キッチンへ行ってアイランドカウンターのまえに坐ると、ハンドバッグをカウンターに置き、グローブボックスから持ってきたザナックスのボトルを取り出す。それを手の中でひねり、軽く振って、がらがら鳴る錠剤の音に耳を傾ける。今朝、遺体安置所を出た瞬間から、私はザナックスを欲していた。ほんの半日前のことなのに——車の中でレイシーの青ざめた遺体を思い出し、震える指で錠剤をつまんだのは——あれから今まで立て続けにあったことを思うと、もう遠い昔に思える。蓋をまわし開け、手のひらに一錠出して口に放り込み、そのまま呑み込む。また電話がかかってきて中断されるまえに。それから冷蔵庫に目をやり、今日は朝からほとんど何も口にしていないことに気づく。

カウンター前の椅子から飛び降りて冷蔵庫へ向かい、扉を開けてひんやりしたステンレス面にもたれる。早くも気分がよくなりはじめている。警察にバート・ローズのことを話したのだ。トマス刑事はあまり納得していないようだったが、ともかく私は自分にできることをした。トマス刑事はこれからバート・ローズのことを調べるだろう。彼を監視し、彼の動きや行動パターンに注目するだろう。彼が訪ねた家を把握し、それらの家からまたひとり少女が行方不明になることがあれば、ようやく理解するだろう。私が正しかったことを理解し、まるで私が*いかれて*いるかのような、*私が何かを隠して*いるかのような目で私を見るのをやめるだろう。

庫内を見まわして昨夜の残りのサーモンに目を留め、パイレックスの容器を取り出すと、蓋を取って電子レンジに入れる。たちまちキッチンにスパイスの香りが立ち込める。ランチには遅すぎるので、早めの夕食ということにする。サーモンにすばらしく合う昨夜のカベルネを一杯愉しむ権利はあるということだ。ワインキャビネットに歩み寄ってグラスを取り出し、ルビーレッドの液体を縁まで注ぐ。ひと息に飲んでから、残りをグラスに空け、空《から》のボトルをリサイクル用のゴミ箱に投げ込む。

バースツールを引いて坐ろうとしたとき、玄関ドアにノックの音がする。こぶしでドンドン叩く音。はっと胸を押さえたとき、なじみの声が響く。

「クロ、俺だ。入るぞ」

錠前に鍵が挿し込まれ、ボルトが引っ込む小さな音が聞こえる。ドアノブが回りかけたとき、私は防犯アラームのことを思い出す。

「だめ、待って!」ドアに駆け寄りながら叫ぶ。「クープ、入らないで。ちょっと待って」

キーパッドに暗証番号を入力し終わった瞬間、ドアが開き、兄が驚いた顔で私を見つめている。

「アラームを付けたのか?」クーパーは〈ようこそ!〉マットの上に立ち、ワインのボトルを手にしている。「鍵を返してほしかったなら、言ってくれればよかったのに」

「笑えない」私は苦笑いして言う。「今度からうちに来るときは予告してね。これが鳴って、警察が飛んでくることになるから」

そう言ってキーパッドを叩いてみせ、クーパーを家の中に促すと、アイランドカウンターへ戻って冷たい大理石に寄りかかる。

「しかもうちに侵入しようとしたら、携帯で見れちゃうの」

携帯電話を掲げて振ってみせ、部屋の隅のカメラを指差す。

「本当に録画してるのか？」

「ばっちりね」

私は携帯電話の防犯アプリを開き、クーパーに画面を見せる——彼が画面の真ん中に映っているところを。

「ほう」兄は振り向き、カメラに向かって手を振ると、私に向き直ってにやりとする。

「それに」私は言う。「兄さんが来てくれるのは嬉しいけど、今はもう、ひとりで住んでるわけじゃないから」

「ああ、だろうとも」クーパーはスツールの縁に腰かけて尋ねる。「そういや、その婚約者は？」

「泊まりで出かけてる」私は言う。「仕事で」

「週末なのに？」

「働き者だから」

「はん」クーパーは持参したメルローのボトルをテーブルの上でくるりと回す。中の液体がキッチンの照明の下できらめき、血のように赤い影を壁に投げかける。

「兄さん、やめて。今は言わないで」

「何も言ってない」

「でも、言おうとしたでしょ」

「おまえはこれでいいのか？」兄は切羽詰まった口調で尋ねる。まるで今すぐ口にしなければ、言葉が胸を突き破って出てくるとでもいうように。「あいつはいつ家にいるんだ？これでいいとは俺には思えない。おまえには常にそばで安心させてくれる相手と一緒になってほしかった。おまえはずっとつらい思いをしてきたんだから、そういう相手と幸せになるべきだ。いつもそばにいてくれる相手と」

「ダニエルはいつもそばにいてくれる」私はそう言うなりワイングラスに手を伸ばし、長々と呷る。「いつも私を安心させてくれる」

「じゃあ、なんで防犯装置が必要なんだ？」

これにはどう答えたものか、私は溝つきのグラスに爪を打ちつけながら考える。

「彼が設置しようと言ってくれたのよ」ようやくそう返す。「こうやって自分がいないときも、私が安心できるように」

「ああ、そうかい」クーパーはため息とともにスツールから腰を上げる。キャビネットに歩み寄ってコルク抜きを手に取り、持参したボトルのコルクにねじ込んで引き抜く。今か今かと身構えていても、栓がポンと抜ける瞬間はびくっとしてしまう。「とにかく、今日は飲もうと提案するつもりだったんだが、もうお先に始まってるみたいだな」

「どうして来たの、兄さん？　また私と口論するつもり？」

「いいや、俺が来たのは、おまえが妹だからだ。おまえのことが心配だからだ。おまえが無事でやってるか確かめたかったからだ」

「私は別に、大丈夫よ」私は腕を広げて肩をすくめる。「ほかになんて言ったらいいかわからない」

「ちゃんと対処できてるのか？」

「対処って、何に？」

「おいおい、わかるだろ」

私はため息をつき、誰もいない居間にちらりと目をやる。急にあのソファの居心地のよさに身を委ねたくなる。ふっと肩をまえに落としてみる。がちがちに強張っている。全身が強張っている。

「昔の記憶がよみがえってきてる」そうつぶやいて、またひと口ワインを飲む。「無理もないと思うけど」

「ああ。俺もそうだ」

「ときどきわからなくなるの。何が現実で、何がそうじゃないのか」

言わなければよかったと思っても、もう遅い。私は飛び出てしまった言葉を苦く嚙みしめる。ずっと認めまいとして呑み込んできた言葉。無理にでも忘れようとしてきたのに。

手元のワイングラスに目をやると、いつの間にか半分空《から》になっている。私はクーパーに視線を戻す。

「だって、あまりにも似てるから。同じようなことが多すぎて。すごい偶然だと思わない?」

クーパーはうっすらと口を開けて私を見つめる。

「どういうところが同じなんだ、クロエ?」

「忘れて」私は言う。「なんでもないの」

「クロエ」クーパーは私のほうに身を乗り出す。「同じようなことって?」

彼の視線がカウンターに置きっぱなしのザナックスのボトルに移る。大量の錠剤が入った小さなオレンジ色のボトル。私はまた自分のワイングラスを見下ろす。指一本分残った液体を。

「薬を服《の》んでるのか？」

「ええ？　まさか」私は言う。「ちがうの、それは私のじゃなくて――」

「ダニエルにもらったのか？」

「いいえ、ダニエルにもらったんじゃない。どうしてそんなこと言うの？」

「ボトルにあいつの名前が印字されてる」

「それはだって、彼のだから」

「じゃあ、なんで蓋を開けたままここに置いてあるんだ？　本人が泊まりで出かけてるときに？」

ふたりのあいだに沈黙が流れる。私は陽が沈みかけた窓の外に目をやる。夜の音が聞こえはじめている――蟬の鳴き声、コオロギのさえずり、そのほか闇が降りると活動を始めるありとあらゆる生き物たちの合唱。夜のルイジアナは騒々しいが、静かすぎるよりはいい。静かすぎると、何もかもが聞こえてしまうから。遠くのほうで押し殺した息も、枯葉を踏みしだく足音も。土を掬い上げるシャベルの音も。

「こうなることを心配してたんだ」クーパーは息を吐き、両手で髪をかき上げながら頭を抱える。「ああいう薬を家の中に持ち込まれるのは危険だ。おまえの過去のことがあるのに」

「ああいう薬って、どういう意味？」

「あいつは製薬会社の営業マンだぞ、クロエ。あいつのブリーフケースの中は薬だらけだ」

「だから？　私だって薬にアクセスできる。処方する権限があるもの」

「自分には処方できないだろ」

不意にこみ上げる涙が目を刺す。ダニエルに責めを負わせる自分は最低だと思うが、ほかに説明のしようがない。彼の名前を使って自分に薬を処方していることを打ち明ける以外に。だから私は黙り込む。ダニエルが悪いのだと思わせておく。私の婚約者に対する兄の不信感をよりいっそう深め、よりいっそう濁らせておく。

「俺は喧嘩しにきたんじゃない」クーパーはそう言うと、スツールから立って私に歩み寄り、私をしっかりと抱きしめる。たくましくあたたかく懐かしい腕で。「おまえは俺の大事な妹だ。おまえがそうなってしまう理由もわかってる。俺はただ、おまえにやめてほしいだけだ。助けを得てほしいだけだ」

とうとう涙がこぼれて頬を伝う。ひとすじの塩の跡を残してぽたりと落ち、クーパーの脚に小さな濃い染みをつくる。私は唇を嚙みしめ、これ以上涙がこぼれないよう懸命にこらえる。

「自分の問題には自分で対処できるから」

「助けなんか必要ない」手のひらで涙を拭いながら言う。「自分の問題には自分で対処できるから」

「嫌な思いをさせて悪かったよ」兄は言う。「俺はただ――おまえたちの関係に賛成できないだけだ。健全な関係とは思えない」

「いいの、大丈夫」私は兄の肩から顔を上げ、手の甲で頬を拭く。「でももう、うちには来ないで」

クーパーは首を傾げる。私が兄よりダニエルを選ぶとほのめかしたのは、この一週間で二度目だ。私はあの婚約パーティーのことを思い出す。裏のポーチで兄に突きつけた最後通牒のことを。

〝兄さんには結婚式に来てほしい。でも兄さんが来ても来なくても、私は彼と結婚する〟

けれど今、傷ついたクーパーの目を見て、兄が私の言葉を信じていなかったことがわかる。

「兄さんはがんばってる」私は言う。「兄さんは私を守ろうとしてくれてる、心配してくれてる。それはほんとにわかってる。でも私が何を言おうと、兄さんがダニエルを認めることはない。彼は私の婚約者なの。私は来月、彼と結婚するの。だから彼が兄さんにとって不充分なんだったら、私も不充分なんだと思う」

クーパーは一歩退がり、ぐっとこぶしを握りしめる。

「俺はおまえの力になろうとしてるだけだ。おまえを気にかけてるだけだ。それが俺の役目だから。俺はおまえの兄なんだから」

「それは兄さんの役目じゃない」私は言う。「これからはもうちがうの。もう出ていって」

クーパーはいっとき長く私を見つめる。カウンターの上の薬のボトルにちらりと視線をやってから、私に向かって手を差し出す。薬を取り上げるのかと思ったらそうではなく、私の家の合鍵のついたキーホルダーを差し出している。それを兄に渡したときの思い出が胸をよぎる――もう何年もまえ、この家に引っ越してきたとき、私は兄に鍵を持っていてほしかった。〝いつでも来てくれていいから〟とそのとき言ったのだ。私の寝室で、ふたりでマットレスの上にあぐらをかいて坐っていた。ヘッドボードを組み立てたあとで、ふたりとも額に汗をかいていた。中華料理のテイクアウトのカートンが床に散らばり、油っぽい麺が堅木の上に染みをつくっていた。〝それに、私が留守のあいだに植物の水やりしてくれる人が必要だし〟。今、私は兄の人差し指からぶら下がった鍵を見つめる。どうしてもそれを受け取る気になれない――受け取ってしまったら、それが最後になるとわかっているから。取り返しがつかないから。私が受け取らないので、彼は自分でそれをそっとカウンターの上に置く。そうして背を向け、ドアから外へ出ていく。

私は兄が置いていった鍵を見つめる。今すぐこれをひったくって外へ出ていき、元どおり兄の手に押しつけたい。その衝動をこらえ、鍵とザナックスのボトルをつかんでハンドバッグに放り込むと、ドアまで歩いて防犯アラームをセットする。それからクーパーの置いていったワインのボトルを手に取る。ほとんど中身が減っていない。それを自分のグラスに注ぐと、すっかり冷たくなったサーモンと一緒に居間へ持っていき、ソファの上に陣取り、テレビを点ける。

今日一日で起こったすべてのことを思い出し、どっと疲労を感じる。レイシーの遺体を見て、アーロンと会って話した。ダニエルともみ合いになり、バート・ローズと対面し、警察署へ行ってトマス刑事にすべてを話した。そして兄との口論。私がアイランドカウンターでひとりで飲んでいるのを見とがめたとき、あの薬のボトルを見とがめたとき、兄の目に表れていた懸念。

突然、疲労にもまして孤独感に襲われる。

携帯電話を取り上げ、背景が明るくなるまで画面をタップする。ダニエルに電話しようと思いかけるが、すぐにディナーの席にいる彼の姿が目に浮かぶ。どこかの五つ星イタリアンレストランで新たなボトルを注文している。彼が〝もう一本だけ〟を強調すると、どっと笑い声があがる。ダニエルはきっと場の盛り上げ役だ——ジョークを連発し、親しげに相手の肩を叩いて笑っている。想像すると自分がますます孤独に感じられ、私は画面をスワイプして連絡先の一覧を開く。

すると真っ先に、いちばん上の名前が目に飛び込んでくる——アーロン・ジャンセン。アーロンになら電話してもいい。私は思う。最後に彼と話したあとで起こったことを全部話してもいい。彼はきっと何もしていない。なじみのない市《まち》でひとり淋しく過ごしているだけだ。実際、私と同じことをしているかもしれない——半ば酔っぱらった状態で脚を伸ばしてソファに坐り、残り物をつついているかもしれない。私は彼の名前の上で指をさまよわせる。が、タップするより先に画面が消えて真っ暗になる。しばらく坐ったまま考える。頭がぼうっとしてきたように感じる。まるで分厚いウールの毛布にくるまれているかのように。電話をかけるのはあきらめて、携帯電話を下ろす。かわりに目を閉じ、想像する。バート・ローズが私の家の玄関に現れたことを話したら、アーロンはどんな反応をするだろう。バートを家に入れたなどと言えば、アーロンは電話の向こうで取り乱して私をどやしつけるだろう。私はふっと笑みを漏らす。彼は心配するに決まっている。私のことが心配でたまらなくなる。でもそのあと、私はバート・ローズを家から追い出してトマス刑事に電話し、警察署に行ったことを話す。そこでの会話を一言一句再現する。アーロンは私を誇りに思うだろう。そんなことを想像し、私はまたひとりで微笑する。

目を開け、サーモンをまたひと口食べる。テレビの音が遠くなり、自分の咀嚼音がやけに大きく聞こえはじめる。パイレックスのガラスにフォークがぶつかる音。自分の重い息づかい。テレビの映像がぼやけはじめ、ワインをひと口飲むごとに瞼が重くなっていることに気づく。じきに手足の感覚が麻痺してくる。

眠っていいのだ。ソファに深く沈み込みながら思う。私には眠る権利がある。休息する権利が。とにかく疲れた。疲れきってもう動けない。長い一日だった。私は携帯電話の電源を切り——睡眠を邪魔されないように——それをお腹の上に置いてから、夕食をコーヒーテーブルの上に押しやる。ワインをもうひと口飲み、こぼれた液体が顎を伝うのを感じる。それから目を閉じ、一瞬で眠りに落ちる。

目が覚めると外は暗くなっている。時間の感覚がなく、ソファに横になったまま目をしばたたく。飲みかけのワイングラスが腕とお腹のあいだに挟まっている。奇跡的に一滴もこぼれていない。体を起こし、時間を確認しようと携帯電話をタップして、電源を切っていたことを思い出す。テレビの画面に目をすがめる——ニュース放送の時間表示によると、十時をまわったばかりだ。真っ暗な居間がそこだけ不気味な青い光に浮かび上がっている。リモコンに手を伸ばしてテレビを消し、ソファから体を引き剝がす。手の中のワイングラスを見下ろし、残った液体を飲み干してコーヒーテーブルに置くと、階段をのぼって寝室へ行き、ベッドに倒れ込む。

たちまちマットレスに体が沈み、やがて気づくと夢の中にいる——過去の記憶かもしれない。夢でもあり記憶でもあるような、奇妙であると同時に懐かしくもあるような。私は十二歳で、自分の部屋のお気に入りのベンチに坐って本を読んでいる。部屋は真っ暗で、小さな読書灯がほのかに私の顔を照らしている。膝の上に広げた本を夢中で読みふけっていると、外で物音が聞こえ、集中が途切れる。私は窓の外を見て、遠くの黒い影に目を留める。闇の中、私たちの家の裏庭を音もなく横切ってくる。それは家の敷地のすぐ向こうの木立の中から現れた。その向こうに何マイルも広がる湿地への入口に立ち並んだ木々の奥から。

近づいてくる影に目を凝らすうちに、それが人の形をしていることがわかる。大人の男の影が歩きながら何かを引きずっている。私の部屋の細く開けた窓の隙間から、その音が私の耳に届きはじめる。やがてそれが、金属が土を引っ掻く音だと気づく。

シャベルだ。

人影は次第に私の窓の下へと近づいてくる。私は読んでいたページの角を折って本を閉じ、窓ガラスに顔を押しつける。人影は依然として真っ黒で、いくら目を凝らしても顔や恰好まではわからない。それがさらに近づいて、私の窓のほとんど真下に来たとき、ぱっと投光照明が点灯する。私は突然のまばゆさに目を細め、顔のまえに手をかざして目を慣れさせようとする。手をどけると、光に照らされた窓の下の人物の姿がようやく目に映り、私は混乱に襲われる。最初に思ったのとちがって、男の人影ではない。過去の記憶のとおりなら父であるはずだが、あれは父ではない。

女だ。

女は顔を空に向けて、私を見る。まるで私がここにいることを最初から知っていたかのように。私たちは目を合わせる。最初は女が誰だかわからない。なんとなく見覚えがあるような気がするが、なぜかはわからない。彼女の顔立ち——目、口、鼻——をまじまじと見て、やっと気づく。私の顔から血の気が引く。

窓の下にいる女は私だ。

パニックが胸にせり上がってくる。十二歳の私は二十歳年上の自分の目を見つめる。その目はどこまでも真っ黒だ。バート・ローズの目のように。私は何度もまばたきをし、彼女が手にしたシャベルを見下ろす。赤い液体にまみれたシャベル。それが血であることはなぜかわかっている。彼女の唇にゆっくりと笑みが浮かび、私はついに叫び声をあげる。

飛び起きると、汗びっしょりになっている。自分の叫び声が家じゅうに響きわたっている。が、すぐに気づく――私は叫んでいない。口を開けて喘いではいるが、声は発していない。いま響いている音はどこか別の場所から聞こえてきている。悲鳴のような大きな音。ほとんどサイレンのような。

アラームだ。うちの防犯アラームだ。私の家のアラームが鳴っている。

不意にバート・ローズのことを思い出す。あの男が私の家に来て、窓にセンサーを取り付け、私にドリルを突きつけたことを。あの警告めいた言葉を思い出す。

〝俺は自分が殺されるときの気持ちなんか考えたこともない。俺は人を殺す側の話をしてるんだ〟

階下《した》で殺気立った荒い足音が聞こえ、私はベッドを飛び出す。あの男がアラームを解除しようとしている。警報音を止めてから階上《うえ》へやってきて、あの少女たちを絞め殺したのと同じように、私の息の根を止めるつもりなのだ。私はクローゼットに駆け寄って扉を開け、やみくもに床の上を手探りしながら、ダニエルの銃が保管されている箱を探す。銃を使ったことは一度もない。使い方もわからない。けれどそれはここにあるはずで、弾丸《たま》も入っているはずで、それさえ手にできれば、バート・ローズがこの寝室に入ってきても、なんとか立ち向かえるかもしれない。

洗濯前の服を床に投げ捨てていると、階段をのぼってくる足音が聞こえる。お願い、私は囁く。お願い、出てきて。次々と靴箱の蓋を開け、中にブーツしか入っていないのを見て取っては、脇に放り出す。階段の足音がいよいよ大きく迫ってくる。警報音は一向に鳴りやまない。きっと近所じゅうが目を覚ましているはずだ。彼はもう逃げられない。鳴りっぱなしのアラームを無視して私を殺すわけにはいかないはずだ。それでも私は探しつづける。隅に押し込まれている別の箱に手が触れる。それをつかんで引っ張り出し、手に持って確かめる。見たところジュエリーボックスのようだ——なぜダニエルがジュエリーボックスなど持っているのだろう？　けれどそれは細長く、銃を入れるのに手頃な大きさなので、すばやく蓋を開けてみる。閉じたドアのすぐ外にいる相手の気配を感じながら。膝の上で開いた箱を見下ろし、息が止まりそうになる。中にあるのは銃ではない。銃よりはるかに恐ろしいものが入っている。

ネックレス——三粒の小さなダイヤモンドからパールがひと粒ぶら下がった、シルバーチェーンのネックレスだ。

第二十七章

〝クロエ————……"

寝室のドアの外で声がする。けたたましい警報音の向こうからかすかに聞こえる声。私の名前を呼んでいる。が、私は手元の箱から目を離せずにいる。クローゼットの奥に押し込められていた箱。中にオーブリー・グラヴィーノのネックレスがそっと横たえられている箱。突然、周囲の音が霧散し、私は十二歳に戻って両親の部屋にいる。箱の中の小さなバレリーナがくるくる回るのを見つめている。死んだ少女たちの肌身を離れたいくつものジュエリーを見下ろしながら、今にもあのチャイムの音が聞こえてきそうだ。あのリズミカルな子守歌にうっとりと惹き込まれそうだ。

「クロエ!」
はっと見上げると、寝室のドアが開きはじめている。とっさに箱を閉じてクローゼットの奥に戻し、その上に服の山をかぶせる。何かないか、なんでもいいから武器になりそうなものはないかと見まわした次の瞬間、男の脚が部屋に踏み込んでくる。続いて体が。私は覚悟する。死んだ目をしたバート・ローズが腕を広げて突進してくるのを覚悟するあまり、それがダニエルであることに気づかない。彼が振り返って、床に屈み込んだ私に目を留めるまで。

「クロエ、一体……何をやってる？」

「ダニエル？」私は床から立ち上がり、彼に駆け寄ろうとして、はたと足を止める。あのネックレス。一体なぜあのネックレスが私たちのクローゼットの中で見つかったのか。誰かがそこに隠したのでないかぎり……その誰かは私ではない。私はためらいながら尋ねる。

「どうしてここにいるの？」

「電話しただろう」ダニエルは怒鳴る。「このクソいまいましい音を止めてくれ」

私は目をしばたたき、彼を押しのけて部屋を飛び出す。階段を駆け降り、キーパッドに暗証番号を打ち込んでアラームを止める。耳をつんざくような警報音が一転、耳を押しつぶすような沈黙に変わる。背後にダニエルの気配を感じる。階段からじっと私を見つめている。

「クロエ」彼が尋ねる。「クローゼットの中で何をしてた？」

「銃を探してたの」私は小声でつぶやく。怖くて振り向くことができない。「あなたが帰ってくるなんて知らなかったから。明日帰るって言ってたから」

「電話したんだ。きみが携帯の電源を切ってたから、メッセージを残した」

ダニエルが階段を降りて歩いてくるのが聞こえる。振り返って彼に向き直るべきだとわかっているが、今は彼の顔を見られない。その表情が明かしてしまうかもしれない答えを恐れて、どうしても見ることができない。

「夜のうちに帰ってきたかったんだ」彼は言う。「きみをひとりにしたくなかった」

背後から抱きすくめられ、私は唇を噛む。ダニエルは私の肩に顔をうずめ、ゆっくりと匂いを吸い込んでから、私の首にキスをする。彼の匂いが……いつもとちがう。汗と蜂蜜とバニラの香水が入り混じったような匂いがする。

「びっくりさせたならごめん」彼が囁く。「会いたかった」

私は息を呑み、体を強張らせる。薬のおかげで得られていた落ち着きが完全に消え失せ、心臓がおそろしい勢いで暴れている。ダニエルもそれを感じ取ったようで、私を抱きしめる腕にぐっと力をこめる。

「私も会いたかった」私は囁き返す。ほかに何を言えばいいかわからない。

「ベッドに戻ろう」彼は私のシャツ越しに腕やお腹を撫でさすって言う。「起こして悪かった」

「ううん、いいの」私はそう言って、体を引き離そうとする。が、それより早くダニエルが私をくるりと自分に向かせ、さらに強く抱きしめ、私の耳に唇を押し当てる。彼の熱い息が頬にかかる。

「ほら、もう怖がらなくていい」私の髪を指で梳きながら囁く。「もう大丈夫だ」

私は思わず歯を食いしばる。父に囁かれたのとまったく同じ言葉。あの長い砂利道を走って玄関前の階段を駆けのぼり、父の胸に飛び込んだとき、父は私をしっかり抱き止めて、私の耳に囁いた。

〝ほうら、もう大丈夫だ〟

あたたかくて安心できて、いつでも私を守ってくれた父の胸。ダニエルは私にとって、いつでもそういう存在だった。あたたかくて安心できて、外の世界からだけでなく、私自身からも私を守ってくれる存在。けれど今このとき――彼の腕にがっちりと捕らえられ、首にかかる熱い息にぞくりと肌を粟立てながら、私たちのクローゼットの奥に隠された死んだ少女のネックレスのことを思うと――この人には私の知らない顔があるのではないかと思えてくる。過去の恋愛関係において自問せずにいられなかったように――この人は何を隠している？　何か私に話していないことがあるのではないか？

兄が私に言ったことを思い出す。私への警告。

〝相手を本当の意味で知るなんてことがたった一年でできるのか？〟

ダニエルはようやく私を解放すると、肩を抱いて微笑みかける。疲れきった様子で、いつになく顔がむくみ、髪が乱れている。今夜一体何があったのだろう。こんなにも消耗するなんて。私の視線に気づいたのか、彼は片手で顔を覆うようにこすり、瞼を押し下げる。

「長い一日だった」ため息をつきながら言う。「ずっと運転しどおしだったからね。シャワーを浴びてくるよ。今夜はゆっくり眠ろう」

私はうなずき、ダニエルが背を向けて階段をのぼるのを見送る。そのままじっと動かない。やがてシャワーヘッドから水の流れる音が聞こえてくる。私はようやく息を吐き、握りしめていたこぶしを開いて、寝室に上がる。ふたりのベッドにもぐり込み、上掛けにくるまって固く身を縮める。ダニエルがシャワーから出てきたとき、私は寝入ったふりをしている。思わず身じろぎしてしまわないよう懸命にこらえる――隣りにすべり込んだ彼の素肌が私の体に触れたときも、彼の手が私のうなじをさすりはじめたときも、それからしばらくして、彼がそっとベッドから出て部屋を横切り、クローゼットの扉を閉めたときも。

第二十八章

目を覚ますと、ベーコンの脂のはじける匂いとエタ・ジェイムズのソウルフルな歌声が廊下を流れてくる。いつの間に眠りに落ちたのだろう。胴部に覆いかぶさったダニエルの腕の重みに遺体袋のように締めつけられたまま、どうにか意識を保とうとしていたのに。とはいえ、眠ってしまうのは時間の問題だった。いつまでも抗いつづけることなどできなかった。彼が帰宅するまえに〝鎮静剤カクテル〟を飲み干していたのだからなおさら。私はベッドの上で体を起こし、二日酔いの症状を無視しようとする。頭がずきずきし、目がぱんぱんに腫れて視界がふたつの細い三日月形に絞られてしまっている。室内を見まわす──ダニエルはいない。階下《した》で私のために朝食をつくっているのだ。いつものように。

上掛けからすべり出て、這うように階段を降り、ダニエルの鼻歌が聞こえないかと耳を澄ます。聞こえる。ということは、彼はやはり階下《した》にいて、おそらくあのギンガムチェックのエプロンをつけてキッチンを飛びまわり、チョコチップ入りパンケーキをひっくり返しているのだろう。焼き上がったパンケーキにはお絵描きが施されているはずだ。爪楊枝でひげを描いた猫、スマイリーフェイス、はちきれそうなハート。私はこそこそと階段をのぼり、寝室に引き返す。それからクローゼットの扉を開ける。

昨夜見つけたあのネックレスは、オーブリー・グラヴィーノのものだ。まちがいない。彼女の〈行方不明〉のポスターの写真で見ただけでなく、そろいのイヤリングもこの目で見たのだから。あのイヤリングを手に取り、三粒のダイヤが形づくる逆三角形と、その頂点のパールをとくと眺めたのだから。私は洗濯物の山を押しのけはじめる。昨夜のワインとザナックスが完全に体から抜けた今、頭の中はいくらかはっきりしている。過去の事件の詳細を知る人物について、アーロンに伝えたことを思い出す。私の父が被害者から奪ったジュエリーをクローゼットの奥に隠していたことを知っている人物。

私の家族。警察。被害者の両親。

そしてダニエル。私は以前、ダニエルにその話をした。彼には何もかもを話したのだ。

ダニエルのことは考えてもみなかった……当然ではないか？　自分の婚約者を疑う理由がどこにある？　考えてみてもわからないが、その答えはこれから見つけるしかない。

私は箱の上にかぶせた覚えのあるルイジアナ州立大学《LSU》のロゴ入りトレーナーをどけ、その下の箱に手を伸ばす……が、ない。そこにあるはずの箱がない。さらに洗濯物を押しのけ、衣類の山をつかんで脇に放り捨てる。床を手でさらい、あの箱がジーンズや絡まったベルトや靴の片割れの下に隠れていないか確かめる。

が、隠れてはいない。どこにも見えない。あの箱は消えてしまった。

床にへたり込んだままのけぞり、胃が重く沈む感覚に襲われる。確かにこの目で見たのに。箱をつかんで引き抜き、この手に持って蓋を開け、中にネックレスが横たえられているのを見たのに……でも昨夜、ダニエルがベッドを出てクローゼットの扉を閉めにいったことも憶えている。彼がそのとき箱を抜き取って、どこか別の場所に隠したのかもしれない。それか今朝、早く起きて、私が眠っているあいだに箱を移動させたのかもしれない。

私はふうっと息を吐き、頭の中で計画を練ろうとする。あのネックレスを見つけなければならない。あれが私の家の中にある理由を知らなければならない。それを証拠品として警察に持っていくことを思うと――ダ、ニ、エ、ルを警察に突き出すことを思うと――胃が締めつけられる。あまりにばかげた話で、普通なら笑ってしまいそうだ。が、私には無視できない。あれを見なかったことにはできない。昨夜のダニエルの香水の匂いを嗅がなかったことにはできない。彼のシャツの襟が汗で湿っていたのを気づかなかったことにはできない。不意に別の記憶が浮かび上がってくる。兄が昨夜、薬のボトルに目を留めて言った言葉。

〝あいつのブリーフケースの中は薬だらけだ〟

レイシーの検視のことを思い出す。検視官が彼女の硬直した手足をつつきながら言った言葉。

〝髪の毛から高濃度のジアゼパムが検出されました〟

ダニエルには薬がある。彼の出張の予定を私が知らずにいた、あるいは忘れていたとき、私は彼を疑いもせず、忘れる自分が悪いのだとばかり思っていた。昨日、私はこれよりはるかに弱い根拠に基づいて、バート・ローズの情報をトマス刑事にタレ込んだ。正直なところ、あれは単なる状況と疑念と少しのヒステリーから導き出された仮説だった。けれどこれは……これは単なる疑念ではない。ヒステリーではない。これは証拠のように思える。私の婚約者が決して関わるべきでない恐ろしいことに関わっている、れっきとした動かぬ証拠のように思える。

立ち上がってクローゼットの扉を閉め、ベッドの端に坐る。階下《した》で使い終わったスキレットがシンクの中に置かれる音、蛇口の水が熱い鉄板の上で蒸気に変わる音が聞こえる。一体何がどうなっているのかを知らなければならない。私自身のためでなくても、彼女たちのために。オーブリーのために。レイシーのために。リーナのために。あのネックレスが見つからなくても、何かを見つけなければならない。私を答えに導いてくれる何かを。

ダニエルとの対面を覚悟して、もう一度階段を降りる。角を曲がると、彼がキッチンで小さな朝食用テーブルにふたり分のパンケーキとベーコンの皿を並べている。アイランドカウンターに湯気の立ったコーヒー入りのマグカップがふたつ、水滴をびっしりまとったオレンジジュースのピッチャーとともに置かれている。

こういうカルマもあるのかもしれない。そう思ったのはほんの一週間前のことだ。最悪な父親のもとに生まれついたおかげで、最高の婚約者に恵まれたのかもしれないと。けれど今、私には自信がない。

「おはよう」私は戸口に立って声をかける。ダニエルは顔を上げ、にっこりと笑う。心から嬉しそうに。

「おはよう」彼はそう返すと、マグカップを持ってきて私に手渡し、私の頭のてっぺんにキスをする。「昨日はまあ、大変な夜だったね」

「ほんと、ごめんなさい」私は彼の唇が離れたばかりの場所を掻きながら言う。「突然のことでショック状態に陥ってたんだと思う。目が覚めたらすごい音でアラームが鳴ってて、まさか階下《した》にいるのがあなただとは思わなかったから」

「わかってる。僕も自分を呪いたいよ」ダニエルはアイランドカウンターにもたれて言う。

「きみに死ぬほど怖い思いをさせてしまった」

「ええ、ちょっとだけね」

「まあでも、アラームがちゃんと鳴ることはわかったわけだ」

私はなんとか笑みを浮かべる。「そうね」

ダニエルに言うべき言葉が見つからないのは、今に始まったことではない。が、普段そうなる理由は、どんな言葉でも足りない気がするからだ。何を言っても伝えられる気がしないからだ。私がどれほど深く彼を想っているか、この短期間でどれほど彼に心をゆるしてきたか。けれど今、彼に何も言えない理由はそれとはまったくちがいすぎて、自分でも理解が追いつかない。これが現実の出来事だとはとても信じられない。一瞬、カウンターに置かれた自分のハンドバッグに目が行く。あの中に押し込まれたザナックスのボトル。あれを一錠服《の》んでからワインを二杯飲み、雲に抱き止められるようにソファに沈み込んだのだった。アラームが鳴り出す直前に見ていた、記憶のような夢。大学時代に似たような状況があったときのことを思い出す。薬とアルコールを後先考えず胃に流し込んだときのこと。あのとき警察の人々が私に向けた目つき。昨日の午後、トマス刑事が彼のオフィスで私に向けたのと同じ——クーパーが私に向けたのと同じ——私の正気を疑う目つき。私の記憶の確かさを、私を疑う目つき。

急に自信がなくなる。あのネックレスは私が想像しただけなのではないか。クローゼットの奥で見たと思い込んでいるだけなのではないか。頭が混乱して、過去と現在がごっちゃになっているだけなのではないか。以前にも何度となく経験してきたように。

「きみは僕に腹を立ててる」ダニエルはそう言いながらテーブルの自分の席に着き、向かいの椅子に私を促す。私は携帯電話をカウンターに置いてから坐り、目のまえの料理を見下ろす。美味しそうなのに食欲が湧かない。「無理もないと思うよ。僕はあまりにも……家を空けてばかりいる。こんなにいろいろ大変なときに、きみを家にひとり残してばかりいる」

「こんなにいろいろ大変って、何が?」私はそう訊き返し、こんがり焼けた生地から突き出たチョコチップを見つめる。フォークを取ってひと突きし、先端に刺さったチョコチップを歯でこそげ取る。

「結婚式のこともそうだし」ダニエルは言う。「式の準備が大変なのに、その上、連日のニュースのこともある」

「大丈夫。あなたが忙しいのはわかってるから」

「でも今日はちがう」彼は朝食にナイフを入れ、ひと口分を口に運ぶ。「今日は忙しくない。今日の僕はきみのものだ。実はもうプランを考えた」

「プランって、どんな？」

「ちょっとしたサプライズだよ。楽な恰好に着替えておいで。外に行くからね。二十分後に出られる？」

私は一瞬ためらう。ダニエルと出かけるのがいい考えだとは思えない。言い訳しようとしたとき、キッチンカウンターに置いた携帯電話の震える音がする。

「ちょっと待って」私は椅子を押し出して言う。話をやめてこの場を離れる口実ができてありがたい。カウンターに歩み寄り、画面に表示されたクーパーの名前を見た瞬間、昨夜の口論が急に些細なことに感じられる。クーパーの言うとおりだったのかもしれない。兄は私が見落としていたダニエルの側面にずっと気づいていたのかもしれない。ずっと私に警告しようとしてくれていたのかもしれない。

〝おまえたちの関係に賛成できないだけだ。健全な関係とは思えない〟

私は画面をスワイプし、さっと居間に入る。

「クープ」声を落として言う。「よかった、電話してくれて」

「ああ、俺もだ。クロエ、聞いてくれ。昨夜は悪かった――」

「気にしないで。ほんとに、私はもう大丈夫だから。過剰反応しただけ」

電話の向こうが無言になり、兄の呼吸音だけが聞こえる。不安定な息づかい。早足で歩いているかのような、足が舗道を蹴るたびに振動が背骨を伝っているような。

「そっちは大丈夫？」

「いや」兄は言う。「大丈夫じゃない」

「どうしたの？」

「母さんのことだ。〈リヴァーサイド〉からさっき電話があった。緊急だって」

「緊急？」

「母さんがもう何日も食事を拒否してるらしい。このままだと長くは持たないそうだ」

第二十九章

私は五分もしないうちに玄関に出る。靴を履くのもそこそこに、つっかけたスニーカーのかかとで靴ずれを起こしながらドライヴウェイに駆け出す。

「クロエ」背後でダニエルが閉まりかけたドアを押し開け、手で押さえながら私を呼ぶ。「どこへ行くんだ？」

「どうしても行かなきゃならないの」私は振り向きざまに叫ぶ。「母さんのところに」

「お母さんがどうしたって？」

ダニエルも家から飛び出してくる。白いTシャツに腕を通しながら。私はハンドバッグの中を漁って車の鍵を探す。

「食べなくなったの」私は言う。「もう何日も食事を拒否してるって。だから行かないと。このままじゃ――」

言葉が途切れ、私は両手で頭を抱える。長年ずっと、私は母を無視しつづけてきた。かゆいところを我慢して掻くまいとするように。もしそこに、母に注意を向けてしまったら、頭の中が支配され、ほかのことに集中できなくなるような気がしていたから。無視していれば、痛みはいずれ自然に和らぐと思っていた。完全に消えることはないにしろ——消えたように見えてもそれは常に潜伏しつづけ、意識したとたんにちくちく痛み出すだろう——ほとんど気にならなくなると思っていた。バックグラウンドノイズのように。雑音のように。父の場合同様、母があなってしまったことは——母が自分自身にしたこと、私たちにしたことは——到底背負いきれるものではなかった。私は母にいなくなってほしかった。それでも決して、一度として考えてみたことはなかった。母が本当にいなくなったら、どんな気持ちになるのか。母が〈リヴァーサイド〉のあの黴臭い部屋でたったひとり、最期の言葉、死の間際の思いを誰にも伝えられないまま死んでしまったとしたら。これまでずっと自覚してきたことが、新たな実感となって押し寄せる。重く息苦しい実感。まるで濡れたタオル越しに呼吸しようとするかのように。

私は母を見捨ててきた。母を独りで死なせるために置き去りにしてきた。

「クロエ、待ってくれ」ダニエルが言う。「話し合おう」

「だめ」私は首を振り、またハンドバッグに手を入れる。「今はだめ。時間がないの」

「クロエ——」

背後で金属が触れ合う音が聞こえ、私は凍りつく。そろそろと振り返ると、ダニエルが私の鍵の束を宙に掲げている。私が手を伸ばしてつかもうとしたとたん、彼はさっと鍵の束を遠ざける。

「僕も一緒に行く。お願い。きみには僕が必要だ」

「ダニエル、お願い。鍵を返して――」

「だめだ」彼は言う。「クロエ、いいかげんにしろ！　交渉の余地はない。とっとと車に乗るんだ！」

突然の激昂に、私はショックを受けて彼を見る。紅潮した顔、血走った目。その表情はほとんど一瞬で元に戻る。

「すまない」ダニエルは息を吐き、私に向かって手を伸ばす。彼に両手を取られ、私はたじろぐ。「クロエ、悪かった。でもこれ以上僕を突き放すのはやめてくれ。きみの力にならせてくれ」

彼の顔つきがまた一瞬で変わっている。心配そうに眉根を寄せ、汗で光る額に深いしわが寄っている。私は両手を投げ出して降参する。ダニエルには来てほしくない。私の母、死にかけた脆弱な母と同じ部屋にいてほしくない。けれど彼に抗うエネルギーがない。抗う時間がない。

「わかった」私は言う。「運転するなら急いで」

施設の駐車場に乗り入れるなり、クーパーの車が目に入る。私はダニエルがシフトレバーをパーキングに入れるより先に車を飛び出し、エントランスの自動ドアを走り抜ける。追いかけてくるダニエルのスニーカーがタイルにこすれる音が聞こえるが、彼を待っている暇はない。母の部屋へと通じる右手の廊下を突き進み、左右に並んだ部屋のまえを次々と駆け抜ける。薄く開いたドアの隙間からテレビやラジオの音声、入居者のぶつぶつ言う声がかすかに漏れ聞こえてくる。母の部屋にたどり着くと、ベッド脇の椅子に坐った兄の姿が真っ先に目に飛び込んでくる。

「クープ」私は駆け寄り、母のベッドにくずおれる。クーパーは黙って私を抱き寄せる。

「母さんの具合は？」

母を見ると、目を閉じている。痩せ細った体がさらにひとまわり細くなったように見える。この一週間で五キロ失ったかのように。手首はぽきんと折れそうで、こけた頬は薄紙のような皮膚が張りついたふたつの洞穴のようだ。

「クロエさんですね」

部屋の隅から声がして、私はびくりと顔を上げる。そこに医師が立っていることにまったく気づかなかった。白衣を着て、クリップボードを脇に携えている。

「私はドクター・グレン」彼は言う。「〈リヴァーサイド〉の当直医のひとりです。今朝、お兄さんと電話でお話ししましたが、妹さんとは初めてですね」

「ええ、そうです」私は立ち上がりもせず答え、また母を見下ろす。母の胸がゆっくりと上下するのを見守りながら尋ねる。「こうなってからもう何日経つんですか？」

「一週間近くになります」

「一、一週間？　どうして今まで知らせていただけなかったんですか？」

そのとき廊下でばたばたと駆けつける音がして、三人とも振り返る。ダニエルがドア枠に体ごとぶつかり、額から流れる汗を手の甲で拭う。

「なんであいつがここに？」クーパーが立ち上がろうとするのを、私は彼の膝に手を置いて制する。

「大丈夫だから、あとにして」

「当施設では基本的に、こういった事態にも対応できる設備が整っています。ご想像のとおり、高齢の患者さんにはよくあることなので」医師がダニエルと私たち兄妹を交互に見ながら続ける。「ですが、これ以上この状態が続くようなら、お母様はバトンルージュ総合病院に移っていただくことになります」

「原因はわかっているんですか？」

「身体的には、お母様はいたって健康です。食物嫌悪を引き起こすような疾患は見られません。つまり、原因はわからないということです――われわれが長年お母様の様子を見てきた中でも、こういった問題は一度もありませんでしたから」

私はまた母を見下ろす。たるんだ首の皮膚、二本の鶏の骨付き肉《ドラムスティック》のように飛び出した頰骨。

「まるで、ある日突然、もう食べないと決意されたかのようでした」

私はクーパーをちらりと見る。なんらかの答えを求めて。子供の頃からずっと、私は自分が探し求める答えを兄の顔のどこかに見出してきた。笑みをこらえようとしてほんのわずかにぴくりと引きつる唇や、思考しながら口の内側を嚙むときにできる頰の小さなへこみに。彼の顔を見てなんの表情も見出せなかったことは、記憶にあるかぎり一度しかない。そのときばかりは底知れぬ不安を覚えたものだ。クーパーでさえもわからないのだと――誰にもわからないのだと。そのとき私たちは居間にいて、床にあぐらをかいて坐っていた。発光するテレビの画面を見つめ、一心に耳を傾けていた。父が自らの〝闇〟について語る声に、父の足枷の鎖が鳴る音に、父の涙がぽたりとノートパッドに垂れる音に。

けれど今また、クーパーはあのときと同じ目をしている。私を見ることなく、まっすぐ前方を見つめている。ダニエルの目を凝視している。互いに体を板のように強張らせて見つめ合っている。

「お母様はもちろん、言葉を発されることはありません」ドクター・グレンが続ける。この場の張りつめた空気には気づかずに。「ですが、お子さんたちが働きかけたら伝わるのではと思い、来ていただいたわけです」

「ええ、やってみます」私はクーパーから視線を引き剝がし、母を見下ろす。母の手を取り、包み込む。最初はなんの反応もない。が、やがて母の指がゆっくりと動くのを感じる。私の手首の薄い皮膚を、指の先でそっと叩いている。私はその小さな指の動きを見守る。母の目は閉じたままだが、指は——確かに動いている。

私は彼らに視線を戻す。クーパーに、ダニエルに、ドクター・グレンに。誰ひとり気づいている様子はない。

「母とふたりにしていただけませんか？」私は尋ねる。心臓が喉まで上がってきそうだ。手のひらに汗が滲みはじめるが、母の手を放すわけにはいかない。「お願いします」

ドクター・グレンはうなずき、無言でベッドの脇を通って部屋を出ていく。

「ふたりとも」私はまずダニエルを、次にクーパーを見て言う。「お願い」

「クロエ」クーパーが口を開こうとするが、私は首を振る。

「お願い。数分で終わるから。ふたりきりにしてほしいの……念のために」

「わかったよ」クーパーはうなずき、私の手に手を重ねてぐっと力をこめる。「なんなりと」

それ以上何も言わずに立ち上がると、ダニエルを押しのけて廊下に出ていく。

私は母とふたりになる。前回ここで母に打ち明けたことが一気に思い返される。行方不明の少女たち、過去の事件との共通点。デジャヴのような会話。ドクター・グレンは母の食事拒否が一週間近く続いていると言っていたが、それはつまり、前回私が訪問した直後からということだ。

〝なんでこんなに不安なのかな。父さんは刑務所にいるのにね〟私は前回、母にそう言った。〝父さんが関わってるなんてこと、あるわけないのに〟

そのときも母は指先を打ちつけていた。しきりに。私が部屋を飛び出して、早々に面会を切り上げるまで。私は母が意思疎通できると思っている——とん、と指先で叩くのは、相槌の〝イエス〟を意味する——が、そのことはクーパーにもダニエルにも誰にも話したことがない。正直な話、自分でそう思い込んでいるだけのような気がしていたから。でも、本当に気のせいだろうか。

「母さん」ばかげていると思いながらも、おそるおそる囁きかける。「聞こえる?」

とん。

私は母の指を見下ろす。今、確かに動いた——気のせいではない。

「母さんが食べようとしないのは、私が先週ここで話したことと関係がある？」

とん、とん。

私は息を吐き、母の手のひらから廊下にさっと視線を移す。部屋のドアは開いたままだ。

「今回の事件のこと、母さんは何か知ってるの？」

とん、とん、とん。とん、とん。

廊下から手元に視線を戻す。私の手のひらをしきりに叩く母の指に。偶然とは思えない。何か意味があるのだ。視線を上げ、母の顔を窺う。とたんに私は母の手を離して飛びのく。アドレナリンと恐怖が突き上げ、信じられない光景に手で口を覆う。

母が目を開けている。まっすぐ私を見ている。

第三十章

ダニエルと私は車の中に戻っている。互いに言葉はなく、開けた窓から吹き込む風の音だけが聞こえている。ようやく新鮮な空気にありつきながら、私は母のことを考えずにいられない。たった今、母の部屋で交わした会話を思い返さずにいられない。

「母さん、その言葉、綴れる?」私は動揺を隠せないまま尋ねた。大きく見開かれた母の潤んだ目を見つめながら。朝露に濡れた草のように、睫毛が涙に濡れて震えていた。私は手の中で痙攣するように打ちつける母の指を見下ろして言った。「ちょっとだけ待ってて」

それから廊下に戻り、待合室を覗いた。ダニエルとクーパーがこちらに背を向け、無言で固まったまま、互いに離れて椅子に坐っていた。私は早足で廊下を抜けてラウンジへ向かい、古い本でいっぱいのテーブルの上を漁った。本はページが茶色く変色し、防虫剤のような匂いがした。捨てられるかわりに寄贈された不人気DVDの寄せ集めを押しのけ、ボードゲームの山を物色した。それから急いで母の部屋に引き返し、ポケットから小さなヴェルヴェットの袋を取り出した——英単語ゲーム〈スクラブル〉で使うアルファベットのタイルを。

「よし」私は緊張しながら母のベッドの上にタイルをぶちまけ、ひとつひとつひっくり返していった。すべてのアルファベットが上を向いてそろうまで。このやり方が通用するとは思えなかったが、やってみるしかなかった。「今からひとつずつ、文字を指差すね。まずはシンプルに——〝Y〟はイエス、〝N〟はノー。母さんが思うほうを私が指差したら、指を叩いて教えて」

そう言うと、ベッドの上に並んだアルファベットを見下ろした。二十年ぶりに母と会話できるかもしれないと思うと、胸が躍ると同時にパニックになりそうだった。一度大きく深呼吸し、それから質問を開始した。

「今の説明は理解してくれた？」

そう尋ねると、Nのタイルを指差した——反応なし。次にYを指差した。

とん。

私は息を吐いた。心臓の鼓動が速くなっていた。今までずっと、母は知っていたのだ。私の話を聞いて理解していたのだ。私が時間をかけて母の反応を確かめようとしなかっただけで。

「女の子たちが殺された事件のこと、母さんは何か知ってるの？」

N——反応なし。Y——とん。

「今回の事件はブローブリッジと関係がある？」

N——反応なし。Y——とん。

私は口をつぐみ、次の質問をどうしようか懸命に考えた。もうあまり時間がなかった。じきにクーパーかダニエルかドクター・グレンが部屋に戻ってきたとき、この状態で見つかりたくはなかった。手元のタイルに視線を戻し、最後の質問を母に投げかけた。

「どうやったら証明できる？」

そうしてAから始めた。左上の隅のタイルを指差した——反応なし。次にB、その次はC。続いてDを指差したとき、ようやく母の指が動いた。

「D？」

とん。

「わかった。最初の文字はDね」

それからまた最初のタイルに戻って指差した——A。

とん。

心臓がどくんと跳ねた。

「D－A？」

とん。

ダニエル。母はダニエルの名前を綴ろうとしている。私は唇をすぼめてゆっくりと息を吸い込み、平静を保とうとした。指を持ち上げ、今度はNのタイルを指差し、母の指先に視線を注いだ……と、そのとき廊下から物音が聞こえ、私は慌てて動いた。

「クロエ？」クーパーの声が開いたドアのすぐそばで響いた。「クロエ、大丈夫か？」

私がベッドの上のタイルをすべてかき集め、手の中に隠して振り向いたちょうどそのとき、クーパーが戸口に姿を現した。

「どうしてるか様子を見にきた」兄は私から母に視線を移すと、口元をほころばせて歩み寄り、ベッドの端に坐った。「すごいな。目が開いてる」

「そうなの」私は手の中のタイルを握りしめたまま言った。汗でタイル同士がぬるぬるとすべっていた。「目を開けてくれたの」

今、ダニエルがウインカーを出し、私たちの乗った車は砂利の道に進入する。跳ね上がった小石がフロントガラスにぶつかる音を聞いて、ダニエルは窓を一斉に閉める。私はのろのろと顔を上げて記憶を振り払い、いつの間にか周囲が見知らぬ風景に変わっていることに気づく。

「ここはどこ？」車は曲がりくねった埃っぽい脇道を走っている。母の施設を出てからどのくらい経ったのかわからないが、これが家への帰り道でないことはわかる。

「もうすぐ着くよ」ダニエルはそう言うと、私に向かって微笑んでみせる。

「着くって、どこに？」

「今にわかる」

不意に車の中が息苦しく感じられる。私は手を伸ばしてエアコンの調整ノブをめいっぱい右にまわし、身を乗り出して強い冷風を浴びる。

「ダニエル、家に帰らせて」

「だめだ」彼は言う。「今はきみを家で自己憐憫に浸らせるわけにはいかない。今日はプランがあると言っただろ？　それを今から実行するんだ」

私は深く息を吸い、窓に顔を向ける。木立が背後に飛び去り、車は森林の奥へと分け入っていく。私は母のことを考える。母がダニエルの名前を綴ろうとしたことを。一体なぜ彼のことを知っていたのだろう？　会ったこともないはずなのに？　今朝感じた不安がたちまち戻ってくる。携帯電話に目を落とすと、かろうじて一本立ったアンテナマークが電波を求めて虫の息になっている。どうしよう――家から遠く離れ、死んだ少女のネックレスを隠し持った男とふたり、車に閉じ込められて、助けを呼ぶ手立てもない。ひょっとしたら彼は昨夜、私があの箱を持っているところを見たのかもしれない。彼に見つかるまえにクローゼットの奥に戻したつもりでいたが、見られていたのかもしれない。足元に置いたハンドバッグに足が触れ、バッグの底に待機させた唐辛子スプレーを思い浮かべる。少なくともあれで身を守れる。

〝考えすぎよ、クロエ。彼はあなたを傷つけたりはしない。絶対に〟

自分にそう言い聞かせたとたん、衝撃が全身を駆け抜ける。母そっくりだ。もはや私自身が母になっている。ドゥーリー保安官のオフィスで、父に不利な証拠が積み上がっているのに、父をかばいだてしていた母そのもの。目の奥がつんとして涙がこみ上げ、こぼれそうになる。ダニエルに見られないよう、私はすばやく手で涙を拭う。

〈リヴァーサイド〉のベッドに横たわった母のことを思う。母の人生は永久に囚われたままだ。縮みつづける壁のような母自身の苦悩に。今、やっとわかった気がする。母がなぜ父のもとに戻ったのか。私はずっと、母が弱いからだと思っていた。独りになりたくないからだと思っていた。父と別れるすべを知らないから――別れたくないからだと思っていた。けれど今、いまだかつてないほど母の気持ちが理解できる。母が父のもとに戻ったのは、恐ろしい疑念を覆してくれる証拠を必死で探そうとしていたからだ。それがどんな微々たる証拠であれ、自分の愛した相手は怪物ではないという証《あかし》にしがみつきたかったからだ。そしてそれが見つからなかったとき、母は自身と向き合わざるをえなかった。いま私の頭の中を渦巻き、締めつけているのと同じ問いを自問せざるをえなかった。そして、その怪物を愛した自分は……自分は一体なんなのか？ 自分の愛した相手が怪物であることを。そして、その怪物を愛した自分は……自分は一体なんなのか？

車が減速を始め、到着の気配がする。窓の外を見ると、辺りは一面森に囲まれ、木立の唯一の切れ間を小川が流れている。その流れをたどった先に、おそらくもっと広い湿地が広がっているのだろう。

「着いた」ダニエルが車のエンジンを切り、鍵をポケットに突っ込んで言う。「さあ、車を降りて」

「ここはどこ？」私は努めて軽い口調を保とうとする。

「今にわかるよ」

「ダニエル」私は詰め寄るが、彼はもう車を降りている。助手席側にまわり、私のためにドアを開ける。今までずっと紳士的だと感じていた振る舞いが、今はそれ以上に不気味に感じられる。私の意思に反した強引な振る舞いのように。私はやむなく彼の手を取り、車の外に出る。すぐにドアを閉められ、反射的に顔をしかめる。私のハンドバッグ、携帯電話、唐辛子スプレーは車内に残ったままだ。

「目を閉じて」

「ダニエル――」

「いいから」

私は目を閉じ、私たちを取り巻く圧倒的な静けさを体感する。彼はここにオーブリーとレイシーも連れてきたのだろうか。ここがその現場だったのだろうか。見るからに完璧な場所だ――外界から孤絶し、誰の目にも触れない。〝彼はあなたを傷つけたりはしない〟。まわりで蚊のうなりが聞こえる。遠くで何かの動物ががさがさと木の葉を揺らして走り去る音がする。〝絶対に〟。足音が聞こえる。ダニエルの足音。私の車のほうへ歩み寄り、トランクを開けて、何かを取り出している。〝クロエ、彼はあなたを傷つけたりはしない〟。トランクから何かが引っ張り出され、どさりと地面に降ろされる。彼が私に向かって歩いてくる。何かを地面に引きずりながら。金属が土を引っ掻く音が聞こえる。

シャベルだ。

私はさっと振り返る。今にも森の中に逃げ込むつもりで。声をかぎりに叫ぶつもりで。誰もいるはずがないとわかっていても、誰かが聞きつけることを願って。助けてくれることを願って。ダニエルに対峙すると、彼は目を見開く。私が振り返るとは思っていなかったのだろう。私が立ち向かうとは思っていなかったのだろう。私は彼の手を見下ろす。彼が握っている細く長い物体を。それが私に向かって振り下ろされるのを防ごうと両腕を上げた瞬間、私はそれをまじまじと見て気づく……シャベルではない。ダニエルが手にしているのはシャベルではない。

オールだ。

「一緒にカヤックをしようと思ったんだ」彼は小川に目をやって言う。私は振り返り、木立が開けて浅瀬が覗いている小さな空き地を見る。その横の木立の隙間から、落葉や土や蜘蛛の巣をかぶった四艇のカヤックを載せた木製のラックが見え隠れしている。私は息を吐く。

「ほとんど誰も知らないような場所だけど、昔からずっとここにあってね」ダニエルは照れくさそうに歩み寄ってオールを差し出す。私はずっしりと重いそれを受け取る。「ここのカヤックは誰でも自由に使えるけど、パドルは自分のを持ってこないといけない。僕の車には入らないから、きみの車の鍵を借りて、今朝トランクに積み込んだんだ」

私は彼を探るように見つめる。これを凶器として使うつもりなら、私に持たせはしないだろう。私はパドルを見下ろし、それからカヤックに、静かな水面に、雲ひとつない空に目をやる。自分の車をちらりと見る――ここから抜け出す唯一の手段。鍵はダニエルのポケットの中だ。ほかに家に戻るすべはない。この瞬間、私は決意する――彼の態度が芝居なら、私も芝居するまでだ。

「ダニエル」私はがっくりとうなだれて言う。「ダニエル、ごめんなさい。自分でも何が悪いかわからないの」

「気を張りすぎなんだよ。こんな状況じゃ無理もない。だからここに連れて来たんだ。きみがリラックスできるように」

私はダニエルを見つめる。まだ彼を信じていいものかどうかわからない。昨夜からの短い時間で次々と発覚した証拠を無視することはできない。あのネックレス。あの香水の匂い。〈リヴァーサイド〉で彼を睨みつけていたクーパーの視線。まるで私が気づいていなかったダニエルの中の何か――隠された邪悪な何かに感づいたかのような。それに母の警告。彼が昨日、私の手首をつかんでソファに押さえつけたこと。彼が今朝、私に激昂し、私の車の鍵を取り上げたこと。

とはいえ、ほかのこともある。ダニエルは私のためにサプライズパーティーを開いてくれた。防犯システムを設置してくれた。私を母に会わせるため〈リヴァーサイド〉に連れていき、こうしてふたりだけの一日を計画してくれた。彼のいつもの愛情表現そのものだ。初めて出会ったときから、ダニエルは絶えず私に尽くしてくれていた。私が抱えていたダンボール箱を、彼がひょいと肩に担ぎ上げたあのときから。私はこれから先ずっと、そうした愛情表現を享受できるのだと思っていた。今も彼の照れくさそうな笑みを見ると、つい微笑んでしまう――癖になっているのだ――そうして微笑み合った瞬間、私は心を決める。ダニエルが人を傷つけたとしても、私を傷つけるとは思えない。

「わかった」私はうなずいて言う。「行きましょう」

ダニエルは満面の笑みになり、カヤックスタンドまで突き進むと、木製のラックから一艇持ち上げて降ろす。それを地面に引きずり、落葉や埃を払い、船体の中央に集まった蜘蛛の巣を一掃すると、水際に押し出す。

「レディーファーストで」そう言ってダニエルが腕を差し出す。私は彼に手をあずけ、ボートの中に不安定な一歩を踏み出す。とっさに彼の肩につかまり、そろそろとしゃがんで腰を下ろす。ダニエルは私が完全に坐ってから、私のうしろの座席にさっと乗り込み、ボートを岸から押し出す。私たちは水の上にすうっとすべり出る。

ひとたび空き地を過ぎると、この場所の美しさに嘆息せずにいられない。ゆったりと流れる太いバイユー。よどんだ水の中からそそり立ったヌマスギの大木。幹のまわりの呼吸根が、天をつかもうとする指のように水面に突き出ている。樹上から垂れ下がったスパニッシュ・モスを透かして陽の光が無数の滝しぶきのようにきらめき、カエルたちが一斉にぐるぐると喉を鳴らして合唱している。緑の藻がけだるく水面を漂い、その先の視界の隅に一頭のワニがぬっと浮上する。ビーズのような眼を一羽のシラサギに据えて接近するが、獲物はその細い脚から優雅に飛び立ち、羽ばたきながら安全な樹上に降り立つ。

「すばらしいだろう?」

ダニエルは私のうしろで静かにパドルを漕いでいる。左右交互に水を掻く音にぼうっと惹き込まれながら、私はワニを目で追いつづける。見えるところに潜んで、音もなく水面を横切るその様子をじっと見守る。

「ほんとに素敵。この景色を見てると……」

私は言いよどむ。途絶えた言葉が重く宙に漂う。

「この景色を見てると、子供時代を思い出すの……いい意味で。クーパーとよくマーティン湖に遊びに出かけたこと。ワニを見たこと」

「お母さんはさぞかし手を焼いただろうね」

私は昔を思い出して微笑む。〝シー・ヤ・レイター、アリゲーター!〟と木立に逃げ込みながら叫んだこと。素手でカメをつかまえ、甲羅の年輪を数えたこと。ネイティヴアメリカンの出陣化粧のように顔に泥を塗りたくり、森での追いかけっこの果てにどたどたと帰宅して母に叱られ、ふたりして忍び笑いをしながらバスルームへ直行し、肌がすりむけそうになるまで母にごしごしこすられたこと。蚊に食われた箇所に爪を食い込ませ、脚じゅうが三目並べの盤面のように小さな×印だらけになったこと。なぜか、こういうことを思い出させてくれるのはダニエルだけだと思える。ダニエルだけが引き出してくれる。いつもは隠れている、心の奥に仕舞い込まれた記憶を。テレビに映った父が六人の命を奪ったことではなく自分が捕まったことを悔いて泣いているのを見た瞬間、私が心の奥の隠し部屋に追い払った記憶を。ダニエルだけが思い出させてくれる。私の人生は悪いことばかりではなかったのだと。私はカヤックの座席にもたれ、目を閉じる。

「ここからの眺めを見せたくてね」湾曲部をまわったところでダニエルが言う。目を開けると、はるか前方に〈サイプレス・ステーブルス〉が見える。私たちの結婚式場。「もうあと六週間だ」

以前訪れたときにもまして、水上から望む大農園は息を呑むほど美しい。手入れの行き届いた広大な草地にそびえ立つ白亜の大邸宅。巨大な円柱に支えられた三面のラップアラウンド型ポーチ、そよ風に揺れる白塗りのロッキングチェア。私はそれらの椅子が前後にゆらゆら揺れるさまを眺める。あの立派な木の階段を降りて歩いてくる自分、ダニエルに向かって歩いてくる自分を想像する。

すると突然――どこからともなく――私の完璧な夢想を破って、トマス刑事の言葉が水の上を響いてくる。

〝オーブリー・グラヴィーノとあなたの関係は？〟

関係などない。私はオーブリー・グラヴィーノを知らない。私は刑事の声を黙らせようとするが、なぜか頭から追い出せない。私はオーブリー・グラヴィーノを知らない。彼女を頭から追い出せない。アイライナーに黒く縁取られた目、アッシュブラウンの髪。ほっそりした長い腕。小麦色に灼けた若々しい肌。

「ひと目見てすっかり心を奪われたんだ」うしろからダニエルが言う。が、私はほとんど聞いていない。風にゆらゆら揺れるあのロッキングチェアから目が離せない。今は誰も坐っていないが、あのときはちがった。あのとき、そこには少女が坐っていた。ほっそりした小麦色の肌の少女が、白茶けてくたびれた革の乗馬ブーツを履いた足で、だるそうにポーチの柱を蹴って椅子を揺らしていた。

〝あの子はうちの孫です。ここはうちの先祖代々の土地でしてね〟

ダニエルが手を振っていたのを思い出す。少女が組んでいた脚をほどいてワンピースの裾を下ろし、恥ずかしそうに頭を下げて手を振り返したことも。次にポーチに目をやったとき、すでに少女の姿はなく、空《から》のロッキングチェアが揺れながら止まりかけていたことも。

〝あの子は放課後たまにここへ来て、ポーチで宿題するのが好きなんです〟

その習慣は二週間前に途絶えたはずだ。彼女が墓地で姿を消した日に。

第三十一章

私はノートパソコンを開いてオーブリーの写真を見つめている。いま初めて見る写真を。小さな画像で、拡大すると若干粗くぼやけてしまうが、見まちがえようはない。彼女だ。

写真の中のオーブリーは、白いワンピース姿で地面にお尻をついて坐っている。膝下まである革の乗馬ブーツを履いて、完璧に手入れされた緑の芝生の上に両手をついている。両親、祖父母、おじやおばやいとこたちと一緒に写った家族写真。全体を縁取っているのは、私の結婚式のアイルを縁取ってくれるであろうオーク並木のアーチ。背景には、私がヴェールを引きずって降りる予定の白い階段と、あの巨大なラップアラウンド型ポーチ、常に揺れているように思えるロッキングチェアが写っている。

写真をじっと眺めながら、紙カップに入ったコーヒーをすする。いま開いているのは〈サイプレス・ステーブルス〉の公式ウェブサイトだ。経営者について書かれたページを見ている。あの土地は確かにグラヴィーノ家に代々受け継がれてきたようだ――一七八七年にサトウキビ農園としてスタートし、徐々に馬の牧場へと変遷し、やがて現在のイベント会場へと進化を遂げた。グラヴィーノ家は七代にわたってルイジアナ屈指の糖蜜を生産してきたが、自分たちがいかにすばらしい景勝地で暮らしているかに気づくと、屋敷を改装し、納屋を飾りつけ、土地全体の手入れと内部の装飾を徹底的に施して、ルイジアナならではの結婚式や企業イベント、その他の祝いの場にうってつけの空間を提供するようになった。

オーブリーの〈行方不明〉のポスターを見たとき、なんとなく見覚えがあると感じた。どこかで会ったことがあるような引っかかりを覚えた。その理由が今わかった。私たちが〈ステーブルス〉を訪れたとき、彼女はそこにいたのだ。私たちが式場を下見して、その場で予約を入れたあの日、彼女はそこにいた。私は彼女を見ていた。ダニエルも彼女を見ていた。

そしてもう、彼女はこの世にいない。

私は視線を移す。オーブリーの顔から、彼女の両親の顔へと。ほぼ二週間前にテレビのニュースで見た顔。父親は両手で顔を覆って泣いていた。母親はカメラに訴えかけていた――〝私たちの大事な娘を返してください〟。次に私はオーブリーの祖母を見る。私たちのまえでアイパッドの画面の向きを合わせるのに手こずり、暑さや虫が心配なふりをする私にエアコンやスプレーがあるから大丈夫と請け合った、あのときの親切な女性。おそらくオーブリー・グラヴィーノが地元の名家の娘であることはニュースで触れられていたはずだが、私は今まで知らずにいた。彼女の遺体が見つかって以来、ニュースを見るのは避け、車を運転するときもラジオは消していたから。そして彼女の顔写真がレイシーの顔写真で上書きされてからは、もはや誰も気にしなくなった。メディアの関心は次に移っていた。世間の興味も次に移っていた。オーブリーの顔はなんとなく見覚えがあるようなその他大勢の顔にまぎれてしまった。同じように行方不明になったほかの少女たちの顔に。

「ドクター・デイヴィス？」

ノックの音がして、私はノートパソコンから顔を上げる。メリッサが細く開けたドアの隙間から顔を覗かせる。ランニング用のショートパンツにタンクトップを着て、髪をお団子にまとめ、ジムバッグを肩から提げている。朝の六時半、オフィスの外の空の色は黒から青に変わりはじめたばかりだ。自分だけが起きて動いているかのような朝は無性に孤独だった——暗い中でコーヒーマシンのスイッチを入れ、無人の幹線道路を運転し、誰もいないオフィスに来て照明を点けるのは。私はオーブリーの写真に没頭し、周囲の静けさと同化して何も聞こえなくなっていたので、メリッサがオフィスに来ていることにも気づかなかった。

「おはよう」私は笑顔をつくり、手を振って彼女を招き入れる。「早いのね」

「先生もずいぶんお早いですけど」メリッサは部屋に入ってドアを閉め、額に流れる汗を拭って尋ねる。「今日って、早い時間に予約が入っていましたか？」

動揺が顔に出ている。スケジュールを見落としていたのかもしれない、それなのにジム帰りの恰好で出勤してしまったと慌てているのだろう。私は首を振る。

「ううん、溜まった仕事を片づけようと思って早く来ただけ。先週は……いろいろ大変だったでしょ。なかなか集中できなくて」

「ええ、私もできなかったです」

本当のところは、ダニエルと一分でも長く同じ家の中にいることに耐えられなかったからだ。あのときふたりでカヤックに揺られ、〈サイプレス・ステーブルス〉を彼方に望みながら、私はようやく恐れを抱くことを自分に許したのだった。単なる疑念ではない……恐れを。私のすぐうしろ、手を伸ばせば首を絞められる距離に坐った男への恐怖。水面を音もなく横切るあのワニのように、二十年前の父のように、見える場所に溶け込んだ怪物――その怪物と同じ屋根の下で暮らしていることへの恐怖。私の良心を苛んだのはあのネックレスだけではない。クーパーの不信感、母の警告に加え、今度はこれだ。死んだもうひとりの少女と私とのつながり――ダニエルとのつながり。そしてその瞬間、私がずっとダニエルに言えない秘密を隠し持っていたように、彼もずっと私に言えない秘密を隠し持っていたのだと確信した。クーパーは正しかった——私たちはお互いを知らない。私とこの男は結婚を約束し、同じ屋根の下で暮らし、同じベッドで毎晩眠っているが、赤の他人と何も変わらない。私は彼を知らない。彼がどこまで危険な人間なのかを知らない。

「ちょっと頭痛がするみたい」私は彼に言った。嘘ではなかった。彼方の豪邸を見つめながら、幻の脚が揺らす空《から》のロッキングチェアを見つめながら、胃から吐き気がこみ上げていた。あのとき、オーブリーはあのネックレスをつけていたのだろうか。今では私の家のどこかに押し込まれているあのネックレスを。「引き返してもらってもいい？」

ダニエルは私のうしろで黙っていた。何を考えているのだろうと私は思った。なぜ彼は私をここへ連れてきたのだろう？　私の反応を見るため？　彼にとってはこれも愉しいゲームの一部なのだろうか——真実を私の目のまえにぶら下げてみせた？　手を伸ばせば届くように？　それとも警告のつもりだろうか？　ダニエルは私が知っていることを知っている？　私はアーロンとの会話を思い出した。サイプレス墓地に特別な意味があるのではないかと彼が言っていたことを。もっと早く気づくべきだった。私はオーブリーを最初に〈サイプレス・ステーブルス〉で見かけていた。その後、彼女はサイプレス墓地で遺体となって見つかった。その名前に意味があるとは思ってもみなかった。あまりにもありふれた名前だったから。けれど今となっては、レイシーの遺体が私のオフィスの裏で見つかったように、とても偶然とは思えない。たまたまにしては出来すぎている。ダニエルはオーブリーの遺体が発見されたとき、私に気づいてほしかったのだろうか？　それとも自信があったのだろうか？　パズルのピースをまたひとつ見せても、その外側で形を成しはじめている全体像に気づかれないだけの自信が？

「ダニエル？」

「ああ」彼は気分を害したように小さな声で答えた。「いいよ、引き返そう。具合は大丈夫？」

私はうなずき、豪邸から無理やり目を逸らし、とにかく別のものに意識を向けようとした。私たちは船着き場に引き返し、車に戻って無言のまま帰路についた。ダニエルは唇を固く引き結び、ひたすら道路に目を据えていた。私は窓に頭をもたせかけ、こめかみを指で揉みほぐしていた。ドライヴウェイに車が停まると、私は昼寝をするからとつぶやき、寝室に直行してドアに鍵をかけ、ベッドにもぐり込んだのだった。

「ねえ、メル」私は今、アシスタントに向かって尋ねる。「ひとつ訊いていい？　このあいだの婚約パーティーのことなんだけど」

「もちろんです」メリッサはにっこり笑い、私のデスクの向かいの椅子に腰を下ろす。

「ダニエルはあの晩、何時に家に来たの？」

　メリッサは頰の内側を嚙み、少し考えてから口を開く。

「正直な話、先生がいらっしゃる少しまえでした。クーパーとシャノンと私は先に来ていて。ダニエルは仕事が長引いたせいで予定より遅れて、着いたのはほかのゲストがみんな来たあとでした。先生が入ってくる二十分前とかだったと思います」

　あの日感じた胸の痛みが戻ってくる。自分の感情を脇に押しやって、私のために来てくれたクーパー。私たちへの懸念を抱いていたにも関わらず――あるいは懸念を抱いていたからこそ。兄はあのとき私の家の居間の奥で、大勢のゲストにまぎれて私を見守っていた。私が悲鳴をあげてハンドバッグに手を突っ込み、唐辛子スプレーを探るのを見ていた。ダニエルが私の腰を抱き寄せ、みんなをどっと沸かせるのを見ていた。到底我慢ならなかったことだろう。ダニエルが愛嬌たっぷりの笑みを浮かべ、私を意のままに操るのを見て。だから私が気づくまえに背を向け、目立たないよう裏庭に逃れた。煙草を手に、私が来るのをひとりでずっと待っていた。なぜ今まで気づかなかったのだろう――兄に対して意地になっていたからだ。自分のことしか考えていなかったからだ。それが今、はっきり見えるようになった。思えばクーパーはいつでも私を見守っていてくれた――ひっそりと、背景にまぎれて。あのザリガニ祭りの場で取り巻きに囲まれながら、私を見るなり集団を離れ、ひとりぼっちの私を気遣ってくれたように。

「なるほど」私はうなずき、意識を集中させる。あの晩のことを思い出そうとする。レイシーが私のオフィスを出たのは六時半だった。それから彼女とのセッション内容をまとめ、帰ろうとしたときにアーロンから電話がかかってきて、私がオフィスを出たのは八時近かった。そのあと私は薬局に寄って帰路についた。ドライヴウェイに車を停めたのは八時半頃。ということは、ダニエルはあの二時間のあいだにレイシーを私のオフィスの外で誘拐し、後日ゴミ置き場に棄てるまで遺体を保管していた場所へ彼女を連れていき、私が帰宅するまえに家に戻ったことになる。

本当にそんなことが可能だったのだろうか？

「家に着いてから、ダニエルは何をしてたの？」

メリッサは椅子の上でもぞもぞ体を動かし、片方の足をもう一方の足に絡ませる。入ってきたときより緊張している。ダニエルと私のプライベートな問題に関わる質問だとわかっているのだろう。

「さっぱりしてくると言って、階上《うえ》に行きました。シャワーを浴びて着替えたんだと思います。一日じゅう運転していたそうなので。階下《した》に降りてきたとき、ちょうど先生の車のヘッドライトがドライヴウェイに入ってくるのが見えました。彼がグラスにワインを注いで、それから……先生が入ってきたんです」

私はうなずき、メリッサの答えに満足したかのように微笑んでみせる。内心は叫び出しそうだ。あの光景は完璧に憶えている。左右に道をあけた人々の中からダニエルが姿を現し、ワイングラスを手に歩いてきたあの瞬間。彼に腰を抱き寄せられ、動転していた体がやっと落ち着きを取り戻したこと。彼のぴりっとしたボディウォッシュの匂い、真っ白なまばゆい笑み。彼の隣りにいる自分はなんて幸運なのだろうと思った。けれど今……あの直前にダニエルは何をしていたのかと思わずにいられない。ボディウォッシュの匂いがあれほど強かったのは、別の匂いを洗い流すために念入りに泡立てたからではないのか。彼が着替えるまえに着ていた服はそもそもまだうちにあるのか、それとも証拠品から足がつかないよう、道端に捨てるなり燃やすなりして隠滅したのか。あの夜、ベッドで裸の体を重ね合わせたとき、彼の肌のどこかにレイシーの痕跡が残っていたのだろうか――いまだ見つかっていない一本の髪の毛、一滴の血、一片の爪が？　そうなるとオーブリーのことも考えずにいられない。彼女が行方不明になった夜、ダニエルが帰宅したあとの私たちがどうしていたのかを。彼はいつものようにシャワーに飛び込んだのだろうか？　ひとりで長い時間運転して帰ってきた日は決まってそうするように？　私も一緒にシャワーを浴びたのだろうか？　湯気が立ち込めるバスルームで彼の服を剝ぎ取り、彼女の痕跡を洗い流すのを手伝ったのだろうか？

　私は鼻をつまんで目を閉じる。考えただけで胸が悪くなる。

「先生？」メリッサの心配そうな囁き声が聞こえる。「大丈夫ですか？」

「ええ」私は顔を上げ、頼りない笑みを向ける。この状況の深刻さが肩にのしかかる。自分が何も知らずに関与していたのは二十年前と同じだ――この目で見ていながら、何が起こっているかに気づかなかった。気づかないまま少女たちを加害者に近づけた。いや、加害者を少女たちに近づけたと言ったほうがいい。私がいなければ、彼女たちは死なずにすんだのだろうか？　みんな今も生きていたのだろうか？

　急にどっと疲れを覚える。途方もなく疲れている。昨夜はほとんど一睡もしていない。ダニエルの肌がまるで炎を発してでもいるかのように、近づきすぎるなと私に警告していた。私はデスクの引き出しを見下ろす。暗がりで呼ばれるのを待っている薬の山を。メリッサに今日はもう帰っていいと言うこともできる。カーテンを閉め、眠りに逃げ込むこともできる。まだ七時にもなっていない――今日のアポイントをキャンセルするなら充分間に合う。が、それはできない。するわけにはいかない。

「今日のスケジュールはどうなってる？」

　メリッサはハンドバッグから携帯電話を取り出し、カレンダーアプリを開いて今日の予約を確認する。

「ほとんど埋まってますね。先週からの振り替えが多いです」

「明日はどう？」

「明日は四時まで予約がいっぱいです」

私はため息をつき、両手の親指でこめかみをほぐす。やるべきことはわかっている。ただ、そのための時間がない。予約はこれ以上変更できない。キャンセルばかりしていたら、じきにクライアントがいなくなってしまう。

それでも思い返さずにいられない。私の手のひらを一心不乱に叩いていた母の指を。

〝どうやったら証明できる？〟

ダニエル。答えはダニエルだ。

「木曜日はわりと空いてます」メリッサが人差し指で携帯電話の画面をスワイプしながら言う。「午前中は予約が入ってますが、午後は一件も入っていません」

「じゃあ……」私は姿勢を正す。「その日はそれ以上予約を入れないようにお願いできる？　金曜日も。ちょっと遠出しなくちゃいけないから」

第三十二章

「それはよかった。僕も嬉しいよ」

私は寝室の床から顔を上げる。ダニエルはドア枠にもたれ、笑顔で私を見ている。シャワーを浴びて出てきたばかりで、ぱりっとした白いバスタオルを腰に巻き、上半身裸で腕を組んでいる。そこから寝室を横切ってクローゼットに向かい、ハンガーをかき分けて、プレスされた白のワイシャツの中から一着を選びはじめる。私はいっとき彼を見つめる。きれいに日灼けしたその体を。引き締まった腕を、水に濡れた肌を。よく見ると、脇腹に引っ掻き傷のようなものがある。お腹から背中にかけて。真新しい傷のようだ。どうしてそうなったのか、何があったのか、私は考えまいとする。かわりに自分のスーツケースを見下ろす。荷造りの最中の衣類を。ほとんどがジーンズやTシャツといった実用的な服だ。一着くらいワンピースを入れたほうがいいかもしれない。スティレットヒールの靴も。それっぽく見せるために——バチェロレッテ・パーティーではそういう恰好をするものと決まっているのだから。

「面子は誰だって？」

「本当に仲間内だけよ」私は言い、スーツケースの隅に細く尖ったヒールの靴を押し込む。履くことはないとわかっている靴を。「シャノンとメリッサと、昔の職場の仲間が何人か。こぢんまりとした集まりにしたいから」

「いいね。愉しそうだ」ダニエルはそう言うと、ハンガーから選んだワイシャツに腕を通し、ボタンを開けたまま私のほうに歩いてくる。いつもなら立ち上がって彼の素肌に腕を巻きつけ、背中の筋肉に指で触れていただろう。いつもならキスをし、ことによると彼をベッドに連れ戻して、ふたりとももはやボディウォッシュの匂いではなくなり、互いの匂いになって家を出ていたかもしれない。

けれども今日はちがう。今日はそういうわけにはいかない。私は床から彼を見上げて微笑むと、また膝の上の衣類に目を落とし、畳んでいたシャツに意識を集中させる。

「前祝いをするべきだって言ってくれたでしょ」目を合わすまいとしても、ダニエルの視線がこめかみに突き刺さり、私の頭の中を探ろうとしているのを感じる。「婚約パーティーのときに。憶えてる？」

「憶えてるよ。聞き入れてくれてよかった」

「それに、あなたがニューオーリンズに行ったとき、いいなと思ったの」私は彼を見上げて言う。「車で二時間もかからないし、お金もそんなにかからないから」

ダニエルの唇がぴくりと反応する。目にも留まらないほどの動き。いつもの私なら気づかなかっただろう。すでに真実を知っているのでなければ――彼はあの週末、ニューオーリンズにはいなかった。私に詳しく説明してみせたカンファレンスも――土曜日に交流会、日曜日にゴルフがあり、月曜日からセッションが始まるという話だった――実際はおこなわれなかった。いや、そうではない。おこなわれはした。製薬会社の販売員が全国から大勢集まった。が、ダニエルは別だ。彼はそこにいなかった。なぜわかるかというと、そのカンファレンスのウェブサイトを見つけて、会場のホテルに電話したからだ。彼のアシスタントのふりをして、経費報告書の作成に必要な請求書のコピーを送ってほしいと頼んだ。それでわかったのだ。ダニエル・ブリッグスはホテルにチェックインしてもいなければ、カンファレンスに登録されてもいなかった。彼の直近のラファイエットへの出張について は確かめようがなかったが、それも嘘だろうと直感していた。彼の今までの出張旅行――泊まりがけの週末、夜を徹しての運転、泥のように疲れながらもいつになく昂揚して帰ってきたあの長旅はすべて、その裏のまがまがしい出来事を覆い隠す口実に過ぎなかった。そして、それを確かめるすべはひとつしかなかった。

自分の婚約者について、私が知らないことはあまりにも多い。それでも一緒に暮らしてきて、ひとつだけはっきり言えることがある。彼は習慣の生き物だということだ。毎日家に帰ってくると、次の出張に備えて施錠したブリーフケースをダイニングルームの隅にきちんと置く。そして毎朝、ランニングに出かける――家のまわりで五マイル前後の距離を走り、そのあと時間をかけて熱いシャワーを浴びる。そんなわけでこの数日間、ダニエルが毎朝私の額にキスをして走りに出たあと、私はダイニングルームに忍び込み、ダイヤル錠の五桁の数字を前後に回して暗証番号を突き止めようとした。思ったより簡単だった――彼はある意味、予測可能な男だった。私はダニエルの人生において意味のありそうな数字を片っ端から思い浮かべた――彼の誕生日、私の誕生日。私たちの家の住所。そもそもアーロンから教わったことがあるとすれば、模倣犯はセンチメンタルだということだ。彼らの人生は隠されたメッセージや暗号を中心に回っているのだから。連日失敗が続いたあと、私はどうしたものかと考えながら、ダイニングルームの床に坐り込んだ。ダニエルのブリーフケースとダイニングルームの窓を交互に見比べ、じきに彼が姿を現すのを待った。すると、ある考えがひらめき、にわかに立ち上がった。

窓の外をもう一度見やってから、ひらめいたばかりの組み合わせを試してみた――72619。錠の横に刻まれた小さな目盛りに合わせて五つの数字を並べ、解錠ボタンを押した。カチッと音がしてラッチが外れ、蝶番の軋みとともにブリーフケースが開いた。

当たった。的中した。72619。

二〇一九年七月二十六日。

私たちの結婚式の日。

「シャノンにメールして、きみたちの写真を送ってもらうようにするよ」ダニエルはそう言うと、ドレッサーのほうを向いて下着の入った引き出しを開ける。去年のクリスマスに私がプレゼントした赤と緑のフランネルのボクサーパンツに足を通し、笑いながら言う。「きみがバーボン・ストリートで羽目を外してる証拠写真を送ってもらおう。ほら、あの試験管に入った酒を――」

「だめ」私は急いで言う。ダニエルに向き直り、彼がわずかに目を細めるのを見て、内心焦りながら言い訳を考える。彼を納得させるためのもっともらしい理由を。シャノンにもメリッサにも、ほかの誰にもメールされては困るのだ。なぜなら彼女たちの誰ひとりとして、私のバチェロレッテ・パーティーには来ないから。私ですら私のバチェロレッテ・パーティーには行かないから。なぜならそんなパーティーは存在しないから。

「お願いだからそれはやめて」私は目を伏せて言う。「だって、私の独身最後のパーティーなのよ。いちいち自分がどう見えるかとか気にしたくないの。恥ずかしい写真をあなたに見られる心配なんてしたくない」

「またそんなこと言って」ダニエルは両手を腰に当てる。「いつから飲みすぎを心配するようになった？」

「普通は連絡取ったりしないんだから！」私はわざと冗談めかして言う。「パーティーは週末のあいだだけだし、みんなどうせ返信しないと思う。ルールはもう伝えてあるから——電話もメールも一切禁止。誰にも邪魔されないで、女子だけで過ごすの」

「わかったよ」ダニエルは両手を挙げて降参してみせる。「ニューオーリンズの恥はかき捨てだ」

「ありがとう」

「じゃあ、日曜日には帰ってくるんだね？」

私はうなずく。これから丸四日間の自由を確保できたと思うと、カーペットの上で蕩けそうになる。これでやっと解放される。やっと逃れられる。自分の家に足を踏み入れるたび、今までどおりを装おうとしてきたが、もう自分を偽らなくていいのだ。そしてこの旅が終わったら、二度と演じる必要はなくなっているはずだ。二度と自分の心にそむかなくてよくなる。ベッドで彼が体を寄せてくるたび、彼の唇が首に触れるたびにぞっとするのを我慢して眠ることもなくなる。この旅が終わったら、私は警察に提示できるだけの証拠を手にしているはずだから。ようやく自分の正しさを証明できるから。

だからといって、これからしようとしていることが楽になるわけではない。

「淋しくなるよ」ダニエルはベッドの端に腰かけて言う。あの防犯アラームの夜以来、私がよそよそしくなっていることに彼は気づいている。私が離れようとする気配を感じ取っている。私は髪を耳にかけると、思いきって立ち上がり、ベッドに歩み寄って彼の隣りに腰を下ろす。

「私も淋しくなる」そう言うなり抱き寄せられ、息を殺して彼のキスを受け止める。ダニエルの両手がいつものように私の頭を包み込む。「でも、もう行かなくちゃ」

私は体を引いて立ち上がると、スーツケースのまえに戻って蓋を閉じ、ファスナーを閉める。

「午前中に何件かアポイントがあって、それが終わったら直行するから。メリッサを乗せてオフィスを出て、途中でシャノンを迎えに寄るの」

「愉しんで」ダニエルは微笑む。一瞬、ベッドの端にぽつんと坐って膝の上で手を組んだ彼の姿から、今までにない哀しみが伝わってくる。かつて私自身が感じたことのある、どうしようもない切なさのようなもの。ダニエルと出会う以前、誰かと一緒にいてたまらなく淋しくなったときのあの感情。これが数週間前なら罪悪感を覚えていただろう。愛する相手に嘘をつくときの胸の痛みを。私はこれから彼に隠れて、彼の過去を洗いざらい調べようとしている。自分がさんざん他人にされて許せなかったのと同じことを彼にしようとしている。けれどこれはまた別だ。これは深刻なのだ。ダニエルは私と同じではないから――私と同じではないが、私の父と同じかもしれない。その疑念は今ではほとんど確信に変わっている。

私は最初のアポイントの三十分前にオフィスに到着する。肩にダッフルバッグを掛け、いそいそとメリッサのデスクのそばを通りながら、ラテをすする彼女に手を振る。自分の週末旅行について突っ込んだ話をすることは避けたい。メリッサには結婚式の準備のためだと言ってあるが、その曖昧きわまりない説明以外に、納得してもらえそうな理由は持ち合わせていない。とにかくダニエルにもっともらしいアリバイを提示するのが先決だった。ひとまずそれはうまくいったと思っている。

「ドクター・デイヴィス」メリッサが呼び止め、デスクにカップを置く。私は自分のオフィスに入りかけたところで振り返る。「すみません、来客の方が……先生はこれからアポイントだとお伝えしたんですが、あちらでずっとお待ちです」

私は待合室のほうを振り返り、入ってくるとき見もしなかった隅のソファに目を留める。そのいちばん端にトマス刑事が坐っている。刑事は私に笑みを向けると、膝の上に広げた雑誌をぱたんと閉じてコーヒーテーブルに戻し、立ち上がって私に挨拶する。

「おはようございます。どこかへお出かけですか？」

私は肩に掛けたダッフルバッグを見下ろし、刑事に視線を戻す。彼はすでに距離を半分詰めている。

「ちょっとした旅行です」

「どちらへ？」

私は頰の内側を嚙み、メリッサがうしろにいるのを意識しながら口を開く。

「ニューオーリンズへ。結婚式が目前なので、必要なものをそろえに行くんです。ずっと見たいと思っていたブティックなんかがいろいろあるので」

嘘をつくときは単純化するに越したことはない。相手が変わっても話は一貫させたほうがいい。それは経験上わかっている。私がニューオーリンズにいるとダニエルに思わせたいなら、メリッサとトマス刑事にも同じように思わせたほうがいい。トマス刑事は私の薬指の指輪をちらりと見てから、軽くうなずいて言う。

「お時間は取らせません」

私は自分のオフィスに腕を差し伸べ、メリッサににっこり笑いかけると、刑事の先に立って待合室を横切る。内心の動揺をひた隠し、いかにも落ち着いて自分を制御できているかのように振る舞う。刑事は私のあとに続いてオフィスに入り、ドアを閉める。

「それで、ご用件はなんでしょう、刑事さん？」

私は自分のデスクまで歩いてバッグを床に降ろし、椅子を引いて腰を下ろす。刑事も私に倣うかと思えば、彼は立ったまま話を切り出す。

「今週ずっと、あなたがおっしゃった手がかりについて調べていたことをお伝えしようと思いましてね。バート・ローズについて」

私は眉を上げる。バート・ローズのことはすっかり忘れていた。先週はあまりにもいろいろありすぎて、それどころではなくなっていたのだ――クローゼットの奥にあったネックレス、明らかになったオーブリー・グラヴィーノとのつながり、ダニエルのシャツについた香水、カンファレンスについての嘘、彼の脇腹の引っ掻き傷、母を訪ねてわかったこと。そして、ダニエルのブリーフケースを開けて見つけた証拠品。それらは今、私のダッフルバッグに入っている。私がずっと探していた証拠、そしてまさにこれから私が見つけるはずの証拠。バート・ローズが私の家に来たことはもはや遠い出来事のように感じる。ドリルを突きつけてきた彼とじっと睨み合っていたことは。それでも恐怖で体が麻痺した感覚は憶えている。危険だとわかっているのに、根が生えたように足が動かないあの感覚。けれど今、危険の意味合いはまるで変わってしまっている。少なくとも、私はバート・ローズと同じ屋根の下で暮らしてはいない。少なくとも、彼は私が施錠したドアを開けられる鍵を持ってはいない。今となってはあの日が懐かしくすら思える。あのときはまだよかった——玄関ドアを閉めて、ドアに背中を押しつけた瞬間——あのときはまだ〝善〟と〝悪〟の境界線が明確だった。

トマス刑事が身じろぎし、私は不意に罪悪感を覚える。彼にまちがった方角を教えてしまったことへの罪悪感。確かにバート・ローズは善人とは言えない。確かに私は彼と対峙して危険を感じた。けれど、あれから私が見つけた証拠は彼のほうを示してはいない——それを正直に言うべきだと思いながらも、好奇心を抑えられない。

「そうだったんですね。何かわかりました？」

「まず第一に、彼は接近禁止命令を取得したがっています。あなたに対して」

「なんですって？」私は思わず立ち上がる。椅子が堅木の床をこすり、黒板を爪で引っ掻いたような耳障りな音が響く。「接近禁止命令？　どういうことですか？」

「坐ってください、ドクター・デイヴィス。彼はあなたの家を訪問した際、身の危険を感じたとのことでした」

「身の危険を感じた？　あの人がですか？」私は大声になっている。メリッサにも聞こえているはずだが、もはやそんなことはどうでもいい。「どうしてあの人が危険を感じなくちゃならないんですか？　身の危険を感じたのは私です。私は無防備だったんですから」

「ドクター・デイヴィス、坐ってください」

私は刑事を見つめ、信じられない思いでまばたきを繰り返してから、のろのろと椅子に腰を戻す。

「彼はあなたの自宅に偽の口実のもとにおびき出されたと主張しています」刑事は私のデスクに一歩近づいて続ける。「彼は仕事をしに来たつもりだった。ところが家に入ったとたん、あなたには別の目的があるようだと気づいた。あなたにあれこれ詮索され、神経を逆撫でされ、自分の不利になるような会話に誘導された」

「ばかげています。そもそも彼を家に呼んだのは私じゃありません。私の婚約者が電話したんです」

その言葉――婚約者――に胸がどくんと跳ねるが、なんとか平静を装う。

「あなたの婚約者はどうやって彼の番号を手に入れたんです？」

「ウェブサイトからだと思いますけど」

「なぜそのウェブサイトを見ていたんです？　とても偶然とは思えませんが。あなたの来歴からすると」

「いいですか」私はうんざりして頭を抱える。この話がどこへ向かおうとしているかは明白だ。「私はたまたま彼のウェブサイトを見ていたんです。バート・ローズがこのバトンルージュに住んでいることがわかって、あなたがおっしゃったように、とても偶然とは思えなかったので。私は行方不明の女の子たちのことを思って、彼女たちに一体何が起こっているのか、気になって仕方がなかったんです。私がパソコンでたまたまそのページを開いているのを婚約者が見て、私の知らないあいだに彼に電話したんです。ばかげた誤解があっただけなんです」

トマス刑事はうなずいてみせる。が、私を信じていないことは明らかだ。

「話はそれで終わりですか?」私は苛立ちもあらわに尋ねる。

「いいえ、終わりではありません」刑事は言う。「ほかにも調べてわかったことがあります。あなたのまわりでは以前も同じようなことがあった。気味が悪いほど似ています。ストーキング、陰謀説。接近禁止命令さえも。心当たりはありませんか? イーサン・ウォーカーという名前に?」

第三十三章

初めて彼を見たのは、大学の社交クラブのパーティーでのことだった。クーラーに入ったけばけばしい色の赤い液体をプラスチックのカップに汲んでいる姿。彼は見るからに特別な雰囲気を発していた――洗練された軽やかなオーラを。まるで室内にいる全員がくすむのと引き換えに、彼がすべての光を自分に集めて輝きを放っているかのようだった。

私は自分のドリンクをひと口飲んで顔をしかめた。大学生のパーティーで供されるカクテルの品質など知れているが、それ自体はどうでもよかった。適度に興奮し、適度に感覚を麻痺させるために飲んでいた。血管を駆けめぐっているヴァリウムの成分がすでに神経をなだめ、心を落ち着かせてくれていた。私は自分のカップに残った指一本分の液体を見下ろし、ぐっとひと息に飲み干した。

「彼の名前は、イーサン」

私の左に立っていたルームメイトのサラが、そう言って顎をしゃくってみせた。私がじっと見ていた男子に向かって。イーサンに向かって。

「イケメンよね」サラは言った。「行って話しかけたら？」

「どうかな」

「さっきからずーっと彼のこと見てるじゃない」

私は頬が熱くなるのを感じながら、さっと彼女を見て言い返した。

「ずっとは見てない」

サラはせせら笑いを浮かべ、自分のカップの中身を揺すってからひと口飲んだ。

「ま、いいけど」彼女は言った。「あなたが行かないなら、私が行くから」

私はサラがぶらぶらと彼のほうへ歩いていくのを見送った。酔っぱらった男女が発する熱気と騒音を押しのけ、狙い定めた獲物に向かっていく女のうしろ姿を。私は壁際の定位置から動かなかった――そこなら部屋全体を見渡せ、常にまわりに目を配っていられる。背後から近づかれたり驚かされたりすることの絶対にない場所。そこからサラを目で追い、結局いつもこうなるのだと思った。大学生活の最初から一貫して、サラは私が欲しくてたまらなかったものをことごとく奪い取ってきた――寮の二段ベッドの下の段に始まり、現在のアパートメントのウォークインクローゼット付きの寝室、異常心理学の講義の最後の一席、ブティックのショーウィンドウに飾られた中で一枚だけMサイズが残っていたベージュのトップス。彼女は今まさにそのトップスを着ていた。

そして今度は、イーサン。

サラは彼に近づき、肩を叩いた。イーサンは彼女を見るなり相好を崩し、親しげにハグをした。別にどうってことない——私は心の中でつぶやいた——どのみち彼はチェックリストに当てはまらないし。それは事実だった。イーサンは私の好みからするとやや体格がよすぎた。サラを胸に抱き寄せた腕の筋肉も隆々としていた。その気になれば彼女をがっちり腕に閉じ込めることもできるだろう。ボアコンストリクター《大蛇》のように絞めつづけ、彼女の背骨をへし折ることもできるだろう。彼はまた、人気がありすぎるように見えた。欲しいものを手に入れることに慣れすぎているように見えた。私はそういう男とは関わらないようにしていた。女は自分の思いどおりになって当然と思っていそうな男、私の気が変わったとたんに怒り出しかねない男とは。

私は玄関ドアに目をやった。あのドアを抜ければ、むっとしたこの空間から逃れて、すがすがしい秋のキャンパスに戻ることができる。いつも家に帰るときは絶対にひとりで歩かないようにしていたが、あの様子ではサラは当分ここにいるだろうから、ほかに選択肢はない。アパートメントの鍵に唐辛子スプレーのキーホルダーをぶら下げているし、ほんの数ブロックの距離だ。私は壁際に立ったまま躊躇した。サラのところへ行って先に帰るくとも思えなかった。黙って帰ったところで誰かが気づくとも思えなかった。

出ていこうと決め、最後にもう一度室内を見渡したとき、ふたりがこっちを見ていることに気づいた。イーサンとサラ、ふたりともが私のほうを見ていた。サラが華奢な手で口元を覆って、何事かを彼に耳打ちすると、イーサンは笑みを浮かべて軽くうなずいた。心臓が喉元まで跳ね上がった。私は所在なげに手にした空《から》のカップを見下ろした――せめて中身が残っていれば、飲んでいるふりができたのに。私が壁際から動くまえに、イーサンがこっちに向かって歩きはじめた。ほかの誰も目に入らないかのように、私の目だけをひたと見据えて。彼の何かが私を緊張させた。男に対して普段感じる緊張――警戒し、神経を尖らせる感覚とは別の、ポジティヴな、心が躍るような緊張。私は気づくと手の中のカップを握りつぶしていた。イーサンはようやく私に近づくと、がっしりした腕で私の腕に触れた。彼が着ているヘンリーネックのシャツのやわらかなコットン生地の感触が肌に残った。

「やあ」イーサンは満面の笑みを浮かべて言った。整然と並んだ真っ白な歯。ショッピングモールで店のまえを通りかかったときのような、甘く涼やかな香りがした。クローバーとサンダルウッド。そのときは知らなかったが、次の数カ月間でそれはすっかりおなじみの匂いになる。彼の体のぬくもりが消えたあとも、残り香となって私の枕に何週間も漂いつづけることになる。どこにいても私はその匂いに気づくことになる――彼がいた場所で、彼がいてはならなかった場所で。

「サラのルームメイトなんだって？」イーサンが会話を促した。「彼女とは同じ授業で知り合ったんだ」

「ええ」向こうにちらりと目をやると、サラは大勢の中にまぎれてしまっていた。私は勝手に彼女を悪者にしたことを心の中で謝った。「私はクロエ」

「イーサン」彼は握手がわりにドリンクを差し出した。私はそれを受け取ると、なみなみと中身の入ったカップを自分の空《から》のカップに重ね、二重になった縁に口をつけて飲んだ。

「サラから聞いたけど、きみは医者を目指してるんだって？」

「臨床心理士」私は言った。「次の秋から臨床心理学の博士課程に直接進んで、最後に精神薬理学の修士号を取るつもり」

「ワオ。それはすごいな。あのさ、ここはちょっとうるさいから――静かな場所に行って話をしない？」

　それを聞いて私は失望を覚えた。所詮この人もほかの男と同じだと思ったのだ。とはいえ、彼を責める気にはなれなかった。自分も同じことをしてきたからだ。人を利用してきた。淋しさを埋めるために、彼らの体を利用してきた。それが今度は逆に、利用される側の気持ちになったということだ。

「実はもう帰ろうと思ってたところで——」

「ごめん、変な言い方だったね」イーサンは片手を突き出し、私の言葉を遮った。「男がみんなそう言うのはわかってる。〝静かな場所〟って、俺の部屋のことだと思ったでしょ？　そういうつもりで言ったんじゃないんだ」

そう言ってきまり悪そうに微笑んだ。私は唇の端を嚙み、彼がどういう、、、つもりで言ったのか考えようとした。イーサンは私のチェックリストには当てはまらなかった。身体的にも精神的にも傷つかないよう、私がずっと準拠してきた絶対確実なシステムには。彼は捉えどころがなかった。誰をも魅了する笑顔、くしゃくしゃのサーファー風の金髪。ジムに足を踏み入れたことなど一度もないかのような、努力の跡が見えない彫刻のような前腕。彼と話をするのは安全でもあり危険でもあるような気がした。さながらジェットコースターの拘束具を装着し、どきどきしながらレールの上をすべり出して、もはや後戻りできないと感じるときのように。

「あの奥はどう？」

イーサンはキッチンのほうを示して言った。べたべたに汚れたままのカップや〈ナチュラルライト〉のビールの空き缶がカウンターの上に積み重なり、ドアは蝶番から丸ごと外されてしまっていた。が、中には誰もいなかった。話をするには充分静かでありながら、人目につくので安心感がある。私はうなずいて同意し、彼のあとについて混み合った廊下を抜け、蛍光灯に照らされたキッチンに入った。イーサンはタオルを取ってカウンターを拭き、拭いた面をぽんぽんと叩いてにっこり笑った。私は歩み寄ってカウンターにもたれると、表面に手をついてひょいと体を押し上げ、縁に腰かけて足をぶらぶらさせた。彼は私の隣りに坐り、飲みかけのカップを私のカップに触れ合わせた。私たちはそれぞれドリンクに口をつけ、プラスチック越しに見つめ合った。

そしてそれから四時間、そこに坐っていた。

第三十四章

「ドクター・デイヴィス、質問にお答えいただけますか？」

私は顔を上げてトマス刑事を見つめ、目をしばたたいて記憶を追い払おうとする。いまだに生々しく思い出される――カウンターにこぼれたドリンクで手がべたつき、何時間もじっとそこに坐っていたせいで脚が痺れていたこと。会話に没頭し、あの荒れ放題の古いキッチンの外の世界のことはすっかり忘れていたこと。まわりのパーティーの喧騒がかき消え、ふと気づくと、自分たちのほかには誰も残っていなかったこと。秋の夜風がキャンパスの木々を吹き抜ける中、互いの指をそっと絡ませ合い、暗い歩道を言葉少なに歩いて、アパートメントまで送ってもらったこと。私が玄関ドアを開けて〝おやすみ〟と手を振るまで、彼が街路に立って待っていたこと。

「ええ」私は小さな声で答える。喉が締めつけられて声が出ない。「ええ、イーサン・ウォーカーのことは知っています。その件について、あなたはとっくにご存じみたいですけど」

「彼についてお話しいただけますか？」

「私の大学のときのボーイフレンドでした。彼とは八カ月つきあいました」

「なぜ別れたんです？」

「大学のときですから」私は繰り返す。「そこまで真剣な関係ではなかったので。途中でうまくいかなくなっただけです」

「そうは聞いていませんが」

自分でも驚くほどの憎しみが胸に湧き上がり、私は刑事を睨みつける。明らかに彼は答えを知っている。私の口から言わせたいだけだ。

「その当時何があったのか、あなた自身の言葉でお話しいただきたい」トマス刑事は言う。

「最初から」

私はため息をつき、ドアの上の時計をちらりと見る。最初のアポイントの時間まであと十五分。この件についての私自身の話は過去に何十回としている――そんなに聞きたいなら、警察の記録を調べればすむことだ。まったく同じ話をしている私の録音データを聞くなりすればいい――が、今はとにかくこの男をオフィスから追い出したい。クライアントがやってくるまえに。

「先ほど言ったように、イーサンと私は八ヵ月間つきあいました。私にとっては初めてちゃんとつきあった相手で、すぐに親密な関係になりました。学生同士なのに、距離を縮めるのが早すぎたと思います。彼は毎晩のように私のアパートメントに来ました。でもその夏、学校が休みに入ったとたんに、彼は距離を置きはじめたんです。私のルームメイトのサラが行方不明になったのも、ちょうどその頃でした」

「失踪届は出ていたんですか？」

「いいえ」私は言う。「サラは気まぐれで、自由な精神の持ち主だったので。突然思い立って週末旅行に出かけたり、どこかへいなくなるようなことがよくあったんです。でも、そのときは何かがおかしいと感じました。三日間彼女から連絡がなかったので、だんだん心配になってきて」

「それはそうでしょう」トマス刑事は言う。「警察には行きましたか？」

「いいえ」私はまた否定する。それがどう聞こえるかはわかっている。「だって考えてみてください、二〇〇九年の話ですから。みんな今みたいに四六時中携帯電話に張りついていたわけじゃありません。だから自分に言い聞かせようとしました。きっとサラは急に旅行に出かけて、携帯を置いていっただけなんだって。でもその頃から、イーサンの様子がおかしくなってきたんです」

「おかしくなってきたとは、どんなふうに？」

「私がサラの名前を出すたびに、なんだか慌てているようでした。とりとめのないことを口走って、話題を変えてしまうんです。サラがいなくなったことを気にする様子もなくて——たぶんこういう理由じゃないかとか、適当なことを言うだけなんです。『夏休みだから、実家に帰ったんじゃないかな』とか。でも、私がサラの両親に電話して確かめたいと言ったら、それはやりすぎだ、人のことに首を突っ込むのはやめるべきだと言われました。彼のそういう態度を見ていて思いはじめたんです、まるでサラが見つかってほしくないみたいだって」

トマス刑事は私に向かってうなずいてみせる。本当にこの話を全部把握しているのか、警察署で録音データを聞いてきたのかと疑いたくなるが、その表情からは何も読み取れない。

「ある日、サラの部屋に入って、あちこち覗いてみました。彼女の行き先を示す手がかりが見つかるんじゃないかと思って。メモか何か、わかりませんけど」

あのときのことは鮮明に憶えている。サラの部屋のドアを人差し指で押し、ドアの軋む音を聞きながら、そっと室内に足を踏み入れたこと。まるで暗黙のルールを破ってでもいるかのように。まるで今にもサラが踏み込んできて、私が彼女の洗濯物を漁ったり彼女の日記を盗み読んでいるところをつかまえるかもしれないとでもいうように。

「サラのベッドから上掛けを剝がしてみました」私は続ける。「そしたら、マットレスに血の痕が広がっていたんです。大きな血の痕が」

今でもはっきりと目に浮かぶ。あのおびただしい血。サラの血。ベッドの下半分がほとんど血の色に染まっていた。鮮血の赤ではない、錆びた赤茶色に。思わず血痕に手を押しつけ、奥のほうにぐっしょりとした湿りけを感じたのを憶えている。指の腹に残った緋色の染みは、まだ生々しく湿っていた。

「それに、妙に聞こえるのはわかっていますが、彼女のベッドからイーサンの匂いがしたんです」私は言う。「彼の匂いはすごく……特徴的だったので」

「なるほど」刑事は言う。「その時点で警察に行ったわけですね」

「いいえ。警察には行きませんでした。行くべきだったことはわかりますが――」私は言葉を切り、冷静さを保とうとする。次に言うことをまちがえてはならない。「警察に行くまえに、この件には犯罪が絡んでいるという確証を得たかったんです。私は自分の名前、自分の過去から逃れるためにバトンルージュに来たばかりでした。また警察と関わって自分の過去を引きずり出されたくなかったんです。やっと手に入れた普通の生活を失いたくなかったんです」

刑事は無言でうなずく。その眼差しには非難がこもっている。

「でも、私がリーナを家に呼んで父に引き合わせたように、サラとイーサンもそういうことなんじゃないかと思いはじめたんです」私は続ける。「イーサンにはアパートメントの鍵を渡していたので。それで、サラが行方不明になったのはトラブルに陥ったからかもしれない、もしイーサンがそれに関係しているなら、なんとしても突き止めなければと思ったんです。自分に責任があるような気がしてしまったんです」

「なるほど」刑事は言う。「それからどうなりました？」

「その週のうちにイーサンに別れを告げられました。突然すぎてびっくりしましたけど、サラが姿を消したのと同じ時期にそうなったのが、彼が何かを隠している証拠のように思えて。イーサンはいろいろ、いろいろと落ち着くまでしばらく市外の実家に帰ると言いました。それを聞いて、彼のアパートメントに忍び込むことにしました」

トマス刑事が眉を上げるが、私は負けじと話を続ける。また彼に遮られるまえに。

「警察に持っていく証拠を得られるかもしれないと思ったんです」そう言いながら、父のクローゼットの奥にあったジュエリーボックスを思い浮かべる。あれこそまさに動かぬ証拠だった。「父の事件を経験してわかっていましたから。証拠は何より重要だと――証拠がなければ、憶測の域を出ません。逮捕はおろか、罪に問うことも憚《はばか》られます。具体的にどういう証拠を探しているのかは自分でもわかりませんでした。ただ、何かしら形あるものが見つかることを期待してたんです。自分の頭がいかれてるわけじゃないと思わせてくれる何かが」

自分で選んだ言葉――いかれてる――にぴくりと顔が引きつるが、かまわず話しつづける。

「それで、イーサンがいつも鍵をかけずにいた窓から忍び込んで、辺りを探りはじめました。でもそれからすぐに、寝室のほうから音が聞こえてきて、彼が家にいるとわかったんです」

「寝室に行って、何を見つけたんです？」

「彼がそこにいました」思い出すと頬が熱くなる。「サラも一緒でした」

あの瞬間――イーサンの寝室の戸口に立って、みすぼらしいシーツにくるまったふたりを見つめながら――私は思い出していた。初めて彼と出会った夜、パーティーでふたりがハグを交わしていたのを。サラが口元を手で覆って彼に顔を近づけ、何事かを耳打ちしていたのを。イーサンとサラは同じ授業で知り合った――それは本当だった。が、それだけの関係ではなかったことが、あとになってわかった。ふたりはその前年につきあっており、私が彼と親密になって数カ月経った頃に、こっそりよりを戻したのだ。サラに関して、やはり私はまちがっていなかった。いつも私の欲しいものを奪い取る女。私とイーサンを引き合わせたのは、彼女にとってゲームでしかなかった。イーサンの目のまえに自分をちらつかせ、私から彼をかっさらって、自分のほうが優れていることをもう一度証明するための手段でしかなかった。

「あなたがそんなふうに突然入ってきたことに、彼はどう反応しましたか？　アパートメントに侵入されたことに？」

「もちろん、散々でした。私に向かってわめきはじめて、言い分もめちゃくちゃでした。俺はずっと別れようとしてたのに、おまえが嫌だと言って聞かなかったからこうなったんだと。彼は結局、頭のおかしい元彼女がアパートメントに侵入してきたと主張して……接近禁止命令を申し立てたんです」

「サラのマットレスの血痕はなんだったんです？」

「彼女はうっかり妊娠してしまったらしくて」私は淡々と無感情に説明する。「でもそのあと、流産してしまった。本人としては取り乱してはいたけれど、誰にも知られたくなかった。妊娠していたこと自体もそうだし、何よりルームメイトの彼氏とそうなったことは絶対に隠しておきたかった。だからいろいろと落ち着くまで、その週ずっとイーサンのアパートメントに身を潜めていた。そういう事情で、イーサンは私が騒いで彼女の実家に電話するのを嫌がったわけです――行方不明を届け出るのは言うまでもなく」

トマス刑事がため息をつき、私は自分が馬鹿に思えてならない。マウスウォッシュで酔っぱらおうとしたのを叱責されるティーンエイジャーのように。〝怒ってるわけじゃない、がっかりしてあきれてるんだ〟。刑事が何か言うのを待つが、彼はただ探るような目で私をじっと見つめるだけだ。

「どうして私にこの話をさせるんですか？」私は痺れを切らして尋ねる。以前からの苛立ちがまたこみ上げてくる。「明らかにあなたはもう知っている。これが今回の事件とどう関係あるんですか？」

「この件を思い出すことで、私と同じ視点に立ってもらいたいからです」刑事はそう言うと、私に一歩近づく。「あなたは愛する家族に傷つけられてきた。信頼していた家族に。あなたは男性に対して根強い不信感を抱いている。それははっきり言える――あなたのお父さんがしたことを思えば、無理もないでしょう。しかし、ボーイフレンドの居場所を常に把握できないからといって、彼が殺人犯だということにはならない。あなたはそれを身をもって学んだはずです」

喉が締めつけられ、私は瞬時にダニエルのことを思う――自分がこれから独自に調査しようとしている、新たなボーイフレンド（ちがう、婚約者だ）のことを。心の中に積もり積もった疑惑、この週末の計画のことを。イーサンのアパートメントの窓から侵入するのとなんら変わらない計画。プライバシーの侵害以外の何物でもない。他人の日記を盗み見るのと同じことだ。私は自分の足元をちらりと見やる。ファスナーを閉めて準備万端のダッフルバッグを。

「同じように、あなたがバート・ローズに不信感を抱いているからといって、彼が殺人を犯しうる人物だということにはならない」刑事は続ける。「あなたにはこういうパターンが見られるようだ――自分とは無関係なトラブルに自らを関与させ、謎を解決してヒーローになろうとする傾向がね。あなたがそうなってしまう理由はわかります――あなたはお父さんを刑務所に入れたヒーローだった。それが自分の務めだと感じているんです。しかし、ここではっきり言いましょう。そういうことはもうやめるべきだ」

その言葉を聞くのは今週二度目だ。前回はクーパーに言われたのだった。私の家のキッチンで、薬のボトルを横目に。

〝おまえがそうなってしまう理由もわかってる。俺はただ、おまえにやめてほしいだけだ〟

「私は自らを関与させてなどいません」私は言い返しながら、手のひらに爪を食い込ませる。「私はヒーローになろうとしてなどいません。それがどういう意味であれ。私は警察に協力しようとしているだけです。手がかりを示そうとしているだけです」

「誤った手がかりを示されるくらいなら、何もないほうがよっぽどましだ」トマス刑事は言う。「われわれはこの男のために一週間近くを無駄にした。ほかの捜査に費やせたはずの一週間を。いいですか、あなたに悪意があったとは思いませんが――あなたは実際、よかれと思って行動されたのでしょうが――私の意見を申し上げるなら、あなたは助けを得ることを真剣に考えたほうがいい」

切々と訴えるクーパーの声がよみがえる。

〝助けを得てほしいだけだ〟

「私は臨床心理士です」私は刑事を見据え、クーパーに言い返したのと同じ言葉を吐き出す。大人になってからずっと頭の中で唱えつづけてきた言葉を。「自分の問題には自分で対処できます」

室内に沈黙が立ち込める。すぐ外でドアに耳を押しつけているメリッサの息づかいが聞こえてきそうだ。私たちの会話は当然、すべて聞こえているだろう。メリッサだけでなく、そろそろ待合室に来ているであろう次のクライアントにも。彼女は目を丸くしていることだろう。自分を助けてくれている心理士が〝助けを得たほうがいい〟と刑事に言われているのを聞いて。

「あなたがイーサン・ウォーカーのアパートメントに侵入したあと、彼が申し立てた接近禁止命令によると、あなたは大学時代、薬物を乱用していたそうですね。危険も顧みず、処方薬のジアゼパムをアルコールと併用していたとか」

「今はもうそんなことはしていません」薬の詰まった引き出しが足元で存在感を放っている。

〝髪の毛から高濃度のジアゼパムが検出されました〟

「あなたならよくご存じでしょう。あの手の薬で、妄想症や錯乱といった深刻な副作用が起こりうることは。現実と空想の区別がつかなくなっても不思議はない」

〝ときどきわからなくなるの。何が現実で、何がそうじゃないのか〟

「私はどんな薬も処方されていません」私は言う。これ自体は嘘ではない。「私は妄想症ではありませんし、錯乱もしていません。協力しようとしているだけです」

「そうですか」トマス刑事はうなずいて言う。私にはわかる――彼は私を気の毒に思っている。私を憐れんでいる。つまり、二度と私の話をまともに取り合う気はないということだ。これまで以上に孤独を深めることはもうないと思っていたが、今、私はかつてないほどの孤独を感じる。自分が完全に孤立してしまったと感じる。「わかりました。では、この件はこれで終わりということになりますかね」

「ええ、そう思います」

「お邪魔しました」刑事はそう言い残してドアに向かう。把手に手を伸ばしかけ、一瞬ためらってから、また振り返って言う。「ああ、それからもうひとつ」

私は黙って眉を上げ、彼に続きを促す。

「今後またあなたを犯罪現場で見かけるようなことがあれば、しかるべき措置を取らせていただきます。証拠の改竄は犯罪ですので」

「はい?」私は心から驚いて訊き返す。「どういうことですか? 証拠の――?」

私ははっと思い当たり、途中で口をつぐむ。サイプレス墓地。オーブリーのイヤリング。私の手のひらからそれをつまみ取った警察官。

〝どうも初めてお会いした気がしないんですが、どうしても思い出せないんです。どこかでお会いしましたかね?〟

「ドイル巡査はこのオフィスに足を踏み入れた瞬間に気づいたそうですよ。あなたがオーブリー・グラヴィーノの発見現場にいたことに。われわれはあなたが何か言うのをずっと待っていたんです。あの現場にいたことをいつ話してくれるのかとね。とても偶然とは思えませんでしたから」

私は呆然と立ちすくんだまま息を呑む。

「しかし、あなたは何も言わなかった。だからその後、あなたが〝思い出したこと〟があるからと署に来られたとき、やっとその話が聞けると思ったんですが」刑事は重心を移し替えながら続ける。「かわりにあなたは別の話を始めた。模倣犯についての仮説、持ち去られたジュエリー、バート・ローズ。ただ、あなたはレイシーさんの遺体を見て過去の事件とのつながりに気づいたとおっしゃいましたが、そこがどうも理解できなかった。なぜならそれは、あなたがオーブリーさんのイヤリングを手にしているのをドイル巡査が見たあとだったからです。どうにも辻褄が合わなかった」

トマス刑事のオフィスを訪れたときのことを思い出す。彼が不安そうに、懐疑的な目で私を見ていたことを。

「私がなぜオーブリーのイヤリングを手にしていたか？」私は相手にかわって自問する。「もし私がそれをあの場に自分で置いたと本気でお考えなら、それはつまり、私が……」

私はそこで言葉を失う。まさか彼は、私がこの事件の一部始終に関わっていると思っているわけでは……思っているのだろうか？

「それに関しては諸説あります」刑事は小指の爪で歯をほじり、爪の先をとくと眺める。「ですが、これだけは言えます。あのイヤリングのどこにも、オーブリーさんのDNAは付着していなかった。残っていたのはあなたの指紋だけです」

「何が言いたいんですか？」

「あのイヤリングがなぜ、いかにしてあの場で発見されたのかは、証明のしようがないということです。しかし、このすべてを束ねる共通項はあなたのようだ。わかっているなら、これ以上疑いを持たれるような行動はやめたほうがいい」

私はようやく気づく――今さら私が家のどこかに隠されたオーブリーのネックレスを見つけたところで、警察が私を信じることはありえないと。彼らは私が自分で証拠を仕掛けていると思っている。捜査の目を特定の方向に向けさせるために。新たに考えついた根拠のない仮説を躍起になって証明し、私の人生における何人目かの〝信頼できない男〟に責めを負わせるために。あるいはもっと悪いことに、彼らは私が事件に関わっていると思っている。私――生前のレイシーを最後に見た人物。私――オーブリーのイヤリングを最初に見つけた人物。私――ディック・デイヴィスの生ける遺伝子。怪物の娘。

「わかりました」私はそれだけつぶやく。この件について彼と言い争っても無駄だ。説明しようとしても無駄だ。トマス刑事は私の答えに満足したようにうなずく。それから踵を返し、私のオフィスのドアから出ていく。

第三十五章

午前中の残りは放心状態のうちに過ぎる。三件のアポイントを立て続けにこなすが、どれひとつとしてはっきり憶えていない。初めてデスクトップ上の小さなアイコンをありがたく思う——あとで録音を聴きなおせばいいのだから。もっと集中して仕事に向き合えるときに。とはいえ、聞こえてくる自分の声を想像するといたたまれなくなる。もごもごした無感情なつぶやき、心をこめた問いかけのかわりにとりあえず挟んだよそよそしい相槌。はっと焦点が戻り、自分がどこで何をしているのか思い出すまでの、長々と引き延ばされた沈黙。最初のクライアントはトマス刑事が私のオフィスを出たとき、すでに待合室で待っていた。私がようやく椅子から立ち上がって待合室に入っていくと、彼女は私からオフィスのドアにさっと視線を移した。まるで私のオフィスに入るべきかこのまま立ち去るべきか、決めかねているかのように。

十二時二分に私はデスクから立ち上がる。一刻も早く飛び出したがっていると思われないように。ダッフルバッグを肩に掛け、パソコンの電源を落としてからデスクの引き出しを開け、薬の海に指を走らせる。隅にあるジアゼパムを見て目をそむけ、かわりにザナックスのボトルを選んで——念のためだ——引き出しを閉めると、待合室を早足で通り抜け、帰りに戸締まりをするようメリッサに急いで指示する。

「月曜日には戻られるんですよね？」メリッサが立ち上がって尋ねる。

「そう、月曜日はいつもどおり」私は振り返り、笑顔をつくろうとする。「結婚式に必要なものを買いにいくだけよ。もう日がないから、一気に済ませておこうと思って」

「ええ」メリッサは注意深く私を見つめて言う。「ニューオーリンズへ行かれるんでしたよね」

「そう」私はほかに何か言うべきことを考えようとする。何かまともなことを。けれど思いつかない。不自然な気まずい沈黙だけが広がる。「じゃあ、そういうことで——」

「クロエ」メリッサが爪の甘皮をいじりながら言う。普段オフィスにいるとき、彼女は絶対に私をファーストネームでは呼ばない。公私を混同しないよう常に意識しているのだ。つまり、これは仕事の話ではないということだ。「大丈夫ですか？　一体何があったんですか？」

「何も」私はまた無理に笑みを浮かべる。「何もないのよ、メリッサ。もちろん、クライアントが殺されたのと、自分の結婚式が来月なのを除けばね」

笑えない冗談を自ら笑い飛ばそうとするが、喉を締められたような声しか出ない。かわりに私は咳き込む。メリッサはにこりともしない。

「最近、どうしようもなくストレスが溜まってて」私は言う。久しぶりに彼女に本音を漏らしたような気がする。「息抜きが必要なの。精神的な息抜きが」

「わかりました」メリッサはためらいがちに言う。「あの刑事はなんだったんですか？」

「レイシーのことでフォローアップの質問をしに来ただけよ。彼女を最後に見たのは私だったから。私なんかが頼りにされるってことは、ろくな手がかりがないんでしょう」

「わかりました」メリッサは繰り返す。さっきよりきっぱりとした口調で。「それならよかったです。愉しんできてください。リフレッシュできるといいですね」

私は建物を出て自分の車に向かい、ダッフルバッグを不要な郵便物のように助手席に放ってから、運転席に乗り込んでエンジンをかける。それから携帯電話を取り出し、〈連絡先〉を開いてメッセージを打ち込む。

〝いま向かってる〟

モーテルまではさほどかからず、オフィスを出て四十五分後に到着する。部屋は三日前の月曜日に予約していた。メリッサに今日の午後以降のアポイントを入れないよう頼んだ直後に。グーグル検索で最初に見つけた星三つ以上の安宿——現金で支払いたかったし、どのみち部屋にいる時間は短いとわかっていたから。私は駐車場に車を入れてロビーに向かい、受付係との雑談を避けながら、鍵を渡されるのを待つ。

「十二番のお部屋になります」彼は鍵を私のまえに垂らして言う。私はそれを受け取り、弱々しく微笑んでみせる。申し訳ないとでも思っているかのように。「製氷機のすぐ隣りのお部屋です。ラッキーですね」

部屋のドアを開けたところで、ポケットの携帯電話が震える。その場で取り出してメッセージを確認し——〝着いた〟——部屋番号を伝えるメッセージを送信してから、クイーンサイズのベッドにバッグを放り、部屋の中を見まわす。

室内は蛍光灯に照らされ、幹線道路沿いのモーテルならではのわびしさが漂っている。飾りつけの努力がうら淋しさを助長していると言っていい。海辺の光景をプリントした量産品の絵がベッド上の壁に傾いて掛かっている。枕の上にちょこんと置かれたチョコレートは溶けかけてふにゃふにゃになっている。ベッドサイドテーブルの引き出しを開けてみると、表紙がちぎれた聖書が入っている。私はバスルームに入り、水で顔をすすいでから、髪を頭の上でお団子にまとめる。ドアにノックの音がする。ふうっと息を吐き、最後にもう一度鏡を見る。どぎつい光の下でいっそうたるんで見える目の下の隈を見なかったことにし、スイッチを切ってドアのほうへ引き返す。閉ざされたカーテン越しにシルエットが浮かんでいる。私はドアノブをぐっとつかんでドアを開ける。

アーロンがポケットに両手を突っ込んで歩道に立っている。なんとも居心地悪そうにしているが、それはそうだろう。私は硬い雰囲気を和らげようとして微笑む。自分たちがバトンルージュ郊外のありふれたモーテルにいることから注意を逸らすために。アーロンにはまだ言っていない。なぜ彼をここに呼んだのか、これから何をするのか。自宅まで車で一時間のところにいるのに、今夜自宅には戻れない理由も言っていない。月曜日に彼に電話したとき伝えたのは、絶対に無視できない手がかりがある――それを追うために協力してほしいということだけだった。

「ヘイ」私はドアにもたれて言う。体の重みでドアが軋み、慌てて体をまっすぐ立て直して腕を組む。「来てくれてありがとう。バッグを取ってくるから待って」

中に入るよう促すと、アーロンはきまり悪そうにドアの敷居をまたぎ、明らかになんの感興も湧かない様子で室内を見まわす。彼とまともに話すのは、先週末にバート・ローズのことを調べてほしいと頼んで以来だ。あれがもうずいぶん昔のことに思える。あれから何があったかをアーロンは知らない。私がバートと対峙したことも、警察署へ行ったことも、その後――私がこれから取ろうとしている行動とは裏腹に――これ以上首を突っ込むなとトマス刑事に脅されたことも。私の疑惑の対象がバート・ローズから自分の婚約者に移ったことも、私がそれを証明するためにこうして彼の協力を求めていることも。

「記事の進み具合はどう?」私は尋ねる。単純に彼が私以上に情報を得ているかどうかを知るために。

「来週の終わりまでに特ダネをつかんでこいと編集者に言われてる」アーロンはそう言うと、ベッドの端に腰を下ろす。マットレスがぎいっと軋む。「無理なら、あきらめて帰るしかない」

「手ぶらで?」

「そういうことだ」

「はるばるここまで来たのに? あなたの仮説はどうなるの? 模倣犯については?」

アーロンは肩をすくめる。

「変わらず信じてはいる」ベッドの上掛けの縫い目を爪でいじりながら言う。「けど正直、このままじゃどうにもならない」

「だったら、私が力になれるかも」

私はベッドに歩み寄り、彼の隣りに腰を下ろす。マットレスが傾いで、互いの体の距離を近づける。

「どうやって？　きみが言ってた謎の手がかりと関係あるのか？」

私は自分の両手を見下ろす。アーロンが知る必要のある情報だけを選んで、慎重に答えなければならない。

「これからあなたと一緒に、ある女性と話をしにいく。彼女の名前はダイアン。彼女の娘は、私の父の事件と同じ頃に行方不明になって――その子も十代の魅力的な女の子だった――父の事件の被害者と同じように、その子の遺体も見つからなかった」

「なるほど。でも、きみのお父さんはその子の殺害を自白してはいない、だろ？　あの六人以外は？」

「ええ、父は自白していない」私は言う。「それに、その子のジュエリーも見つかってはいない。彼女は例のパターンには当てはまらない……けど、彼女を誘拐した犯人が見つかっていない以上、調べてみる価値はあると思うの。もしかしたら、彼が今回の模倣犯かもしれない。その人物が誰であれ、彼は私たちが思っていたよりずっとまえに父の犯罪を真似しはじめたのかもしれない――ことによると、まだ事件が起きているときに。それからしばらく姿を消していたけど、事件から二十年を迎える今になって、また姿を現したのかもしれない」

アーロンはまじまじと私を見る。彼が今すぐ立ち上がって外へ出ていったとしても不思議ではない。こんな中途半端な手がかりのために彼をここまで呼び寄せたことを侮辱と取られても仕方ない。が、アーロンは立ち去るかわりに両手でぴしゃりと腿を押さえ、大きく息を吐いて、沈み込んだベッドから立ち上がる。

「よし、わかった」そう言うと、私が立ち上がるのに手を貸す。彼が本当に私の話に納得しているのか、藁にもすがる思いで従おうとしているだけなのか、ただ私を喜ばせるために賛成しているだけなのかはわからない。いずれにしても、私にはありがたいことこのうえない。

「ダイアンと話をしにいこう」

第三十六章

ハンドルを握るアーロンの隣りで、私は携帯電話を見ながらナビゲートする。車はモジュラー住宅の建ち並ぶ中流階級エリアから、徐々にバトンルージュとは思えないほど荒廃した一角へと分け入っていく。あまりにさりげなく景色が変わっていくので、意識していなければ気づかないほどだ。さっきまでビニールプールで水遊びをする幼児を見ていたかと思えば――彼の母親は足をプールに浸し、レモネードを飲みながら、携帯電話に気を取られていた――次の瞬間、痩せこけた女がゴミ袋とビールでいっぱいのショッピングカートを押して歩く姿を目にしているといった具合に。やがて周囲はぼろぼろの家ばかりになり――鉄格子付きの窓、剝がれたペンキ――私たちは長い砂利道に車を進める。やっと目当ての家が見えてくる。樹脂製の外壁に375と数字が打ちつけられた二階建ての家。私は車を停めるようアーロンを促す。

「着いた」そう言うなり、シートベルトを外す。バックミラーをさっと見て、もう一度自分の顔を確認する。モーテルを出るまえにかけた分厚い読書用眼鏡が顔を部分的にぼかしている。変装のために眼鏡をかけるなんて漫画じみていて、それこそ低俗な映画にでも出てきそうだ。ダイアンが私の写真を見たことがあるとは思えないが、断言はできない。万一のことを考えて、外見を変えておきたい――そして、話すのはもっぱらアーロンにまかせたい。

「ええと、もう一度流れを教えてくれ」

「ドアをノックして、オーブリー・グラヴィーノとレイシー・デックラーの事件を調査していますと彼女に言う。ついでにあなたの身分証を見せると、オフィシャルな感じがしていいかも」

「わかった」

「娘さんが二十年前に誘拐されたこと、犯人は捕まっていないことに触れた上で、娘さんの事件について話を聞かせてもらえないかとお願いする」

アーロンは黙ってうなずくと、後部座席からパソコンバッグを取って膝の上に置く。明らかに緊張しているが、それを見せまいとしている。

「で、きみは？」

「あなたの同僚」そう言うと、私は車を降りてドアを閉める。

家に向かって歩きながら、煙草の臭いで空気が重くよどんでいることに気づく。たったいま流れてきた煙の臭いではない。今しがた誰かが玄関前の階段に坐って、夕食前にこっそり一服したかのような臭いではなく、その場所に絶えず充満しているかのような臭い。自動の消臭芳香剤から一定時間ごとに放出され、服に染みついて取れなくなったかのような臭い。アーロンが車のドアを閉め、急いでうしろからやってくるのが聞こえる。私は玄関ポーチの階段をのぼり、アーロンのほうを振り向いて、問いかけるように眉を上げてみせる――〝準備はいい？〟。アーロンはわずかに首を傾げてうなずいてから、こぶしを挙げてドアを二回ノックする。

「どちらさん？」

中から甲高い女の声があがる。アーロンが私を見る。私は自らこぶしを振り上げ、もう一度ドアをノックする。私が腕を下ろさないうちにドアがさっと開いて、年配の女が汚らしい網戸越しに私たちを睨みつける。網目に蠅の死骸が挟まっている。

「何？」女は尋ねる。「誰？　なんの用？」

「あー、アーロン・ジャンセンと申します。〈ニューヨーク・タイムズ〉の記者です」アーロンは自分のワイシャツを見下ろし、襟に留めた記者証を指差してみせる。「少しお話を伺えたらと思いまして」

「なんの記者だって？」女はそう訊き返しながら、アーロンから私に視線を移し、いっとき私を見つめる。額にしわが寄り、鼻の右側に青黒い影ができている。その目はゲル状の粘着リムーバーのように黄色く濁っている。まるで涙管すらも空気中のニコチンに染まっているかのように。「新聞社の記者ってこと？」

一瞬、気づかれたのではないかと恐ろしくなる。私の正体を見破られたのではないかと。けれど彼女はすぐまたアーロンに視線を戻し、彼の襟元の身分証に目を凝らす。

「ええ、そうです」アーロンは言う。「実は今、オーブリー・グラヴィーノさんとレイシー・デックラーさんが殺害された事件に関する記事を書いておりまして、ちょうど二十年前にあなたが娘さんを失くされていることを思い出したんです。娘さんが同じように行方不明になって、今も見つかっていないことを」

女は用心深そうな顔をしている。この世の誰も信用していないかのような。私は上から下まで彼女を盗み見る。みすぼらしくだぶついた服。袖に小さな虫食いの穴が無数にあいている。関節炎を患っているらしい親指はベビーキャロットのようにずんぐりしていびつに変形し、腕は赤と紫のあざでまだらになっている。よく見ると指の痕のようだ。その瞬間、彼女の目の下の影が影ではないことに気づく。あざだ。私は咳払いをして、アーロンから自分に注意を引きつける。

「ぜひ、お話を伺えればと思います」私は言う。「あなたの娘さんについて。娘さんの身に何があったのかを突き止めることは、オーブリーとレイシーの身に何があったのかを突き止めるのと同じくらい大切なことです。長い年月が経っていてもそれは変わりません。ですからぜひ、ご協力いただきたいんです。私からもお願いします」

女はもう一度私を見てから、ちらりと肩越しに振り返り、打ちのめされたようにため息をつく。

「いいわ」彼女は網戸を押し開け、私たちを中に促す。「でも早くしてよ。旦那が帰ってくるまでに出てってもらわないと困るから」

私たちは室内に足を踏み入れる。あまりの汚さに五感すべてが圧倒される――ゴミが家じゅうに散乱し、どの部屋の隅にもうずたかく積まれている。食べ残しのこびりついた紙皿が床の上に積み重なって斜塔を形成し、ケチャップや油でまみれたファストフードの袋のまわりを蠅がブンブン飛びまわっている。貧相な猫がソファの端に寝そべっている。毛が湿ってところどころ抜け落ちている。女が猫を叩いて追い払うと、猫は耳障りな声で鳴きながら床の上を駆けていく。

「坐って」彼女はソファを示して言う。アーロンと私は一瞬顔を見合わせ、またソファを見下ろし、座面に散らばった雑誌や汚れた服の隙間に坐れるだけのスペースを探そうとする。私はあきらめて、雑誌の上からじかに腰を下ろす。ばりばりとやけに大きな音が響く。女はコーヒーテーブルを挟んだ向かいの席に坐り、テーブルから煙草のカートンを取り上げ──部屋のあちこちに煙草のカートンが散らばっているようだ。読書用眼鏡のように──パックから押し出した一本を薄い湿った唇にくわえて抜き取る。ライターを手に取り、煙草を炎にかざして深々と吸い込んでから、私たちのほうに煙を吐いて言う。「で、何が知りたいの？」

アーロンがブリーフケースからノートを取り出してまっさらなページを開き、ボールペンを膝にカチカチぶつけながら話を切り出す。

「では、ダイアン──まずは念のために、フルネームをお伺いできますか。それから娘さんの失踪の件に入りましょう」

「いいわよ」彼女はため息をつき、また煙草を吸う。煙を吐きながら、次第に遠い目になって窓の外を眺める。「私の名前はダイアン・ブリッグス。娘のソフィーは二十年前に行方不明になった」

第三十七章

「ソフィーはどんな子だったんですか？」

ダイアンは虚を突かれたように私を見る。まるで私がいることをすっかり忘れていたかのように。なんとも妙な気持ちだ――未来の義理の母になるはずの相手と、こんな形で対面することになるとは。彼女は明らかに私が誰かを知らない。そして、私が名乗らずにすむかぎり、彼女は知らないままでいるべきだ。私はフェイスブックをやめてしまったので、自分の写真をネット上にアップすることはない――仮にあったとしても、ダニエルは両親と連絡を取っていない。彼らは結婚式にも招待されていない。彼女は自分の息子が婚約したことも知らないのではないか。

ダイアンは腕の皮膚の硬くなったところをぼりぼり掻きながら、しばらく考えるそぶりを見せる。まるで答えを忘れてしまったかのように。

「ソフィーはどんな子だったか？」オウム返しにそう繰り返し、煙草を最後まで吸ってかソフィーはすばらしい子だった。賢くて、可愛くて。

とにかく可愛かった。ほら、あの写真がそうよ」

そう言って壁に掛かった額入りの写真を指差す。学校年鑑用の個人写真。プールの水を思わせるターコイズブルーの背景を背に、笑顔の少女が写っている。青白い肌、ちりちりにちぢれた金髪。私はその光景に強い違和感を覚える。学校年鑑用の写真が飾られていることに——その写真だけが飾られ、ほかには何もないことに。その一角だけが仰々しく不自然に思える。不幸を弔う祭壇のように。ブリッグス家は写真を撮るのが好きではなかったのか、単に記憶にとどめたいほどの瞬間がなかったのか。私は室内を見まわしてダニエルの写真を探すが、どこにも見当たらない。

「私はあの子に特別な望みをかけてた」ダイアンは続ける。「行方不明になるまでは」

「どんな望みですか？」

「そりゃあもちろん、こんな暮らしから抜け出させてやりたかったってことよ」彼女は周囲を示して言う。「あの子はもっと上を目指せる子だった。私たちとちがって」

「私たちというのは？」アーロンがペンの先を頬に当てて尋ねる。「あなたとご主人のことですか？」

「私と旦那と、うちの息子。私は昔から思ってた。ここから抜け出せるとしたらソフィーしかいない。あの子ならきっと、ひとかどの人間になれるって」

ダニエルへの言及に心臓がどきんとする。私は子供時代の彼を想像しようとする。もうもうと立ち込める紫煙とゴミの山に埋もれながらここで育った彼の姿を。私はダニエルをずっと誤解していた。彼の完璧な歯、きれいな肌、贅沢な教育、高収入の仕事。それらはすべて、彼の恵まれた育ちのおかげだと思っていた。ダニエルは生まれつき私より、壊れたクロエより優れているのだと思っていた。でもちがった。そうではなかった。彼もまた壊れていたのだ。

〝クロエ、あいつはおまえを知らないんだ。おまえだってあいつのことを何も知らない〟

ダニエルがあれほどきれい好きで、常に身だしなみを完璧に整えているのも無理はない。彼は必死で努力してきたのだ。この正反対になるために。

あるいは、本来の姿を隠すために。

「ご主人と息子さんはどんな方たちですか？」

「旦那のアールは、癇癪持ち。お察しのとおりよ」ダイアンは私を見て、薄ら笑いを浮かべる。まるで女同士にしかわからない暗黙の絆があるかのように。〝男ってしょうがないわよね〟と言わんばかりに。私は彼女の目の下のあざから目を逸らすが、相手も馬鹿ではない。私が盗み見ているのに気づいていたのだろう。「息子のほうは、そうね。あの子が大人になってからのことは知らない。でも昔から心配はしてた。親の悪いところは似るものだって」

アーロンと私はちらりと目を見交わし、私はうなずいて彼を促す。

「それはどういった意味で？」

「あの子も癇癪持ちだってことよ」

ダニエルがおそろしい力で手首をつかんできたときのことを思い出す。

「旦那が飲んだくれて帰ってくると、あの子は父親に立ち向かって私を守ろうとした」ダイアンは続ける。「でもそのうち止めに入るのをやめて、暴力をやり過ごすようになった。たぶん、何も感じなくなってたのよ。悪いのは私なんだろうけど」

「なるほど」アーロンがうなずき、ノートにメモを取る。「それで、息子さんは——失礼、息子さんのお名前はなんでした？」

「ダニエル」彼女は言う。「ダニエル・ブリッグス」

胃がぎゅっと締めつけられ、私は懸命に思い出そうとする。ダニエルのフルネームをアーロンに教えたことがあったかどうか。なかったはずだ。ちらりと盗み見ると、アーロンはよほど集中しているのか、額にしわを寄せてノートに名前を書き留めている。気づいている様子はない。

「ええと、それでダニエルは、ソフィーの失踪にどう反応したんです？」

「正直、あの子はどうでもいいと思ってるみたいだった」ダイアンはそう言うと、煙草のパックに手を伸ばし、また一本抜いて火を点ける。「こういう言い方が〝母親らしく〟ないのはわかってるけど、ほんとなのよ。心のどこかで、私はいつも疑ってた……」

彼女は言葉を切り、遠い眼差しで宙を見つめてから、やれやれと首を振る。

「何を疑っていたんですか？」私は尋ねる。ダイアンはわれに返ったように私を見る。その視線の強さに一瞬、私の正体を知られているとしか思えなくなる。彼女が私に、息子の婚約者であるクロエ・デイヴィスに向かって語りかけ、警告しようとしているのだとしか思えなくなる。

「あの子がソフィーの失踪に関係してるんじゃないかって」

「なぜそう思われたんです？」アーロンが尋ねる。問いを重ねるごとに切迫した口調になっている。メモを取る速度が増し、詳細を漏らさず書き留めようとしている。「そこまでおっしゃるからには、何か根拠があるわけですよね」

「さあ、なんだかそんな気がしただけよ」ダイアンは言う。「母親の直感ってやつ？　ソフィーが行方不明になったとき、あの子はどこにいるのかって、何度もダニエルに訊いたの。そのたびに私にはわかった。この子は嘘をついてる、何か隠してるって。それにときどき、家で一緒にニュースを見ていて、ソフィーの失踪についての最新情報が流れると、ダニエルはこっそり笑ってた――うん、ほくそ笑んでた。自分以外誰も知らない秘密をひとりで愉しんでるみたいに」

アーロンが私を見ているのを感じる。が、私は彼の視線を無視し、ダイアンに意識を向けたまま尋ねる。

「ダニエルは今、どこにいるんですか？」

「さあ、私にはさっぱり」ダイアンはそう言うと、ソファにもたれかかる。「高校を卒業した次の日に家を出ていって、それきりずっと音信不通よ」

「家の中を少し見せていただいてもいいですか？」私は出し抜けに尋ねる。アーロンが多くを知りすぎるまえに会話を終わらせたくなったのだ。「ダニエルの部屋をちょっと覗いてもかまいませんか？　参考になるものが見つかるかもしれないので」

するとダイアンは階段に向かって腕を差し伸べる。

「どうぞご自由に。警察にも二十年前に同じ話をしたけど、結局なんにもならなかった。十代の男の子の仕業なら、とっくに捕まってるはずだって言われたわ」

私は立ち上がり、居間の障害物をまたぎながら、染みだらけの汚いベージュのカーペットが敷かれた階段に向かう。

「右側の手前の部屋よ」階段をのぼっていると、ダイアンが居間から叫ぶ。「あの子の部屋はもうずうっとそのまま」

私は階上《うえ》までのぼり、閉まったドアと向かい合う。ドアノブをひねって開けると、十代の少年の部屋がその姿を現す。照明は一切点いておらず、窓から射す陽の光が宙を漂う細かい埃を浮かび上がらせている。

「ソフィーの部屋もそのまま」ダイアンが続けるが、声は遠くなっている。アーロンがソファから立って、階段をのぼってくる音が聞こえる。「今さらあの子たちの部屋に入る理由がないもの。正直言って、手のつけようがなかった」

私は息を吸い込んで止めたまま、室内に足を踏み入れる。子供が歩道の割れ目をよけて歩くのと変わらない、ばかげた迷信。息をしたら悪いことが起こるとでもいうような。これがダニエルの部屋なのだ。壁にポスターが貼られている。端がぼろぼろになった、ニルヴァーナやレッド・ホット・チリ・ペッパーズといった九〇年代のロックバンドのポスター。床に置かれたマットレスの上に、青と緑の格子柄の上掛けが乱雑に掛かっている。まるで彼がたったいま起きて出ていったばかりであるかのように。私はダニエルの姿を想像する。マットレスに横になったまま、階下《した》の音をじっと聴いている。酔って帰ってきた父親が暴れている。癇癪を起こし、大声でわめいている。母親の悲鳴、鍋や釜のぶつかり合う音、体が壁に叩きつけられる音。ダニエルは微動だにせず、すべてを聴いている。ほくそ笑みながら。何も感じずに。

「そろそろ帰ろう」アーロンが背後に忍び寄って囁く。「話は聞けたんだから」

私は彼を無視する。ここで足を止めるわけにはいかない。引き続き室内を見まわし、ダニエルの過去が詰まったこの部屋のすべてを吸収しようとする。壁を指で伝い、本棚にたどり着く。ページの黄ばんだ埃まみれの本が何段も並んでいる。ほかにはトランプが何組かと、古びた野球ボールの挟まったミットがひとつ。本の背表紙のタイトルをざっと見ていく――スティーヴン・キング、ロイス・ローリー、マイクル・クライトン。どれも思春期の少年が読みそうな、ありきたりなものばかりだ。

「クロエ」次の瞬間、アーロンの声が急に遠くなる。まるで脱脂綿で耳を塞がれたかのように。自分の血がどくどく駆けめぐる音で、彼の声がほとんど聞こえない。私は手を伸ばして一冊の本を引き抜く。初めて出会った日のダニエルの声が脳裏に響く。彼はあの日、私のダンボール箱からこれと同じ本を取り出し、表紙を指でなぞっていた。目を輝かせて私の『真夜中のサバナ』を見つめていた。

〝別に批判してるわけじゃないですよ〟彼は本のページをめくりながらそう言った。〝僕はこの本が大好きでね〟

私は表紙に積もった埃を吹き飛ばす。あの有名なブロンズ像の乙女が〝なぜ？〟と問いかけるように首を傾げ、無垢な目で私を見ている。私はあのときのダニエルと同じように、光沢のある表紙に指をすべらせる。本を側面に返すと、ページのあいだに隙間ができている。ダニエルが私の本のページの奥に名刺を挟んだときと同じように。

〝殺人事件がお好きなんですか？〟

「クロエ」アーロンがまた呼びかけるが、私は取り合わない。一度深呼吸をしてから本の隙間に爪を入れ、ページを開いて見下ろす。そこにある名前を見て、あのときと同じ、胸がねじれるような感覚を覚える。ただし、今度はダニエルの名前ではない。名刺でもない。古い新聞の切り抜きの寄せ集めだ。二十年間、ページのあいだに挟まっていたせいで、すっかりぺしゃんこになっている。私は震える手でそれらを取り上げ、最初の記事の最上段を横切る太字の見出しに目を通す。

リチャード・デイヴィス、ブローブリッジ連続殺人の容疑者に
遺体はいまだ見つからず

その下でじっと私を見つめ返しているのは、まぎれもない父の顔写真だ。

第三十八章

「クロエ、それは？」

アーロンの声が遠くから聞こえる。まるでトンネルの向こうから私を呼んでいるかのように。私は父の目から目を離せない。この目を最後に見たのは十二歳のときだった。少女だった私は居間の床にしゃがみ込んで、テレビの画面越しにこの目を見ていた。今、私はダニエルに父の話をした夜のことを思い出す。彼が深刻な面持ちで父のむごたらしい犯行の詳細に耳を傾けていたことを。そんな事件があったなんて知らなかった、初めて聞いたと首を振って断言したことを。

あれは嘘だったのだ。すべて嘘だったのだ。ダニエルはすでに私の父のことを知っていた。父の事件について知っていた。事件の詳細が書かれた記事を、実録犯罪小説のページのあいだに栞のように挟んで、実家の自分の部屋に隠していた。彼はそのときすでに、自分にもできると踏んでいたのだ。少女たちを殺し、遺体を誰にも見つからない場所に隠しおおせることは可能だと。

ダニエルは自分の妹にも同じようなことをしたのだろうか？　言葉にできないほど恐ろしいことを？　私の父に影響されて？　今でも影響されているのだろうか？

「クロエ？」

私は涙に濡れた目でアーロンを見上げる。そのときはっと気づく。もしダニエルが父のことを知っていたなら、私のことも知っていたはずだと。病院で初めて出会ったときのことを思い出す――あれは運命的な偶然だったのか、それとも狙った場所とタイミングで出会うよう緻密に仕組まれた結果だったのか？　私があの病院で働いていたことは、知ろうと思えば誰でも知ることができた。新聞に載った私のインタビュー記事がその証拠だ。あのときの彼の様子を思い出す。私をすでに知っている相手のように見つめ、懐かしいものでも見るように私の顔に見入っていた。私の持ち物が入ったダンボール箱をひょいと覗き込み、私の名前を聞いて笑みを浮かべた。それからすぐに私に惹かれるそぶりを見せ、いつもどんな場にも溶け込んでしまえるように、私の人生にあっという間に溶け込んでしまったのだ。

〝ただ……自分がここにいるのが信じられなくて。あなたの隣りにいるのが〟

今までのすべてが彼の計画の一部だったのだろうか。私自身が彼の計画の一部だったのだろうか。壊れたクロエもまた、何も知らずに彼の犠牲になるはずのひとりだったのだろうか。

「行きましょう」私は小声で言い、震える手で切り抜きを折り畳んでうしろのポケットに突っ込む。「もう……行かないと」

足早にアーロンの横を通り過ぎ、階段を一気に降りてダニエルの母親のところへ戻る。彼女は居間のソファから動かず、何かに気を取られているようにぼうっとしている。私たちが歩いてくるのに気づいて顔を上げ、力なく微笑んで尋ねる。

「参考になるものは見つかった？」

私は首を振る。アーロンが怪訝そうに私の横顔を見つめているのを感じながら。ダイアンはわかっていたとばかりに軽くうなずく。

「だろうと思った」

これだけの年月が経っていても、彼女の声には落胆が表れている。それがどういう気持ちかはわかる。常に疑念を抱いたまま、決して手放すことができない。同時に、決してそれを認めたくはない――いつか真実がわかる、すべてが腑に落ちるという望みを捨てられずにいることを。最後にはきっとなんらかの形で報われると思いたい自分を。不意に、初めて会ったばかりのこの女に惹きつけられるのを感じる。私たちはつながっている。母と私がつながっているように、この女と私はつながっている。私たちは同じ男を、同じ怪物を愛した。私はソファに向かい、クッションの端に腰を下ろすと、彼女の手に自分の手を重ねる。

「お話ししてくださってありがとうございます」そっと手を握りながら言う。「簡単ではなかったでしょう」

ダイアンはうなずき、私の手を見下ろす。その頭がおもむろに傾く。何かをしげしげと見ているかのように。彼女はさっと手を翻して私の手を取り、きつく握りしめて尋ねる。

「どこでこれを手に入れたの？」

私は手元を見て自分の婚約指輪に気づく。私の薬指に光る、ダニエルの先祖伝来の家宝。彼女は私の手をより高く持ち上げ、食い入るようにそれを見つめる。私はパニックに襲われる。

「どこでこの指輪を手に入れたの？」ダイアンは私の目を見て詰め寄る。「これはソフィーの指輪よ」

「え――？」私は絶句し、手を引っ込めようとする。が、ダイアンにがっちりと握られていて動かない。「ごめんなさい、どういうことですか？　ソ、ソ、ソフィーの指輪？」

「これは娘の指輪よ」ダイアンはさっきより大きな声になって言い、もう一度指輪を凝視する。大粒のオーヴァルカットのダイヤモンドと、光輪のようにちりばめられた小粒のサイドストーン。くすんだ14金の地金は、私の細く骨張った指には少しばかりゆるい。「これは私の家族に代々受け継がれてきた指輪よ。私の婚約指輪だったのを、ソフィーが十三になった年にあげたの。あの子はいつもこの指輪をつけてた。肌身離さずつけてた。あの日も……」

ダイアンは目を見開き、怯えた顔で私を見る。

「いなくなった日もつけてた」

私は立ち上がり、彼女の手を力ずくで振り払う。

「ごめんなさい、もう行かないと」そう言うなりアーロンの脇をすり抜け、玄関の網戸をさっと開け放つ。「アーロン、早く」

「誰なの？」ダイアンは呆然とソファに坐ったまま叫ぶ。「あなた、誰なの？」

私はドアから飛び出し、階段を駆け降りる。酔ってでもいるかのようにめまいがする。なぜ指輪を外すのを忘れていたのだろう？　なぜこんな大事なことを忘れていたのだろう？　車にたどり着き、ドアハンドルに手をかけるが、ドアはびくともしない。ロックされている。

「アーロン？」私は叫ぶ。誰かに首を絞められているような声しか出ない。「アーロン、ロックを解除して！」

「あなた、一体誰なの!?」背後で甲高い声が響く。彼女がソファから立ち上がり、玄関へ駆け出す音が聞こえる。網戸が開いてばたんと閉まる音。私が振り向くより早く、車の解錠音が鳴る。私はもう一度ドアハンドルをつかみ、ドアを開けて助手席に飛び乗る。直後にアーロンが運転席にすべり込み、エンジンをかける。

「娘はどこ!?」

車はいったんまえに出てから方向転換し、元来た道を引き返す。私はバックミラーを覗き込む。車がもうもうと埃を蹴立て、追いかけてくるダニエルの母親の姿が次第に遠ざかっていく。

「娘はどこにいるの!?　教えて！」

彼女はなりふりかまわず手を振りまわして追いすがろうとするが、途中で膝からくずおれ、両手に顔をうずめて泣き出す。

市街を抜けて幹線道路へと戻るあいだ、私たちは押し黙っている。私の両手はまだ膝の上で震えている。あの哀れな母親が通りを走って追いかけてくる姿を思い出すだけで胃が締めつけられる。不意に薬指の指輪に息苦しさを覚え、発作的に指輪をつかんで引き抜き、足元に投げ捨てる。フロアマットに転がったそれを見つめて想像する。ダニエルがそれを冷たくなった妹の手からゆっくりと引き抜くところを。

「クロエ」アーロンが路上を見据えたまま小声で尋ねる。「今のはなんだったんだ?」

「ごめんなさい」私は言う。「ごめんなさい、アーロン。本当にごめんなさい」

「クロエ」彼の声が大きくなり、怒気を帯びる。「あれは一体、なんだったんだ?」

「ごめんなさい」私は震える声で繰り返す。「私にもわからない」

「あれは誰だ?」アーロンはなおも尋ねる。両手でハンドルをきつく握りしめている。

「どうやってあの女を見つけた?」

私は答えられず、彼の隣りで黙り込む。やがて彼が顔を私に向け、唖然としたように口を開く。

「きみの婚約者、ダニエルって名前だったよな?」

私は答えない。

「クロエ、答えてくれ。きみの婚約者の名前は、ダニエルじゃないのか?」

私はうなずく。涙がこぼれて頬を伝う。

「ええ」私は言う。「そうよ、アーロン。でも、知らなかったの」

「なんてこった」アーロンは首を振る。「クロエ、一体なんてことをしてくれたんだ?

俺はあの女に自分の名前を教えた。勤め先も。なんてこった、この一件が知れたら俺は馘《くび》だ」

「ごめんなさい」私はまたしても謝る。「アーロン、聞いて。気づかせてくれたのはあなたなのよ――父の証拠品のジュエリーのことをほかに誰が知ってるか、訊いてくれたでしょ？　ダ、ニ、エ、ルよ。ダニエルも知ってたの。ダニエルには全部話していたから」

「それは単なる勘じゃなく……？」

「うちのクローゼットにネックレスが隠してあった。オーブリーが行方不明になった日につけていたのとそっくりなネックレスが」

「なんてこった」アーロンは繰り返す。

「それから一気に、不審な点に気づきはじめたの。彼が出張から帰ってきたとき、いつもとちがう匂いがした。香水みたいな、ほかの女性みたいな匂い。オーブリーとレイシーが殺されたとき、彼は出張だと言って家を空けていたけど、あとで調べたら、そのとき彼は出張先にはいなかった。何日もどこにいたのか、何をしていたのかわからなかった――彼のブリーフケースから出てきた領収書を見るまでは」

アーロンはそこでとうとう私を見る。私が諸悪の根源であるかのように。今ここに、私と一緒にいるほど耐えがたいことはないかのように。

「領収書って、どんな？」

「モーテルに戻ってから、全部見せて説明する」私は言う。「アーロン、お願い。あなたの力が必要なの」

彼はためらうようにハンドルに指を打ちつけ、やがて口を開く。

「まえに言ったはずだ」いつになく静かな口調で言う。「この仕事は信頼関係がすべてだと。互いに誠実であることがすべてだと」

「わかってる。だから今、あなたに全部話すって約束する」

モーテルにたどり着くと、アーロンは駐車場に車を入れ、殺風景な建物をまえに無言でエンジンを切る。

「一緒に来て」私は彼の膝に手を触れて言う。アーロンは身を硬くするが、心は揺らいでいるのがわかる。何も言わずシートベルトを外し、ドアを開けて車を降りる。

部屋のドアがぎいっと軋んで開き、私たちは中に入ってドアを閉める。室内は暗く、薄ら寒い。カーテンがぴったりと閉ざされ、私のバッグはベッドの上に置かれたままだ。私はベッドサイドテーブルに歩み寄って灯りを点ける。蛍光灯の光がドアの脇に立ったアーロンの顔に影を投げかけている。

「これを見つけたの」そう言って、私はダッフルバッグのファスナーを開ける。中に手を入れると、真っ先にザナックスのボトルに手が触れるが、それを脇にどけ、白い封筒を取り出す。指が震えている。ダイニングルームの床の上で開いたダニエルのブリーフケースを探っていたときと同じように。あの中にはマニラ封筒や三穴バインダーに収納された書類が入っていた。小分けされた薬のサンプルが、野球カードのコレクションのように透明なポケットファイルに整理されていた。それらの薬の名前には覚えがあった。私自身が同じ薬をデスクに保管していたから――アルプラゾラム、クロルヂアゼポキシド、ジアゼパム。その最後の名前を目にした瞬間、喉の奥が詰まり、ひとすじの髪の毛がはらりと床に落ちる映像が脳裏に浮かんだ。それを無理やり振り払い、ブリーフケースの中を漁りつづけたのだった。探していたものが見つかるまで。

領収書。領収書を確認する必要があった。ダニエルは経費を請求するために、ホテル代や食事代からガソリン代、車の修理代に至るまで、あらゆる領収書を保管していると知っていたから。

私は白い封筒のフラップを開き、中身をベッドの上に空ける。大量の領収書が上掛けの上に舞い落ちる。それらを一枚ずつめくって、下の部分に記載された住所を見ていく。

「バトンルージュの領収書があるのは当然として」私は言う。「ジャクソンのレストラン、アレクサンドリアのホテル。これを全部つなぎ合わせれば、ダニエルがどこにいたのかがわかる――下の日付を見れば、いつそこに行ったのかもわかる」

アーロンが歩いてきて私の隣りに坐る。互いの脚が触れ合う。彼はいちばん上の領収書を手に取り、下の住所と日付を見つめる。

「アンゴラ。そこも彼のテリトリーなのか？」

「いいえ」私は首を振る。「でも、ダニエルは何度もそこへ行ってる。私が注目したのもそこなの」

「なぜ？」

私はその領収書をアーロンの手からつまみ上げ、親指と人差し指の先で挟んだまま遠ざける。まるでそれが毒を持っているかのように。今にも嚙みつきかねないとでもいうように。

「アンゴラにはこの国最大の重警備刑務所があるから」私は言う。「ルイジアナ州立刑務所が」

アーロンはそれを聞くなり顔を上げ、まさかというように眉を上げて私を見る。

「私の父がいるところよ」

「なんと……」

「ふたりは会って話をしたのかもしれない」私は領収書に視線を戻して言う。ミネラルウォーターのボトル、二十ドル分のガソリン。ひまわりの種がひと袋。父が袋を傾けて種をざあっと口に流し込み、大量の爪でも噛み砕いているかのようにぼりぼり音を立てていたことを思い出す。殻が家じゅうに散らばり、そこらじゅうにくっついていたことを。キッチンテーブルの割れ目に挟まり、私の靴の裏に詰まり、水飲みグラスの底で固まり、唾の中に浮いていたことを。

私は母を思い出す。母が指で〝ダニエル〟と綴ろうとしたことを。

「それでこういうことになったんだとしか思えない」私は言う。「ダニエルは父を通じて私を見つけた。ふたりはつながってるのよ」

「クロエ、きみは警察に行くべきだ」

「警察は絶対に私を信じない。それはもうわかってる」

「どういう意味だ？　もうわかってる？」

「私には前歴があるから。過去に不利なことがあったの。警察は私がいかれてると思ってる――」

「きみはいかれてなんかいない」

アーロンの言葉に私はほとんど耳を疑う。彼が突然フランス語でも話しはじめたかのように。この数週間で初めて、私を信じてくれる相手が現れたのだ。私の味方になってくれる相手が。誰かに信じてもらうことがこれほど嬉しいとは思わなかった。疑いや懸念や怒りではなく、まっすぐな優しさを誰かに向けてもらえることが。これまでのアーロンとのささやかな瞬間がよみがえる。頭の中から追い出そうとしていた記憶。特別な意味などないのだと思い込もうとしていた。橋のそばのベンチに坐って、思い出話をしたこと。酔ってひとりでソファに坐っていたあの夜、彼に電話したくてたまらなかったこと。アーロンが言葉を継ごうとしているのを察して、私は身を乗り出し、そっと彼にキスをする。彼が何も言えないうちに。この思いが消えないうちに。

「クロエ」私たちは顔を寄せ、額を押しつけ合う。アーロンは離れようとするように私を見る。離れなければと思っているように。けれどその手は私の腿に触れ、やがて私の腕に、髪に触れる。じきに彼はキスを返してくる。私の唇を貪りながら、夢中で体じゅうをまさぐりはじめる。私は彼の髪をかき抱き、その手を彼のシャツのボタンへ、ズボンへと降ろしていく。大学時代に戻ったように、もうひとつの脈打つ心臓に向かってわれとわが身を投げ出し、孤独をかき消そうとする。アーロンは頑丈な腕で私をそっと横たえて自分の体を押しつけ、私の頭上で手首を押さえつける。彼の唇が私の首すじを、胸を這う。やがてアーロンが私の中に入ってくるのを感じながら、私はしばらくわれを忘れる。

すべてが終わったとき、外は暗くなっている。ベッドサイドテーブルの照明だけがぼんやりと灯っている。隣りで横になったアーロンが私の髪をもてあそんでいる。言葉は一切交わしていない。

「きみがダニエルについて言ったことだけど」アーロンが沈黙を破って言う。「俺はきみを信じる。それはわかってるだろ？」

「ええ」私はうなずく。「わかってる」

「じゃあ、明日になったら警察に行ってくれるか？」

「アーロン、言ったでしょ？　警察は絶対に私を信じない。それより、私が考えてるのは
――」私はためらい、脇腹を下にしてアーロンと向かい合う。暗がりに浮かんだシルエットに。彼はまだ天井を見上げている。「私が考えてるのは、父に会いにいくべきなんじゃないかってこと。刑務所に」

アーロンが体を起こす。裸の背中をヘッドボードにもたせかけ、私のほうに顔を向ける。

「答えを知ってるのは父だけなんじゃないかって、そんな気がしてきたの」私は続ける。

「すべてを理解するには、父に訊くしかないのかも――」

「クロエ、それは危険だ」

「どうして危険なの？　父は刑務所にいるのよ、アーロン。私に手出しはできない」

「いいや、できる。檻の中からでもやりようはある。直接手出しはできなくても……」

彼は言いよどみ、顔を手でこする。

「ひと晩考えよう。約束してくれ、ひと晩考えてからにするって。明日決めればいい。その上で、きみが来てほしいなら、俺も一緒に行くよ。一緒に行って面会しよう」

「わかった」私は折れる。「約束する」

「よし」

アーロンはさっと脚を振ってベッドから降り、床に脱ぎ捨ててあったジーンズを拾い上げる。私は彼がジーンズを穿いてバスルームに入り、明かりを点けるのを見届けてから目を閉じる。蛇口をひねる音、ほとばしる水の音が聞こえてくる。目を開けると、アーロンが水の入ったグラスを片手に戻ってくる。

「ちょっと出かけてくるよ」そう言ってグラスを差し出す。私はそれを受け取り、ひと口飲む。「丸一日、編集者に連絡してないからな。きみはひとりで大丈夫？」

「大丈夫よ」私は再びベッドに転がる。アーロンが足元の何かに気づき、屈み込んで拾い上げる——私のバッグのいちばん上に置いてあった、ザナックスのボトルを。

「これ、ひとつ服《の》んだら眠れるんじゃないか？」

私は大量の錠剤が入ったボトルを見つめる。アーロンが眉を上げてボトルを振ってみせ、

私はうなずいて手を差し出す。

「ふたつ欲しいって言ったら引く？」

「いいや」アーロンは微笑み、蓋を開けて私の手のひらに二錠落とす。「大変な一日だったからな」

私は手の中の錠剤を眺めてから口に放り込み、水と一緒に呑み下す。それぞれがギザギザの爪で喉の奥にしがみつこうとするかのように、食道の粘膜を引っ掻きながらすべり落ちていく。

「どうしても責任を感じずにいられないの」私はヘッドボードに頭をあずけ、リーナのことを思う。オーブリーのことを。レイシーのことを。その死が心に重くのしかかっているすべての少女たちのことを。私は何も気づかず、彼女たちを怪物の手に陥れてしまった——最初は父の手に、そして今度はダニエルの手に。

「きみのせいじゃない」アーロンがベッドの端に腰かけ、手を伸ばして私の髪を撫でる。

室内がゆっくりと回りはじめ、瞼が重くなってくる。目を閉じると、あの夢で見た光景が脳裏によみがえる——子供時代の部屋の窓の下にいる自分が、血まみれのシャベルを手にして立っている姿。

「私のせいよ」すでに呂律がまわっていない。額にまだアーロンの手のぬくもりを感じる。

「何もかも、私のせいよ」

「ゆっくり眠るといい」アーロンの声がほとんどこだまのように聞こえる。彼は身を屈めて私の額にキスをする。唇が押しつけられる感触。「ドアに鍵をかけておくから」

こくんとうなずくのを最後に、私は眠りに落ちる。

第三十九章

目を覚ますと、携帯電話が震えている。激しく震動しながらベッドサイドテーブルの上を横切り、縁からひっくり返って床に落ちる。私は朦朧とした意識のまま目をこじ開け、薄目で目覚まし時計を確認する。

午後十時。

目を大きく開けようとするが、視界がぼやけて頭痛がする。ダニエルの実家を訪ねたことを思い出す——荒れ果てたぼろ家に住むダニエルの母、本のページに挟まっていた新聞記事の切り抜き。うっと吐き気がこみ上げ、私はベッドから這い出てバスルームに駆け込み、便座を撥ね上げて便器に屈み込む。何も出てこない。舌を刺す黄色い胆汁だけだ。喉の奥から細く糸を引いて唾液が垂れ、また嘔吐《えず》きそうになる。手の甲で口を拭って部屋に戻り、ベッドの端に腰を下ろす。水を飲もうとテーブルの上のグラスに手を伸ばすが、見るとグラスは倒れて縁から水が滴り、カーペットの上にこぼれている。携帯電話が倒してしまったにちがいない。私は床から携帯電話を拾い上げ、側面のボタンを押して画面を点灯させる。

アーロンからの不在着信が数件。様子を窺うメッセージも来ている。瞬時に、彼と体を重ねた記憶がよみがえる。私の手首を押さえた彼の手、首に押しつけられた彼の唇。あれはまちがいだった。私たちは過ちを犯した。が、それにはあとで対処するしかない。それより残りの不在着信とメッセージを確認しなければ——ほとんどはシャノンからだが、ダニエルからのも交じっている。こんなに不在着信が多いのはなぜ？　まだ十時なのに——せいぜい四時間しか経っていないのに。そう思ったとたん、画面に表示されている日付に気づく。

午後十時。金曜日の。

丸一日眠っていたということだ。

私は画面ロックを解除し、メッセージを一件ずつ見ていく。次第に危機感が押し寄せてくる。

クロエ、電話をください。大事なことなの。

クロエ、今どこにいるの？

クロエ、今すぐ電話して。お願い。

やばい――私は心の中でつぶやき、こめかみを揉む。まだ頭がずきずきする。私に向かって抗議の声をあげている。空腹にザナックス二錠を流し込んだのは明らかに失敗だった。とはいえ、わかっていてやったことだ。私はただ眠りたかった。忘れたかった。そもそもこの一週間、隣りで眠るダニエルを恐れてまんじりともせず、心身が限界に来ていたのだ。

シャノンの名前までスクロールして〈発信〉を押し、端末を耳につけて呼び出し音を聞きながら待つ。バチェロレッテ・パーティーの嘘がばれたのだろう、まちがいない。ダニエルがシャノンに写真を送ってほしいとメールしたのだろう。それはやめてと私が頼んだにもかかわらず。そうしてふたりとも、私が嘘をついたことを知って――私がどこへ行って誰と会うのかも告げずに行方をくらましたことに気づいて――うろたえているにちがいない。けれど今の私にはどうでもいい。ダニエルのいる家に戻るつもりはない。といって、警察を頼れる自信もない――これ以上関わるなとトマス刑事にはっきり通告されている。それでも、あの新聞記事と婚約指輪、アンゴラの領収書、ダニエルの母親との会話を踏まえれば、今度こそ彼らの注意を引くことができるかもしれない。今度こそ話を聞いてもらえるかもしれない。

そこではっとする。婚約指輪。アーロンの車の中で、指から抜いて足元に投げ捨てたのだった。あのあと拾い上げた覚えがない。私は電話を耳に当てたまま、空いたほうの手を見下ろして体をひねり、くしゃくしゃになったベッドの上掛けに指を走らせる。手のひらに何か固いものが当たり、さっと上掛けをめくる――が、指輪ではない。シーツのあいだに埋もれているのはアーロンの記者証だ。一瞬、彼のシャツのボタンを外して脱がせたときの光景がよみがえる。カードを拾い上げ、顔に近づけてアーロンの写真を見つめる。もしかしたら、昨夜のことはまちがいではなかったのかもしれない。そんな気がしてくる。奇妙な運命のいたずらで、私たちはこうなるめぐり合わせだったのかもしれない。

呼び出し音が途切れ、シャノンが電話に出る。何かがおかしいと気配でわかる。彼女が鼻をすする。

「クロエ、一体どこにいるの？」

声ががらがらに嗄れている。釘でうがいでもしたかのように。

「シャノン」私は姿勢を正して坐り、アーロンの記者証をポケットに突っ込む。「何かあったの？　大丈夫？」

「大丈夫じゃない」シャノンは言い返し、喉の奥から小さな嗚咽を漏らす。「今どこにいるの？」

「今は……家の近くよ。ちょっと頭をすっきりさせてたの。何があったの?」

スピーカーからまた嗚咽が響く。今度はもっと大きな泣き声。私はその声に身をすくませる。電話越しにひっぱたかれたかのように。思わず腕を伸ばし、電話の向こうでむせび泣く声を遠ざけながら、シャノンがなんとか言葉をつなげて説明しようとするのを待つ。

「ライリーが……」それを聞いた瞬間、また吐き気がこみ上げそうになる。次に何が来るかはもうわかっている。彼女が言葉を続けるまでもなく。「あの子が……いない、いなくなったの」

「どういうこと? いなくなった?」私は訊き返すが、どういうことかはわかっている。直感的に理解している。あの婚約パーティーの夜、わが家の居間で細い脚を組んでだらしなく椅子に坐っていたライリーの姿が目に浮かぶ。スニーカーを履いた足で椅子の脚を蹴りながら、片方の手で携帯電話を、もう片方の手で髪をいじっていた。

あのときのダニエルの様子を思い出す。微笑ましそうにライリーを眺め、シャノンに励ますような言葉をかけていた。今となっては不吉としか思えない言葉を。

〝そのうち遠い昔の思い出になるよ〟

「だから、どこにもいないのよ」シャノンは喘ぐように小さく三度しゃくり上げる。「今朝起きたら、あの子が部屋にいなかったの。また窓から抜け出して、帰ってきてないのよ。

もう丸一日経つのに」

「ダニエルに電話した？」私は緊張の裏にある思いを悟られまいとしながら尋ねる。「つまりその、私に連絡がつかなかったあいだに」

「ええ」シャノンは張りつめた口調で言う。「彼は私たちが一緒にいると思ってたって。あなたのバチェロレッテ・パーティーで」

私は目を閉じてうなだれる。

「ダニエルと何があったか知らないけど、あなたが私たちに嘘をついて何かを隠してることはわかった。でもはっきり言って、今はそれどころじゃない。私は娘の居場所を知りたいだけなの」

私は黙り込む。どこからどう話せばいいのだろう。シャノンの娘が、ライリーが、深刻な危険に陥っていて、私はその理由をほぼ確信している。でも、どう伝えたらいい？　ダニエルがライリーを連れ去ったであろうことを？　どう説明したらいい？　ライリーが夜中にシーツでつくったロープを窓から垂らして降りたとき、ダニエルがそこで待ちかまえていたであろうことを？　ライリーが窓の下に降り立つとダニエルが知っていたのは、シャノン自身があのパーティーの晩、私の家で彼にその話をしたからだと？　彼が昨日の夜を選んだのは、私が家を空けたせいで、自由に動きまわることができたからだと？

どう説明したらいい？　私のせいで、ライリーがおそらくもう死んでいることを？

「今からそっちに行く」私は言う。「今からあなたの家に行って、全部説明する」

「今、外にいるの」シャノンは言う。「車の中よ。あの子を捜してまわってる。でも、手伝ってくれたら助かるわ」

「もちろんよ。どこに行けばいいかだけ教えて」

私は一家の自宅から半径十マイル以内のすべての脇道を捜すよう指示を受けて電話を切る。ベッドから立ち上がり、足元のダッフルバッグを見下ろす。例の白い封筒の上にダニエルの領収書が積み重なっている。すべてを元どおりバッグに押し込み、把手をつかんで肩に掛ける。それから携帯電話に視線を戻す。ダニエルからのメッセージに。

クロエ、電話をくれ。頼む。

クロエ、今どこにいる？

ボイスメールが一件届いている。つかの間、削除しようか迷う。今は彼の声を聞くわけにはいかない。彼の言い訳に耳を貸すわけにはいかない。でも、もしライリーがまだ生きていたら？　今からでも彼女を救えるとしたら？　私は再生ボタンを押し、端末を耳に当てる。ダニエルの声が頭の中に染み込んでくる。オイルのように隅々までくまなく浸透し、何もかもを覆い尽くしてしまう。

クロエ、聞いてくれ……僕には何がどうなっているのかわからない。きみはバチェロレッテ・パーティーに行ったんだと思ってた。さっきシャノンと話したよ。きみがどこにいるのかはわからないけど、明らかに様子がおかしいことはわかってた。

長い沈黙が流れる。ボイスメールが終わったのかと思い、携帯電話の画面を見るが、再生はまだ続いている。ようやく、ダニエルがまた話しはじめる。

きみが戻る頃には、僕はもうここにはいない。きみが今どこにいるのであれ、僕は明日の朝までに出ていく。ここはきみの家だ。きみが何に向き合おうとしているのかはわからないけど、いつでも自由に戻ってきたらいい。

胸苦しさが襲ってくる。ダニエルが出ていこうとしている。逃げようとしている。

〝愛してる〟――彼がつぶやく。ため息のような声で――〝きみが思うよりずっと〟

唐突に再生が終わり、私はモーテルの部屋の真ん中にひとり取り残される。ダニエルの声がまだ頭の中にこだましている。〝僕は明日の朝までに出ていく〟。私はまた目覚まし時計を見る――午後十時半。ダニエルはまだいるかもしれない。家にいるかもしれない。今から帰れば、彼が出ていくまでに間に合うかもしれない。彼の逃亡先を突き止めて、警察に通報できるかもしれない。

私はすばやくドアに向かい、駐車場に足を踏み出す。太陽はすでに木々の彼方に沈み、街灯のやわらかな光が節くれだった枝を影絵のように浮かび上がらせている。私は思わず足を止める。本能的に生じる暗がりへの不安、夜の闇への恐れ。けれどそこでライリーの顔を思い出す。オーブリーとレイシーの顔を思い出す。リーナの顔を思い出す。どこかへ消えたすべての少女たちの顔を思い出し、自らを奮い立たせ、真実に向かってまた歩きはじめる。

第四十章

自宅のまえの通りに乗り入れるや否や、私はヘッドライトを消す。が、すぐに意味がないことに気づく。ダニエルに見られることはないのだから。ダニエルはもういないのだから。それはわが家のまえをそっと通り過ぎたときにわかる。ドライヴウェイに車はなく、家の中も外も真っ暗だ。私の家はまたしても死んだように見える。ハンドルにぐったりと頭をあずける。手遅れだ。ダニエルはとっくにどこかへ隠れてしまった——ライリーを連れて。私は頭を絞り、逃げるまえのダニエルの動きを想像しようとする。彼ならどこへ向かうだろうと考えてみる。

はっと顔を上げる。そうだ。

あの防犯カメラ。居間の隅にバート・ローズが設置した極小のデバイス。私は携帯電話を取り出して当該のアプリを開き、画面に映像がロードされるのを息を詰めて見守る。自宅の居間が映っている——真っ暗で誰もいない。ダニエルが暗がりに潜んで、私が入ってくるのを待ちかまえているとしても意外ではない。画面下のスライダーを押して時間をさかのぼると、家の中が明るくなり、ようやくダニエルが姿を現す。

三十分前、彼はここにいた。家の中を歩きまわり、腹立たしいほど普段どおりの家事をせっせとこなしていた。郵便物をまとめて積み上げ、置き場所を変えながらカウンターの上を拭いたりしていた。そんな姿を見つめていると、またあの言葉を思い出さずにいられない――〝連続殺人犯〟。やはりその響きには違和感しかない。二十年前の父にも、その言葉はまるでそぐわなかった。自分の手で皿を洗い、一枚一枚丁寧に、縁が欠けないよう細心の注意を払って拭いていた父。連続殺人犯。なぜ父はそんなことに心をこめていたのだろう？　連続殺人犯がなぜ、お祖母ちゃんの陶磁器を大事に扱うことにこだわっていたのだろう？　人の命を平気で粗末に扱う人間がなぜ？

画面の中のダニエルはソファの端に歩み寄って腰を下ろし、ぼんやりと顎をこすっている。私はこれまでも何度となく彼を盗み見てきた。彼が誰にも見られていないと思っているときにやってのけるちょっとしたしぐさを観察してきた。彼がキッチンで夕食をつくりながら、ワインの残りを私のグラスに空け、ボトルの口をさっと指で拭ってきれいに舐め取るところも見た。シャワーから出た彼が、額になだれかかる濡れ髪をくしゃくしゃに乱してから、コームで片側に梳かしつけるところも見た。そうした彼のひそかな瞬間を目撃するたび、畏敬の念に打たれたものだった。こんな人が現実にいるはずがないとでもいうように。

そして今、その理由がわかった。

彼は実際、現実にはいないからだ。存在しないからだ。私の知っているダニエル、私の愛したダニエルは虚像にすぎない。その下にある真実の顔を隠すために本当の彼がつけた仮面にすぎない。彼は少女たちを誘い込んだように、私を罠に誘い込んだ。私が見たかったものを見せ、聞きたかった言葉を聞かせた。私を安心させ、彼に愛されていると感じさせた。

けれど今、私はそれ以外の瞬間を思い出す――彼が真の姿の片鱗を見せたときのことを。ほんの一瞬、うっかり仮面をずらしたときのことを。もっと早く気づくべきだった。

模倣犯はふたつのタイプに分けられるとアーロンは言っていた。最初の犯人をあがめる者と、憎む者とに。ダニエルは明らかに私の父をあがめている。十七歳のときから二十年にわたって父に追随し、父の犯行を真似してきた。刑務所の父を訪ねさえしているが、どこかの時点で物足りなくなった。ただの殺しでは満足できなくなった。人を殺して遺体をどこかに棄てるだけでは飽き足らず、人ひとりの人生を奪って所有しなければ気がすまなくなった。私の人生を奪い、乗っ取る必要があった。父が私の人生を乗っ取ったように。

父と同様、彼は日々私を欺《あざむ》いていたのだ。私は今、ソファに坐ってぼんやりと顎をこするダニエルの姿を見つめる。彼はあの両手で妹の指輪を私の薬指に押し込み、自分の縄張りを主張した。あの両手を私の喉にかけてキスをし、首が絞まりかけるほどの力をこめた。私を悩ませ、反応を試していた。私の存在など所詮、暗いクローゼットの奥に安全に隠されたジュエリーとなんら変わらないのだ――彼の戦利品、彼の偉業の生ける象徴。私はダニエルを見つめ、激しい怒りが胸に湧き上がるのを感じる。上げ潮のようにみるみる満ちて、私自身を押し流し、呑み込もうとするのを感じる。

ダニエルが立ち上がり、うしろのポケットに手を入れる。何かを取り出し、しばらくじっと見つめる。私は目をすぼめ、それが何かを見極めようとするが、小さすぎてわからない。携帯電話の画面の上で二本の指を広げ、彼の手元をズームしてみて気づく――細い銀の鎖が手のひらからこぼれて手首に垂れ下がり、小さなダイヤモンドの粒がきらめいている。

あの夜、彼がベッドを抜け出して寝室をそっと横切り、クローゼットの扉を閉めたことを思い出す。胸の中で逆巻く怒りが喉から頬に突き上げ、目が燃えるように熱くなる。

私の妄想ではなかった。やはりダニエルが持っていたのだ。

いま思えば、私がほんの一瞬でも自分自身を、自分の正気を疑うように仕向けられたことが何度もあった。〝ニューオーリンズに出張だと言ったよね。憶えてない？〟私が見たものを疑われ、内心では事実だとわかっていることをそれとなく否定された。画面の中のダニエルはまだ手の中のネックレスを見つめている。が、やがて息を吐き、それをポケットに戻して玄関に向かう。そのとき初めて、廊下にスーツケースが置かれ、彼のパソコンバッグが壁に立てかけてあることに気づく。彼はその両方を携えて室内に向き直り、最後にもう一度部屋を見まわしてから、照明のスイッチに指を伸ばす。次の瞬間、ろうそくの火がふっと吹き消されるように、画面が真っ暗になる。

私は携帯電話をカップホルダーに置き、たったいま見たものを解釈しようとする。大した情報ではない――とはいえ、意味のある情報だ。半時間前、ダニエルはここにいた。うまくすればまだ追いつけるはずだ。行き先さえわかれば。可能性は考え出せばきりがない。どこへ行ってもおかしくない。スーツケースを携えているのだ。国内を横断して、どこかのホテルに身を潜めるつもりかもしれない。南下してメキシコに逃げ込んでもおかしくない――国境までは十時間もかからない。朝には着いているだろう。

一方で、あのネックレスのことを思う。彼が手のひらの上であの銀の鎖を撫でていたことを。行方知れずのライリーのことを思う。遺体がまだ見つかっていないことを。そして気づく。ダニエルは逃げたのではない。なぜなら、これで終わりではないからだ。彼にはまだやることがあるからだ。

オーブリーとレイシーの検視官は、遺体が動かされたのは死後しばらく経ってからだと言っていた。彼女たちはどこか別の場所で殺されたあと、最後に目撃された場所に棄てられたのだと。そのパターンでいくと、ライリーはどこにいる？　どこに閉じ込められている？　彼女たちはみんなどこにいたのだろう？

そして思い当たる。わかった。なぜか、心の奥底で、細胞レベルでわかった。

思いとどまる隙《ひま》を自分に与えず、私は再びエンジンをかけ、ヘッドライトを点け、車を発進させる。これから向かう場所以外のことを考えて気をまぎらわそうとするが、刻一刻と過ぎるごとに、鼓動が速くなっていく。目的地への距離が縮まるごとに、息苦しさが増していく。三十分が過ぎる。四十分が。もうすぐだ。車の時計に目をやり――あと少しで午前零時――ダッシュボードから道路に視線を戻したとき、それが目に入る。はるか前方からゆっくりと近づいてくる。見覚えのある古い看板。縁が錆びつき、長年の泥や汚れが金属にこびりついている。それが視界に迫ってくるにつれ、手のひらが汗ばみ、恐怖が突き上げる。明滅する電灯がそれを不気味な光の中に浮かび上がらせている。

ようこそ　世界一のザリガニの都

ブローブリッジへ

私は故郷に帰る。

第四十一章

私はウィンカーを出して次の出口で降りる。ブローブリッジ。十数年前に大学進学のために離れて以来、一度も戻ることのなかった場所。二度と訪れることはないと思っていた場所。

町中を蛇行しながら進む。モスグリーンの日よけが張られた古い煉瓦造りの建物がいくつも並んでいる。私の中では、この場所はくっきりとした線でふたつに分かれている――〝事件前〟と〝事件後〟に。線の片側は、田舎町特有の明るく幸せな子供時代の思い出に満ちている。ガソリンスタンドのかき氷、リサイクルショップのローラーブレード。毎日学校帰りの三時に立ち寄ったベーカリー。焼きたてのサワードウブレッドをおまけでひと切れもらい、溶けたバターを顎に滴らせながら帰ったものだった。歩道の割れ目を跳び越え、花が咲いた雑草を摘み採りながら。帰ったらその花束を曇ったジュースグラスに生けて母に見せるのが愉しみだった。

線の反対側は、何から何まで分厚い暗雲で覆われている。

私は無人の広場のまえを通り過ぎる。ザリガニ祭りが毎年おこなわれる会場。あの日、リーナと一緒に立っていた場所が目に入る。しっとりと汗ばんだリーナの腹におでこをくっつけ、手の中で光る銀製のホタルを覗き込んだ場所。その向こうに目をやる。父が立っていた場所。離れたところから私たちを見ていた。リーナを。私は母校を通り過ぎる。ゴミ置き場を通り過ぎる。上級生の男子が私の頭を金属製の収集容器に叩きつけ、私の父が彼の姉にしたのと同じ目に遭わせてやると私を脅した場所。

ダニエルもこの道を運転していたのだ。何週間にもわたって、何度も夜の闇にまぎれては、また家に帰ってくることを繰り返していた。汗にまみれてへとへとになり、達成感に満ちあふれて。私は家のまえの道に近づき、路肩に車を停める。わが家のドライヴウェイの手前に。毎日駆け抜けたあの長い砂利道を目にする。土埃を蹴り上げながら森の中を走り、玄関ポーチの階段を駆け上がり、父の腕に飛び込んだ記憶がよみがえる。ここは行方不明の少女を連れてくるのにうってつけの場所だ——十エーカーもの見捨てられた土地にぽつんと建った廃屋。誰も寄りつかず、放置されたままの幽霊屋敷。ディック・デイヴィスが六人の被害者を埋めたあと、私の部屋に立ち寄っておやすみのキスをした場所。

ダニエルにすべてを話したときのことを思い出す。私の家の居間のソファで、ふたりとも寝そべっていた。私は初めて何もかもを彼に打ち明け——彼は一心に耳を傾けていた。リーナと彼女のへそピアス、暗闇で光る一匹のホタル。私の父、木立から現れた影。クローゼットに隠してあった父の秘密の箱。

そして、この家。私はこの家のことをダニエルに話した。すべての震源であるこの場所のことを。

父が収監され、母が家と土地を管理する能力を失ったあと、その責任は私たちに降りかかった——クーパーと私に。けれど私たちは母を見捨てて〈リヴァーサイド〉に委ねたように、この場所も見捨てることを選んだ。一切関わりたくなかった。この家に息づいたままの思い出と向き合いたくなかった。だからただ放置した。長年そのままで放っておいたまま家具の配置も何ひとつ変わらず、今頃は分厚い蜘蛛の巣が家じゅうを覆っていることだろう。母が首を吊ったときに折れたクローゼットの梁もそのまま、父がパイプを落としたときに灰で汚れた居間のカーペットもそのまま。何もかも——宙に浮いた埃の粒子すら当時のままに凍りついた、私の過去のスナップショット。まるで誰かが〈一時停止〉を押したきり、さっと背を向け、ドアを閉めて立ち去ったかのように。

ダニエルはそれを知っていた。その家がここにあることを知っていた。無人の家が、自分を待ちかまえていることを知っていた。

私はハンドルを握りしめる。心臓が激しく打ちつける。このあとどうしたものか、静寂の中でじっと考える。トマス刑事に電話して、ここへ来てもらうのはどうか。来てもらったところで、具体的にどうするのか？　どんな証拠があるというのか？　けれどそこで、父の姿を思い出す。夜中にこの裏の森から姿を現し、シャベルを肩に担いでいた姿を。それを窓から見ていた十二歳の自分を思い出す。

見ていただけで、待っていただけで、何もしなかった自分を。

ライリーがあの家の中にいるかもしれない。大変なことになっているかもしれない。私はハンドバッグをつかんで震える手で開き、中に入れた銃を確認する――この旅に出るまえにクローゼットから持ち出した銃。あの防犯アラームの夜に探していた銃。それを確かめ、深呼吸をしてから、そっと車の外に出て、静かにドアを閉める。

外の空気はゆで卵臭いげっぷのようにむんわりしている。沼からの硫黄臭が夏の暑さで増幅されているのだ。私は忍び足でドライヴウェイに向かい、しばしそこに立って、家に続く道を見下ろす。両側の森は真っ暗で何も見えないが、思いきって一歩踏み出す。もう一歩。また一歩。そうして徐々に家に近づいていく。ここでは闇がこれほど深いことを忘れていた。街灯も隣家の灯りもないのだから――けれどそのインクのように濃い闇の上で、月はいつも煌々と輝いている。私は雲ひとつない夜空に浮かんだ満月を見上げる。その光がスポットライトのようにほんのりと家を照らし出している。今はもう家の姿がはっきりと見える——欠け落ちた白いペンキ、長年の暑気と湿気で剝がれた下見板、足元で伸び放題に生い茂った雑草。つる草が血管のように外壁に張りめぐらされ、この世ならざる悪の棲み家のような雰囲気を醸し出している。私は軋みやすい箇所をよけながら、ポーチの階段をそうっとのぼりはじめる。が、そのとき、ブラインドが開いていることに気づく——この月明かりでは、ダニエルが中にいたら私の姿は丸見えになってしまう。そこですぐさま向きを変え、家の裏にまわる。裏庭にはがらくたが散乱している。まったく昔のまま——大量に積み重なった古い合板が、園芸用具の積み込まれた手押し車やシャベルと一緒に家の裏に立てかけられている。母が地面に両手両膝をつき、額に泥のすじをつけて土いじりをしている姿が目に浮かぶ。私は窓から家の中を覗こうとするが、裏側はブラインドがすべて閉まっており、明かりもないため、隙間からは何も見えない。ドアノブをひねってそっと揺さぶってみるが、ドアは開かない。鍵がかかっている。

私は息を吐き、腰に手を当てる。

それから、ふと思いつく。

ドアを見つめ、リーナと過ごしたあの日のことを思い起こす——図書館カードを手に、兄の部屋に侵入したときのことを。

〝まず、蝶番を確認して。蝶番が表から見えなければ、このやり方で開けられるから〟

私はポケットを探ってアーロンの記者証を取り出す。モーテルのベッドのシーツに埋もれていたのを見つけたあと、ジーンズのポケットにねじ込んだままだった。それを手の中で曲げてみてから——強度は充分だ——ドアの隙間に斜めに差し込む。リーナに教わったとおり。

〝角が入ったら、まっすぐに立てるの〟

私はカードをぐいぐい動かしはじめる。圧力をかけながら、何度も繰り返し前後に動かす。さらに深く押し込み、空いたほうの手でドアノブをひねる——と、ついにカチッと音が鳴る。

第四十二章

裏のドアが押し開くと、私はカードを引っこ抜いて手の中に収め、家の中に足を踏み入れる。なじみの壁を指で伝いながら、廊下を手探りで進む。暗すぎて方向感覚が狂いそうになる。そこらじゅうが軋んで聞こえるが、なぜなのかもわからない。単に家が古いからか、ダニエルが動いているからか。私の背後に忍び寄り、腕を広げて襲いかかろうとしているのか。

廊下の壁が途切れ、私は居間に踏み込む。室内はブラインドから射す月明かりに照らされ、もはや手探りしなくても充分見える。私は周囲を見まわす。室内の物影はどれも記憶のままだ。隅に置かれた父の古いリクライニングチェア——革が色褪せてひび割れた〈レイジーボーイ〉。私が画面に指を押しつけて汚した床の上のテレビ。ダニエルはここにせっせと通っていたのだ。この家に。この身の毛もよだつ恐ろしい家に、毎週こっそり足を運んでいたのだ。この家に被害者を連れてきて、常人には想像もつかない残虐な行為を働いてから、彼女たちが姿を消した場所に戻って遺体を棄てていたのだ。私は自分の右に目を向け、そこで初めて、床の上に妙な形の影が転がっていることに気づく。積み重ねた木材のように細長い物影が。

人間のような形——若い女の体。

「ライリー？」私は囁き、急いで居間を横切って影に駆け寄る。顔を見た瞬間に彼女だとわかる。目も唇も閉じられ、頬のまわりでゆるく波打つ長い髪が胸元までかかっている。この薄暗がりでも、あるいは薄暗がりだからこそか、その顔は驚くほど青白い——まるで亡霊のようだ。唇が青ざめ、顔全体から一切の血の気が失われ、皮膚が透きとおるように発光している。

「ライリー」私はまた囁き、彼女の腕をつかんで揺らす。ライリーは動かない。声も発しない。私は彼女の手首を見る。赤い索痕が静脈のまわりにできはじめている。彼女の首を見る。指の形のあざがうっすらと皮膚に浮かび上がるのを覚悟する——が、それはどこにも表れていない。今はまだ。

「ライリー」私は繰り返し、彼女をそっと揺さぶる。「ライリー、起きて」

彼女の耳の下に指を当て、息を詰めて待つ。なんらかの反応があることを祈りながら。すると、感じる——ほんのかすかではあるが、確かに感じられる。ごく弱く、たどたどしくゆっくりと、心臓が脈を打っている。彼女はまだ生きている。「お願い」私は小声で語りかけ、ライリーを持ち上げようとする。その体は死体のように重い。が、腕をつかむと、彼女の眼球がちらちらと左右に揺れ、喉からかすかなうめき声が漏れる。ジアゼパムだ。私はようやく気づく。薬漬けにされているのだ。「ここから出してあげるから。大丈夫、絶対――」

「クロエ?」

その瞬間、心臓が凍りつく――誰かがうしろにいる。この声。舌の上でのど飴を蕩かすように私の名前を口にするこの声。どこで聞いてもすぐにわかる。

が、ダニエルの声ではない。

私はそろそろと立ち上がり、背後の相手に向き直る。薄暗がりでも顔を見るには充分明るい。

「アーロン」なぜ彼がここにいるのか、この家に――私の家に――いるのか考えようとするが、頭の中が真っ白で何も思いつかない。「なんでここにいるの?」

月が雲に隠れ、にわかに部屋が暗くなる。私は闇を見通そうと目を瞠る。月明かりが再びブラインドから射し込んだとき、アーロンはさっきより近づいて見える――一歩か、二歩。

「きみのほうこそ、なんでここにいるのか訊きたいな」

私は足元のライリーのほうを振り返り、この状況がどう見えるかに気づく。暗がりで意識を失った少女の上に屈み込んでいた私。トマス刑事がオフィスに来て、私を疑いの目で睨みつけたことを思い出す。オーブリーのイヤリングに残っていた私の指紋。私を非難する刑事の言葉。

〝このすべてを束ねる共通項はあなたのようだ〟

ライリーを身振りで示し、説明しようと口を開くが、喉が詰まって声が出ない。私は咳払いをする。

「彼女は生きてる。ほっとしたよ」アーロンが先に言い、また一歩近づく。「俺もさっきその子を見つけたところだ。起こそうとしたけど無理だったから、警察を呼んだ。今こっちに向かってる」

私は彼を見つめる。まだ言葉が出てこない。私が戸惑っているのを見て、彼は話を続ける。

「きみがまえにこの家の話をしたのを思い出したんだ。無人のまま放置されてるってことだったから、彼女はここにいるんじゃないかと思った。何度かきみに電話したんだけど」

アーロンは家の中を示すように両腕を広げてから、また体の横に手を下ろす。「ふたりとも同じことを考えてたみたいだな」

私はほっと息を吐いてうなずく。昨夜、モーテルの部屋でアーロンと過ごした記憶がよみがえる。私の髪を夢中でまさぐっていた彼の手。そのあとふたりで静かに横になっていたこと。彼の声がまだ耳に残っている――〝俺はきみを信じる〟。

「彼女を助けないと」私はようやく声を発する。さっと振り向いてライリーのそばにしゃがみ込み、もう一度脈を確認する。「吐かせるとかしないと――」

「警察がこっちに向かってる」アーロンは繰り返す。「クロエ、大丈夫だ。その子は助かる」

「ダニエルが近くにいるはずなの」私はそう言いながら、ライリーの頬を指でさする。冷たい。「モーテルで目を覚ましたとき、ものすごい数の不在着信が入ってた。彼のボイスメールを聞いて、もしかしたら――」

私ははたと口をつぐむ。昨夜のことをもう一度思い出す。眠りに落ちる直前、アーロンが荒れた唇を私の額に押しつけ、おやすみのキスをして出ていったことを。私はのろのろと立ち上がって振り向く。不意に、彼に背を向けたくないと感じる。

「ちょっと待って」思考が緩慢にしか回らない。ぬかるみの中を進むように。「どうしてライリーが行方不明だってわかったの？」

アーロンが出ていったあと、私は丸一日経って目を覚ました。それからシャノンに電話をかけ、彼女がむせび泣きながら訴えるのを聞いた。

〝ライリーがいなくなったの〟

「ニュースになってるから」アーロンは言う。が、棒読みするようなその言い方が、どうにも不自然に思えてならない。

私は小さく後ずさり、アーロンとのあいだに距離を置こうとする。ライリーのまえにしっかり立ちはだかろうとする。私がうしろに退がるのを見て、アーロンの表情が変わる——唇が薄く引き結ばれ、顎が強張り、指がこぶしに握りしめられる。

「おいおい、クロエ」彼は引きつった笑みを浮かべる。「捜索隊だって出てる。市《まち》じゅうが彼女を捜してる。みんな知ってるよ」

アーロンは私の手を取ろうとするように腕を差し伸べる。が、彼に歩み寄るかわりに、私は両手をまえに突き出す。それ以上近づくなとの意思表示。

「おい、俺だよ」彼は言う。「アーロンだ。クロエ、俺のことはよく知ってるだろ?」

月光がまたブラインドから射し込み、そのときそれが目に入る。ふたりのあいだの床の上に落ちているもの。ライリーに駆け寄って慌てて脈を取ろうとしたときに落としたにちがいない。アーロンの記者証。私が裏のドアをこじ開けるときに使ったカード。それが今、なぜか……ちがって見える。

私はアーロンに視線を据えたまま、ゆっくりと屈んでそれを拾い上げる。顔に近づけてよく見ると、ひびが入っていることに気づく。ドアの圧力で折れてしまったのだろう。縁がぼろぼろになっている。ひび割れた顔写真に触れてそっと引っ張ると、顔全体が剝がれはじめる。たちまち背すじに戦慄が走る。

これは本物の記者証ではない。偽物だ。

顔を上げると、アーロンは突っ立ったまま私を見ている。私は初めてこの記者証を見たときのことを思い出す。あの川沿いのカフェで会ったとき、彼のワイシャツの襟に都合よく留められていた。見ればわかるよう、〈ニューヨーク・タイムズ〉のロゴがいちばん上に大きな太字で印刷されていた。アーロンとはあのときが初対面だった——が、彼を見たのはあれが最初ではなかった。アーロンだとわかったのは、事前に彼の写真を見ていたからだ。自分のオフィスで、アティヴァンを服《の》んで四肢を弛緩させ、ネットで検索した彼の顔写真を見ていたからだ——粒子の粗い小さな白黒の画像。チェックのワイシャツにべっ甲眼鏡。あのカフェにやってきたとき、彼はまったく同じ恰好をしていた。写真同様、シャツの袖を肘までまくり上げて。そして今、私はぞっとしながら気づく。あれはわざとだったのだ。すべてが彼の狙いどおりだったのだ。私がひと目でアーロンとわかるであろう恰好。目につく場所に〝アーロン・ジャンセン〟と印字された記者証。あのとき彼を見て、写真とちがう印象を受けたことを思い出す。実際の彼は思いのほか……体格がよく、がっしりしていた。腕はたくましすぎ、声は二オクターヴ低すぎた。それなのに私は目のまえの男がアーロン・ジャンセンだと思い込んだ。彼が自己紹介すら、名乗りすらしないうちに。それに、ぶらりとカフェに入ってきた彼のあの態度。まるで私が先に来てあの席で待っているのを知っているかのように、悠然と落ち着き払っていた。私に見られているとわかっていて、あえて見せつけているかのように。

なぜなら、彼もまた私を見ていたからだ。そのまえからずっと。

「あなた、誰？」私は尋ねる。暗がりの中で、彼の顔が急にわからなくなる。

彼はその場に立ったまま黙っている。以前は気づかなかった空虚感が彼から漂っている。まるで割れた殻から黄身がすっかり流れ出てしまったかのように。私の問いにどう答えたものか、考えあぐねているように見える。

「俺は――誰でもない」ようやく彼が答える。

「あなたの仕業なの？」

彼は口を開きかけ、また閉じる。言葉を探しているかのように。答えは返ってこない。

気づくと私は、彼と交わしたすべての会話を思い返している。耳の中で脈打つ血流のように、彼の言葉が頭の中で鳴り響く。

〝模倣犯が殺人を犯すのは、元祖の殺人犯に取り憑かれているからだ〟

私は目のまえの男を見る。何者かもわからない相手。この男が私の人生に現れた瞬間から、このすべてが始まったのだ。この男が最初に模倣犯説を唱え、私がそれを信じるように仕向けた。いつも探るように私の話を聞き出し、ぐっと身を寄せ、声を潜めて語った――〝この事件が今まさにこの土地で進行しているのには理由がある〟。私がリーナの話をしたとき、彼は子供のような好奇心を声に滲ませ、どうしても我慢できないかのように訊いてきた――〝リーナはどんな子だった？〟。

「答えて」私は声が震えるのを抑えようとしながら尋ねる。「あなたがやったの？」

「ちがうんだ、クロエ。きみが考えてるようなことじゃない」

この男がベッドで私を組み伏せ、私の首に唇を這わせたことを思い出す。立ち上がってジーンズを穿き、グラスに汲んだ水を私に飲ませてから、私の髪を撫でて寝かしつけ、暗闇にひとり出ていったことを。あの夜にライリーは行方不明になったのだ。あの夜に彼女は連れ去られたのだ――この男によって。私が眠っているあいだに。私が額に汗を浮かべ、愛撫の余韻に肢体を疼かせているあいだに。今となってはおぞましい嫌悪感が腹の底から湧き上がる。結局、彼の言ったとおりだった――あの日、川辺でテイクアウトのコーヒーを足元に置いて、はるか向こうの鉄橋が霧の覆いの下から徐々に姿を現すのをふたりで見つめていたときに。

〝要は一種のゲームだ〟

それが彼のゲームだと私が気づかなかっただけで。

「警察に通報する」私は言う。彼が警察を呼んでなどいないことは明らかだ。待っていても誰も来ないことは。私はハンドバッグに手を入れ、携帯電話を探る。震える指でバッグの中身を漁る――そしてはっとする。携帯電話は車の中だ。カップホルダーに立てかけたままだ。防犯カメラのダニエルの映像を見たあと、うかつにもそこに置いたままブローブリッジまで運転し、車を駐めて、この家に侵入したのだった。一体何を考えていたのだろう？　自分の携帯電話を忘れるなんて？

「クロエ、ちがうんだ」彼が近づく。もう一メートルも離れていない。手を伸ばせば届きそうだ。「説明させてくれ」

「どうしてこんなことを？」私はハンドバッグに手を突っ込んだまま尋ねる。唇がわななく。「どうしてあの子たちを殺したりしたの？」

その問いを発した瞬間、またデジャヴの波に襲われる。二十年前の私。まさにこの部屋で、テレビの画面に指を押しつけ、裁判官が父に同じことを尋ねるのを聞いていた。しんと静まり返った法廷で、誰もが待っていた。私も待っていた。ただ真実を知りたくて。

「俺のせいじゃない」彼はようやく口を開く。目が潤みを帯びている。「自分の意思じゃなかった」

「あなたのせいじゃない」私は繰り返す。「あなたはふたりの少女を殺したけど、それはあなたの意思じゃなかった」

「いや、つまり……やったのは俺だ。それは認める。でもそれだけじゃない――」

私はこの男を見つめ、そこに父の姿を見る。テレビに映った、後ろ手に手錠をかけられた父。私は床に坐り込んで父の言葉を一心に聞いていた。父の心の奥深くに棲みついた悪魔が見える――体を丸めた胎児がぬらぬらと脈打ち、次第に膨れ上がり、ある日突然はじけるのが。父と心の闇。部屋の隅に潜んで父を引きずり込み、呑み込んだ影。静まり返った法廷に響く、父の涙ながらの告白。それに対する裁判官の問い。嫌悪感に満ちた、信じられないといった口調。

〝つまりあなたが言いたいのは、その闇があなたに少女たちを殺害させたということですか？〟

「あなたはあの人とそっくり」私は言う。「自分の罪をほかの何かになすりつけようとしてる」

「ちがう。ちがう、そうじゃない」

文字どおり血が滲むほど、自分の爪が手のひらを抉るのを感じる。あの日の父を見て胸に湧き上がったのと同じ、激しい怒りを感じる。涙を流す父を見て、私は心を動かされるどころか、言いようのない嫌悪を感じた。全身の細胞が嫌悪を叫んでいた。

あのとき私は父を殺したのだ。心の中で、父を殺した。

「クロエ、頼むから聞いてくれ」彼がさらに近づく。私に向かって腕を広げ、やわらかな厚い手を伸ばして。私の肌に触れ、私と指を絡め合った手。父の腕に飛び込んだように、私は彼の腕に飛び込んだのだ。まちがった場所に安心を求めて。「彼にやらされたんだ——」

真っ先に音が響く。目に映るより先に、自分が何をしたか気づくまえに。まるで他人に起こったことを見ているかのようだ——ハンドバッグから現れた自分の腕、手に握られた銃。一発の銃声が爆竹のように轟き、反動で腕が跳ね上がる。火花が一閃し、彼がよろよろと堅木の床を後ずさる。腹に広がる血を見下ろし、驚いた顔で私を見る。月明かりがその目を照らし出す。焦点を失ったガラス玉のような目。赤く湿った唇がゆっくりと開く。何かを言おうとするかのように。

それから彼の体が床にくずおれる。

第四十三章

私はブローブリッジ警察署の取調室の椅子に坐っている。天井に取り付けられた安物の電球の光が肌を黄みがかった緑色に染めている。彼らが私の肩に掛けた毛布は面ファスナーのようにチクチクするが、寒気がおさまらないので脱ぐ気になれない。

「さて、クロエ。何があったのか、もう一度初めから教えてほしい」

私は顔を上げ、テーブルの向かいに坐ったトマス刑事を見る。その横にはドイル巡査ともうひとり、名前はさっそく忘れてしまったが、ブローブリッジ警察の女性警官が坐っている。

「もう彼女にお話ししました」私は名前のわからない警官に視線を向けて言う。「すべて録音されているはずです」

「もう一度だけ、あらためて聞かせてほしい」トマス刑事は言う。「これが終わったら家に帰れます」

私は息を吐き、目のまえに置かれた紙カップに手を伸ばす。今夜三杯目のコーヒー。それを口に持っていきかけたとき、微小な血しぶきが皮膚に散っていることに気づく。紙カップを置いて、爪で一箇所を引っ掻くと、乾いた血がペンキのように剝がれる。

「二週間ほどまえに、アーロン・ジャンセンと名乗る男に会いました」私は話しはじめる。「彼は〈ニューヨーク・タイムズ〉の記者で、私の父に関する記事を書いているとのことでした。でもそのあと、オーブリー・グラヴィーノとレイシー・デックラーが失踪したことで、筋書きが変わったと言い出して……それらの事件は模倣犯の仕業にちがいない、真相を突き止めるために力を貸してほしいと言ってきたんです」

トマス刑事は黙ってうなずき、続きを促す。

「何度か話をするうちに、彼の言うことを信じるようになりました。被害者の特徴にしろ、なくなったジュエリーにしろ、過去の事件と似ている点が多すぎて。あれからちょうど二十年になろうとしていますし。最初はバート・ローズの仕業だと思い込んでいました——まえにお話ししたとおり——でもその夜、自宅のクローゼットであるものを見つけたんです。オーブリーのイヤリングとセットのネックレスを」

「その時点でなぜ、その証拠品を持ってわれわれのところに来なかったんです?」

「持っていくつもりでした」私は言う。「でも翌朝見たら、なくなっていたんです。私の婚約者がどこかへ隠してしまって――彼がそれを持っている映像なら、私の携帯でお見せできます――そのときから、彼が事件に関係しているんじゃないかと思いはじめました。でも、たとえ私がその証拠を持っていったとしても、あなたは私の言うことは何ひとつ信じないと、前回はっきり私に言いましたよね。二度と首を突っ込むなと」

トマス刑事はテーブルの向こうから私を見つめ、居心地悪そうに体を動かす。私は彼を見つめ返して続ける。

「それはともかく、根拠はほかにもあったんです。彼は私の父に会いに刑務所へ行っていた。ブリーフケースの中にジアゼパムを隠し持っていた。彼自身の妹が二十年前に行方不明になっていて、私が彼の母親を訪ねると、彼女は私に言ったんです、娘の失踪に彼が関わっていたんじゃないかって――」

「待った」刑事は手を突き出して私の話を遮る。「一度にひとつずつだ。なぜ今夜ブローブリッジに来たんです？　ライリー・タックがここにいるとなぜわかったんです？」

亡霊のように青白いライリーの顔。あの光景がいまだに脳裏を離れない。家のまえの砂利道を猛スピードで走ってきた救急車――前庭に立ち尽くしていた私。車から取ってきた携帯電話を握りしめ、体を強張らせ、視線をさまよわせながら待っていた。家の中には戻れなかった。床の上の死体と向き合う気にはなれなかった。救命士たちがストレッチャーに乗せたライリーを救急車の後部に運び込み、点滴につないだ。

「ダニエルが私にボイスメールを残して、家を出ていくと言っていたので」私は言う。「彼はどこへ行ったのか、彼女たちをどこへ連れ去ったのかと考えたときに、直感的にこの家だと思ったんです。なぜかはわかりません」

「なるほど」トマス刑事はうなずく。「そのダニエルは今どこに？」

私は顔を上げて彼を見る。目が乾いて痛い。強すぎる照明と苦いコーヒーと寝不足のせいで。何もかものせいで。

「わかりません」私は繰り返す。「私の家にはもういません」

室内は静まり返る。頭上の電球がジージーと、空き缶に閉じ込められた蠅のようにうなっている以外は。アーロンがふたりの少女を殺害し、ライリーを殺そうとした。それについてはやっと答えが得られた――が、ほかにまだわかっていないことが多すぎる。辻褄の合わないことが多すぎる。

「私の言うことなんて信じられませんよね」私はまた顔を上げて言う。「めちゃくちゃだと思われるでしょうけど、本当なんです。こんなことが現実に――」

「疑ってはいませんよ、クロエ」トマス刑事が遮って言う。「あなたは本当のことを言っている」

私はうなずき、押し寄せる安堵を顔に出すまいとする。彼がまさかこんな反応を示すとは思ってもみなかった。口論は避けられないと思っていた。提示不可能な証拠を求められるのだろうと思っていた。そこで気づく――トマス刑事は私が知らない何かを知っている。

「あなたは彼の正体を知っている」私はやっと状況を呑み込んで言う。「アーロンのことです。彼が本当は誰なのか、知っているんでしょう？」

刑事は黙って私を見つめる。何を考えているかわからない表情で。

「教えてください。私には知る権利があります」

「彼の名前はタイラー・プライス」刑事はようやく口を開くと、ブリーフケースを引っ張り出してテーブルに置く。中から一枚の顔写真を取り出し、私のまえに置く。私はアーロンの顔を見つめる――否、タイラーの顔を。こうして見ると、いかにもタイラーという感じの顔だと思う。眼鏡はかけておらず、体にぴったりしたワイシャツも着ておらず、髪はバリカンで短く刈られている。一見どこにでもいそうな顔をしている――地味な顔立ち、これといった特徴も見られない――が、ネットで見たあの顔写真になんとなく似ている。本物のアーロン・ジャンセンに。親戚だと言われれば納得するだろう。実の兄でも通るかもしれない。高校生に酒をふるまい、自分はパーティーに現れると隅のほうに移動して、ひとり静かにビールを飲みながら、じっと観察しているタイプ。

私はごくりと息を呑み、テーブルを見つめる。タイラー・プライス。騙された自分に腹が立ってならない。相手の思惑にまんまと乗せられてしまったことに――しかし同時に、私は自分が見たいものを見ていたのだと思う。結局、私は同志を求めていたのだ。味方になってくれる相手が欲しかったのだ。けれど、彼にとってはゲームでしかなかった。すべてがゲームでしかなかった。そして、アーロン・ジャンセンはひとつのキャラクターにすぎなかった。

「身元はすぐに判明しましてね」トマス刑事が続ける。「ブローブリッジの出身でした」

私は反射的に顔を上げ、目を見開く。

「ええっ？」

「すでにデータベースに記録がありました。過去にちょこちょこ軽犯罪をやっていたようです。大麻所持、不法侵入。高校に上がる直前に退学している」

私は彼の写真を見下ろし、記憶を呼び起こそうとする。タイラー・プライスの記憶を。ブローブリッジほどの小さな町なら――とはいえ、私の交友範囲はごくごく限られていた。

「ほかにわかったことは？」

「彼はサイプレス墓地で目撃されていた」刑事はそう言うと、ブリーフケースから別の写真を引っ張り出す。あのときの捜索隊の写真――離れたところにタイラーが写っている。

眼鏡を外し、野球帽を目深にかぶって。「殺人犯は現場に戻るといいます。とりわけ常習犯は。タイラーはさらに一歩踏み込んだようです。現場に戻るだけでなく、事件そのものに関与した。むろん、距離は保っていましたが。決して珍しいケースではありません」

タイラーは現場にいた。あらゆる場所にいた。墓地で常に背後からの視線を感じていたことを思い出す。墓石のあいだを通り抜け、地面にしゃがみ込んでいるときも、ずっと誰かに見られているような気がしていた。彼が手袋をはめた手でオーブリーのイヤリングを持ち、靴紐を結ぶふりをしてそっと地面に置いて離れ、私がそれを見つけるのを待っている姿が目に浮かぶ。彼が携帯電話で見せてきた私の写真も、ネットで見つけたというのは嘘で、彼が自分で撮ったのだろう。

そのとき、はっと思い出す。

子供時代の記憶。父が逮捕されたあと、連日のようにわが家の敷地を踏み荒らした不審な足跡。ある日私がつかまえた、名前も知らない少年。下劣な好奇心に駆られ、死に魅せられて、窓から家の中を覗いていた。

〝あんた、誰!?〟私は叫んで突進した。あのときの彼の答えは、昨夜と同じだった。二十年経っても、まったく同じだった。

〝俺は――誰でもない〟

「今、彼の車を鑑識に調べさせています」トマス刑事が続けるが、私の耳にはほとんど聞こえていない。「彼のポケットからはジアゼパムが見つかった。おそらくライリーのものと思われるゴールドの指輪も。それと、ウッドビーズに銀の十字架がついたブレスレットも」

私は指で鼻梁をつまむ。情報があまりに多すぎる。

「クロエ」刑事は言い、頭を下げて私の目を覗き込もうとする。私は力なく顔を上げる。

「これはあなたのせいじゃない」

「でもやっぱり、私のせいです」私は言う。「私がいたからこうなったんです。彼女たちは私のせいで狙われて、私のせいで死んだんです。私が彼の正体に気づけなかったから――」

トマス刑事は手のひらを突き出し、小さく首を振ってみせる。

「不毛な追及はやめましょう。二十年前の話だ。あなたはほんの子供だった」

彼の言うとおりだ。わかっている。私は十二歳の子供だった。それでも。

「ほかにもいますよ、ほんの子供が」刑事は言う。

私は眉を上げて彼を見る。

「誰のこと?」

「ライリーですよ」彼は答える。「あなたのおかげで、あの子は助かったんです」

第四十四章

警察署の建物を出ると、トマス刑事は腰に手を当てて周囲を見渡す。まるで駐車場ではなく、山の頂上にでも立っているかのように。午前六時。空気は夏の早朝らしく、じめついていると同時にひんやりしている。何もかもが意識に飛び込んでくる。遠くの鳥のさえずり、綿菓子のような雲、いち早く通勤に向かう数台の車。私は目をすがめる。ぼうっとして頭がついていかない。窓も時計もない警察署の中では時間の感覚が失われる。朝の四時にカフェインを否応なしに摂らされ、休憩室から漂ってくる非番の警官が温めなおした腐りかけの残り物の匂いを嗅がされながら、じりじりと滞った時間が流れる。昨夜のままの脳が今いきなり日の出を浴び、これは新しい一日の始まりなのだと必死で理解しようとしているのを感じる。

汗の粒がつうっと首を伝う。うなじに手をやると、塩を含んだ水が指に広がる。血のように。まるで頭の中が支配されているようだ——血に。血が溜まってあふれ、最も抵抗の少ないほうへするする流れる光景に。あのときタイラーの腹を見下ろし、どす黒い血がシャツを染めるのを目にして以来ずっと。その血は床に滴り、じわじわと私に這い寄り、私の靴を包囲し、靴底を汚した。その血はとめどなく押し寄せてきた。まるで誰かがゴムホースに鋏を入れ、流水を噴出させたかのように。

「先ほどの話ですが」トマス刑事が沈黙を破る。「あなたの婚約者についての」

私はまだ自分の靴を見ている。靴底に残ったひとすじの赤を。何も知らなければ、こぼれたペンキでも踏んだのだと思うだろう。

「彼が事件に関わっているというのは確かですか?」刑事は尋ねる。「何か別の理由があるのでは――」

「ええ、確かです」私は彼の言葉を遮って言う。

「あなたの携帯電話の映像を見ても、彼が何を持っているのかまでは判別できない。別のものであってもおかしくない」

「いいえ、まちがいありません」

刑事はしばらく私の横顔を見つめてから、背すじを伸ばしてうなずく。

「わかりました。では彼を見つけ次第、事情を聴くことにしましょう」

あの家にこだましたタイラーの最後の言葉が今、私の脳裏にこだまする。

〝彼にやらされたんだ――〟

「お願いします」

「しかしそれまでは、帰ってゆっくり休んでください。私服警官にお宅の近所をパトロールさせましょう。念のために」

「ええ」私は言う。「ありがとう」

「車まで送りますよ」

私の車は子供時代の家の外に駐めたままだ。トマス刑事がそこで私を降ろすと、私は顔も上げずにパトカーから自分の車へ向かい、運転席に乗り込み、砂利道を見つめたままエンジンをかけて車を発進させる。バトンルージュまでの帰り道はほとんど何も考えず、幹線道路の黄色い線を寄り目になるまでひたすら凝視する。途中でアンゴラへの標識を通り過ぎ――北東へ五十三マイル――思わずぐっとハンドルを握りしめる。結局、すべては彼に戻ってくるのだ。私の父に。ダニエルの領収書、あの夜モーテルで父に会いに行こうとする私を引き止めようとしたタイラーの言葉――〝クロエ、それは危険だ〟。父は何かを知っている。このすべての鍵を握っている。彼こそが、タイラーとダニエルと死んだ少女たちと私をつなぐ共通項だ。私たち全員を、同じ蜘蛛の巣にかかった蠅のようにひとつに束ねている。父だけが答えを知っている――ほかの誰でもなく。それはもちろんわかっていた。彼を訪ねることはずっと考えていた。なんらかの形が現れるのを期待して粘土のかたまりを捏ねるように、その考えを頭の中でこねくりまわし、なんらかの答えが出てくるのを待っていた。

が、何も出てこなかった。

私は玄関ドアを開け、もうすっかりなじんだ防犯アラームのビープ音が鳴るのを待つ。が、何も起こらない。キーパッドを見て、セットされていないことに気づき、最後に家を出たのがダニエルだったことを思い出す。彼が家の照明をすべて消して出ていくのを携帯電話で見たのだった。キーパッドに暗証番号を打ち込むと、階段をのぼってバスルームに直行し、トイレの蓋の上にハンドバッグを置く。蛇口をめいっぱい左にひねってバスタブに湯を張る。火傷しそうに熱い湯が体ごと溶かし、肌からタイラーを洗い流してくれるように。

バスタブにつま先から入り、するりと身を沈める。熱い湯が胸まで、鎖骨までせり上がり、全身が怒気を帯びたように赤く染まる。顔だけ水面に出したまま、さらに深く水中に潜る。耳の中に心拍が響く。私はハンドバッグに目をやる。中に入った薬のボトルに。あれを今、全部服《の》んで眠りに落ちたらどうなるかを想像してみる。唇から小さな気泡をぶくぶく漏らし、私は水底に沈んでいく。しまいに最後のあぶくがはじけるまで。少なくとも安らかではあるだろう。ぬくもりに包まれて。発見されるまでどのくらいかかるだろう。数日、ことによると数週間かもしれない。皮膚が剝がれはじめ、小さな組織片が睡蓮の葉のように水面に浮かぶだろう。

私は水面を見下ろす。湯が淡いピンクに染まっている。タオルを手に取り、肌をごしごしこすりはじめる。腕にこびりついたタイラーの血しぶきを。汚れがすっかり落ちてもこすりつづける。肌が痛くなるまで力をこめて。それから身を乗り出してバスタブの栓を抜き、じっと坐ったまま、最後の一滴が流れて消えるのを待つ。

スウェットの上下を身につけると、階下《した》に戻ってキッチンに入り、グラスに水を汲む。一気に飲み干してため息をつき、頭を低く垂れる。それからはっと顔を上げ、耳を澄ます。ぞわりと鳥肌が立つのを感じる。音を立てないようグラスを置いて、そろそろと居間に向かって足を踏み出す。物音が聞こえる。くぐもった音。家にひとりでいることをこれほど意識していなければ気づかなかったであろう、ほんのかすかな動き。

居間に入るなり、私は体を固くする。ダニエルが目のまえに立っている。

「おかえり、クロエ」

私は声もなく彼を見つめ、階上《うえ》でバスタブに浸かって目を閉じた自分を想像する。目を開けると、ダニエルが私の上に屈み込んでいる。彼の手が伸びて私を押さえつける。悲鳴が水に呑み込まれ、私はエンストした車のように動かなくなる。

「きみを怖がらせたくなかった」

私はキーパッドに目をやり、防犯アラームが解除されていたことを思い出す。そこでやっと気づく――ダニエルは出ていくふりをして、ずっと家にいたのだ。あのとき彼が玄関ドアの手前に立って息を吐き、照明を消した瞬間、カメラは真っ暗になった。けれどあのあと、彼がドアを開けるのを私は見ていない。出ていくところは見なかったのだ。

「僕が出ていったと思わせないかぎり、きみが家に戻ることはないとわかってた」ダニエルは私の考えを読んで言う。「きみの帰りを待って、ちゃんと話し合いたかったんだ。きみが昨夜、家の外に車を停めているのも見た。なのに、きみはそのままどこかへ行って、戻ってこなかった」

「私服警官が外にいるわ」私は嘘をつく。帰ってきたときにそれらしい車を見た覚えはないが、いてもおかしくはない。いるかもしれない。「警察はあなたを捜してる」

「とにかく、いったん説明させてくれ」

「あなたのお母さんに会った」

ダニエルはぎょっとしたように私を見る。まったく予想外だったのだろう。私自身、こんなことを言うつもりではなかったが、ダニエルが澄ました顔で私の家にいるのを見て、不意に怒りがこみ上げたのだ。

「お母さんからあなたのことは全部聞いた」私は言う。「お父さんのこと、お父さんの暴力がひどかったこと。あなたが最初はお母さんを守ろうとしていたけど、そのうち止めに入るのをやめて、暴力をやり過ごすようになったこと」

ダニエルが指をくっと丸め、ゆるいこぶしを形づくる。

「それで今度は妹をいじめるようになったの？」私は尋ねる。「ソフィーを？　彼女を怒りの捌け口にしたの？」

ソフィー・ブリッグスが友人の家から帰ってきたところを想像する。ピンクのスニーカーを履いた足で玄関前の階段を駆け上がり、網戸をばたんと開ける。家に入ると、ダニエルがソファに前かがみになって坐っている。死んだ目をして、病的な笑みを浮かべている。彼女は散乱したゴミにつまずきながら兄の脇を走り抜け、あのカーペットが張られた階段を駆けのぼって自分の部屋へ逃げようとする。追ってきたダニエルが背後に迫り、ちりちりのポニーテールをつかんで力まかせに引っ張る。小枝がぽきんと折れるように首がへし折れ、喉が詰まって押し殺された悲鳴は誰にも聞こえない。

「あなたにはそんなつもりはなかったのかもしれない。うっかり度が過ぎただけなのかもしれない」

階段の下でのびた麺のように手足を投げ出したソフィーの遺体。ダニエルは妹の肩を揺さぶる。屈み込んで彼女の手を持ち上げ、ずっしりと重いその手を落とす。彼女の指からそっと指輪を抜き取り、ポケットに押し込む。悪しき習慣はそんなふうに事故から始まることもある。折れた小指がきっかけで薬物依存が始まるように。そもそもの苦痛がなければ、快楽の味を知ることすらなかっただろう。

「僕が妹を殺したと思ってるのか？」ダニエルは尋ねる。「これはそういう話なのか？」

「あなたが自分の妹を殺したことはわかってる」

「クロエ――」

ダニエルは言葉を失い、穴があくほど私を見つめる。その目に浮かんでいるのは困惑でも怒りでも切望でもない。私が過去に幾度となく見てきたあの表情だ。私自身の兄や警察の人々の目に浮かんだ表情。イーサンやサラやトマス刑事の目に浮かんだ表情。私自身が、鏡に映った自分をその目で見ていた。現実と空想を、過去の出来事といま起きていることを区別しようとして。私は婚約者にその目で見られることを何より恐れていた。そんなふうにだけは見られたくないとずっと思ってきた。けれど今、彼はその目で私を見ている。その目には初めての懸念が表れている――私の身の安全ではなく、私の精神状態への懸念が。

憐れみが。恐怖が。

「僕は妹を殺したんじゃない」ダニエルは慎重に言う。「僕は妹を救ったんだ」

第四十五章

　アール・ブリッグスはバーボンのジムビーム・ケンタッキー・ストレートを好んで飲んだ。居間のテーブルに出しっぱなしのボトルは常にぬるく、窓から射す光の中で化石化した琥珀のようだった。いつもハイボールグラスの縁まで注いで飲んだ。酒はこぼれたガソリンのように彼の唇を絶えず湿らせ、彼が息を吐くたびに薬っぽい匂いを撒き散らした。日なたに放置されたバタースコッチキャンディーのような甘ったるい匂いを。

「ボトルの減り方を見れば、その日の荒れ方が大体わかった」ダニエルはそう言うと、ソファに崩れるように腰を下ろし、床に目を落とす。いつもの私なら彼に寄り添って背中に腕をまわしただろう。彼の肩甲骨の谷間を指でさすっただろう。いつもなら。今の私は立ったまま動かない。「いつからか、それを砂時計みたいなものだと思うようになった。最初はいっぱいで、それがだんだん減っていく。空《から》になったらもう誰も寄りつけない」

　私の父も悪魔に取り憑かれていたわけだが、酒はその一味ではなかった。私がうっすら憶えているのは、父が庭仕事を終えた午後にバドライトの栓を抜いていた姿だ。汗を流したご褒美の冷たいビール。特別なとき以外、酒に手を出すことはめったになかった。いっそ酒癖の悪い父であればまだよかったとすら思う。誰にでも悪癖はあるのだから。飲むと煙草を吸う人がいるように、ディック・デイヴィスは飲むと人を殺す――そうであればまだよかった。が、現実はまったくそうではなかった。父は残虐行為を働くために一切の化学物質を必要としなかった。今もって理解不能なことに。

「父は長年、母に暴力を振るいつづけた」ダニエルは言う。「ことあるごとに癇癪を起こした。それはもう、どんな些細なことでも」

ダイアンの目の下のあざ、叩いた肉のように赤くなった腕を思い出す。〝旦那のアールは、癇癪持ち〟

「母がなぜ父のもとを去ろうとしないのか、僕には理解できなかった。さっさと僕たちを連れて家を出ればいいのに。でも母は何もしなかった。だからソフィーと僕は、どうにかやり過ごすしかなかったんだ。距離を置いて、なるべく関わらないようにした。でもある日、僕が学校から帰ると――」

ダニエルは身体的な苦痛に耐えているかのような、まるで石でも呑み込もうとしているかのような表情になる。ぎゅっと目を瞑り、顔を上げて私を見る。

「父がソフィーを手ひどく痛めつけたんだ。自分の娘を。信じられなかったのはそれだけじゃない。母は父を止めようともしなかった」

私はその光景を思い描こうとする。十七歳のダニエルがバックパックを肩に掛け、家に帰ってくると、玄関ドアからいつものように泣き叫ぶ声が聞こえてくる。家に入ると、居間は煙草のけむりで充満している。が、いつもとちがって、母親がキッチンのシンクのまえにいる。蛇口の水を流しっぱなしにして、聞こえてくる騒音をかき消そうとしている。

「悪夢のようだった。なんとかしてくれ、父さんを止めてくれと母に訴えても無駄だった。自分がやられるよりましだと思ったんだろう。父の矛先がソフィーに向いて、ほっとしたんだろう」

ゴミの山やみすぼらしい猫やカーペットに散らばった煙草の吸殻を蹴散らし、廊下を走る彼の姿が目に浮かぶ。鍵のかかったドアにこぶしを打ちつけ、必死で叫ぶが、その声は届かない。キッチンに駆け込み、母親の腕を揺さぶって怒鳴る。なんとかしてくれ。二十年前に私自身が感じたパニックが重なる。両親の部屋に入って母を見つけたときの衝撃。クローゼットの衣類に埋もれ、洗濯かごからこぼれた汚れた服と同列であるかのように倒れている母の体。呆然とただ見ているだけのクーパー。自分たちでどうにかするしかないという現実。

「そのとき悟ったんだ。妹はもうここにいちゃいけない。僕がここから出してやらなきゃ、一生出られなくなる。母さんと同じか、もっとひどい目に遭って、最悪死ぬかもしれないって」

私は彼のほうに一歩踏み出す――一歩だけ。ダニエルは気づいてもいないようだ。過去の記憶に没頭し、思い浮かんだままに話しつづけている。役割が逆転し、今は私が聞き役になっている。

「ブローブリッジできみのお父さんの事件があったことを知って、そこから思いついたんだ。ひらめきを得た。ソフィーがいなくなったと思わせればいいんだって」

彼の実家の本棚に押し込まれていたあの記事。私の父の顔写真。

リチャード・デイヴィス、ブローブリッジ連続殺人の容疑者に
遺体はいまだ見つからず

「ある日、ソフィーは学校帰りに友達の家に遊びに行って、それきり帰らなかった。両親は次の夜まで、彼女がいなくなったことにも気づかなかった。行方がわからなくなって二十四時間経っても……なんの反応もなしだ」ダニエルは心底あきれたように手を振ってみせる。「僕はふたりが何か言うのを待った。自分からは何も言わずに、ただひたすら待った。両親が気づくのを。警察に電話するとか、何かするのを。でも両親は何もしなかった。妹はまだ十三歳だったのに」彼は信じられないとばかりに首を振る。「結局、その友達のお母さんが次の日に電話してきて——ソフィーはその子の家に教科書を置いていったんだ。もう要らないとわかっていたから——うちの両親はそこでやっと気づいた。よその子の親のほうが先に気づいたってわけだ。その頃にはみんなが思い込んでいた。ニュースになってる女の子たちと同じことがソフィーの身にも起こったんだと。彼女も連れ去られたんだと」

あの家の薄汚れたテレビに映ったソフィーを想像する。居間の折り畳みテーブルの上に置かれた、本来キッチンカウンターに置くタイプの小さなテレビ。あの学校年鑑用の写真、ソフィーの唯一の写真が画面に反射している。真実を知っているダニエルが部屋の隅でひとりほくそ笑むのを、ダイアンが見ている。

「じゃあ、ソフィーはどこにいるの?」私は尋ねる。「今でも生きてるなら——」

「ミシシッピ州ハッティズバーグ」ダニエルは誇張した南部訛りで発音してみせる。道に迷った通勤者が地図を読み上げるかのように。「緑のよろい戸のある小さな煉瓦造りの家。行けるときに会いに行ってる。出張のついでに」

私は目を閉じる。彼の領収書の中にその町の名前があった。ミシシッピ州ハッティズバーグ。〈リッキーズ〉というダイナーの領収書。チキンシーザーサラダと、ミディアムウェルダンのチーズバーガー。グラスワインがふたつ。二十パーセントのチップ。

「妹は元気だよ。生きてる。無事に暮らしてる。僕が望んだのはそれだけだ」

ようやく話が見えてきた。とはいえ、これは予期した展開ではない。まだダニエルをすっかり信じてしまっていいものかわからない。まだ説明のつかないことがあまりにも多すぎる。

「どうして話してくれなかったの？」

「話したかったさ」彼の声が懇願するように、今にも泣き出しそうに震えているのを私は無視しようとする。「きみにはわからない。僕が何度思いきって打ち明けようと思ったか」

「だったらなぜ、打ち明けてくれなかったの？　私は自分の家族のことを全部話したのに」

「だからこそ言えなかったんだ」ダニエルは髪をかきむしり、もはや苛立った口調になっている。皿洗いのことで言い争ってでもいるかのように。「僕は最初からずっときみのことを知ってた。あの病院のロビーできみを見た瞬間、すぐにわかった。でもそのあとバーで再会したとき、きみはその話を持ち出そうとはしなかったし、僕からも持ち出したくはなかった。無理に聞き出すような真似だけはしたくなかった」

あのとき彼がさりげなく私の話を促したこと、しきりに私を見つめてきたこと。後日、ソファで彼に打ち明けたときのことを思い出すと、とたんに顔に血がのぼる。

「あなたは私が何もかもを話すのを、初めて知ったふりをして聞いてた」

ダニエルが偽っていたことの重大さを思うと、怒りを覚えずにいられない。私に嘘を信じ込ませ、誤った感情を抱かせたのだと思うと。

「何を言えばよかったんだ？　きみの話を遮って？　〝ああ、ディック・ディヴィスね。実はあの事件のおかげで、僕の妹も殺されたことにしようと思いついたんだ〟とでも？」

ダニエルは自嘲するように鼻で笑うと、すぐまた深刻な表情に戻って言う。「それまでの何もかもが嘘だったなんて、きみに思ってほしくなかった」

あの夜のことは鮮明に憶えている。すべてを彼に打ち明け、痛みを伴いながらも胸のつかえをすっかり吐き出して、気持ちが軽くなったこと。私の顎をそっと持ち上げ、彼が初めて囁いたあの言葉――〝愛してる〟。

「でも実際、嘘だったじゃない」

ダニエルはため息をつき、腿に手を置く。「わかってもらえなくても仕方ない。きみには腹を立てる権利がある。だとしても、僕は人殺しじゃない。信じられないよ、クロエ。きみがまさかそんなふうに思ってたなんて」

「じゃあ、なんのために父を訪ねたの？」

彼は無言で私を見つめる。疲れきった目をしている。太陽を直視しつづけていたかのように。

「すべてを正直に説明できて、これ以上何も隠すことがないなら、どうして父に会いに刑務所に行ってたの？　いつからそうなったの？」

ダニエルが急にしぼんで見える。どこかから空気が漏れ出したかのように。部屋の隅で気後れしたように漂いながら、徐々に消えてなくなる古い風船のように。やがて彼はポケットに手を入れ、長い銀の鎖のネックレスを取り出す。私は彼の手元を見つめる。ダニエルの親指が小さな円を描くように、中央のパールを何度も磨く。大切そうにそっと。ウサギの足のお守りを撫でるように、あるいは熟れすぎた桃のようにやわらかくみずみずしい赤子の頬を撫でるように。一瞬、レイシーが私のオフィスで手首のロザリオを何度も上下にこすっていた光景がよみがえる。

それからやっと、彼は口を開く。

第四十六章

私はキッチンのアイランドカウンターのまえに坐っている。目のまえに栓を抜いた赤ワインのボトルと、その中身をたっぷり注いだふたつのグラスがある。私はその片方のグラスをカウンターの上で回している。華奢なステムを指でつまんでひねりながら。向かって左に、蓋を開けたオレンジ色のボトルが置いてある。

壁の時計に目をやる。短針が七を指している。外のマグノリアの木から伸びすぎた枝が、爪がガラスを引っ掻くように窓を引っ掻いている。今にもドアがノックされる気配を感じる。稲妻が走ってから雷鳴が轟くまでの数秒間のように、予期を孕んだいっときの沈黙が辺りに垂れ込める。やがて、こぶしですばやくドアを叩く音——いつの日も同じ、指紋のように唯一無二の音——に続いて、なじみの声が響く。

「クロ、俺だ。開けてくれ」

「開いてる」私は大声で返す。まっすぐまえを見据えたまま。ドアが軋んで開く音、防犯アラームの二度のビープ音。家の中に入る兄の重い足音、ドアが閉まる音。クーパーはカウンターに歩いてくると、私のこめかみにキスを落とし、不意に体を強張らせる。

「心配しないで」私は薬のボトルに注がれる兄の視線を察知して言う。「私は大丈夫だから」

兄は息を吐き、私の隣りのバースツールを引いて腰を下ろす。しばらくどちらも黙っている。先に切り出したら負け。互いに相手が先に口を開くのを待っている。

「この二週間ずっと、おまえがつらい思いをしてたのはわかってる」クーパーが折れ、カウンターに両手を置いて言う。「俺もつらかった」

私は答えない。

「元気でやってるのか?」

私は自分のワインを持ち上げ、グラスの縁に唇を触れる。そこで止めたまま息を吹き、液面に小さな波紋ができては消えるのを見つめる。

「私、人を殺したのよ」ようやく口を開く。「元気でやってると思う?」

「俺には想像もつかない。それがどんな体験だったのか」

私はうなずき、ワインをひと口飲んで、カウンターの上にグラスを置く。それからクーパーに向き直る。「ねえ、まさかひとりで飲ませるつもり?」

兄は何かを捜すように私の顔を見る。以前そこにあった何かを捜すように。やがてあきらめると、もうひとつのグラスに手を伸ばし、最初のひと口を飲む。ふうっと息を吐いて首をほぐす。

「ダニエルのことは残念だった。おまえがあいつを本気で思ってたことはわかってる。俺はただ、最初から何かおかしいと思ってたんだ……」兄はためらうように間《ま》を置く。「なんにせよ、もう終わったことだからな。おまえが無事で何よりだ」

私は何も言わない。クーパーがさらに何口かワインを飲み、アルコールが彼の全身を駆けめぐり、筋肉を弛緩させるのを待ってから、また彼に視線を戻す。その目をひたと見据えて言う。

「タイラー・プライスのことを教えて」

ショックのさざ波が兄の顔に広がる。ほんの一瞬、ミニチュアの地震のように。彼はすぐに落ち着きを取り戻し、石のような無表情になる。

「どういう意味だ？　ニュースで見た内容なら教えられるけど」

「ちがう」私は首を振る。「そうじゃなくて、彼が本当はどういう人間だったかを知りたいの。兄さんは彼と親しかったわけだから。友達だったわけだから」

クーパーは私を見つめ、また薬のボトルにさっと目を向ける。

「クロエ、おまえの言ってることはめちゃくちゃだ。俺はあいつと会ったことは一度もない。地元の出身なのは事実だが、あいつは誰ともつるんでなかった。はぐれ者だった」

「はぐれ者」私はグラスのステムを指でひねりながら繰り返す。回るグラスが大理石の上でしゅっとリズミカルに音を立てる。「なるほど。じゃあ、彼はどうやって〈リヴァーサイド〉にもぐり込んだの？」

母を訪ねたあの日、私は施設の訪問者記録にアーロンの名前を見つけた。彼らが赤の他人を母の部屋に入れたことに私は激怒していた。激怒するあまり、言われたことをろくに聞いていなかった。言葉の意味をよく考えてもみなかった。

〝あのねえ、ここでは許可を受けた人しか通しちゃいけないの〟

「だから言ったんだ、こんなものに頼るのはやめろって」クーパーはたまりかねたように言い、手を伸ばして薬のボトルを取り上げる。中身がすっからかんのボトルを。「おい、まさか全部服《の》んだのか？」

「薬はどうでもいいの。薬なんかクソくらえよ」

兄は二十年前と同じように、驚いた顔で私を見る。テレビに映った父を見て、私が怒りに満ちた暴言を吐き捨てたときのように――〝卑怯者のクソ野郎〟。

「兄さんは彼と親しかった。兄さんはみんなと親しかった」

私は十代の少年だったタイラーを思い浮かべる。痩せっぽちでぶざまで、ほとんどいつもひとりでいた少年。顔も名前もない、ただの人影。ザリガニ祭りで兄にまとわりつき、家までついていって、兄の部屋の窓の下で待ち、喜んで兄の言いなりになっていた少年。あの頃のクーパーは誰にでも分け隔てなく接していた。誰もが彼に親しみと安心感を寄せ、自分が受け入れられたように感じていた。

川辺でタイラーと交わした会話を思い出す。私はリーナのことを話したのだった。リーナが優しくしてくれ、何かと世話を焼いてくれたことを。

〝それは友達だ〟彼はあのときそう言った。よくわかるとばかりにうなずきながら。〝俺に言わせれば、最高の部類の友達だ〟

「兄さんは彼に手を差し伸べた」私は言う。「彼を探し出して、この市《まち》に連れてきた」

クーパーは言葉もなく私を見つめる。蝶番のゆるんだ戸棚のように口を半分開けたまま。言葉が彼の喉の奥につかえているのがわかる。呑み込めずにいるパンのかたまりのように。その様子を見て、私は自分が正しいことを確信する。クーパーはいつでも言うべきことを心得ているからだ。いつだってその場にふさわしい言葉を用意しているからだ。

〝おまえは大事な妹だ。おまえには幸せになってほしい〟

「クロエ」彼は目を見開いて囁く。その首が脈打ち、こすり合わせた指が汗ですべっているのがわかる。「一体何を言ってる？　なんで俺がそんなことをしなきゃならない？」

今朝、この家の居間にいたダニエルの姿を思い出す。彼の指のあいだから垂れたあのネックレス。ためらいながらすべてを語りはじめた彼の、哀しみをたたえた眼差し。まるでこれから私を安楽死させようとするかのような——実際、彼はそうしようとしていた。私は自宅の居間で、まさに慈悲深く惨殺されようとしていた。できるかぎりそっと。

「きみが初めてお父さんの話を打ち明けてくれたとき」ダニエルは言った。「ブローブリッジで起こったこと、お父さんの犯行すべて、僕はもう知っていた。少なくとも、知っているると思ってた。それでも、きみから聞いて驚いたことがあまりにも多すぎた」

あの夜、ダニエルは私の髪をゆっくりと撫でながら聞いていた。まだつきあいはじめてまもない頃。私は彼に何もかもを話した——父のこと、リーナのこと、祭りの日に父がポケットに手を突っ込んで、リーナを凝視していたこと。わが家の裏庭を横切って歩いてきたあの人影、クローゼットで見つけたジュエリーボックス。くるくる回るバレリーナと、いまだに頭の中で鳴り響き、夢にまで出てくるあのチャイムの音。

「妙だとしか思えなかった。それまでずっと、きみのお父さんがどんな人間かはわかっているつもりだった。罪のない少女を何人も殺した、純然たる悪人だと思っていた」私は十代のダニエルが自分の部屋であの記事の切り抜きを見つめ、想像しようとしているところを思い描いた。ニュースは私の家族のひとりひとりに極端なイメージを塗りつけた。夫の犯罪の支え手《イネイブラー》である母。誰もがうらやむ人気者のクーパー。挑発的な少女の象徴である私。そして、悪魔そのものである父。すべて一面的な、悪意に満ちた決めつけだった。「だけど、きみがお父さんの話をするのを聞いて、どう言ったらいいんだろう。どうしても腑に落ちなかったんだ」

それは相手がダニエルだったから話せたのだ。ダニエルでなければ話せなかった。悪いことばかりではなかったのだと。いい思い出もあったのだと。そり遊びをしたことのない私たちのために、父が階段にバスタオルを敷いて、私たちを洗濯かごに乗せてすべらせたこと。最初に事件のニュースが流れたとき——私がミントグリーンのブランケットをいじりながらキッチンに入ってきて、テレビの画面を横切る真っ赤な見出しを目にしたとき——〈ブロードブリッジの少女、行方不明〉——父が心から不安そうに私を強く抱き寄せたこと。私の帰りをポーチの階段で待ち受け、夜は必ず部屋の窓に鍵をかけさせたこと。

「もしお父さんが犯人なら、本当にその少女たちを殺したなら、彼はなぜきみを守ろうとしたんだろう？」ダニエルは尋ねた。「なぜ心配する必要があったんだろう？」

私は目の奥が熱くなりかけていた。その問いに対する答えはなかった。私自身が長年ずっと自問してきた問いだったからだ。私自身、まさにそれらの思い出に納得できずにいた

——父が殺人鬼である事実とはあまりにもかけ離れた思い出の数々。父は食器を丁寧に手で洗った。私が補助輪なしで自転車に乗れるようになるまで練習につきあってくれた。ある日はマニキュアを塗る練習台になってくれたかと思えば、次の日には釣り針の結び方を教えてくれた。私が初めて獲物を釣り上げ、おちょぼ口で喘ぐ魚を見て泣いてしまったとき、父は傷ついたえらに指を入れて止血を施した。本当は食べるはずだったが、私があまりに取り乱していたので、父は魚を生かし、水に戻してやったのだ。

「だからそのあと、お父さんが逮捕された夜のことを聞いて、そういうことなのかと思った。お父さんはなんの抵抗もせず、逃げも隠れもせず……」ダニエルは体を寄せ、促すように眉を上げた。それでようやく私が理解するように。私がついに真実を理解するように。それを彼自身の口から言わずにすむように。死が自ら招かれるように——引き金が彼の舌の上ではなく、私の頭の中で引かれるように。「……ただ、あのひと言を囁いた」

手錠をかけられた父が連れ去られるまえの、最後の一瞬。父は私を、次にクーパーを見た。ほとんど瞬時に、私から兄に視線を移した。その場にいるのが兄だけであるかのように。それを思い出した瞬間、私は腹を殴られたかのように悟った。父はあの言葉を私ではなく、彼に言ったのだ。クーパーに伝えたのだ。

息子に諭し、求め、懇願していたのだ。

〝いい子でな〟

「兄さんがブローブリッジの女の子たちを殺した」私は兄を見据えて言う。この瞬間まで何度も舌の上でひっくり返して、その感触を確かめつづけた言葉。「兄さんがリーナを殺した」

クーパーは黙っている。目が据わりはじめている。その目でグラスの底に残ったワインを見下ろすと、グラスを唇まで持っていき、一気に飲み干す。

「ダニエルが突き止めたのよ」私は勇気を奮い起こして話を続ける。「それでやっと合点がいった。なぜ兄さんとダニエルが敵対していたのか。なぜなら、彼にはわかっていたから。犯人は父さんじゃないって。兄さんだって。彼にはわかっていた。ただそれを証明できなかっただけで」

婚約パーティーでダニエルが私の腰に腕をまわし、クーパーから遠ざけるように私をぐっと引き寄せたことを思い出す。私はダニエルをひどく誤解していた。彼は私を支配しようとしていたのではない。私を守ろうとしていたのだ。私の兄と、真実から。自分が感づいていることを悟らせずに、クーパーを近づけまいとしていた彼の労苦はいかばかりだったただろう。それこそ綱渡りのように危険だったはずだ。

「だけど、兄さんも気づいてた」私は続ける。「ダニエルが感づいていることに気づいてた。だからずっと、彼への不信感を私に植えつけようとしてた」

裏のポーチでクーパーに言われた言葉が、あれからずっと癌のように私の脳内を蝕んでいた。〝おまえだってあいつのことを何も知らない〟。寝室のクローゼットの奥に隠されていたネックレス。クーパーがあの場所に仕掛けたのだ。婚約パーティーの夜に。兄は誰より先に着いて、私が渡していた合鍵で家に入った。私が最も衝撃を受けるであろう場所にそれをそっとすべり込ませてから、外へ出ていき、暗がりにまぎれていた。なんといっても、私には前例があった。大学時代のイーサンとの一件で、最悪の想像を繰り広げた。クーパーにはわかっていた——狙った記憶を掘り起こして的確に植えなおせば、それらは私の頭の中で雑草のようにはびこり、何もかもを覆い尽くしてしまうはずだと。

私はタイラー・プライスのことを思う。彼がクーパーの教えどおりにオーブリーとレイシーとライリーを誘拐し、クーパーの犯罪をそっくりそのまま再現したことを。他人に言われるがままに人を殺すというのは、一体どれほど壊れた人間なのか。獄中の犯罪者に求婚の手紙を送る壊れた女とどうちがうのか。あるいは一見普通の若い女が気づいたら威圧的な男の言いなりになっているのと何がちがうのか。すべて同じことだ。孤独な魂が相手を求めているのだ。自分を必要としてくれる相手を。〝俺は誰でもない〟タイラーはそう言った。空《から》の水飲みグラスのような、壊れそうに脆く湿った目で。私が身の危険を冒してまで、幾度となく見知らぬ相手とシーツのあいだで体を絡め合ったのも同じことだ。〝きみはいかれてなんかいない〟タイラーはそう言って、私の髪に触れた。それこそが問題なのだ――危険は何もかもを高める。鼓動も、五感も、触れたときの反応も。生きている実感への渇望がそうさせるのだ。その渦中では生きている実感しかなくなるからだ。世界が曖昧な靄に覆い隠され、ほかに何も要らなくなるからだ――自分が今ここにいて、息をしている実感さえあれば。

それが一瞬にして消え去るとしても。

今ならはっきりわかる。兄が昔と同じように、タイラーを――途方に暮れた孤独な人物を――魅了し、自分の虜《とりこ》にしたのだと。〝彼にやらされたんだ〟。クーパーには昔からそういう力があった。人の心を捉えて離さないオーラが。どうしたって振り払えないような魅力が。磁石が鉄に吸い寄せられるように、抗おうとしてもその引力は次第に強くなり、やがて屈するしかなくなる。いつだって彼の腕に抱き寄せられると、私の怒りが溶けてしまうように。高校時代の彼のまわりに常に取り巻きが群がっていたように。彼らの存在が煩わしくなると、不要になると、兄は手のひと振りで追い払った。まるで彼らが人ではなく害虫であるかのように。自分の都合のためだけに存在する、使い捨てのモノにすぎないかのように。

「兄さんはダニエルをはめようとした」私はようやく口にする。その言葉が火事の煤《すす》のように部屋に広がり、何もかもを真っ黒に染める。「なぜなら、彼は兄さんを見抜いていたから。兄さんの正体を知っていたから。だから彼を排除する必要があった」

クーパーは頰の内側を嚙みしめながら私を見る。その目の奥で歯車が回っているのが見える。注意深く計算しているのが——どこまで言うべきか、何を言うべきでないか。やがて彼は口を開く。

「俺にはわからないよ、クロエ。なんて言ったらいいのか」糖蜜のようにもったりとした口調。舌が砂でできているかのような。「自分の中に闇があるんだ。夜になると広がる闇が」

父が口にしたのとまったく同じ言葉だ。足首を鎖でつながれたまま法廷の被告席に坐り、テーブルに置かれたノートパッドの上に涙をこぼしながら、父はほとんど無意識のように、台本でも読んでいるかのようにそれらの言葉を口にした。

「その力が強すぎて、どうしても抗えなかった」

あのときクーパーは画面に釘づけになっていた。あたかも室内にあるそれ以外のすべてが霧散し、彼を取り巻く蒸気と化してしまったかのように。画面の中の父を見つめ、彼自身が父に捕まったときに語ったであろう言葉とまったく同じ言葉を父が語るのを聞いていた。

「それはいつも部屋の隅に潜んでる、巨大な影のようなものだ」クーパーは言う。「俺はそいつに引きずり込まれて、すっかり呑み込まれてしまった」

私は息を呑み、胸につかえたあの最後の一文を呼び起こす。父の棺に最後の釘を打ち込んだ一文。父の息の根を止め、私の心の中の父を殺した一文。私が腹の底から怒りに震えた一文――父がすべてを架空の存在のせいにしたから。自分の罪を悔いてではなく、捕ったことを悔いて泣いていたから。けれど今、やっとわかった――そうではなかったのだと。まったくそういうことではなかったのだと。

私は口を開き、自らその言葉を吐き出す。

「それこそ、悪魔の仕業なんじゃないかと思うこともある」

第四十七章

　思えば、答えはずっと目のまえにあったかのようだ——すぐそこで踊っていたかのようだ。手が届きそうで届かないところで。くるりと回ってボトルを高々と突き上げてみせたリーナのように——ショートパンツ姿でおさげ髪を揺らし、大麻の残りかすを肌にくっつけ、大麻の残り香を吐息に漂わせていたリーナのように。塗料が剝げたピンクのチュチュ姿で、繊細なチャイムの音に合わせてくるくる回っていたあのバレリーナのように。けれど手を伸ばして触れようとすると、つかみ取ろうとすると、それらは煙となって指のあいだをすり抜け、あとには何も残らなかった。

「父さんの証拠品のジュエリー」私はクーパーのシルエットを見つめて言う。中年に差しかかった彼の顔が十代の兄の面影に変わる。兄はあまりにも若かった。ほんの十五歳だった。「あれは兄さんのだった」

「父さんが俺の部屋に来て見つけたんだ。床板の下に」

私があの床板のことを父に告げ口したからだ。クーパーの卑猥な雑誌を見つけたあとで。私は頭を垂れる。

「父さんはあの箱を取り上げて、きれいに拭いて、ひとまず自分のクローゼットに隠して、それをどうするか決めようとした」兄は言う。「でも、父さんが考えを決めるまえに、おまえが先に見つけてしまった」

私が先に見つけてしまった。スカーフを探そうとしてたまたま見つけてしまった秘密。

私はその箱を開け、中央にあったリーナのへそピアスをつまみ出した。光を失った灰色のホタルを。そしてすぐにわかった。彼女のだと。あの日、彼女のなめらかであたたかなお腹に両手をかぶせ、額をくっつけて覗き込んだあのホタルだと。

〝誰かさんが見てる〟

「父さんはリーナを見てたんじゃなかった」私は言う。あのあとの父の表情――うわの空で、不安げだった。誰にも言えない心配事に苦しめられているようだった。息子が次の被害者を品定めし、狙っているとわかっていたのだ。「あのザリガニ祭りの日、父さんが見てたのは兄さんだった」

「タラのときからずっとだ」クーパーは言う。目がピンクに充血している。いったん話しはじめると、言葉がよどみなく流れ出てくるようだ。思ったとおり。私は彼のグラスに目を落とす。底にわずかに残ったワインに。「父さんはああやって、ただじっと俺を見つめてきた。全部わかってるみたいに」

タラ・キング。一連の事件が始まる一年前に家出して姿を消した少女。タラ・キング。父の弁護士だったセオドア・ゲイツが母に突きつけた唯一の例外、不可解な謎。彼女が父の事件と関連があるとは、誰も証明できなかった。

「彼女が最初だった」クーパーは言う。「そのまえからずっと想像してたんだ。それがどんな気持ちか」

私は思わず部屋の隅に目をやる。バート・ローズが立っていた場所に。

〝それがどんな気持ちか考えたことがあるか？　俺は夜も眠らず考えた。想像した〟

「そしたらある晩、彼女がいた。道端にひとりで」

まるで映画を観ているかのように、その光景が鮮やかに目に浮かぶ。迫りくる危険を阻止しようと虚空に向かって叫んでも、私の声は誰にも届かない。父の車に乗ったクーパー。運転の仕方を覚えたばかりで――自由を謳歌していたはずだ。新鮮な空気を。車をアイドリングさせ、運転席からひっそりと見ている。熟考している。彼はいつも大勢の人間に囲まれてきた。学校で、レスリング場で、ザリガニ祭りで、常に集団に取り巻かれていた。けれどそのとき、まわりには誰もいなかった。彼は好機を見出した。タラ・キング。旅行鞄を重そうに肩に掛け、キッチンカウンターの上に書き置きを残して家を出た少女。町から逃げ出そうとしていた少女。彼女が姿を消しても、誰も捜そうとすらしなかった。

「あまりに簡単で驚いたのを憶えてる」クーパーはカウンターの表面を見据えながら言う。「喉を手で絞めただけで、あっけなく……動きが止まった」そこで言葉を切り、私を見る。「本当にこんなことまで知りたいのか？」

「だって、私の大事な兄さんのことだから」私は手を伸ばして兄の手に重ねる。彼に触れただけで吐き気がする。逃げ出したくてたまらない。それでも無理やり言葉を発する。効果絶大だとわかっている彼の言葉を。「何があったか全部教えて」

「そのうち捕まるだろうとずっと思ってた」彼はようやく口を開く。「誰かが家に来るんだろうと思ってた――警察とか何かしらが――けど、誰も来なかった。話にものぼらなかった。それで……このまま逃げきれると思った。誰も知らないんだから。ただひとり……」

そこでまた言葉を切り、ぐっと唾を呑む。次の言葉がかつてない衝撃をもたらすと知っているかのように。

「リーナを除いて」ついに口にする。「リーナは知ってた」

リーナ――彼女はいつも遅くにひとりで外に出ていた。鍵のかかった自分の部屋から抜け出し、家の外へ飛び出して、暗い中をほっつき歩いていた。そこでクーパーを見たのだ。父の車に乗ったクーパーが、何も気づかず道路脇を歩くタラの背後からそっと忍び寄るのを。リーナは彼を見ていた。クーパーに片想いしてちょっかいをかけていたのではない。彼を煽り、試していたのだ。この世で自分だけが彼の秘密を握っている。彼女はその力に酔いしれ、暗黙のスリルを愉しんでいた。肌が焦げる限界ぎりぎりまでライターの火を近づけて愉しんでいたように。〝ねえ、あんたの車、あたしも今度乗っけてよ〟振り向きざまに叫んだあの言葉。クーパーの強張った背中、ポケットに突っ込んだ両手。〝あいつみたいになったらおしまいだ〟。草の上に寝転がり、頬をよじのぼる蟻を払いのけもせずじっとしていたリーナ。クーパーの部屋に侵入して本人につかまったとき、彼女の唇に浮かんだあの笑み——腰に手を当て、にんまりと笑みを浮かべていた。あたしにはこんなことまでできるのよ、と言わんばかりに。

リーナは無敵だった。みんなそう思っていた。彼女自身でさえ。

「リーナだけが邪魔だった」私は喉の奥からこみ上げる涙を必死でこらえて言う。「だから兄さんは彼女を始末した」

「そのあとはもう」——クーパーは肩をすくめる——「やめる理由がなかった」

兄は殺しに飢えていたのではない——今それがわかった。カウンターの上で背を丸め、この二十年間を思い返している彼の姿を見て。兄はコントロールに飢えていたのだ。それはなんとなく理解できる。家族だからこそ。私自身がそれを失うことへの不安や恐れを常に抱いているからこそ。二本の手に首をつかまれ、絞められる瞬間のコントロールの欠如。私が失うことを恐れたそのコントロールを、クーパーは何より欲していた。彼はそれを被害者の少女が自身の窮地に気づき、目に恐怖を浮かべ、声を震わせて命乞いをした瞬間に感じていたのだ。ほかの誰でもない自分だけが、生死の決定権を握っているのだと。思えば彼はいつもそうだった——バート・ローズに挑み、彼の胸を平手で突き飛ばしたときも。トラが獲物を囲い込むようにレスリングマットの上でぐるぐる歩き、今にもとどめを刺そうとするかのように体の横で指をぴくつかせていたときも。対戦相手の首を押さえたとき、彼は想像していたのだろうか。それを絞め、ひねり、へし折ることを、それがいかにたやすいことかを、指の下で頸静脈が拍動するのを感じながら。そうして相手を解放し、生き延びさせてやったことで、自分を神のように感じたのだろうか。

タラ、ロビン、スーザン、マーガレット、キャリー、ジル。彼女たちはみんな、同じスリルの一部として選ばれた——ガラスケースの向こうに並んだアイスクリームのフレーバーをどれにしようかと吟味し、指を差して選ぶように。けれどリーナだけは何かがちがう、特別だと私はずっと感じていた。リーナはただ単に選ばれたのではないはずだと。その直感は正しかった。事実、彼女は特別だったのだ。ランダムに選ばれたのではなく、どうしても彼女でなければならなかった。リーナは知っていた。だから殺されなければならなかったのだ。

父も知っていた。が、クーパーはその問題を別の手段で解決した。言葉を用いて。涙ながらに訴えて。部屋の隅に潜む影に抗いきれなかったのだと語ることで。クーパーは常にその場にふさわしい言葉を見つけ、自分に都合よく利用することができた——相手をコントロールし、意のままに動かすために。それでいつもうまくいった。誰が相手でもうまくいった——父に懇願し、罪を見逃させた。リーナに彼女は無敵だと、彼自身ですら手出しはできないと思わせておいた。そして私。誰より私を思いどおりに操った。最適なタイミングで最適な情報を与え、裏で糸を引いて狙いどおりに私を踊らせた。彼が私の人生の筋書きをつくった。昔からずっと。私に信じさせたいものを信じさせ、私の頭の中に嘘の網を張りめぐらした——狡猾な触肢で虫を生け捕り、命懸けでもがく獲物を眺めてから貪り喰らう蜘蛛のように。

「父さんに見つかったとき、兄さんは警察には言わないでくれと頼んだ」

「相手が親なら当然だろう」——クーパーはため息をつき、老け込んだ顔で私を見る——「自分の息子がモンスターだとわかったらどうする？　愛するのをやめるか？」

母を思い出さずにはいられない——警察署から父のもとへ戻るとき、母が頭の中で正当化しようとしていたことを。〝あの人は私たちを傷つけたりはしません。家族を傷つけるようなことは絶対にしません〟。私自身、ダニエルを疑うに足る証拠をあれだけ目にしながら、それでも信じたくはなかった。どこかに善があるはずだと思いたかった。そしてきっと、父もそう思っていたはずだ。だから私が彼を——父を、クーパーが犯した罪のために——突き出し、警察が彼を連行しにやってきたとき、父は抵抗しなかった。かわりに息子を、クーパーを見て、おこないを改めるよう約束させたのだ。

私は時計を見る。七時半。クーパーが来てから半時間。今がそのときだ。クーパーをここへ呼んでからずっと、この瞬間のことを考えていた。考えられるすべてのシナリオを想定し、そのひとつひとつがどんな結果になるかを突きつめた。こぶしで生地を捏ねるように、何度も何度も頭の中でひっくり返して考え抜いた。

「私が警察を呼ばなきゃいけないのはわかるでしょ」私は言う。「呼ばないわけにはいかないの。兄さんは人を殺したんだから」

兄は重く垂れた瞼の下から私を見る。

「そんな必要はない」彼は言う。「タイラーは死んだ。ダニエルはなんの証拠も握ってない。過去は過去のままにしておけばいいんだ、クロエ。そっとしておけばいい」

私はそれについて考える——まだ考えていなかった唯一のシナリオ。今すぐ立ち上がってドアを開け、クーパーに帰ってもらい、永久に私のまえから消えてもらったらどうなるか。この二十年間ずっと罪を逃れてきた彼を、今度も逃れさせてやったらどうなるか。こういう秘密を抱えて生きるというのはどんな気持ちだろう——彼が野放しになっているのを知りながら生きるというのは。身近に潜んだ怪物が、私たちにまぎれて歩きまわっている。誰かの同僚として、隣人として。友人として。と、そのとき、まるで指先が静電気に触れたかのように、ショックが背中を走る。母の姿が脳裏に浮かぶ。最初の頃、母がテレビに食い入るようにして父の裁判を見守っていたこと——やがて、セオドア・ゲイツが家にやってきて、司法取引の話をしたときのこと。

〝ほかにまだ何かあるというなら話は別だが。あなたがまだ私に話していないことが〟

母も知っていたのだ。真実を知っていたのだ。私たちが警察署であの証拠の箱を引き渡し、帰宅して私が部屋に引っ込んだあと、父が母を引き止めて、すべてを話したにちがいない。が、そのときにはもう遅すぎた。すでに歯車は動き出していた。警察が父を逮捕しにやってくる。だから母は何もせず、父が連行されるのをただ泣きながら見ていたのだ。凶器も遺体もないのだから、証拠不十分でなんとかなるかもしれない、釈放されるかもしれないと、一縷の望みを抱きながら。あのとき階段の上でクーパーとふたり、聞き耳を立てていたことを思い出す。タラ・キングの名前を口にして、兄に思いきり腕をつかまれ、ブドウのようなあざができたことを。あのとき、私は自分でも気づかないまま、母が重大な選択をする瞬間を目撃していたのだ――母が嘘を選んだ瞬間を。息子の秘密を抱えて生きると決めた瞬間を。

〝いいえ。何もないわ。全部あなたに話したとおり〟

そのときを境に、母は変わった。母が次第に壊れていったのは、クーパーのせいだった。同じ屋根の下で、息子が罪を逃れて暮らすのをずっと見ていたせいだった。母は目の光を失い、居間から寝室に引っ込み、部屋に鍵をかけて閉じこもった。真実を抱えて生きることができなかったのだ。息子の正体、息子の犯行と向き合うことができなかったのだ。監獄にいる夫、窓から投げ込まれた石、前庭で腕を振りまわし、身を掻きむしっていたバート・ローズ。施設のベッドの上で、母の指先が私の手首をさまよい、何度も叩いた感触を思い出す。私が指差したタイル――D、それからA。母が言おうとしていたことが今やっとわかった。DAD。父さんに会いに行きなさいと言いたかったのだ。刑務所を訪ねて、父さんから真実を聞きなさいと。なぜなら私が行方不明の少女たちや、過去の事件との共通点や、デジャヴについて話すのを聞いて、母にはわかっていたから――クローゼットの奥に押し込んで忘れようとしても、過去を封じ込めておくことはできないと、母は誰より理解していたから。

私はブロープリッジに戻りたくなどなかった。あの家にもう一度足を踏み入れたくなどなかった。あのちっぽけな町に永久に置き去りにしようとしていた記憶をよみがえらせたくなどなかった。でも今ならわかる。それらの記憶はあの町にとどまってはいなかった。私の過去はずっと私につきまとっていたのだ。弔われなかった亡霊のように。いまだに見つかっていないあの少女たちのように。

「そういうわけにはいかないの」私はクーパーを見つめ、首を振って言う。「わかるでしょ？」

彼は私を見つめ返し、ゆっくりとこぶしを握りしめる。

「頼むから、クロエ。ほかにも道はあるだろ？」

「こうするしかないの」私は言い、バースツールをうしろに引きはじめる。が、立ち上がりかけた瞬間、クーパーの手が伸び、私の手首をつかむ。皮膚がねじれるほど強く。彼の指の関節が白くなっているのを見下ろし、私は今ようやく悟る。クーパーは殺していただろう。私のことも殺していただろう。この場で、キッチンカウンターのまえで。両手を伸ばして私の首をがっちりとつかみ、私の目を覗き込んで喉を絞めていただろう。兄は私を愛しているはずだが——彼のような人間が人を愛しうる範囲で——それでも結局のところ、私は邪魔者なのだ。リーナのように。片づけなければならない問題なのだ。

「私を痛めつけようったって無駄よ」私は強い口調で言い、腕を振りほどく。スツールを引いて立ち上がると、クーパーが私に飛びつこうとする――が、そこで彼はがくんと前につんのめる。膝が体重を支えられず、よろけながらスツールの脚につまずき、体ごと床にくずおれる。混乱したように私を見上げ、カウンターの上に視線を移す。自分が飲み干したワイングラスに、中身が空《から》のオレンジ色のボトルに。

「おまえが――?」

兄は言葉を続けようとするが、すぐにあきらめる。もはや疲れすぎて口を開くのも無理だというように。私は最後に自分が今のクーパーと同じ状態になったときのことを思い出す――あのモーテルの夜、ジーンズを穿いてバスルームに引っ込んだタイラー。彼に差し出され、その場で飲んだグラス一杯の水。のちにタイラーのポケットから発見された薬。私が自分の薬をクーパーのワインに混ぜて飲ませ、兄の瞼がたちまち重くなるのを見守ったように、タイラーが水に混ぜて私に飲ませた薬。あの翌日、私が吐いた強烈な黄色い胆汁。

私は兄の問いに答えもせず、天井に目をやる。隅でひっそりと瞬いている、針の先ほどの小さな光に。一部始終を録画しているカメラに。私は片手を挙げ、もう入ってきてもいいと合図する──外の車の中で待機しているトマス刑事と、その隣りで携帯電話を膝に置いているダニエルに。すべてを目撃し、会話をすっかり聞いていた彼らに。

最後にもう一度、床の上の兄を見下ろす。これが兄とふたりきりになる最後。共に遊んだ日々を思い出さずにはいられない──家の裏の森を駆け抜け、化石化した蛇のように土中から突き出た木の根につまずいてこけたこと。兄が私のすりむいた膝から血を拭いて、ひりひり痛む傷口にぴったりとガーゼを押し当てたこと。いつかふたりで見つけた秘密の洞穴。兄が私の足首にロープを結びつけ、私が暗い穴の奥へと這い進んだ──そこで私ははっとする。彼女たちはあの奥にいる。姿を消した少女たちは、見えるようで見えないところに隠されている。私たちのほかには誰も知らない、暗闇の奥に押し込まれている。

私はあの人影を思い浮かべる。木立の中から現れた、シャベルを手にした黒い影。十五歳ですでに大人の背丈があったクーパー、長年のレスリングで鍛えた筋肉質の体。頭を低く下げ、顔は闇にまぎれて見えない。やがて彼は巨大な影に呑み込まれ──ついにはすっかり消えてしまったのだった。

二〇一九年七月

第四十八章

開け放った車の窓から涼しい風が流れ込む。吹き散らされた髪が天窓に向かって踊り、頬をくすぐる。照りつける夕陽は肌にあたたかいが、それでも――今日の空気は季節外れに爽やかだ。

私の結婚式の日。七月二十六日、金曜日。

私は膝の上に目を落とす。メモ用紙に書きつけた道順と、最後にたどり着くべき住所をもう一度確認し、フロントガラスに目を向ける。前方に長く延びたドライヴウェイ、銅製の四つの数字が打ちつけられた木製の郵便受け。そこで道を曲がり、埃を蹴立てながら進み、やがて小さな家のまえで車を停める――赤い煉瓦、緑のよろい戸。〝ミシシッピ州ハッティズバーグ〟。

車を降りてドアを閉めると、ドライヴウェイを歩いて階段をのぼり、手を伸ばしてドアを二回ノックする。淡い緑に塗られた松の厚板。中央に藁のリースが飾られている。中から足音が響き、ぼそぼそと話し声が聞こえる。ドアがさっと開いて、ひとりの女性が姿を現す。シンプルなジーンズに白のタンクトップ、足元はスリッパ。素肌を出した肩に布巾を掛け、さっぱりした笑みを浮かべている。

「何かご用ですか？」

彼女はそう尋ねると、誰だろうというようにじっと私を見つめる。やがて、その目に理解が訪れる。私が誰かを悟った彼女の顔から、礼儀正しい笑みが薄らいでいく。私は何度となくダニエルから嗅いだあの匂いを吸い込む――スイカズラの花香と蜜が混ざったような、甘ったるい匂い。目のまえにあの少女の面影が確かにある。学校年鑑用の写真に写ったソフィー・ブリッグス。ちりちりだった金髪は縦巻きのカールになり、鼻梁を横切るようにそばかすが散っている。まるでひとつまみの塩よろしく、誰かがぱらりと振りかけたかのように。

「初めまして」私はにわかに恥じらいながら言う。ポーチに立ったままふと思う。もしリーナがあのまま大人になっていたら、今頃どんなふうになっていただろうと。リーナは今も生きている、本当はそう思いたい。今もどこかで生きていて、ソフィーのようにひっそりと匿《かくま》われ、小さな世界の片隅で無事に暮らしていると思いたい。

「ダニエルなら中にいますよ」ソフィーは体をひねり、ドアのほうを示して言う。「なんだったら呼んで――」

「いいえ」私は首を振る。頬が赤くなるのを感じる。ダニエルはクーパーが逮捕された直後に引っ越していたが、彼がここにいる可能性はなぜか考えてもみなかった。「いいえ、それはいいの。実は、あなたに渡したいものがあって」

そう言うと、指先にそっと挟んだ婚約指輪を差し出す。先週、タイラー・プライスの車の床から見つかったそれを警察に返してもらったのだ。ソフィーは無言で手を伸ばしてそれを受け取り、指に持ったまま角度を変えて眺める。

「それはあなたのものだから」私は言う。「あなたの家族のものだから」

ソフィーはそれを中指にはめて手を広げ、懐かしげに見つめる。私は彼女の背後の玄関ホールに目をやる。コンソールテーブルの上に写真が飾られ、階段の下に靴が脱ぎ捨てられている。隅の手すりには野球帽が引っかけてある。室内から目を逸らし、庭を見まわす。住まい全体が小さいながらも古風な趣があり、確かな生活感にあふれている。二本のロープで木の枝にくりつけられた木製のブランコ、ガレージに立てかけられたローラーブレード。そのとき、家の中から声がする――男の声。ダニエルの声。

「ソフ？　誰だ？」

「行かなきゃ」私はそう言って踵を返す。急に自分が不審者のように感じられる。あたかも他人のバスルームの戸棚を覗いて、生活の全貌を突き止めようとしているかのように。ソフィーがあのぼろ家から足を踏み出し、過去を捨てて歩きはじめてからの二十年間を覗き見ようとしているかのように。どれほど心細かったことだろう――十三歳の子供にとって。友達の家を出て、ひとりで暗い夜道を歩く。ヘッドライトを消した車がうしろで停まる。兄のダニエルが彼女を乗せてそっと走り去り、ふたつ離れた町のバス停で彼女を降ろす。その手に金の入った封筒を押しつける。そのときのために貯めておいた金を。必ず迎えに行くから。彼はそう約束したのだった。卒業したら僕も家を出られるから、と。

汚れた爪で薄紙のような皮膚を掻いていた彼の母親。私を見つめた彼女の水っぽく濁った目。〝高校を卒業した次の日に家を出ていって、それきりずっと音信不通よ〟

兄妹がふたりで暮らした日々はどのようなものだったのだろう。ダニエルは働きながらオンラインの授業を受け、学位を取得した。ソフィーも自分にできる仕事を見つけて懸命に働いた――ウェイトレス、食料品店のレジ係。そしてある日、ふたりは顔を見合わせて気づいた。自分たちは大人になったのだと。あれから年月が過ぎ、危険は去ったのだと。

ふたりともそれぞれの人生を――真の人生を――歩んでいいのだと。そうしてダニエルはこの町を離れ、バトンルージュに戻った。常に妹に会いにいく手立てを見つけながら。

私が階段を降りかけたとき、ソフィーが口を開く――ダニエルと同じ、力強く張りのある声。

「私がお兄ちゃんに言ったの。あなたにこれを贈りたいって」私は振り返り、玄関に立ったまま胸のまえで腕を組んでいるソフィーを見る。「お兄ちゃんはいつもあなたの話をしてた。今もね」彼女はふっと笑みを浮かべる。「プロポーズするって聞いたとき、この指輪であなたとつながれるような気がしたの。あなたがこれをつけてるところを想像して、いつか会えたらいいなって思ってた」

私はダニエルのことを思う。彼の部屋にあった本のページに挟まれていたあの記事。彼はクーパーの犯罪からひらめきを得て、ソフィーを家から逃がすことに成功した――失踪したように見せかけることで。あまりに多くの命が兄のせいで奪われた。それを思うといまだに夜も眠れなくなる。彼女たちの顔が脳裏に焼きついて離れないのだ。リーナの手のひらの黒ずんだ火傷の痕のように。

あまりに多くの命が失われた。が、ソフィー・ブリッグスは別だ。彼女は人生を救われた。

に会えた」

「そんなふうに思ってくれてたなんて嬉しい」私は微笑む。「おかげで、こうしてあなた

「お父さんが釈放されるって聞いたわ」ソフィーは一歩まえに出て言う。まるで私に帰ってほしくないかのように。私はどう返したものかわからず、ただ黙ってうなずく。

ダニエルがアンゴラへ行っていたのは、やはり私の父を訪ねるためだった。私には出張だと偽って刑務所に通い、クーパーについての真実を突き止めようとしていたのだ。彼が今また少女たちが殺されていることを話し、オーブリーのネックレスを証拠として提示すると、父はすべてを明らかにすることに合意した。とはいえ、すでに殺人の罪を認めてしまっている以上、ただ前言を翻すというわけにはいかない。それ以上のものが必要になる。真犯人の自白が。そこで私の登場となったのだ。

そもそも父を刑務所に送り込んだのは私だった。その私が二十年後、クーパーに自白させることで父を自由の身にするのは、ある意味当然の帰結だと思えた。

先週、ニュースで父が謝罪するのを見た。息子を守るために虚偽の自白をし、その結果新たな犠牲者を生んでしまったことへの謝罪。私は父に会う気にはまだなれなかったが、テレビに映った彼のことは片時も目を離さず見ていた。昔のように。ただ今回は、新しい父の顔と記憶の中の顔がなかなかすり合わなかった。縁の太かった眼鏡はシンプルな細い

メタルフレームのものに変わっていた。逮捕時にパトカーに頭を叩きつけられて眼鏡が割れ、血が流れたときの傷痕が鼻に残っていた。髪は短く、顔はいかつくなっていた。まるで傷だらけになるまでやすりで削られたか、コンクリートにこすりつけられたかのように。腕にあばたのような痕がいくつもあり——火傷の痕だろうか——その部分の皮膚だけがつるつるで、煙草の先端のようにきれいな円形になっていた。

それでも、それはまぎれもなく父だった。私の父。生きた父だった。

「あなたはどうするの？」ソフィーが尋ねる。

「わからない」私は言う。それは本心だ。父が出てきたらどうするかは、まだわからない。いまだにどうしようもなく怒りがこみ上げることもある。父は嘘をついてクーパーの罪を背負った。被害者のジュエリーの詰まった箱を見つけ、誰にも言わずに隠した。クーパーの人生と引き換えに自らの自由を犠牲にした。そのせいで、さらにふたりの少女が命を落としたのだ。けれどもまた、理解できると思うこともある。父の気持ちはわからなくはない。親とはそういうものだから。何を犠牲にしてもわが子を守ろうとするものだから。カメラに向かって訴えかける母親たち、その横で正体もなく泣き崩れる父親たち。彼らはわが子を闇に奪われた——けれど、もしわが子が闇そのものだったらどうする？　それでも守りたいと思うのが親ではないか？　結局、すべてをコントロールできると思うのがまちがいなのだ。手の中に閉じ込めて逃がさなければ死を食い止められると思うのも、やり直すチャンスを与えればクーパーを改心させられると思うのも。さんざん兄を煽ったリーナが、肌が焦げる寸前に身を引いて無傷で歩き去れると思うのも。

すべては私たちが自分自身を欺くための幻想にすぎない。クーパーは改心しなかった。リーナは炎を振り切れなかった。ダニエルですら、自身の生来の気性をコントロールしきれなかった。自分を保てなくなった瞬間に顔を覗かせる父親の片鱗を必死で抑え込もうとしていた。私自身も同罪だ。デスクの引き出しに隠した大量の小さなボトルが、夜ごと囁きかけてくるのだから。

私のキッチンですっかり力を失って倒れたクーパーを見下ろしたとき、それがどういう感覚か初めてわかった気がした——コントロール。自らが手にするだけでなく、自分以外の相手からそれを奪う感覚。奪い取った力をわがものにする感覚。そうしてほんのいっとき、闇に瞬く光のように、確かな満足を覚えたのだった。

私はソフィーに向かって微笑むと、再び背を向け、最後の数段を降りて敷石を踏む。ポケットに両手を入れて自分の車に向かいながら、夕暮れに染まる地平線のピンクや黄やオレンジの濃淡を眺める——最後の色鮮やかなひとときが終われば、また夜の帳が下りるのだ。一日の終わりが必ずそうであるように。と、そのときはっと気づく——まわりの空気がビリビリと帯電したかのようなあの羽音。私は足を止める。じっと立ったまま動かず、視線を巡らせる。待つ。次の瞬間、両手をお椀のように丸め、さっと空に伸ばしてつかまえる。手のひらにかすかな羽ばたきを感じながら、指同士を閉じ合わせ、つかまえたそれを見下ろす。文字どおり、私の手中にある命を。それを顔に近づけ、指の隙間からそっと覗く。

手の中で一匹のホタルが発光している。生命を宿して息づいている。私はしばらくそれを見つめる。それが間近で光を放ち、手の中で明滅するのを見守る。閉じた指におでこをくっつけ、リーナのことを思いながら。

それから両手を開いて、彼女を解き放つ。

謝辞

このすべてを実現させてくれたエージェントのダン・コナウェイに感謝する。あなたは誰より先にこの本の力を信じ、初めの三章を読んだだけで契約を決め、以来毎日のように支離滅裂な私の質問に答えてくれた。あなたが私の可能性に賭けてくれたことが、私の人生を変えてくれた。〝ありがとう〟ではこの気持ちはとても言い表せない。

ライターズ・ハウスのみなさんとお仕事できたのは夢のようだった。ローレン・カースリーに感謝する。膨大だったにちがいない候補の中から、私の本を選んでくれてありがとう。著作権部門のペギー・ボウロス＝スミス、マヤ・ニコリッチ、ジェシカ・バーガー、この物語を海外に紹介してくれてありがとう。

ミノトール、セント・マーティンズ出版、マクミランの全チームのみなさんに感謝する。すばらしい編集者のケリー・ラグランドに。その編集眼にどれだけ助けられたことか。あなたに担当してもらえたことを本当に幸運に思う。マデリン・ハウプトに感謝する。私がきちんと仕事を進める手助けをしてくれてありがとう。デイヴィッド・ロトスタインに。夢にまで見た素敵な表紙をデザインしてくれてありがとう。ヘクター・ドゥジャン、サラ・メルニク、アリソン・ジーグラー、ポール・ホックマンに。この本の魅力を広く発信してくれてありがとう。そして、ジェン・エンダリンとアンディ・マーティンにも多大な感謝を。早くからこの本を信じて熱心に後押ししてくれて、本当にありがとう。

イギリス版の編集者のジュリア・ウィズダムと、ハーパーコリンズUKのみなさんに感謝する。この物語をさまざまな言語に翻訳してくれた海外のすばらしい出版社の方々にも御礼申し上げたい。

WMEのシルヴィ・ラビノーに。この物語の映像化の可能性を見出してくれて本当にありがとう。あなたは私の夢をまったく新たな高みへ導いてくれた。

私の両親、ケヴィンとスーに。私の書く話からは想像がつかないかもしれないが、私の両親はいつでも支えになってくれるとてつもなく愛情深い人たちで、昔からずっと、私の書くことへの情熱を後押ししつづけてくれた。ふたりの愛と励ましなくして、今の私はありえない。何から何まで、本当にありがとう。

私の姉、マロリーに。私に読み書きを教えてくれ（冗談ではなく！）、出来の悪い下書きを臆せず読んでくれ、私が不機嫌になったとしても、いつも貴重なフィードバックをくれてありがとう。それと、私が年端もいかないうちから、恐ろしい映画をたくさん見せてくれてありがとう。これからもずっと、私の最高の親友でいてほしい。

私の夫、ブリットに。私があきらめずにすんだのはあなたのおかげだ。私が仕事部屋にこもっているあいだ夕食をつくりつづけてくれ、毎日毎日私が捏造した人物について語るのに耳を傾けてくれ、常に誰よりそばで私を応援してくれてありがとう。そうした理由と、それ以外の数えきれない理由から、あなたを愛してやまない。あなたがいたから、ここまでやり遂げることができた。

ブライアン、ローラ、アルヴィン、リンゼイ、マット、そして私のすばらしい家族のみんなに。尽きることのない感動と情熱と応援をありがとう。みんなと同じ家族の一員であることを幸せに思う。

私の宣伝チームであり、最初の一般読者であるエリン、ケイトリン、レベッカ、アシュリー、ジャクリーンに。あなたたちの外野からの熱狂的な声援も、ひっそりと送ってくれた心強い言葉も、すべて私の耳に届いている。私の味方でいてくれて本当にありがとう。こんな素敵な仲間に恵まれるほどのことを私はしたのだろうかと思わずにいられない。

私のすばらしい友人、コルビーに。あなたの熱意に私はずっと励まされてきた。私からいい報告ができないときでも、あなたはいつも私を元気づけ、期待を高めてくれた。実際に本が出るまで読まずに待つと言ってくれたその意志力にも感服している。待った甲斐があったと思ってもらえますように！

そして最後に、この本を手に取ってくれたすばらしい読者のみなさんに。あなたがこの本を買ったにせよ、借りたにせよ、もらったにせよ、ダウンロードしたにせよ、今まさにこれを読んでいるということは、あなたもまた、私の途方もない夢を叶えてくれているということだ。本当に、本当にありがとう。

訳者略歴　大阪府生まれ，翻訳者　訳書『匿名作家は二人もいらない』アンドリューズ（早川書房刊），『不協和音』ベル，共訳書『偽りの弾丸』『ランナウェイ』コーベン他

HM=Hayakawa Mystery
SF=Science Fiction
JA=Japanese Author
NV=Novel
NF=Nonfiction
FT=Fantasy

すべての罪《つみ》は沼地《ぬまち》に眠《ねむ》る

〈HM⑤⓪⓪-1〉

二〇二三年一月十日　印刷
二〇二三年一月十五日　発行

（定価はカバーに表示してあります）

著者　スティシー・ウィリンガム
訳者　大谷《おおたに》瑠璃子《るりこ》
発行者　早川浩
発行所　株式会社早川書房

郵便番号　一〇一 - 〇〇四六
東京都千代田区神田多町二ノ二
電話　〇三 - 三二五二 - 三一一一
振替　〇〇一六〇 - 三 - 四七七九九
https://www.hayakawa-online.co.jp

乱丁・落丁本は小社制作部宛お送り下さい。
送料小社負担にてお取りかえいたします。

印刷・精文堂印刷株式会社　製本・株式会社明光社
Printed and bound in Japan
ISBN978-4-15-185201-5 C0197

本書は活字が大きく読みやすい〈トールサイズ〉です。